四川历史
名人丛书
小说系列
NOVEL SERIES

盛世长歌
大 唐 诗 仙 李 白

李 浩 著

四川文艺出版社

图书在版编目（CIP）数据

盛世长歌：大唐诗仙李白/李浩著． —成都：四川文艺出版社，2019.11

（四川历史名人丛书小说系列）

ISBN 978-7-5411-5483-6

Ⅰ．①盛… Ⅱ．①李… Ⅲ．①长篇历史小说－中国－当代 Ⅳ．①I247.5

中国版本图书馆CIP数据核字（2019）第240104号

SHENGSHI CHANGGE: DATANG SHIXIAN LIBAI

盛世长歌：大唐诗仙李白

李 浩 著

出 品 人	张庆宁
编辑统筹	宋 玥
责任编辑	余 岚
内文设计	史小燕
封面设计	今亮后声 HOPESOUND
责任校对	蓝 海
责任印制	唐 茵

出版发行	四川文艺出版社（成都市槐树街2号）
网　　址	www.scwys.com
电　　话	028-86259287（发行部）　028-86259303（编辑部）
传　　真	028-86259306
邮购地址	成都市槐树街2号四川文艺出版社邮购部　610031
排　　版	四川胜翔数码印务设计有限公司
印　　刷	成都东江印务有限公司
成品尺寸	168mm×238mm　　开　本　16开
印　　张	25.75　　字　数　410千
版　　次	2019年11月第一版　　印　次　2019年11月第一次印刷
书　　号	ISBN 978-7-5411-5483-6
定　　价	108.00元

版权所有·侵权必究。如有质量问题，请与出版社联系更换。028-86259301

"四川历史名人丛书"编委会名单

主　任：何志勇
副主任：李　强　　王华光
委　员：谭继和　　何一民　　段　渝　　高大伦　　霍　巍
　　　　张志烈　　祁和晖　　林　建　　黄立新　　常　青
　　　　杨　政　　马晓峰　　侯安国　　刘周远　　张庆宁
　　　　李　云　　蒋咏宁　　张纪亮

"四川历史名人丛书"总序
——传承巴蜀文脉,让历史名人"活"起来

文化是民族的血脉,是哺育民族成长壮大的乳汁,是一个国家、一个民族的灵魂,文化兴国运兴,文化强民族强。从十八大到十九大,习近平总书记以政治家的战略眼光,以唯物主义的科学态度,从中华文化的思想内涵、道德精髓、现代价值和传承理念等方面多维度、系统化地阐述了对待中华文化的根本态度和思想观点。他将中华优秀传统文化提升到"中华民族的基因""民族文化血脉""中华民族的根和魂"和"中华民族的精神命脉"的崭新高度,指出"一个国家、一个民族不能没有灵魂","优秀传统文化是一个国家、一个民族传承和发展的根本,如果丢掉了,就割断了精神命脉",要"加强对中华优秀传统文化的挖掘和阐发",从传统文化中提取民族复兴的"精神之钙","对历史文化特别是先人传承下来的道德规范,要坚持古为今用、以古鉴今,坚持有鉴别的对待、有扬弃的继承",努力实现传统文化的"创造性转

化、创新性发展"。总书记的一系列著名论断，从中华民族最深沉精神追求的深度、国家战略资源的高度、推动中华民族现代化进程的角度，把中华文化的发展提升到一个新高度，升华到一个新境界，推向了一个新阶段。

中华文化源远流长，积淀着中华民族最深沉的精神追求，是中华民族独特的精神标识，为中华民族生生不息、发展壮大提供了丰厚滋养。沧海桑田，古印度、古埃及、古巴比伦文明早已成为阳光下无言的石柱，而中华文明至今仍然喷涌着蓬勃的生机。四川作为中华文明的重要发源地之一，历史文化源通流畅、悠久深厚。旧石器时代，巴蜀大地便有了巫山人和资阳人的活动。新石器时代，巴蜀创造了独特的灰陶文化、玉器文化和青铜文明。以宝墩文化为代表的古城遗址，昭示着城市文明的诞生；三星堆和金沙遗址，展示了古蜀文明的不同凡响；秦并巴蜀，开启了与中原文化的融通。汉文翁守蜀，兴学成都，蜀地人才济济，文章之风大盛。此后，四川具有影响力的文人学者，代不乏人。文学方面，汉司马相如、王褒、扬雄，唐陈子昂、李白，宋苏洵、苏轼、苏辙，元虞集，明杨慎，清李调元、张问陶，近现代巴金、郭沫若等，堪称巨擘；史学方面，晋陈寿、常璩，宋范祖禹、张唐英、李焘、李心传、王称、李攸等，名史俱传。此外，经过一代代巴蜀人的筚路蓝缕、薪火相传，还创造了道教文化、三国文化、武术文化、川酒文化、川菜文化、川剧文化、蜀锦文化、藏羌彝民族风情文化等，都玄妙神奇、浩博精深。瑰丽多姿的巴蜀文化，是中华文化的重要组成部分，有着鲜明的地域特征和独特的文化品格，是四川人的根脉，是推动四川文化走向辉煌未来的重要基础。记得来路，不忘初心，我们要以"为往圣继绝学"的使命担当，担负起传承历史的使命和继往开来的重任，大力推动巴蜀文化的传承、接续与转生，让巴蜀文化的优秀基因代代相传，"子子孙孙无穷匮也"。

四川历史文化异彩独放，民族文化绚丽多姿，红色文化影响深广，历史名人灿若星辰，这是四川建设文化强省重要的文化资源。中共四川省委、四川省人民政府秉持高度的文化自觉和文化自信，借助四川文化资源富集的优势，持续深入推进文化强省建设，先后出台《四川省"十三五"文化发展规划》《关于传承发展中华优秀传统文化的实施意见》《建设文化强省中长期规划纲要》等一系列战略规划及措施，大力推进古蜀文明保护传承、三国蜀汉文化研究传承、四川历史名人传承创新、藏羌彝文化保护发展等十七项优秀传统文化传承发展工程，着力构建研究阐发、保护传承、国民教育、宣传普及、创新发展、交流合作等协同推进的文化发展传承体系，不断探索传承守护中华文脉的四川路径。

"四川历史名人文化传承创新工程"是四川启动最早、影响最广的一项文化工程。自 2016 年 10 月提出方案，经过八个多月的论证调研、市（州）申报、专家评审，最终确定大禹、李冰、落下闳、扬雄、诸葛亮、武则天、李白、杜甫、苏轼、杨慎为首批十位四川历史名人。这十位历史名人，来自政治、文化、科技、艺术等多个领域，他们是四川历史上名人巨匠的首批杰出代表，各自在自己专业领域造诣很高，贡献杰出：李冰兴建都江堰，功在千秋；落下闳创制《太初历》，名垂宇宙。李白诗无敌，东坡才难双；诸葛相蜀安西南，杜甫留诗注千家。大禹开启中华文明，则天续唱贞观长歌。扬雄著述称百科全书，千古景仰；升庵文采光辉耀南国，万世流芳。

十大名人之所以值得传颂，不仅在于他们具有雄才大略、功勋卓著、地位崇高、声名显赫，更在于他们身上所承载的思想理念、人文精神、气质风范、文化品格等，是中华民族和巴蜀文化的集中表达。大禹公而忘私、为民造福的奉献精神，李冰尊崇自然、求真务实的科学态度，落下闳潜心研究、孜孜不倦的探求意志，扬雄悉心著述、明辨笃行的学术追求，诸葛亮宁静淡泊、廉洁奉公的自律品格，武则天巾帼不让须眉的豪迈气概，李白"直挂云帆济沧海"的博大胸怀，杜甫心系苍生、直陈时弊的忧患意识，苏轼宠辱不惊、澄明旷达的坦荡胸襟，杨慎公忠体国、坚守正义的爱国情怀，都是中华民族优秀文化的浓缩和凝聚，是四川人民独特气质风范的体现，是社会主义核心价值观的本源和本质，是四川发展的宝贵资源和突出优势。

历史名人要有现实意义才能活在当下。今天我们宣传历史名人，不能停留在斯土有斯人的空洞炫耀，而要用历史的、发展的、辩证的思维去深入挖掘、扬弃传承、转化创新，不断赋予时代内涵，不断呈现当代表达，让历史名人及其文化"站起来""活起来""动起来""响起来""火起来"，真正走出历史、走出书斋、走进社会，走向世界、走向未来。"四川历史名人文化传承创新工程"实施三年多来，全社会认知、传承、传播历史名人文化的热潮蓬勃兴起，成效显著：十大名人研究中心全面建立，一批中长期规划先后出台，一批优秀成果陆续推出；十大名人故居、博物馆、纪念馆加快保护修复，展陈质量迅速提升；十大名人宣传片全部上线，主题突出，画面精美；名人大讲堂、东坡艺术节、人日游草堂、都江堰放水节、广元女儿节等品牌文化活动多地开花，万紫千红；以名人为元素打造的储蓄罐、笔记本、手机壳、冰箱贴等文创产品源源上市，深受民众喜爱；话剧《苏东坡》《扬雄》，川剧《诗酒太白》《落下闳》，歌剧《李冰父子》，曲艺《升庵吟》，音乐剧《武侯》，交响乐《少陵草堂》等一大批舞台艺术作品好戏连台，深入人心……

"四川历史名人丛书"的编纂出版，是实施振兴四川出版战略、实现文化强省目标的重要举措，其目的是深入挖掘提炼历史名人的思想精髓和道德精华，凝练时代所需的精神价值，增强川人的历史记忆、文化记忆，延续中华文化的巴蜀脉络，推动中华文化传承创新，彰显巴蜀文化的生命力和影响力。

"四川历史名人丛书"的编纂出版，始终坚持正确的政治方向、出版导向、价值取向，深入挖掘名人的精神品质、道德风范，正面阐释名人著述的核心思想，借以增强川人的文化自信，激发川人了解家乡、热爱家乡、建设家乡的澎湃力量；始终坚守中华文化立场，着力传承中华文化的经典元素和优秀因子，促进人民在理想信念、价值理念、道德观念上团结一致；始终秉承辩证唯物主义和历史唯物主义观点，用客观、公正、多维的眼光去观察历史名人，还原全面、真实、立体的历史人物，塑造历史名人的优秀形象，展示四川文化的独特魅力，让历史名人文化为今天的社会发展提供精神动能。

"四川历史名人丛书"的编纂出版，注重在创新上下功夫，遵循出版规律，把握时代脉搏，用国际视野、百姓视角、现代意识、文化思维，将思想性、知识性、艺术性、可读性有机结合，找到与读者的共振点，打造有文化高度、历史厚度、现代热度的文化精品，经得起读者检验，经得起学者检验，经得起社会检验，经得起历史检验；注重在质量和水平上下功夫，立足原创、新创、精创，努力打造史实精准、思想精深、内容精彩、语言精妙、制作精美的文化精品，全面提升四川出版的知名度和美誉度，为建设文化强省、助推治蜀兴川再上新台阶提供思想引领、舆论推动、精神鼓励和文化支撑，为增强中华文化影响力贡献四川力量。

"四川历史名人丛书"编委会

2019 年 10 月 30 日

目录

楔　子	001
第一章　李家有奇儿　娇娇出青莲	004
第二章　戴天山访道　雪宝顶遇仙	022
第三章　赵蕤夜遁郪王城　李白拜师长平山	038
第四章　散花楼李白怀古　清音阁老僧讲禅	049
第五章　仗剑去乡国　御风出夔门	065
第六章　橘园会司马　洞庭殇同袍	075
第七章　谢家庄巧遇杏儿　姑苏台戏唱越女	088
第八章　孟夫子京城失意　李太白安陆定亲	105
第九章　胡紫阳赞礼主大婚　马正公嬉笑作媒婆	122
第十章　唐玄宗元宵观灯　圣天子大驾卤簿	138
第十一章　韩刺史鼎力荐才　大猎赋颂扬圣恩	161
第十二章　贺知章金龟买酒　谪仙人名动京师	176
第十三章　李翰林义救郭子仪　安禄山独享浴儿礼	194
第十四章　沉香亭贵妃醉酒　兴庆池太白赋诗	206
第十五章　四圣酒楼撒欢　李白赐金放还	222

第十六章　李白戏耍华阴令　杜甫膜拜谪仙人　　236

第十七章　风雪曹州识高才　连天阴雨哭亡妻　　256

第十八章　白云观入道授箓　谢家坡重逢杏儿　　278

第十九章　太白居别杏儿　桃花潭遇汪伦　　297

第二十章　盘龙湾汪伦访亲　魏家庄李白认婿　　311

第二十一章　汪伦情深桃花潭　李白祝寿嵩岳山　　324

第二十二章　李太白情殇贤妻　崔甫成智赚大郎　　340

第二十三章　大郎醉书梁园吟　宗氏千金买诗壁　　354

第二十四章　安禄山兵叛范阳城　杨贵妃命丧马嵬坡　368

第二十五章　永王误国误己　诗仙捉月升天　　384

楔　子

长安元年，八月十五。

夜里，月如银盘，悬空临照。皎洁的月光下，莽莽千里天山，静穆如梦如幻。戌时，天空突泛红光。有星大如斗，自西方疾矢而至，坠于碎叶城郊条支海。"声若奔雷，海水为之沸"。

亥时，电闪雷鸣。刹那间，狂风怒号，大雨倾盆不歇。

碎叶城，北辰街。

安西都护府署衙旁，一座高大的官舍门前，都护府侍郎李客满脸焦急，手脚无措地团团打转。内人李郭氏，头搭热水浸过的汗巾，正躺在木榻上，痛苦地辗转号啼。

妇人胎怀十月，早已发作多时，偏又天降豪雨，一时半会儿停不下来，到哪里去请接生婆呢？

室外，李客站在屋檐下，焦躁不安地搓着双手。屋檐水滴如珠帘，哗哗地直往下淌。

正焦虑烦躁间，内室传出一声脆啼，婴儿已呱呱坠地。

李客大喜，转身掀帘入内。

室内，床头铜质灯台上，搁一盏三枝桐油灯，红烺烺照得透亮。一榻竹席上，母婴两相安好。唯彼此间脐带相连，尚无法随意挪动。幸得妇人蛮性，愣是用牙咬断脐带，叫夫君烧水净婴。

李客接婴在手，见是一白胖男孩，满心欢喜不已。为铭记娘亲大恩，当即取名"咬脐郎"。邻人十分不解，好端端一个李白，为何唤作"咬脐郎"？

李郭氏面嫩，怕人耻笑蛮婆子，不愿意吐露实情，支支吾吾，谎言小儿刁顽，喜含吮左手拇指，夫婿呼为"咬指郎"，非"咬脐郎"也。邻人不疑有他，便信以为真，见了就唤"咬指郎"。

听了邻人所呼，李郭氏不甚欢喜，怕传出去遭人耻笑，想起那晚新月皎洁，当众呼为"月牙儿"。

五年后。

神龙元年，秋。

一行大雁，咿呀鸣空。雁阵连成"人"字，不惧万水千山，持之以恒地向南迁徙，朝着遥远的江南飞去。

时令霜降，早已雪漫天山。迷迷茫茫的皑皑白雪，绵延千里不绝。

天山脚下，汉驿道蜿蜒向东，伸向望不到尽头的远方。一队西域客商，正沿着古驿道，缓缓向东进发。商队行处，筚篥声声，胡歌嘹亮。

"敕勒川，阴山下。天似穹庐，笼盖四野。天苍苍，野茫茫，风吹草低见牛羊。"

风雪无边，旅途漫漫。

商队百十车骑，人人脸上带着笑，洋溢着无限的喜悦。

富丽堂皇的长安城，高耸入云的大明宫，千帆竞发的大运河……就在前方。伟大的唐帝国天子，已备好飘香的美酒，如云的美姬，载歌载舞等着他们呢。

胡商旅队中，一中年汉服男子，显得甚是扎眼。

此人年逾三旬，头戴狐狸风雪帽，身披裘袍黑大氅，脚蹬豹皮长统靴，端端坐在首车上。

黑氅汉子性沉毅，少与他人言话。随行有识之者，呼为"李侍郎"。

李侍郎？

对，李客！李客名儿甚怪，何以客名？

看官有所不知，盖其祖籍陇西成纪，为凉武昭王李暠之后，乃当今皇帝宗族。祖上因罪"长流"西域，客居碎叶不得返，故以"客"名记之。

月前,得朝廷大赦:死囚从流,流囚赦免。

李侍郎闻讯,喜极而泣。焚香堂屋神龛前,告慰列祖列宗:蒙皇帝天恩,凡流寓西域的李氏族人,皆可名正言顺东归故里了。

李客毫不迟疑,当即变卖家产,偕一家妻儿老小,杂陈胡商队伍中,风尘仆仆万里东归。

第一章
李家有奇儿　娇娇出青莲

一

神龙二年,早春二月。

春风顺着浩浩大江,不遗余力地往上吹拂。昼夜不息的和风细雨,吹遍了辽阔的巴山蜀水。旬日之间,白了李花、梨花,又红了杏花、桃花。漫山遍野的田间地头,流淌着绿油油的春光,仿佛伸手一抓,也能抓回一把绿气来。

剑南道,绵州。

昌隆县,青莲乡。

乡场外的涪水,早已解冻通航。江水夹杂着山间的残叶枯枝,肆意汪洋地向东南奔去。

奔腾不息的江岸边,矗立一棵硕大黄葛树。树冠遮阴蔽日,径达十丈有奇,盘根错节悬于危崖上。黄葛树左侧,有条尺余青石小径,经二三十级阶梯而下,就到了青莲渡口。

"青莲渡,青莲渡,北抵岷山顶,南通巴子路……"

青莲渡偏居蜀北,名头却很响亮,号称剑南第一津,又有千里涪水第一码头之谓。

码头依山而建，宏伟壮阔。清一色的条石，整齐划一般垒就。密密麻麻的泊位，大小交叉相间，计有三十六个之多。

李客伫立江岸，身披裘皮大氅，意气风发地瞩目远眺。

江心，百舸争流，千帆竞发。

一艘接一艘的商船，满载着藏了一冬的山货，还有李客的心愿——新年第一帆的希望，驶向绵州、梓州、遂州，甚至更加遥远的渝州、夔州。

码头上，劳作歌声阵阵。

东家亲临渡口，力夫们都格外展劲，齐心协力吼着号子，将一件件大宗货物，或抬或挑或驮，小心翼翼搬上船。以期讨得主人口彩，或多或少赏两个铜钱，也好搭伙买壶酒吃。

李客甚为高兴，不是赏两个铜钱，而是赏了十串铜钱，吩咐渡上管事的工头，夜里让工人们吃碗酒。

自个儿搬只凳儿，坐在黄葛树下，悠闲地吃着茶。

邻码头不远处，有一片河滩。

河滩上，铺满细细的沙。一胖乎乎的小男孩，屁颠屁颠地疯玩着。小男孩隆鼻高额，约莫七岁年龄，头大眼大耳朵大，精灵古怪一副模样。身边的沙地上，拢一堆择好的石块。石块厚薄均匀，大小如鸡蛋。小男孩不停地甩出石片，打出一串串"水漂"。

春阳悬空照着，暖暖地让人舒服。一江碧浪，波光潋滟。两岸青山，绿潮涌动。

小男孩很专注，一块一块的小石片，总能滑出十丈开外。长长短短的"漩儿"，一圈圈漂于江面上，蜻蜓点水般"踏"波漂向远方。脸上，手上，衣上，沾满无数细沙。汗珠儿顺着两颊淌下，将一张可爱的脸儿，变成了俏"花猫"。"花猫"玩兴正浓，手中不停飞出石片，嘴里也没闲着，不住地数着"漩儿"的个数，"一、二、三、四、五、六、七……"

"月牙儿，月牙儿。"李客喝着茶，冲河滩大喊，"快把手洗干净，该回家了！"

打水漂的小男孩，正是李客七岁小儿。

小男孩应一声，极不情愿地停了手。脑子里想了一想，又将沙地剩余的石片，飞快地"打"入江面，才泼猴般跑上岸来。

李客喝完茶，牵着月牙儿，向青莲乡走去。

秦制，十里为亭，十亭为乡。唐袭前朝旧制，设昌隆县青莲乡。乡辖十一亭，治青莲亭，乡名因此而来。

青莲乡前临涪水，背倚小匡山，扼秦蜀咽喉，踞古金牛道要隘，南来北往的舟楫车马，大多汇集于此。小市商贸繁荣，历为剑南交通要驿，乃秦蜀间重要的物资集散地。

乡场规模不大，也没有城墙，横横竖竖八条小街小巷，像一枚巨大的篆刻图章，静卧在小匡山脚下。

顺河街长约里许，沿涪水东岸而建，是乡场上的主街。弯弯扭扭五道拐，乡人俗呼为五拐巷。五拐巷贯通南北，宽不过两丈，却是青莲乡最热闹的去处。青石铺成的街道上，车辙印深达寸许，行其间清晰可睹。

街道狭窄弯长，两旁商家店铺云集。从北往南挨一数去，林林总总不下百家，经营着各色杂货。遂州的盐巴、绵州的烧酒、梓州的麸醋、嘉州的酱油、成都的竹编、渝州的铁器……形形色色，应有尽有。

每当夜色降临，各家各户的店铺里，便燃一支蜡烛，明明暗暗的烛光，把一街照得朦胧，甚至有些阴森。

"客悦"名头很响，是街上数一数二的大商铺。横匾流金溢彩，为匡山学堂山长柳百年所书，难得的右军风骨。二层木质结构的吊脚楼，坐落在顺河街三道拐处，凭地利占得一街风流。

店主人就是李客。

顺河街北端，二道拐有个铁匠铺，掌柜吴豹私下曾言，说他与李客较过腕力，凭自己抡十二磅大锤之力，居然和他难分高下。

依吴掌柜之意，"客悦"主人李客，乃"武挂子"无疑，必避祸隐于乡间的异人无疑。

柳百年闻言，嗤之以鼻。捋着三绺花白胡须，作古正经地告诉邻人，李客祖籍陇西成纪，乃凉武昭王李暠之后，是当朝皇帝的宗亲。依柳山长之意，李客曾做过任城尉，因罪谪守安西都护府，前年遇上朝廷大赦，才携家小来蜀中定居。

二人皆乡贤达，一为铁匠铺掌柜，一为学堂山长。乡党不知孰是孰非，听两人说得玄乎，便对李客另眼相看。

四邻不知详情，却大多记忆犹新。前年腊月里，李客携家眷自秦地而来，花费百二十两银子，盘下这栋大楼，开了"客悦"店铺，专营秦、蜀二地的紧俏货。

听他本人说，"客悦"的店铺名，就源于自己的名字。李客人如其名，见谁都客客气气，总是一副笑眯眯模样。

"客悦"开张那日，李掌柜很大方，不惜破费十两银子，包下乡上所有的饭庄，请众邻一起欢聚，吃他的开张"发财酒"。由此赢得好名声，但凡"客悦"有事招呼，莫不争相前往帮忙。

临近中午，一街市声喧嚣。

李客牵着月牙儿，兴冲冲自码头归家。走到铁匠铺时，打铁声叮当作响。掌锤师吴豹，正挥汗如雨。一眼瞧见李客，忙放下手中铁锤，大声招呼道："李兄慢行，进铺子吃杯酒去。"

吴掌柜为人热情，李客不便推托，双手抱拳打躬道："就依了吴兄，吃杯酒去。不过话说明白，酒钱算我的。"

吴豹见李客应允，满心欢喜。冲里屋吼道："泥鳅，快去郭伯店里，打壶酒来。"

泥鳅是吴豹小儿，与月牙儿同龄，两个小家伙素为死党，是乡场上群小的头儿。

吴豹满头大汗，忙用围裙拭净双手，抖抖摸出三个铁钱，正要递给泥鳅。

李客一把摁住，呵呵笑道："适才说好的呢，酒钱算我的！"随手掏出一串铁钱，让月牙儿拿着，嘱咐快去买酒买肉。

月牙儿接了钱，拉起泥鳅一阵小跑，来到四倒拐"郭记酒庄"。

庄主郭勋琪不在，娘子郭李氏坐围柜里，笑盈盈收了那串铁钱。便起身打开烧腊柜，切了二斤卤猪头肉，又斩一只熟鹅，一一用麻纸包好。再拿一壶"剑南春"，一并给了俩侄子。

月牙儿接了酒肉，并未马上离开，用余钱买了三只麦面饴饼，一大捧炒熟了的落花生，又心欠欠地问："伯娘，地牛儿呢？"

地牛儿是郭李氏儿子，白白嫩嫩一个小胖墩，也是月牙儿的死党。

郭李氏一笑，用手指指院左侧。地牛儿正蹲在茅厕里大便。

泥鳅小跑上前，拉起地牛儿便走，嘴里直嚷嚷："大哥请吃饴饼，还磨蹭啥呢！"

地牛儿屙得正痛快，被泥鳅一搅肇，顿时便意全无，边挣脱边说："哎呀，还没刮屁股。"伸手去篾篓里，折一小节竹片，匆匆刮净两股间的秽物，手也未来得及洗，便随二子出了门，溜进酒铺旁一条僻巷。

小巷曲折幽长，右边的墙脚下，有一条水渠，清泉正汩汩地流。三子溜进小巷，寻一老柳下，拢一堆坐定。

月牙儿见四处无人，自怀里掏出三个饴饼，分别给了泥鳅、地牛儿各人一个，自己留一个在手。又将一捧落花生，悉数铺在地上。

三子相视而笑，将饴饼嗅了又嗅，嘴里数着"一二三"，同时将饼递到嘴边，小心翼翼咬一口，露出小半牙"新月"来。

月牙儿一边吃，一边盯着那壶酒，心想阿爷和吴伯那么嗜酒，却不知道有何妙处。心痒痒地想着，便有心一试，让泥鳅拧开壶盖。

泥鳅不敢，怕挨打。

又叫地牛儿拧，地牛儿也不敢，说酒是他家的，怕缺斤少两壶盖松动，坏了"郭记"的名声。

月牙儿不高兴，自个儿拧了壶盖，学着大人的模样，抱着喝了一大口。哪知并不好喝，那酒才入口里，就辣得哇哇大叫。双脚发癫似的乱跳，壶里的酒也洒了出来。

地牛儿骇一跳，心想壶里少了酒，大人们肯定知道，少不了要挨打。两眼滴溜溜一转，起身便想偷偷溜走。突见月牙儿发了癫症，嘴里"啊啊"有声，踢梦脚似的上下乱跳，急忙问道："大哥，何故癫狂？"

月牙儿听他胡言，两眼一瞪，含含糊糊嘟哝道："谁发癫了？本以为好吃，哪知辣得不行。"话未说完，头昏目眩起来，差点跌了一跤。

泥鳅大惊，见他面红耳赤，知道喝醉酒了。原来吴父嗜酒，每次喝醉酒后，也是这般模样。泥鳅总见自家阿娘用布帕浸了冷水，敷在阿爷头上醒酒。想到此处，泥鳅着了慌，忙让大哥平躺地上，欲浇冷水为他醒酒。

月牙儿不肯，独自去到沟渠，用冷水拍自家额头。待稍微清醒些，又捧清水注入壶中，至先前一般水平方止。

三子不敢久留，一人捧住酒壶，一人提着熟鹅、猪头肉扎包，一人用上衣摆兜了剩余的落花生，飞也似的撒开脚丫，奔向铁匠铺去。

吴豹坐在木凳上，久等不见二子归来，叫李客稍等片刻，自己去到铺子外，站在阶沿上四下张望。

三子慌慌张张，携酒食飞奔而至。

吴豹生疑，嘴里骂道："小馋猫恁久不来，偷吃酒食了不是？"

月牙儿骇一跳，吴伯伯怎么知道？低着头不敢吱声，只将一壶"剑南春"酒，小心翼翼搁在桌上，站立一旁不敢乱动。

李客铺好酒食，请吴豹坐了上位，先筛一碗酒给他。

吴豹也不客气，大咧咧接过酒碗，叫声"李兄请"，仰头干了大半碗。哪知酒刚入口，"扑哧"全吐了出来。"噫，郭三郎好不仁义，连李兄沽的烧酒，也掺了假水！"

月牙儿一听，心知要挨揍，倏地撒开脚丫，向乡场外跑去。余下的二个小子，哪里敢跑？被吴豹大嗓门儿一吼，只得如实说了。

吴铁匠性急，扭住泥鳅欲殴。

李客摆摆手，急忙加以制止。伸手按住那只卤鹅，撕下两条肥腿来，笑眯眯地递给俩屁孩，努努嘴示意快走。

二子道声谢，欢天喜地而去。

月牙儿跑得快，逃出铁匠铺后，一口气跑到青莲渡，自个儿在江畔沙滩上，无趣地打着水漂。

一连打了十几漂，胳膊儿有些酸软，就想那只油亮亮的肥鹅，嘴里大口大口吞着涎水。

泥鳅呢？地牛儿呢？自忖没有跑脱，已挨了大人的板子。

一个人好生无聊，便想躺在沙滩上，四仰八叉晒太阳。又怕邻人瞧见难堪，索性梭进江岸田地里，躺在金灿灿的菜花丛中，望着湛蓝的天空出神。

午后的春阳，暖暖地照着大地。绿油油的田地里，不时有蜜蜂飞来飞去，"嗡嗡嗡"萦绕耳际。菜花浓郁的香味儿，直往鼻子里钻，让人昏昏欲睡。

月牙儿躺在地上，肚子有些饿了，又想起那只熟鹅来。鼻尖突然一酸，心里有了莫名的委屈。自己躺在这里，爷不问娘不管，算什么来着，不就一弃儿吗？

一畦一畦的菜花，顿时忧郁起来。金黄色的忧郁，让人忍不住泪流。

麦苗行里，开满紫白相间的豌豆花。一朵朵柔弱的豌豆花，被冷冷的江风一吹，尤显得楚楚可怜。

月牙儿闭着眼，泪水顺着面颊，无声无息地流下。

一行大雁，朝北飞去，呀呀长鸣。雁阵掠过涪水，掠过小匡山，掠过蔚蓝的天空。

月牙儿的思绪，随之飘得无限遥远。明月千里，天山飞雪，胡歌嘹亮……

不知不觉中，月牙儿睡着了。

戌时。

顺河街上，灯火齐明。

李客手提灯笼，急如热锅上的蚂蚁，大街小巷一阵乱窜。

李郭氏也提个灯笼，拽着粗布长裙，披头散发跟在身后，撕心裂肺呼着月牙儿。

铁匠吴豹，酒保郭勋琪，学堂山长柳百年，还有泥鳅和地牛儿，乡场上大大小小的人，都举着灯笼火把，四处呼喊着。

"月牙儿……月牙儿……"

"月牙儿……月牙儿……"

春夜的小市上，呼声犹如"喊魂"，让人心生畏惧。

外乡人不谙蜀俗，更不知"喊魂"为何物。初入蜀境时，闻之心甚恐惧。

看官有所不知，旧时古蜀一地，但凡有小儿落水者，往往视为丢了魂，被水鬼摄了去。大人便在天黑后，去落水处挖起三锄烂泥，隔空向家人喊小儿名，问某娃儿回家无。家人就高声应答："回来了！"

此三呼三应，多在夜深人静时。长声不绝，闻之令人惊恐，俗称作"喊魂"。

月牙儿早醒了，听到四下喊声甚急，眼前又漆黑一片，心里着实恐惧。可他赌着气呢，谁叫你们才来找我？

虽然骇得要命，就是不肯出来。他自己也不明白，究竟在跟谁赌气，反正就猫着不吱声。

寻人的火把，照亮了江畔。火把星星点点，春夜里格外耀眼。慢慢移往田地，聚于月牙儿藏身处……

二

惊蛰，杜鹃声声。

李客用过早点，惬意地打着饱嗝，去房前屋后溜达，转了一圈又一圈。

巳时，三刻。李客回到堂屋，高声叫来月牙儿，郑重地告诉他已满七岁，该去匡山学堂启蒙，跟着柳先生识字了。

仪式很庄重，李客净手焚香，又让月牙儿跪下，在堂屋的神龛前，给列祖列宗磕三个响头。

上学堂？

月牙儿听了，兴奋得像只小狗，在地上翻了几个跟斗，却始终不肯下跪。

他实在不明白，阿爷是何道理？非要自己跪下，给个木头盒子磕头！

见儿子不肯，李客着了慌，忙十指交叉相扣，双手做鸡冠状，虔诚拜于神龛前，作揖磕起头来，嘴里念念有词："列祖列宗莫怪，恕犬子顽劣无知。"

月牙儿本不情愿，见阿爷这般认真，连忙跪于地，着实磕了三个响头。

李客大喜，小声祷告道："求列祖列宗保佑，犬子入明经学得文武艺，以光耀李氏门庭！"

李郭氏也未闲着，谨遵夫君嘱咐，将衣衫头饰整理一番，左小臂挎一竹篮，急匆匆出了店门。

前行五十丈，五道拐处右侧，有家"秦老味"烧腊铺子。每日里，卤味飘香不绝。

李郭氏近前，出两串铁钱，买了四味老卤：一碟卤猪头肉，一碟卤猪耳朵，一碟卤猪心子，一碟卤猪尾巴。又沽一壶"剑南春"，兴冲冲提回自家店里，改用红漆木食盒，分格一一装好，默默地递给月牙儿。

乡场北，小匡山脚下，匡山学堂。山长柳百年，负手立檐下。

前檐横梁上，吊一竹编鸟笼。笼里养着三只画眉，皆为名贵的"金丝"。柳先生取笼在手，低头嘬嘴相戏，嘘嘘逗着鸟儿。鸟儿善解人意，叫声欢快悦耳。

李客手提食盒，领着月牙儿，笑盈盈大步而来。

柳百年一见，知月牙儿拜师来了。忙将鸟笼重挂梁上，手捋三绺长须，笑吟吟迎入馆内。

李客入了教馆，去案上搁了食盒。再转过身来，双掌相叠于胸前，复向前努力拱出，对着柳先生躬身长揖。

柳百年见了，也不还礼，只上前把他扶住，呵呵笑道："李掌柜，太过客气了。"一边说着，一边让座。引李客坐了客位，自己倒不谦虚，端端坐了主座师位。

月牙儿幼稚，不识二人间礼数，哪知他俩在干什么呢。顿觉无聊至极，待要溜出馆外，找泥鳅、地牛儿耍去。突被李客抓住，引到柳百年面前，让他跪下拜师。

月牙儿依稀记得，母亲大人说过，只有拜了师才能入学。便依阿爷的吩咐，双膝跪在地上，磕了三个响头。

柳百年一见，又是呵呵一笑，愉快地说道："月牙儿，你既要发蒙识字，拜我还不能算数，须得再拜至圣先师上大人。"

月儿牙初涉学堂，不知谁是上大人。滴溜溜转动双眼，满屋子四下一瞧，愣是没有瞧见人。心里奇了怪了，这上大人是谁？

柳百年笑笑，领他到教案前，让其双膝跪于地，拜一黑黢黢木雕像。

月牙儿呆了呆，木雕像是上大人？心里百思不解，哪肯轻易拜他！

李客走上前去，欲强迫月牙儿下拜。月牙儿犟起脖子，始终不愿屈服。

柳百年见状，又呵呵一笑，自嘲道："月牙儿既不肯拜，索性就依了你。不过你既已拜我，当敬为师三盏酒，如何？"

李客一听，如释重负。急忙揭开红漆食盒，摆出四碟卤味来。再把酒壶盖拧开，斟满三盏烧酒，叫月牙儿双手奉上，恭敬柳百年饮下。

月牙儿却也奇怪，不肯拜木头疙瘩，对柳先生倒是十分亲热，表现得甚是恭顺。

柳百年端起架子，连饮了三盏酒，又各样卤味吃一口，正式收月牙儿为庠生。

李客大喜，小儿既为庠生，日后全仗山长教诲，哪能不敬他？便亲执酒壶斟酒，依照弟子礼数，也敬柳先生三盏。

柳百年欢喜，脸上泛满酒红，扭头问李客："敢问李掌柜，令郎可有正式学名？"

李客见问，摇了摇头，表示没有。唯言月牙儿出生时，堂客李郭氏曾假寐，梦见太白金星入怀。故而言之曰："请先生依梦境意，为犬子赐名吧。"

柳百年闻言，闭目沉思。倏拍大腿，狂喜道："姓李名白，字太白，可好?!"

李客闭目，细细一想，果然好寓意！躬身长揖道："多谢柳先生，为犬子赐得好名字。"

李白，李太白，好响亮的名字。青莲乡的人，都说这名儿好。旬日间，李白之名，传遍十里八乡。

三

小匡山，郁郁葱葱。涪水自西北来，到了青莲乡地界，遇到小匡山阻拦，成U形绕山而流。一川碧流，把个不高不矮的小匡山，滋润得四季花团锦簇。

乡塾匡山学堂，就坐落在小匡山下。

每日晨，山长柳百年必早起。卯时，站在学堂山门前，嘴里含个窑烧泥叫叫，准时急促地吹唔。泥叫叫五声，很唔。三长两短，似在告诉童子们，该入学堂上课了。

乡场上的孩子们，听到"滴滴"的泥叫叫声，不论天晴下雨，都会准时到达学堂。

也有个别稚童，贪睡起得晚了，往往流眼泪往学堂跑，宁肯饿着肚子，也不愿意迟到。设若偶尔有事，迟到过一两次，便会被同窗小儿瞧不起，鄙视为"困懒瞌睡的狗"。

月牙儿不愿当狗，每日里总是第一个到学堂，帮着先生洒扫庭除。唯有那间空旷的大教堂，让他不甚舒服。长三丈宽两丈的教堂，活像一个牢笼，将十几个活蹦乱跳的稚儿，活生生关在里面。

柳先生是个怪人，每每坐在讲台上，就像变了一个人，不似先前那般和蔼。时常板起一张脸，手里拿一把戒尺，让群儿跟着他的节奏，摇头晃脑背子曰诗云，偶尔也传授些棋琴书画。

没有了自由自在，月牙儿十分无趣。好在有泥鳅，有地牛儿，还有……柳先生家的柳丝儿。泥鳅也有了大名，叫吴指南。地牛儿更好笑，叫郭小楼。柳丝儿呢，因为是个女娃儿，不能正式入学堂，也没有学名，仍旧叫柳丝儿。

吴指南最怪，说柳丝儿长得乖，二天讨来作堂客。

郭小楼嘴上不说，心里也很喜欢。隔三岔五背着大人，从家里偷一个饴饼，或抓一把落花生，躲了月牙儿和泥鳅，献殷勤地讨好她。

柳丝儿很傲气，偏偏不搭理他俩，就喜欢和李白玩。时常摸一把干果，或拿一个煮鸡蛋，甚至把郭小楼给她的饴饼，也偷偷塞给月牙儿。每当这个时候，就嘟着一张小嘴，乖巧地说道："我们两个好哈。"

李白是个怪物，听她说得肉麻，浑身不自在，多次拒绝她，还骂她"小狐狸"，气得柳丝儿大哭。

吴指南知道了，私下伙起郭小楼，跑来"羞"李白。两人用食指刮着脸，日怪地说道："月牙儿，先生夸你功课好，你尾巴翘上了天。当心柳丝儿告诉她娘，说你香她的小嘴。"

李白大急，两个野物，才怪呢。

"不准打胡乱说！"

见李白急了，吴指南好开心，扯抻一双脚杆，和郭小楼一趟子跑了。

柳丝儿躲在树后，乘机走上前来，将一颗小脑袋，靠在李白的肩上。

李白脸就红了，自己都觉得奇怪，柳丝儿那么乖，梦里都想和她一起玩，为何见了她的面，又浑身不自在呢？月牙儿这么一想，索性豁出去了，牵着柳丝儿的小手，大摇大摆向学堂走去。

从此以后，李白打心眼儿里感觉到，学堂有了无限的情趣。

乡场上的生活，便在学堂琅琅的书声中，日复一日地悠闲着。铁匠铺的敲打声，依日不绝；郭记酒庄的酒香，依旧绵长；繁忙的顺河街上，依旧熙熙攘攘。

李客总是很忙，生意越做越大。

流寓安西多年，各种不同的胡语，多多少少会一点。南来北往的客商，但凡入蜀地贸易，大都来找他交易，客源远达秦左陇右，甚至渤海国的商人，也和他有往来。

月牙儿聪慧，识过的字，过目不忘；听过的音，入耳便会。平时跟着父亲大人，学了不少的胡语，甚至识得渤海国文字。

谷雨节，顺兴茶楼。

雅室内。李客居主座，笑眯眯一脸和气。

右贵宾位上，坐一渤海胡商，虬须绕颚如戟。

左客位上，坐一渝商，白面无须。

三个人满脸喜色，谈判似乎已近尾声，即将进行"捏价"。胡商乃豪客，有渤海皮货五车。渝商也豪阔，有渝州铁器四车。唯独李客羞涩，仅有蜀锦二匹。

三方以物换物，各取所需。

渤海客心急，将右手伸进李客袖中，捏住李客两个指头，意欲以五车皮货，换他两匹蜀锦。

李客不同意，挣脱胡商的手，反捏住对方一指。意即以一匹蜀锦，换他五车皮货。

渤海客不情愿，欲挣脱重捏。李客面带微笑，死死捏住不放。又用食指指头，在对方手背轻点一下，意即增加半匹。渤海客不再挣扎，低头想一想，眼里放出光来，表示可以接受。二人相视一笑，两手袖中相握，成交！

五车胡商皮货，质地皆上乘，瞬间归了李客。但他并非要储存，而是用它交易渝商的铁器。

在渝商眼里，只有上好皮货，可惜不懂胡语，让李客占了先。见二人成了交，急忙伸出右手，钻进李客右袖里，捏住他的三根指头。意即以三车铁器，换他五车皮货。

李客是谁？自己挣得的便利，岂能让渝商赚了去？当下挣脱渝客的手，反捏住对方四指，死死不容挣脱。渝客本不情愿，却哪里挣得脱？李客满脸毅色，不容有丝毫走展。

渝客无可奈何，只得点了点头，示意成交！

三人大喜，各执身前茶盏，相互触碰庆贺。

仅此一单，李客赚得轻松，即得利二十两银。

忙完生意，已近酉时。李客满心欢喜，兴冲冲回到家里，嘱内子温一壶酒，劳问一下自己欢快的心情。左右不见月牙儿，张口问道："怎不见娃？近日学业可好？"

李郭氏双手不空，左手提一壶"剑南春"，右手端一钵红烧猪蹄，正往饭桌走来。见夫君相询，笑吟吟答道："好，柳先生夸他聪慧，将来必为……必为啥……国士？"

李客平时忙，只顾着做生意，管不了月牙儿。听得娘子夸赞，心里自然欢喜。伸箸拈起一坨猪蹄，塞进嘴里大嚼。再筛一大碗烧酒，仰头一口干了。嘴里呵呵有声，笑盈盈心满意足。

戌时，明月如昼。

三道拐上，十字街口。

黄葛树硕大无朋，疏疏漏一地月色。

李白躺树丫上，握一只馅饼大嚼。柳丝儿才送来的饼，正冒着热乎乎的气儿。

树下，柳丝儿仰着头，小声问他："月牙儿，好吃不？"嘴里一边说，一边咝咝吞口水。看她嘴馋的样儿，自己没舍得吃。

李白嗯嗯两声，算作回答。几口吃完馅饼，泼猴般飞身下树。立身站在树下，撮嘴一声尖厉口哨，远远地传了出去。

呼啦啦，呜啦啦，哗啦啦。

一街毛头小屁孩，闻口哨声而出。明晃晃月光下，疯一般玩在一起。

月牙儿像个将军，指挥着十几个孩童，玩一种古老游戏。游戏有个名堂，叫"耍菜花蛇"。

孩子们听从指挥，依个头高矮为序，挨次结成一纵队。后者双手搭前者肩上，弯弯扭扭做蛇状。

领头一男孩，又高又壮，是"龙头"。

蛇尾者，多为女孩儿。另有"耍蛇者"，为一机灵男孩，独自一人一方，与"龙头"相对。

游戏中，"耍蛇者"耍尽花招，千方百计去抓蛇尾。"龙头"拼命阻挠，带着身后十数小屁孩，东逃西窜躲避。并不时拳打脚踢，对"耍蛇者"进行攻击。攻击不能当真，需点到为止。游戏规则明确，"龙头"的目的，一是阻挠，二是护"身"，三是逃避。

"耍蛇者"则不同，可尽展拳脚，或抓蛇尾，或破蛇身。二者得其一，即为胜，游戏结束。

游戏伊始，十数小屁孩成蛇状，嘴里齐声叫喊："菜花蛇，花又花，不抓龙头抓尾巴。"

开始几个回合，一般难分胜负，乱哄哄一阵疾跑。

街道两旁，观者如堵。大人闹，细娃叫，嬉笑声一片。

渐渐地，蛇尾不灵了。"耍蛇者"瞅准机会，一把抓住"蛇尾巴"，大笑着死活不松手。被抓住的小女孩，多半会哭鼻子，跑回自家大人身边。

泥鳅个儿高，通常扮作龙头。地牛儿敏捷，不出意外的话，大都做了耍蛇者。柳丝儿很文静，因月牙儿之故，是街上唯一参戏的女娃，自然而然是蛇尾巴了。每每"耍"到最后，第一个被抓者，总是柳丝儿。她也不哭不闹，跑到月牙儿面前，要他来当耍蛇者。说愿意让他抓，不愿让地牛儿抓。

月牙儿是司仪，岂可当耍蛇者？

小屁孩们挤眉弄眼，相互间一望，怪声怪调地笑道："柳丝儿，不要脸，输了去舔盐铲铲。柳丝儿，羞羞羞，好比燕儿打斑鸠！"

柳丝儿害羞，这才捂着脸哭了，独自跑回家去。

见柳丝儿哭着跑了，月牙儿心里怪怪的，莫名其妙有点儿"痛"。本想撵上去安慰她几句，又怕泥鳅们乘机起哄，便马起一张脸，将群儿大叱一通："都怪你们，欺负人家女娃儿。这下好了嘛，没了蛇尾巴，不玩了，不玩了！"

月牙儿一吼，群小害怕，一哄而散。

唯余一街月色，照着李白的身影，瘦小而孤独。

翌日，天气晴好。

柳先生领众子，郊游于涪水。

两岸青山如黛，一河帆影片片，满天春燕斜飞。

柳百年兴致颇佳，捋着三绺长须，突吟曰："最爱春风怜燕子……"沉思良久，不得下句。

李白在先生后边，想起那日独自卧田地里，四围花红柳绿，涪水静静东流，顺口接道:"时观流水送桃花。"

柳百年吃一惊,好工整的联句!抚须赞道:"月牙儿,当为不世才也!"

众子懵懵懂懂,哪知先生所叹,更不知"不世才"为何物。

李白得先生赞扬,心里甚是得意,却装着诚惶诚恐,躬身施礼道:"月牙儿造次,不该接先生之句,愿受戒尺鞭罚。"

柳百年闻言,心中越发喜欢,此子言语有度,前途不可限量。便有心再试,复沉吟曰:"草木地之毛……"自己随口一说,哪有甚上联句?

众子更加懵懂,不知先生所云。

唯李白闻言,心中波涛翻涌。向天仰视良久,突曰:"日月天之眼!"

柳百年骇绝,李白小小年纪,竟才思敏如泉涌。这等才情,这等襟怀,真天纵也!

道旁,有水车声,咿呀不绝。三五个农人,正脚踏龙骨水车,将涪水车入地里。待水车足后,又三三两两拢一堆,在地里耖出一方土来,用小锄细细地捣,直到捣成绒绒的泥浆。或农妇,或村姑,便在平展泥浆上,均匀地布下谷种。

众子不识农禾,更不知农人所为。见无数黄谷抛于田间,齐声大呼可惜!

柳百年笑了笑,有意卖弄见识,以教随行诸子。言农人所耖者,小秧田也。

三五车水者,正小憩。团团坐埂上,相与茶饮。柳百年上前,悉心请教农事。见众人肤黑似炭,双手粗若树皮,心里甚是疑惑。

一老丈言:"吾皇圣明天子,天下得以承平。可叹老天不佑,已百日无雨,奈何?"

众子听他一说,忙往地里细看,果见地裂如龟纹,缝大者径尺,缝小者亦寸余,麦苗枯萎似遭火烧。

柳百年突感忧戚,沉默没了语言,连叹数声,引诸子匆匆而别。

李白随其后,轻声问道:"先生何以为忧?"柳百年不答,良久乃曰:"旱魃作祟,乡民苦矣。"

李白一稚童,不知旱魃为何物,忙又低声讨教。柳百年虽忧心忡忡,仍耐心予以解释:"旱魃者,旱灾之怪也。《诗·大雅·云汉》说,'旱魃为虐,如惔如焚。'当打而驱之,驱而逐之!"

先生喃喃自语，几近梦呓。

李白越发糊涂，终不知旱魃为何物。

四

玉泉观，剑南名观。坐落小匡山腰，相距学堂里许。

当地耆老言，玉泉观年代久远，始建于前隋开皇间。开观百十年来，香火十分旺盛。

道观四周，林木幽深。观前官道两旁，有许多古柏树，年轮近五百龄。浓荫夹道，绵延三十余里。大柏树虬枝似戟，传蜀汉张飞所植，俗呼为张飞柏。

每日晨，玉泉观报晓的钟声，会准时在林间响起。悠扬的钟声里，附近的农人便醒了。或打扫庭院，或生火做饭，或挑水浇园。

道长玉泉子，不知何方人士，也不知几时来的小匡山。土著咸言，玉泉子年龄甚高，已达百二十岁。传为张天师化身，道法精深无比，能降龙伏虎。

立夏节，晴朗如故。应柳百年相约，青莲一众乡贤名流，会聚于小匡山。

客悦掌柜李客，郭记酒保郭勋琪，铁匠铺掌柜吴豹，秦老味烧腊秦老陕等，一一来到玉泉观。

玉泉子仙风道骨，端坐在小方木凳上。众乡贤鱼贯而入，环坐四围。

众人刚坐定，柳百年即拱手，团团作揖道："自春节以降，已百日无雨，致良田龟裂，禾苗皆火，乡民苦不堪言。柳某查得古籍有载，知旱魃作祟，奈何？"众乡党闻言，不知如何是好，齐刷刷望向玉泉子。

玉泉子垂眉，闭目做神游状，丝毫没有相助之意。

李客曾官西域，旅迹遍及国中，自然是见多识广。当下对众人说道："柳先生一片苦心，实为我等楷模。客昔年游历关中、陇右，见秦人每遇冬春大旱，便戏以打旱魃之法。可惜李某愚昧，不知个中关节，想玉泉道长天外飞仙，必知来龙去脉。"

玉泉子故作高深，本不想搭理众人。被李客一激，两道白眉一扬，开口言道："撵旱魃之法，有何难哉？"

李客一听，知玉泉子心思，忙抢先表个态："道长不必多虑，客自当奉银十两，以旺观中香火。"

众人心领神会，纷纷表明心迹，应承出银相助。"万望道长玉成，以活四邻黎民。"

柳百年心尤诚，躬身长揖道："道长有活民术，是乡邻之福。如若成全，某先谢过。"

言毕，就要跪拜。

玉泉子得了奉承，又被众人拿捏，哪里还好意思推脱？连忙起身扶住，又招众人拢一堆，敞开心扉商量。说天旱乃旱魃作祟，须设法擒拿旱魃，方能风调雨顺。

"难者，施法祈雨也。须将旱魃当众斩首，以敬天地神灵……"

玉泉子双目炯炯，讲得神神秘秘。众人不知所云，听得云里雾里。

李客有胆有识，与柳百年耳语片刻，毅然答道："就依道长之法，今夜上山将旱魃撵出，竭一乡之力擒之。"

玉泉子听罢，这才展颜一笑，也不久留众人，让各自回家准备。

是夜，明月如昼。

一街精壮男丁，皆手持桐油火把，齐集玉泉观。玉泉子着道袍，仗松木剑作完法，百十人发声喊，浩浩荡荡开进小匡山。

小匡山上，突然火把齐明，漫山遍野繁若星辰。

百十精壮汉子，手持明晃晃火把，满山遍野疯跑，嘴里高呼："打旱魃！打旱魃！"

山梁上，果见一骇人"旱魃"，身着花花绿绿怪衣，被人们从草丛中撵出，高纵低窜没命奔逃。众人齐声大喊："打旱魃！打旱魃！"高举着火把，疯一般追撵。

远远望去，火把乱舞，似繁星点点。

火把燃尽，旱魃被擒。

精疲力竭的人们将旱魃用铁链缚了，一路大声吆喝，押回玉泉观内，交由玉泉子问斩。

阶沿上，旱魃绑于柱。玉泉子二目如炬，手持松木宝剑，围着旱魃绕圈。

左三圈，右三圈，疾速如风。口里念念有词："天灵灵，地灵灵，玉皇大帝快显灵。"

突发一声喊，声似霹雳："天干三载，饿死黎民无数，该当何罪？"

柳百年立阶前，急领众人高呼："该当处斩。"

玉泉子闭了眼，左手捏个剑指诀，右手挥起一剑，将旱魃乱蓬蓬一颗头，骨碌碌斩落于地。玉泉观内，欢声雷动。

当其时，观中玉皇殿，婆儿客云集。

妇人们梳妆打扮，又燃烛焚香敬天，集体跪于神龛前，求玉皇大帝显圣，普降甘露以活黎民。小儿们不得入内，恐斩旱魃惊了魂，只好聚于观前，奶声奶气地唱："青龙头，白龙尾，小儿求雨天欢喜。麦子麦子焦黄，起动起动龙王。大小上下，初一下到十八……"

群儿歌声中，天空那轮明月，突然就着了魔，隐入云层没了踪影。

哗哗哗，哗哗哗，真下起雨来。

一街小儿，欢天喜地。齐声歌唱："风来了，雨来了，背时旱魃打死了！谷花姐姐胀奶奶，白米娘娘下崽崽……"

月牙儿好奇，爬上观前的黄葛树，藏在树丫间，伸长脖子往里张望。玉泉子仗剑施法，道袍无风而动，望之如画上仙人，好生让人羡慕。心里莫名一动，有了怪怪的想法。出家学道？入山寻仙？

究竟是何怪念，月牙儿也想不明白。尤不明白者，街上的"二癞子"，居然会是旱魃？！后听大人们说，那一剑斩得"真"，血都溅了一丈远，差点要了二癞子的命。害得街上各店铺的掌柜，每人多出了二两保险金。

倒是泼皮二癞子，像露了天大的脸，久久喜形于色。平时里，街上的大人细娃，都鄙视二癞子懒惰。那些俊俏的婆儿客，更不会正经瞧他一眼。呵呵，二癞子当了旱魃，他能不感到荣幸吗？

夜，已经很深了。

月光皎洁，山腰的玉泉观，朦朦胧胧。

月牙儿坐在树上，傻乎乎地怪想。

他的脑海里，全是玉泉子的身影，飞舞的松木宝剑，飘飞的灰色道袍……

第二章
戴天山访道　雪宝顶遇仙

一

李白变了，变得沉默寡言。

念书没了兴趣，游戏没了兴趣，连最爱吃的烧腊，也没了兴趣。天天溜出学堂，跑到后山玉泉现，缠着玉泉子学道。

玉泉子告诉他，小匡山道观敝窄，戴天山才有神仙。

戴天山很有名，距青莲乡四十里地，城堡般圆圆一座大山。山顶矗立两柱孤峰，状如巨大的石笋。人行两柱间，极窄处，须侧身才能过。

远远望去，宛若画屏，故又名圖山。传贞观间，有彰明主簿窦子明者，慕圖山清幽奇险，弃官隐居修道于此，土著俗呼为窦圖（子）山。山间云雾缭绕，四季青翠葱茏。

李白丢了魂儿，时常站在学堂大门前，望着戴天山出神。

地牛儿不解，约他玩"斗鸡"，他白一眼不理。

泥鳅亦纳闷儿，约他去地里偷瓜，被他骂作"瓜宝"。

柳丝儿呢，依旧乖巧，偷偷送他一枚煮鸡蛋。他把眼一瞪，当面扔进涪水，气得柳丝儿大哭,从此不再理他。

蜀中七月,闷热如蒸笼。李白越发烦躁,先生布置的功课,总是拖三拉四,每次都完不成。

柳百年着了急,私下言于李客,别只顾着生意,该抽时间多陪陪令郎,免得废了一块璞玉。

李客实在太忙,大把大把赚着银子,哪肯放下生意不顾?乘了三分酒性,逮住月牙儿一顿猛揍。

李白挨了揍,神情越发落寞,见谁都不愿搭理。终一日,只身来到铁匠铺,撒着谎对吴伯说,要随阿爷外出行商,央告锻一剑防身。

吴豹不疑有他,精心铸一铁剑,分文不取送给他。

李白提剑在手,顿时有了英雄气概。谢过吴伯伯,回家去娘亲卧室里,装了一布袋银子,和衣物一起做个行囊,沉甸甸地驮在背上,径向戴天山而去。

月牙儿傲性,竟不辞而别。

四邻皆惊,不知去了哪里。

李客心里明白,月牙儿这小子,必寻仙访道去了。李郭氏大哭,骂夫君太过狠心,打跑了李白。

柳丝儿更心苦,偷偷哭了好几回。从此望着戴天山,夜夜窗前发呆。

戴天山。一溪幽深,宛然如画。溪口竖一碑,甚是古朴。碑刻"武溪"。

沿溪行,夹岸长林,时有白鹭惊飞,盘空呀呀喋鸣。

李白背着行囊,手提铁柄长剑,攀高窜低进入涧中。平时居住乡场上,少有涉足山路,走了不到半日,早已两腿酸软,气喘吁吁,欲寻一干爽处歇脚,吃些饴饼再行。

不远处,古柏浓密。林间卧一青石,光达达状若晒席,李白忙奔了过去。溪谷中,清风徐来,顿觉身心俱爽。李白坐在石上,解开所负行囊,取一饴饼吞下。再去到溪边,捧些清泉润喉,顺便洗把脸。

涧周四望,山景殊明。顺口吟道:"犬吠水声中,桃花带露浓。树深时见鹿,溪午不闻钟。野竹分青霭,飞泉挂碧峰。无人知所去,愁倚两三松。"

想想又觉不妥,如此荒野山涧,连户农人也没有,哪来的犬吠声?自个儿觉得好笑,扑哧笑出声来。

夏日炎炎，山涧却甚凉爽，懒洋洋有了困意。李白伸伸腰，索性躺青石上，枕剑闭目假寐。正待迷糊睡去，突闻山涧深处，传来一阵巴歌声。

"豆（窦）子山，打瓦鼓。扬平山，撒白雨。下白雨，取龙女。织得绢，二丈五。一半属罗江，一半属玄武。"

歌声好熟悉，《绵州巴歌》？

正是《绵州巴歌》，柳丝儿最爱唱。

柳丝儿？

李白一惊，柳丝儿跟来了！连忙翻身而起，匍匐着向前窥视。林木疏朗处，看得甚是真切，哪是柳丝儿？

溪畔，一石硕大。大石上，坐个老婆婆。

婆婆鹤发童颜，看不出真实年龄。嘴里咿咿呀呀，唱着绵州巴歌。双手握着一根铁杵，极认真地磨着。时不时停下动作，掬一捧清溪水，浇在臂粗的铁杵上，又继续用力磨砺。

老婆婆神情专注，身子俯仰间，似少女般妙曼。

李白心里一动，婆婆恁大年纪了，干吗独入武溪，在此霍霍磨杵？玉京子所言神仙乎？

有了这个念头，李白忘了腿脚酸痛，连滚带爬到了溪畔，匍于地上不稍动。

老婆婆"噫"一声，停了手上动作。

"谁人家小孩？不在学堂念书，竟来武溪拜我？"

音似黄鹂，如少女般婉转。李白一听，惊为天人。

"青莲小小生李白，叩见大罗神仙婆婆。实不知婆婆为何溪畔磨杵，可是在打磨仙人法器？"

老妪闻言，展眉一笑。"世上何来神仙？老身处武溪经年，免不了做些女红，偏又无处可购针线，故欲磨杵而成绣花针。"

磨杵成针？

我的天老爷，凡人哪能做到！婆婆不是神仙是什么？

李白欣喜若狂。

"婆婆有何仙术？能将恁粗一铁杵，磨成绣花针？！"

婆婆不答，握杵戳石上，叮当有声。戳未几，倏不见了身影。

戴天山深处，传来一声长啸："小小生李白，有缘岷山再见。"

果然是神仙！

李白激动万分，望空拜了三拜，起身来到大石前。但见婆婆戳杵处，留有一行十个字，字字入石寸余。

"只要功夫深，铁杵磨成针！"

左下角处，赫然凿有三字：东岩子！

东岩子?!

东岩子是谁？神仙婆婆吗？

李白心中茫然，大脑里一片空白，隐约觉到这个东岩子，注定与自己有缘，而且是世外之缘。

神仙婆婆说得好啊，"只要功夫深，铁杵磨成针！"

铁杵都能磨成针，在这个世界上，还有啥事做不成呢？

李白满脸毅色，以剑作杵，爬上戴天山巅，无限向往地眺望西北。更加遥远的岷山，在落日的余晖里，一片金光灿烂。

二

岷山，雪宝顶。

李白来到岷山，已近两月，却始终未能如愿。既未遇到磨杵婆婆，也没见到东岩子。

今儿一大早，乘槎来到涪源，眼前景色佳绝，一时惊为天国仙界！

瑶池，绝对瑶池，西王母宴周穆王的瑶池！

山谷间，无数的彩色池子，一个连着一个，一个挨着一个，层层叠叠，宛若明镜。

远望那池，大者如席，小者似筛。堤围浅浅，乳白似玉。水漫其间，若乳浆沸腾翻涌。

近观，尤不可名状。或蓝绿泛翠，或漫红闪金，或碧绿似玉，或橘黄若花。

仰望四围，青山帽雪，碧空如洗。

面对如此美景，李白虽天纵奇才，也吟不出半句诗来。心里憋得慌，满腔热血欲爆，突有了饮酒的念头。跌跌撞撞奔回涧边，却又奇哉怪也，适才所乘之槎，竟不见了踪影！

密林里，不辨东西。

李白慌不择路，误入一片芦苇。

涧水淙淙，往前行约里许，眼前豁然开朗，悬空一道瀑布，似九天银河坠地，汇聚十余个大小湖泊，交错镶嵌两山间。瀑布似练，百丈悬崖临空而下。山涧清流汨汨，汪汪碧潭生烟。

李白心已宁静。

瀑流滔滔，连绵奔涌，雾化的水幕，白纱般缥缈。岩泉哗哗，喷珠溅玉，晶莹的水珠，如烟，如雾，如雨，如尘，浸人衣衫。

天地间，一片澄明。

李白愚顽的心，也一片澄明。

山谷东侧，一峰甚伟，高耸入云端。山脚下，一泊亩许。湖水清冽，深蓝不见底，游鱼粒粒可数。四围林木参天，如火焰，似流金。千姿百态，倒映湖泊中。湖水轻轻荡漾，幻出五颜六色的光，令人不可逼视。

李白心想，题不得诗，为湖取个名，也不枉此行。默想一会儿，自觉镜湖甚贴切，忍不住得意而笑。

山间静默无人，唯鸟语花香。李白放肆一笑，空山回响，霍霍有声。

笑毕，突觉腹空如鼓，不知不觉间，早已饿了。

李白择一向阳坡地，卸下行囊，解开，拿出一只麦面烧饼，就着切好的卤猪头肉，细嚼慢咽地吃完。填饱了肚，脑子却很迷茫。一时间，心乱如麻。茫茫千里岷山，何处可觅仙踪？迷迷糊糊又要睡去。突闻一声长啸，自瀑顶破空传来。

刹那间，四野异香扑鼻，百鸟齐声和鸣。

天空一碧如洗，有彩色大鸟，拖着丈余尾羽，领千百只鸟儿，齐向瀑顶飞去。

凤凰？神仙？

李白翻身跃起，攀缘瀑顶而上。

瀑顶一坪，十亩广阔。坪中，一湖如镜。

湖曰"龙湫",碑题甚古,不知何人所书。

坪西北处,搭一凹型茅舍。四围扎以竹篱,俨然山野农家。舍前,三五老柳,绦丝闲垂。

湖畔,系一毛竹筏,一荡一荡泊柳下。柴门虚掩,半闭半开。

李白兴冲冲奔至,却不敢擅自闯入,伸头向里张望。

篱内,院坝甚阔,打扫十分洁净。檐下,立一老翁。身边百十鸟儿,在彩色大鸟带领下,围着他争相啄食。

老翁银须拂胸,犹状如顽童。时而翩翩旋舞,时而轻身纵飞。嘴里咕咕有声,两手不停抛撒谷物,尽情逗弄群羽。

众鸟善解人意,翩翩绕于前后,欢快啄衣牵摆,似儿孙绕膝。

老翁喜形于色。时,兜里谷物已尽,撮嘴又一声长啸。群羽会意,由彩色大鸟领头,绕飞茅屋三匝,似三叩九拜而去。

李白看得呆了,老翁何许人?竟识得鸟语!

傻傻发愣间,老翁已启门而出,呵呵笑道:"青莲小小生李白,既已来到东岩下,为何徘徊不入?"

东岩子?老者是东岩子!

李白扑通跪地上,纳头便拜:"自武溪别过,青莲小小生李白,久寻尊师不得,不想今日得见东岩子大仙。"

老者呵呵向前,伸手将李白扶起:"尔小小年纪,敢自报青莲李白,必非世间凡物,怎也俗不可耐?"

李白闻言,面颊一热:"非小小生世俗,实见师尊故也。"

老者不悦,再憎之曰:"又是俗套,称老哥可好?为何称那师尊!"

李白大喜。他天生一傲物,实在不喜俗套,尤恶俗人间婆婆妈妈,忙改口道:"大兄东岩子高高在上,请受小弟一拜!"

东岩子闻言,老脸笑得灿烂,上前将李白扶起,笑呵呵迎入舍内,只字不提武溪磨杵事。

屋内,摆一张木几。四样小炒,清香扑鼻。

东岩子示意,让李白坐了客位。转身入内室,捧出一瓮烧酒,放在几上。

"呵呵,自酿烧刀子,尚可入口。"

亲启坛上封泥，满满筛两碗。递一碗给李白，自己持一碗。二人就着油灯，徐徐对饮起来。

那酒初入口时，有一股燥辣味。待滑到喉咙处，却又醇厚无比，难得的好酒！

东岩子性豪爽，一口饮去半碗，捋着银须笑道："小兄弟知酒乎？此乃五谷杂粮酿造，却不知与剑南春相较，孰高孰低？"

李白年少，家里存酒却多，偶尔也偷饮一口两口，虽未曾真正饮过，却也识得剑南春的好处。见老翁相询，浅浅酌一口，顿时满口溢香，不由赞道："大兄所赐佳酿，胜那国酒远矣。"

东岩子甚得意，捋须颔首，又请吃盘中小炒。

菜入口中，味美绝伦，世间少有。

问及何物所制，答曰："无他，皆山中木耳、春笋一类野菜，世人不知金贵，哪有口福得食？"

二人一问一答，吃得满心欢喜。

李白少不更事，哪知杂粮烧厉害？两碗酒下肚，便醉倒了。

时，月如玉盘，皎洁照人。

东岩子微微一笑，起身至堂屋左侧，去粉壁上取下一剑，仙人般飘入院坝中。

李白甚感奇怪，明明醉得不省人事，偏偏记忆清晰异常，竟将大兄所舞剑招，一一熟识于心。

一趟剑法舞毕，东岩子倏收剑，昂然立月下。其银须拂胸，衣袂飘飘，宛如仙人。

一庭月华，积水般空明。亦真亦幻，几疑梦中。

李白披衣欲起，却浑身酥软，毫无着力处。

东岩子返回堂屋，复将剑悬壁上。去水缸舀一瓢水，细细净了双手，直入左厢耳房。

良久，左厢房内，传出一阵琴声。

李白听得明白，琴为成都雷琴，曲乃《高山流水》！

乐韵古雅，如诵如歌。一曲终了，唯山空水远，瀑声爽爽。

李白气息均匀，安然沉沉入睡。

三

开元六年，初夏时节。

剑南道绵州，民情鼎沸。城乡盛传，岷山里有两位神仙，可呼唤百鸟，能凌风御剑。

消息不胫而走，很快传入州城，刺史乔琳信焉。

时，天下太平，帝国花团锦簇。唐玄宗雄才大略，为永固李唐江山，欲尽揽天下英才。特诏告天下：凡举荐贤良有功者，庶民从吏，吏员晋爵。

乔琳久任绵州，民声政绩颇佳，却苦无升迁之道。听得民间传言甚嚣，有奇人隐于岷山，可呼唤百羽……若征召荐于朝廷，必得圣天子欢心。乔琳打定主意，亲率两百甲兵，乘槎逆涪水而上。不七日，穷尽涪源。

乔琳饱读经史，欲效刘皇叔礼卧龙。遂屯兵瀑布下，独自攀缘上龙湫。

是日，风和日丽。乔琳站在茅屋前，辗转不敢入内。

适，有鸾鸣空。

抬头望天，一只彩色大鸟，拖曳丈余长尾，领千百只鸟儿，呀呀盘旋于空。正惊异间，突闻一声长啸，从篱墙内传出。群山壑谷间，啸声嗡嗡不绝。长尾彩鸟闻声，亦呀呀长鸣三声，领群羽次第下。

乔琳惶惶，惊讶莫名。壮胆走近篱门，隔篱往里张望。

檐下，立一银须老丈，正撮嘴长啸。群鸟随彩鸾领导，围而旋舞。老丈满脸喜色，一边抛撒谷物，一边发出轻轻哨音。双掌向上平摊，二锦衣小鸟闻哨，飞来立掌上翩翩起舞。老丈性顽劣，如弄小儿。二锦鸟欢快啾鸣，数度振翅欲飞，却似粘住了一般，始终无法飞去。

乔琳大为惊奇，果然是仙人仙术！

院坝右侧，几株老柳下，一白衣少年正御剑。剑光四溢，似柳絮，似雪花，漫天飞舞。剑声啸啸，四围竹枝尽折。

乔琳见了，再吃一惊，自以为饱学之士，哪里识得这般剑术？

少年尤俊朗，徐徐收剑式，双手抱于胸前。长身玉立，神情飘逸，不似世间人物。

再观银须老丈,兜中谷物已罄。也不见他喉间动作,闭口发一声长鸣。声柔而绵长。

长尾彩鸾闻声,领百羽振翅高飞,三匝旋于空,呀呀欢鸣而去。老丈一身白袍,竟无风而动。掌上二锦鸟,亦扑簌簌飞出,三度绕匝后,箭一般飞向云天。

乔琳心跳加速,始信民言不差。唯虑二仙神通广大,不知肯应征召乎?斗胆推门而入,整衣冠长揖于庭。

东岩子立檐下,早知有人窥视。见乔琳揖于前,却不理会于他。

李白立柳下,见一着官服者,满脸顿现鄙夷之色,冷言道:"汝何人?为何到此?!"

李白语多轻慢,毫无相迎意。

乔琳听了,哪敢不悦?连忙应曰:"今上圣明,功盖三皇,德比五帝,明诏天下州府,尽揽宇内贤才,以永固帝国江山。吾久闻二仙法力无边,可否随本牧出山,为朝廷效力乎?"

李白听后,不悦。鄙其奴颜媚语,眉头皱一堆,正待要叱责。

东岩子突怒叱道:"德比五帝?可知玄武门喋血否?何来圣明天下?哼哼,又岂可与之为犬!"

乔琳被叱为犬,满脸通红似火,气得说不出话来。

李白大爽,鼓掌朗声笑道:"何来一只恶犬,狂吠于天国仙界?还不速速滚去,免得自寻其辱。"

乔琳心犹不甘,诺诺再言道:"当今大皇帝圣明,诚盼二仙顺天时,出山报效国家。何言为鹰犬耶?"

东岩子恚愈甚:"尔自甘堕落,啃食李家遗骨,何故扯上我二人?"

李白复大笑,反手一剑,将乔琳头顶乌丝,风吹般挑落地上。

"哈哈哈,狗头置一乌丝,亦可扮为人乎?"

乔琳遭此羞辱,心里愤怒至极,不再存非分之想,恼羞成怒道:"既不为朝廷所征,当以妖道论之!"拾起地上乌丝,撩袍恨恨而出。即命一百兵士守隘口,一百兵士入龙湫,誓要捉拿二人。

东岩子岁龄过百,啥事没经历过?见乔琳气急败坏而去,知道此地不便久留，便对李白说道："乔绵州恼怒而去，必纵兵缉拿你我，应速遁。"

李白闻言，悲切甚。

"乔绵州不提也罢，实不知大兄有何委曲，不应朝廷征召？"

东岩子仰面向天，忍不住一声长叹，悲切地说道："愚隐岷山东岩，实乃万不得已，避玄武门之祸矣。"语多悲愤，似有难言之隐。复又慨然道："汝非池中物，早晚为国之栋梁。好自为之，吾去矣。"

话音未了，人已到湖畔，解缆乘槎而去。

湖面碧波荡漾，留下一路歌声。歌声豪迈，久久回荡山谷。

"遂古之初，谁传道之？上下未形，何由考之？冥昭瞢暗，谁能极之？冯翼惟象，何以识之？明明暗暗，惟时何为？阴阳三合，何本何化？圜则九重，孰营度之？惟兹何功，孰初作之？斡维焉系，天极焉加？八柱何当，东南何亏？九天之际，安放安属？……"

东岩子所歌，乃三闾大夫之《天问》。李白想起屈子身世，心中恻然，顿时唏嘘不已。

篱墙外，突人声鼎沸。

"不可走了妖道！"

"活提妖人，赏银十两！"

乔琳领百名甲兵，已汹汹杀到。

瀑前隘口已封，无法沿涪水出，唯有翻越岷山，向东进入剑门，再转西汉水南下，方可能回到青莲乡。

李白见甲兵杀到，哪敢丝毫怠慢？遂收拾行囊，从屋后遁出，向山巅飞驰而去。

四

剑门关。

关下，有个小乡场，乡名青林口。

八月十五日，未时。

李白风尘仆仆，蹒跚来到场口。

今日中秋，是李白生日。往岁此日里，娘亲必煮两只鸡蛋，谓之"滚蛋"，寓意健康成长，遇到灾祸时，如圆圆鸡蛋一般，顺利滚过躲脱。每每得了煮鸡蛋，便跑去匡山学堂，叫上柳丝儿，悄悄来到青莲渡头，并肩坐在黄葛树下，头碰头慢慢分着吃。

想到柳丝儿，李白心跳起来。六七年没见面了，该是个大姑娘了吧？肯定比儿时俊多了。

李白心里想着，雄赳赳行于街道，一脸的幸福模样。入街口不远，屋檐上挑一布望子，上书"剑南蜀锦庄"。欢欢喜喜入内，买张白色手绢儿，叠好揣入怀中，准备回乡送给柳丝儿。

戌时，天色已暗。

仙来居客栈。客栈高大轩敞，大门左右两侧，各挂一串灯笼，算盘珠子般吊着，左右各吊六个。龙骨糊以红纸，外书黑字"仙来居"。

暮色朦胧，透出红红黑黑的光，很有些骇人。

李白伸手入怀，尚有十两银子。款爷般底气十足，昂首进了客栈。

店主人个儿矮，蔫不拉叽一小老头。站在高大的围柜内，只露出一颗小脑袋。

李白进店时，大堂里没有人。

店家埋着头，专心致志清理账目，手里一把木珠算盘，打得噼啪直响。无意间抬起头来，瞧见李白伟岸的身躯，着实骇了一跳。

嘴里结结巴巴，问道："客……客……客官，住……住……住店？"

李白性豪侈，决定大方一回，为自己过个"生"，朗声笑道："正是！麻烦写一间上房，沽一壶老酒，称一只卤鹅，外搭五个麦面馒头。"

蔫巴老头闻言，一脸的惊讶。见客人一身破烂，似许久没洗澡了，口气恁大，又是上房，又是酒食，哪肯信他有银子？眯着一对小眼，睛珠儿滴溜溜一转，皮笑肉不笑地回答道："客官说笑吗？小店敝陋，虽有上房可栖，却无酒肉待客。"

见店家一脸不屑，李白知他嫌弃。实在怪他不得，三月未曾洗澡了，一身的油邋片儿，任谁也会厌恶。

李白笑笑，摸出一锭银子，轻轻放围柜上。

"店资够吗？"

店主人乃土著，从未出过大山一步，自然小见寡视，哪见过豪客阔商？何况一锭大银呢！两只虾米小眼，便鲜活起来，笑眯眯眨个不停。急忙点头哈腰，语无伦次地唠叨："小小……小少爷，够……够了！"

李白虽然年少，却天性豪爽，随东岩子居岷山，相聚数年间，更加视钱财如粪土。见店家眼浅皮薄，越发不齿。好在今日心情爽快，不屑与他一般见识。"写上房一间，余资沽酒置肉，速速送来。"

店家点头哈腰，应声不迭："小老儿省得，小老儿省得。少爷但请宽心，敝店即刻照办！"

扭转小脑袋，冲里间大骂道："人都死绝了吗？还不快快过来，领客官上房歇息！"

客栈左厢房里，很快跑出一伙计，将李白行囊提起，躬身引上二楼首房。

是夜，月华如水。

李白临窗下，独饮一壶剑南春，仰望空中那月，皎洁如白玉盘。

忆儿时中秋夜，与柳丝儿作揖月下，双双拜为夫妻。直觉得那月美得醉人，比今夜之月明亮多了。

"小时不识月，呼作白玉盘。又疑瑶台镜，飞在青云端。仙人垂两足，桂树何团团。白兔捣药成，问言与谁餐？蟾蜍蚀圆影，大明夜已残。羿昔落九乌，天人清且安。阴精此沦惑，去去不足观。忧来其如何？凄怆摧心肝。"

李白喃喃自语，蒙蒙眬眬睡去……

涪水畔，垂柳依依，清波荡漾。

柳丝儿递上煮鸡蛋，又将一张粉嘟嘟的俏脸，慢慢靠近月牙儿脸庞。乖巧的樱桃小嘴儿，吐着沁人心脾的兰香，徐徐撩拨着月牙儿耳根，痒痒地让人难忍。

月牙儿情不自禁，大胆伸出双手，将柳丝儿揽入怀中。胯间突然一热，溢出无数黏液来……

李白梦中惊醒，胯下湿漉漉一片。忙起身去到洗漱间，用水一一洗净。

复入上房，赤身裸体躺床上，犹兴奋异常。

翌日，告别青林口，匆匆南行。

午间，过剑门。

剑门号天下险，为西蜀之北门户，居大剑山中段，素有"秦蜀锁钥"之谓。远望七十二峰，峰峰列阵拱卫，宛若天然城郭。近观两峰对峙，关口壁立似剑，剑剑刺破青天。

传三国鼎立时，孔明辅佐刘备相蜀，凭借险峻山势，在此立石为门，始称作"剑门"。

李白负长剑，登临剑山绝顶，眼前风起云涌。眺大小剑山间，山峦层层铺排，峰峰叠翠，云环雾绕。西汉水百里长峡，两岸绝壁千仞，驿道钩栈相连。北望帝京，天高地阔。遥思先贤，风起云涌。正浮想联翩间，忽闻巴歌阵阵，自山崖绝顶处传来。

万丈绝壁上，三五个采药人，猿猴般纵跳如飞。

李白见了，陡生万丈豪情。胸中热血翻涌，似电闪雷鸣，又如狂风暴雨，汹汹破腔而出。仰天长啸，夭夭而歌："噫吁嚱，危乎高哉！蜀道之难，难于上青天……"

"小哥儿，好襟怀！"

千仞绝壁上，众采药人齐声大赞，震得空谷嗡嗡回响。

李白诗兴正酣，被他一喝，突然断了思绪，一时难受异常。转念一想，哪怪得采药人？要怪只怪自己，功力尚不纯熟，难以驾驭这等大构。待有朝一日，重新续上便是。

心里一畅快，复长啸而歌："山中药农苦，舍身悬崖跐。明朝吏上门，泪飞妻儿哭！"

歌毕，飞身纵跳，向关下奔去。

五

白露节。

戌时，二刻。

青莲乡顺河街，三道拐处。客悦商铺的大门，早已紧紧关闭。

铺子内，一灯如豆。李客拥着娘子，围被坐床上。突闻店门外，犬吠声甚急。俄而，又闻咚咚敲门声。

二人大异，如此夜深人静，何人前来敲门？

李郭氏披衣起，掌灯至门前，轻轻拉开门闩，启门而观。

灯影下，立一少年郎，身长八尺。

妇人识不得，小声问道："客官夜半敲门，不知所为何事？"那少年闻言，猛地下跪，大声哭道："阿娘忒狠心！不识月牙儿了！"

月牙儿？

月牙儿！

李郭氏既惊且喜，长长一声大哭："我的儿哟！"手中"亮壶"跌落，引燃一蓬干松油菜秆，噼里啪啦乱响，腾起一团喜滋滋明火。

里间，李客听得真切。月牙儿，是月牙儿！翻身从床上跃起，跣脚奔跑到店外。火光中，见李白满颔髭须，精壮似头牯牛。

爷儿俩相拥，哽咽而泣。

月牙儿回来了！

四邻知晓，谁肯相信？

李客腰也直了，气也粗了。夫妇俩欢天喜地，包下街上所有食店，宴请乡上的街场邻居，为月牙儿接风。

郭伯父来了，郭伯娘来了，毛根儿朋友郭小楼也来了……柳先生没来，柳师娘没来，吴伯伯没来，吴伯娘没来。

吴指南，也没来。

还有柳丝儿……也没有来。

李白好生奇怪，心里难免失落。站在街沿上，数度向北张望，特别希望看到……看到柳先生的身影。

见李白魂不守舍，李郭氏满脸悲戚，偷偷以袖拭泪。

李客很镇静，大声招呼宾朋，唯声音微微颤抖，有些莫名的焦躁，甚至惶恐不安。

郭伯父沉默不语。郭伯娘沉默不语。郭小楼一如从前，默默跟随左右，李白走到哪儿，他就跟到哪儿。

见不到柳……柳先生，李白心情坏到了极点。自个儿去主席桌上，提了一壶剑南春，拉上郭小楼，往青莲渡口走去。他要问个明白，自己离开青莲后，乡上究竟发生了什么事。

郭小楼梗起脖子，支支吾吾不肯说。

李白越发生疑，按地牛儿坐地上，启开烧酒壶，猛灌一口烧酒，红着一双眼，将壶递给地牛儿，不容分说大吼道："喝！"

郭小楼面露难色，见李白眼似铜铃，杀气腾腾盯着自己，只得抱壶猛灌一口。

李白再喝一口，盯着郭小楼不放。

"说！"

"说啥呢？"

"柳丝儿！"

地牛儿明知故问，月牙儿斩钉截铁。

柳丝儿？地牛儿一下哭了，十八九岁一条汉子，哭得像个孩童。

李白心急如焚，直呼他的小名："地牛儿，究竟咋啦？你倒是说呀！"

地牛儿抓起酒壶，猛灌一口烧酒，说出一件悲惨事来……

自李白出走后，柳丝儿像掉了魂儿，夜夜以泪洗面。每日里，必去涪水边徘徊，以期月牙儿乘槎归来。望矮了山，望断了水，望得眼瞎双泪垂！

柳丝儿命苦，没盼到月牙儿归来，却盼来一场横祸。

二癫子不是人，早盯上了她。趁柳丝儿江岸徘徊，强行拖入麦地，将一朵鲜花给糟蹋了！柳丝儿披头散发，撕心裂肺大哭，疯一般冲向涪水，口呼月牙儿不迭，纵身跳入滚滚激流……

柳师娘闻讯，呼号三日，上吊自缢。柳先生心已死，远上嘉州峨眉山，遁入白水寺礼佛。

铁匠吴豹，性烈似火，酒后尤甚。出事当晚，吴伯正饮酒。闻听噩耗，恨二癫子作恶多端，与吴指南一道，各持一把铁锤，将二癫子堵在住处，活活乱锤砸死。

绵州刺史乔琳得报，将吴伯父下牢问斩。吴指南畏罪潜逃，至今下落不明……

郭小楼言毕,呜呜大哭不止。

李白闻言,泪如雨下,提起酒壶,一倾而尽。默默起身,离开码头。

柳丝儿冢,几缕枯草覆土。李白立冢前,掏出那方白色手绢,以绢化作纸钱,直到袅袅灰烬。

低泣而歌:"别来几春未还家,玉窗五见樱桃花。况有锦字书,开缄使人嗟。至此肠断彼心绝。云鬟绿鬓罢梳结,愁如回飙乱白雪……"

匡山含泪,涪水哽咽。如泣的歌声里,李白头也没回,一步一步走向青莲渡,再次离家出走……

第三章
赵蕤夜遁郪王城　李白拜师长平山

一

开元四年，春三月。巴蜀两地间，有一本奇书《长短经》，突然横空出世。一时间内，两川轰动，风靡剑南。

夏六月。书传至京洛，朝野为之沸腾。

唐玄宗雄才伟略，有澄清宇内之志。登帝位四载有余，帝国歌舞升平，四方蛮夷纷纷来仪。帝久居深宫，难免闷倦不悦。

秋九月，初三。天子起辇出宫，秋猎于华山阴。驻跸崇报寺承天殿，偶得《长短经》一卷。秉烛夜读，惊为天书。

《长短经》奇而新，有悖儒家学说，以阴谋论天下，以左道治社稷。言之凿凿，句句警辟。

玄宗龙颜大悦，以为济世安邦之本。却不知著作者是谁，日夜思之甚苦。

时，姚崇为首相。虑皇帝误于邪说，恐荒废了朝政，百般婉言相谏。奏曰：牧民而治天下，乃儒宗正道。《长短经》者，妖言邪说也，市井岂可流播？

唐玄宗思之再三，深以为然。遂诏告天下，将《长短经》列为禁书。

然玄宗万世明君，既然视《长短经》为奇书，著者必千古奇人也，终欲得之而后快。

宋璟有王佐才，"文学足以经务，识略期于佐时"。初入朝，时任刑部尚书，辅佐姚崇为副相。玄宗倚为肱股，密诏潜入剑南，以窥著作者虚实。宋璟不负圣恩，两川四处侦缉，耗时二月余，终得蛛丝马迹。

拟奏飞报帝京，奏报十分详尽：赵蕤，字大宾，又字云卿，剑南梓州盐亭人。性孤傲，清操守，不附权势。先祖赵宾，为西汉蜀中《易》学大师。萧梁时，赵氏后人避祸，迁居剑南道盐亭赵村。蕤自幼精敏，熟读诸子百家，博于韬略，长于经世，著《长短经》行于世。

圣天子得报，龙颜大悦。即诏示宋尚书，征赵蕤为著作郎。

宋璟接了圣旨，急点二百左羽林军，持诏再入剑南，直接到盐亭征召。

官兵日夜兼程，赶往赵村。赵蕤闻讯，偕妻逃之夭夭，村人不知所踪。

乡邻见官兵突至，以为赵蕤犯了事，纷纷告于官，言前晚亥时，赵家突起怪火，数间茅屋瞬间化为灰烬。四邻前往救火时，赵氏夫妇已不见了踪影。

宋尚书大惊，知赵蕤非俗物，不愿入仕为官。遂亲拟奏折，呈报玄宗大皇帝："……夫妇隐操，不应辟召。"又说自己愚钝，未能完成皇命，请求降职谢罪。

唐玄宗得报，叹息不已。

时，姚崇已年迈，长时间休养在家，帝国朝中大事，多得副相宋璟打理。朝廷既不得赵蕤，岂可再失宋璟？

玄宗英明神武，感宋璟一片忠心，接到密奏后，不罪其过，反升其职。

开元四年，闰十二月。

玄宗诏告天下，以宋璟接替姚崇，升为帝国首相。

二

开元五年，春。

苏颋得玄宗恩宠，以宰相之身出任益州长史。过绵州时，李白持诗稿拜见，深受苏学士的赏识,誉为"司马长卿再世"。

李白名声大噪,地方长慕其名,礼之如上宾。

那日,李白祭过柳丝儿,到青莲渡上了船,顺水来到梓州,四处闲逛散心。

梓州乃东川首府,城郭宏伟壮阔。李白心里郁闷,欲重开新气象,特地购置一袭白袍,又换乘一匹白骏马,蹄声"嘚嘚"地驰入梓州。

梓州城内,人烟稠密,市井繁荣;高楼大厦,气象万千。土著论及梓州,但凡说到剑南大街,莫不欢欣鼓舞。大街宽阔笔直,长约四里许,横贯州城东西,乃剑南诸镇最繁华者。大街上,铺三排青石,平展如镜面。

中间一排,竖列。青石大小均匀,皆三尺八寸宽,六尺二寸长,为标准节镇级官道。两侧,横列。青石尺寸减半,为民道。民道所铺青石,向左右两边微斜,与街沿接合处,每间隔三丈,必有一石孔。石孔为镂空荷叶状,以利排泄积水。大街两旁,清一色吊脚木楼,二层三层不等。各具情态,宏富壮丽。

李白身着白袍,跨骑白骏马,信马由缰来到南津关。

迎面一座危楼,高出他楼丈余。有丝竹管弦声,袅袅从楼上传出。

抬头一望,原来是"富乐坊"。李白翻身下马,欲去听个曲儿,以解心头郁闷。

门童十分乖巧,见有客人至,急忙上前迎着,讨好地牵了缰绳。

李白出来散心,图的一个爽快。兜里掏一串铜钱,赏了牵马小厮。童儿得了赏,欢天喜地唱道:"少爷大驾光临,堂里堂外接客!"

李白咧嘴一笑,知他见风使舵惯了。为何唤自己为爷,而不称作郎子?还不是那串铜钱作祟!

老鸨听到传呼,笑嘻嘻迎出来,手里甩个帕儿,嘴里报着名儿。

"小桃红,宋月儿,柳莺儿……"李白想也没想,指名要了柳莺儿。

"哎哟哟,小哥儿好眼力,张口就点柳莺儿,那可是富乐坊头牌哟!"

听到妈妈呼唤,柳莺儿欢快应一声,从里间碎步踱出。

李白眼睛一亮,见她年约二八,绛唇一点,腰肢婀娜如柳丝,与柳……柳丝儿年龄相仿,心里有了几分欢喜。

柳莺儿两眼含春,手持一册卷,上前盈盈道过万福。见李白剑眉朗星,气宇轩昂,模样儿俊朗无比,心里甚是欢喜。绛唇轻启道:"客官点何曲子,奴家唱与官人悦耳。"

李白却不搭话，两睛定住了一般，愣愣盯着那册卷。

《长短经》?《长短经》!

柳莺儿懵了头，不知客人何故发呆，盯着自己小手儿不放。一时窘迫至极，忙藏匿到身后。

李白大急。坊间传闻甚嚣，《长短经》乃奇书，已为朝廷所禁，却不得有缘一见，时时懊恼异常。今日得识，哪会轻易放过？见柳莺儿藏书身后，以为不让他看，故而大急，一把夺了过来。

李白不知人家背手身后，是妹儿面嫩害羞，哪是不让他看书？这一夺，反让柳莺儿生疑。以为他夺书必是报官，故而拼命想抢回来。

李白得了书，只顾翻阅看去。见柳莺儿搅缠不休，急忙出银一两，让她赶快离开。

柳莺儿一愣，疑惑更甚。这客人怪了，既不像报官样，也不似寻乐人。

书呆子！柳莺儿想明白了，抿小嘴一笑，扭腰盈盈而去。

李白得了清静，忙去木凳上坐定，临窗认真读起来。

初入目，即大惊！赵蕤何许人也？竟有这等见识！叛经悖道，超凡脱俗！

自申至戌，李白着魔入迷，未离木凳半步。一坊之人，皆惊诧。纷纷往视观望，把他视作怪物。

老鸨不放心，假装问他酒食，想去探个究竟。李白正痴迷，烦老鸨无端搅扰，谩骂如猪狗。老鸨不敢留，悻悻而去。李白专注于册，赵蕤妙论，使之眼界大开，心里视为知己。

申时，一刻。

李白启卷，惊服。

"知人者，王道也；知事者，臣道也。君道无为，臣道有为。"

申时，二刻。

李白续阅之，诚服。

"忧喜在于脸色，贵贱在于骨法，成败在于决断，以此三点观人，没有不成功的。"

酉时，一刻。

借一线窗色，李白再阅，叹服。

"知士有术焉。微察问之，以观其辞；穷之以辞，以观其变；与之间谋，以观其诚；明白显问，以观其德。"

酉时，三刻。

室内光已暗，李白掌灯复阅，心服。

"乐者，所以和情志，亦所以生淫放。名者，所以正尊卑，亦所以生矜篡。法者，所以齐众异，亦所以乖名分。刑者，所以威不服，亦所以生凌暴。"

……

戌时，一刻。

合卷，李白敬服。

拊掌自凳上起来，面对一卷《长短经》，躬身长揖而拜。心中浩浩焉，荡荡焉，不可名状。

戌时，二刻。

李白匆匆去前台，仔细会了账，唤过迎客门童，将白骏猊牵过来，乘马"嘚嘚"出城。

夜色朦胧。一骑如飞，径往盐亭而去。

三

翌日，午时。盐亭，赵家庄。

青石官道旁，三五株百年老柳，垂万千条绿丝，随风缭绕荡拂。柳间，一棚茶客正欢，笑声朗朗不绝。柳下，拴一匹雄健白骏猊，慢腾腾地嚼着草料，时不时抖抖鬃毛，突突地打个响嚏。

李白坐在茶棚左侧，临一弯溪水。河风徐徐吹来，甚是惬意。竹几上，搁一碗茶，汤色正浓。

适才去庄里，遍寻不见赵蕤踪影，唯故宅残垣断壁。村人质朴，见他一外乡人，便以实情相告："先生未应征召，一把火烧了茅屋，实不知避祸何方矣。"

有赵姓老者，避了一众村人，轻声言于李白："庄外大柳树下，卖茶者是赵蕤老舅，或可知他行踪。"

李白谢过老丈，牵马至茶棚，花费二文钱，买些草料喂马。又花三文钱，买了碗茶吃。一边吃茶，一边寻思，如何与茶倌套近乎。

茶倌年约六旬，性情爽朗而直，说说笑笑讲些荤话，喜与茶客插科打诨。

李白吃着茶，偶尔也随声附和，笑茶倌煮的茶汤，有股潲水的酸臭味，不过自己很喜欢。更多的时候，猛赞盐亭好地方，物产丰富，人民富裕。赵家庄尤其好，像茶博士一样好！茶倌听得高兴，一直笑声不断。

不知不觉中，李白不着痕迹，扯到赵蕤身上。"先生了不得啊，天下大名士！"

茶倌一听，立即警觉起来。"赵征君？啥赵征君？"

李白笑笑，知道茶倌装傻，直言道："著《长短经》的赵蕤，听说是博士外甥？"

茶倌一听，越发警惕："哪有的事！小哥欲害小老儿吗？休听他人胡说！"

适，来三村痞。三痞皆少年，拎刀提棍入棚内，胡乱敲着家什。嘴里骂骂咧咧，指着茶倌数落道："老匹夫，久不见送银子来，不知是何道理？"

茶倌听到骂声，急忙迎出围柜，对三少年点头哈腰道："时值秋凉，茶肆经营不善。万望宽限数日，月前一定奉上，一定奉上。"

为首一痞，甚是凶悍，手起棍落，将茶倌打翻在地，嘴里骂道："哥几个日夜辛苦，为尔等看家护院，你倒好逍遥，没脸皮不给一文！"

李白一听，机会来了。起身奔上前去，戟指三痞而叱："今天下太平，百姓安居乐业。何来三个毛贼，胆敢藐视王法，青天白日撒野?!"

首痞骂得正酣，猛听得有人呵斥，顿时满脸诧色。斜眼一瞥，见一外乡崽子，立身上前横加干涉。不由分说扬起一棍，直劈李白脑门！

众茶客骇然，一哄而散。

李白久居岷山，尽得东岩子真传，轻身术大进，剑术尤其精湛。可惜平时没有敌手可较，终为一桩憾事。今见恶痞凶残，忙纵身一跳，右手早拔出剑来，顺势一剑反撩。

"啪"一声响，恶痞手中之棍，顿时断为两截，向外飞出十丈。

恶少哪知厉害？整个人震退丈余，跌地上"啊啊"呼痛。

李白大惊，自己所习剑法，竟然高绝如斯！

旁观二恶痞，见大痞不敌，双双手持利刃，从两侧卷地攻来，欲斩李白双脚。

李白脚尖一点，飞身跃起八尺。恨三恶恃强凌弱，御剑凌空下击，闪电般震落双刃。

复飞起脚尖，踢三痞拢一堆，大声叱责道："尔等欺凌百姓，实属可恶，当斩双手双脚，以绝后患。"

三痞战又战不过，跑又跑不脱，闻言大骇惧，捣蒜般磕头求饶。

茶倌既惊且喜，恐白衣少年逞能，弄出人命官司来。忙上前说道："小哥使不得，三郎皆老朽邻曲，与小老儿相戏耳。"

李白闻言，会意一笑。就等你这句话了，哪敢真斩人手脚？收剑抱拳道："若非大老丈求情，看不取了尔等狗头，还不快滚！"

三痞得令，如遇大赦。伏地上，三番五次磕头谢罪，起身飞逃而去。

茶倌千恩万谢，躬身迎李白入棚内，亲煮一壶"蒙顶"，殷勤奉上。悄声问道："小哥姓甚名谁？何方人士？为何打探赵蕤行踪？"

李白接茶在手，也小声回答："绵州青莲李白，慕赵征君之名，前来拜访他。哪知先生世外高人，已避官遁迹而去。"

李白言出由衷，无半句诳语。茶倌深信不疑，感适才相助之恩，又见他神情俊朗，不似奸佞歹徒。探左右无人，朗声笑道："小哥天纵英才，实当得一见蕤儿。"复又俯下身子，附耳轻言，"往南二百里，郪县长平山，安昌岩。"

李白大喜。以茶代酒，千恩万谢老丈。纵身跨上马背，抖缰向南飞奔。

四

寒露节。

未时，三刻。

李白乘白骏猊，扬鞭驰入郪城。十字街口，鹤鸣居客栈。

李白进入栈内，写一间房住下，以待明日入山寻访。

郪城坐北朝南，规模十分狭小，七条小街小巷，远无城的建制。土著信誓旦旦，言郪城虽小，却是古郪人国都，俗呼为郪王城。

惜无人知道郪，也没有人会相信，乡场一般的土街巷，是什么郪王城。

郪水如练，绕城半周。清溪漫过浅滩，筑十六个石磴子，供两岸人通行。设若春秋两季，郪水上薄雾缭绕。人行石磴上，如踏水而过，土著呼为踏水桥。

郪城背倚长平山，山上古木参天。向阳的安昌岩上，布满上万孔石洞。石洞方正如窗，不知何人所凿。乡党不知史事，呼为蛮子洞。

客栈二楼，卧室甚雅。雅室窗明几净，隔溪相望长平山。

李白学究天人，当然知道郪人，也知道郪王城。更知道岩上那些石洞，乃汉时郪人所凿，实为崖葬之墓。然适才入店时，店家所说的话，他就不太明白了。

店家言，春上寒食夜，月明如昼。长平山中，突明一盏神灯，随之仙乐缭绕……从此每临月夜，必神灯长明，仙乐袅袅。街邻不明就里，多次相约往视，始终不见踪迹。

李白听了，不仅不明缘由，反而觉得可笑，谓村夫俗妇胡撰。

月华如水，霜白似银。李白倚窗，闲读《长短经》。突闻箜篌声，隔空袅袅传来。叮叮咚咚，美妙似仙乐。李白大诧，忙掩卷起立，移身至窗前。启花窗，隔溪而观。

月华灼灼，长平山朦朦胧胧。月色洒满林间，如梦似幻。细观山腰，果有一星灯火，倏暗倏明如豆。箜篌声声，急如珠落玉盘。一波紧似一波，从山腰灯火处，源源不断传出。

李白愈惊愕。箜篌乃胡乐，传自西域龟兹。土著怎识得此器，还可弹奏《胡笳十八拍》？

心念一动，赵征君乎？随即取剑在手，踏水过石磴，飞奔上了长平山。

说也甚是怪异，果如店家所言，明明见到山腰有灯，待李白奔至跟前，却既无灯火可寻，仙乐也戛然而止。

李白大惑。四顾山野寂寞，林木幽幽暗暗，唯一地月光，皎然如梦。

翌日，晨。

雾浓如罩。滚天裹地的浓雾,淹没了山川,淹没了溪流;也吞食了村庄,吞食了城郭……连客栈大门的灯笼,也没了一点影儿。

李白习惯早起,独自去鄢水边,活动活动筋骨。拳脚呼呼,剑声啸啸。

有早起农人三五,入城贩菜蔬者,挑担过其侧。闻剑声锐厉,以为癫。纷纷避让,绕道而去。

晨练毕,李白持剑入城。早市鼎沸,雾笼街灯。

十字街头,王婆婆包子店。李白入内,吃一碗豆花,又吞下三个白面馒头。嘴里打着饱嗝,回到鹤鸣居,静待大雾散去。

那雾浓得厉害,伸手不见五指。直到午时一刻,鄢水刮起冷风,才一团一团散去。一轮秋阳,始破雾而出。

李白倚窗,眺望长平山。安昌岩上,千万个方孔石洞,明朗朗看得真切。

李白出客栈,撩开流星大步,越过绕城鄢水,径奔长平山冈。至岩下,仍无所获。

李白纳闷儿,真是神仙乎?独自觉得好笑,世上哪有神仙!

四周仰视,慢慢寻去。离地两丈余,一丛茂密林木中,隐约现一方孔,洞深不知几许。

李白一见,微微点头。这就是了。

崖洞掩于密林,若非自己习武经年,如何发现得了?石洞离地两丈,灯光从里面溢出,岩下视角全无,哪里看得见?

李白已然明了,大喜。细观洞口,阔大如席。口壁下方,光滑如新,乃人攀缘所致。

李白不敢造次,没有擅入崖洞,恐洞主怪罪。低头一想,有了主意。急匆匆下山,返回客栈内,解开所携行囊,拿出一只碧玉箫来。箫乃东岩子所遗,绿莹莹晶莹剔透。

李白出箫在手,坐窗前木几上,反反复复擦拭。

月光皎洁,尤胜昨夜。

戌时,正。

长平山中,仙乐再起。初时,箜篌独奏,其声呀呀。俄而,加入一箫,其声呜呜。

明月下，李白长身玉立，白袍飘飘如仙，正手持碧玉箫，临空缓缓而奏。

郪人见之，以为月神。纷纷明烛，伏地望月而拜。

二音合奏，筌篌激越，如石破天惊；玉箫幽鸣，似山泉流淌。才及律，并不共振合拍。渐次，水乳交融，直至浑然一体。月华如水，人物两忘。唯乐声悠悠，久久盘空流响。

一曲终了。李白持箫，呆立月下。突闻头顶上，有声如洪钟："李白数临洞府，为何矜持不入？蕤相候多时矣。"

李白闻言，喜不自胜。纵身一跃，径入石洞中。

洞内，甚是宽阔。盆大一盏桐油灯，明晃晃燃如火炬。厅堂宛然。厅尤伟，内置石桌一，石几八。东西两侧，又有厢房四，耳房三。厨、厕、井俱全，俨然大户豪舍。

大厅正上方，横卧一木榻。榻阔八尺，长丈余。上危坐一老者，精瘦长身，神采奕奕。两睛明亮如星，炯炯有神。

李白一见，怦然心动，纳头拜于地。

"晚生李白，拜见尊师大人！"

老者展颜一笑："尔才华横溢，名动巴蜀间，蕤何德何能，敢为汝之师！"

果然赵征君！

李白且惊且喜，始终伏地不起，坚持施以弟子礼。

赵蕤抚髭，沉声长吟："犬吠水声中，桃花带露浓。树深时见鹿，溪午不闻钟。野竹分青霭，飞泉挂碧峰。无人知所去，愁倚两三松。"

老者一边吟诵，一边起身上前，双手扶起李白，复赞曰："尔作《访戴天山道士不遇》，清新脱俗，深得仙道风骨。有徒如斯，夫复何求！"

赵蕤性孤傲，不应朝廷征召，足见性情高品。李白得之为师，哪不受宠若惊？遂再施弟子礼，磕头三，作揖六，跪拜九。

赵蕤大笑，出烧酒一瓮，相与痛饮。才吃一碗，赵征君就来了兴致，突然高声歌唱起来："老夫山野狂，只认爷与娘！不吃官家饭，不拿皇帝饷，逍遥快活任我狂！"

李白听得痛快，步其韵而狂歌："狂！狂！狂！狂出一只大灰狼！呲牙咧嘴朝天吠，哪管天庭住玉皇！"

酒至三碗，李白这才想起来，还未献拜师酒呢。忙摆六只碗，欲一一斟满，真心诚意拜个师。

一敬天地，二敬爷娘，三敬师长，四敬同窗……

哪来的同窗？

饮至第六碗时，李白酩酊大醉，一时粗口迭爆："十步杀一人，千里不留行。事了拂衣去，深藏身与名……"

李白醉了，犹大呼快哉。

第四章
散花楼李白怀古　清音阁老僧讲禅

一

西川，成都。

春三月。

锦水绕廊，白鹭翩飞。

城东万里桥，有白衣公子者，时常出没枇杷巷。或独自乘马，招摇过市。或随从一老者，出入茶肆酒楼。

白衣青年俊朗，如玉树临风。布衣老者矍铄，学张果老倒骑毛驴。

白衣公子者，李白是也。

李白来到成都，因为有人言及，在万里桥见过泥鳅，码头上使莽力气，干扛包驮袋的粗活。李白重情重义，既知吴指南下落，自然要来找他。

赵蕤来到成都，全因李白怂恿，说什么扬一益二，不由人不动心。

成都花团锦簇，世人所赞非谬，赵征君很是喜欢，整日乐呵呵笑声不绝。见先生欢喜，李白便高兴。怂恿先生到成都来，除了找吴指南外，李白还有点小私心。

苏颋文坛"雄帅",时为益州大都督长史。当年苏相离京莅蜀,路过绵州时,李白曾携诗文,前去驿馆拜谒。苏学士大赞"此子天才英丽,下笔不休"。曾撂下一句话,李白但有所求,不妨直言相告。

李白天生傲骨,不愿无功受禄,欲荐恩师于苏长史,以期因引荐有功,博得一官半职,也好为朝廷出力。

李白巧言诓得赵蕤,师徒二人结伴游历成都,择万里桥头而栖,客宿枇杷巷瀛洲居,整日快活游冶,四处饮酒作乐。

瀛洲居毗邻锦江,离万里桥不远。

每日里,李白必去桥上走走,期望遇到吴指南。

万里桥长里许,为成都东门大桥。传三国蜀汉时,丞相孔明于此设宴,送费祎出使东吴。使吴之行千难万险,费祎深有感触地叹曰:"万里之行,始于此桥。"桥因之而名。

市井不知史实,见长桥横卧江上,夜里灯火点点似繁星,俗呼为长星桥。

早先的长星桥,实为风雨廊桥,两侧各有一排大理石柱,坚实地支撑着桥顶。人形木构桥顶上,饰以朱红彩绘,棚顶铺青色小瓦,为行人遮风避雨。

风雨廊桥两旁,排列着各色店铺,或茶肆,或酒楼,或杂货,乃东门最繁华处。时常人如蚁拥,热闹非凡。桥下,舟船如梭,万帆云集。摇橹舟子,撑篙船工,号子震耳欲聋。

码头上,货积如山,物码似堵。"背二哥"单操,"抬脚棒"群作,汗流浃背如注。

吊脚楼临水而建,绰约而有诗意。依依袅袅的垂柳,掩映一河碧绿,细纹柔波缓缓荡漾。设若天气晴好,狭长的小巷子里,总会有妖艳的小娘子,穿红着绿手执绢团,三三两两行于道。深红浅绿中,花蝴蝶般飘逸。小嘴儿嘟嘟,红樱桃般鲜艳欲滴。媚眼儿冉冉,小蝌蚪般黑亮鲜活。

李白天性浪漫,喜欢风情万种,特意择居枇杷巷。赵征君也喜欢,每日喝酒吃肉,出入茶肆酒楼。

惊蛰节,鹤鸣茶肆。听茶客闲谈,说成都一地,除了万里桥外,另有浣花溪者,也是一等一的风流快活场所。

赵蕤听了,浑身顿时酥痒,吵着要去看看。

李白大乐,先生耍得痛快,已乐不思归了,连声应答道:"弟子省得,弟子省得!"

遂花钱雇一艇,铺四味烧腊,茶盏酒具各一。另置一瓮烧酒,乃国酒剑南春。二人心有灵犀,乘游艇离开码头,径往西南驶去。

出府城南门,锦水一分为二。左为南河,向南径流。右为府河,因都督府而名。舟子收了船资,谨遵李白授意,划艇驶入府河。府河上溯岷水,急流呼啸似箭。有三五只游艇,相互竞速其间。

舟子粗豪,好戏谑。见他艇速急,不甘落伍人后,与之角力相争。诸艇疾如箭发,惊起鸥鹭一片。两岸有女郎浣衣,啊啊欢呼雀跃,相互撩水戏耍。

得舟子卖力,李白所乘之艇,始终居诸艇首。李白性嚣张,爱舟子豪迈。赏他吃一碗烧酒,又让他啃个猪蹄。

舟子得赏,越发来劲,放肆吼道:"三月里来桃花红,乌龟王八沙里拱。乖乖吓得惊叫唤,抱着郎君喊——喊——喊——哎哟喊大虫!"

众女郎正撩水取乐,突听得舟子放歌相戏,齐大恚,回声骂道:"船上一个老骚翁,没脸没皮自称雄。胯下一根软浆藤,吥吥吥,也敢现世称大虫!"

众舟子皆大笑,一河锦水欢快!

李白也笑,复筛一碗酒,递与舟子喝了。

赵征君亦笑,却丝毫不乱动,始终端坐如初。

小艇溯流而上,北行二里许,西折入小溪。溪名浣花,夹岸翠竹婆娑,柳条排排铺垂。旁有散花楼,乃前隋开皇间,蜀王杨秀所建。楼高二十丈,壮压东西两川。

艇至楼前。李白给了资费,偕先生弃舟登楼。时值仲春,碧空万里无云。远处雪峰映窗,隐约可见山影。

李白识天象,知地理,那不是岷山吗?

看到岷山横亘,李白想到了东岩子,鼻尖微微发酸,几致掉下泪来。便不理不睬先生,一边往楼走去,一边吟诵道:"日照锦城头,朝光散花楼。金窗夹绣户,珠箔悬银钩。飞梯绿云中,极目散我忧……"下到楼底,沿溪东岸缓行,向柳荫深处走去。

溪水清澈,水草丰美。游鱼涌动,排荇径度,时而跃出水面,时而潜入水底，欢腾泼剌有声。

李白看得痴了，茫然行于岸。

溪水细而美、长而弯，如鉴、如琅玕、如绿沉瓜；又或风轻波细，如连环、如玦、如带、如规、如钩。幽然深碧，一望无限远意。

行一二里，竹木越发幽邃，三流汩汩汇一潭。潭水甚急，漩大如斗筐，啸声尖锐。

潭上建有两桥，相距约三十丈。左为石拱桥，为行人入桥；右为木质廊桥，为行人出桥。

行左桥过潭，登一小洲。洲名百花洲，方圆不足半亩，梭子一般斜插水中。洲心一亭，甚古雅。细看题名，为"百花潭水"，乃晋人陆机手笔。

出木质廊桥，沿溪再行半里，青羊宫在焉。宫名甚奇，不知者以为怪，为何供奉青羊？

《西川青羊宫碑铭》言："太清仙伯敕青帝之童，化羊于蜀国。"

扬子云著《蜀王本纪》，亦云：老子为关令尹喜著《道德经》，临别曰："子行道千日后，于成都青羊肆寻吾。"

足见其名古矣，宫因青帝而名，又因老子而名显。

李白素迷黄老，有窥其秘境之愿。今日见了青羊宫，哪能不心动？正欲投脚入内，猛忆起汉时严君平，曾测字宫前待仕之举，脑子顿时开了窍，有了晋见苏长史的办法。

二

青羊宫北，相距一箭之地，益州大都督府在焉。

隋末，天下大乱。李渊起兵太原，取隋而得江山，是为唐高祖。

高祖登坐龙庭，依前隋例，设六大都督府，分置东西南北，管辖天下三十六道。大都督府都督一职，多为王爷或皇子遥领，并不实际到任。也有开国元勋殁后，朝廷依其生前勋业，追赠为大都督者。因之故，大都督府另设长史，由朝中重臣轮流外任。长史名为副职，位列大都督后，实乃地方最高行政长一应地方军政事务，皆由他一人定夺。

帝国因蜀境险要，特设益州大都督府于成都，辖蜀、滇、黔三地诸道。

玄宗雄才伟略，遣心腹苏颋帅益州，以期李唐江山永固。

苏学士莅蜀五载，始终不忘圣恩，勤政之余，四出为国寻访贤良。

那时衙门公干，体制十分严苛。唐袭汉时旧例："……卯时点卯。吏员十日为一休沐。"即衙门公干者，卯时须到衙内，准时清点人数，谓之"点卯"。百姓不知规矩，见公差们上衙时，总是持笔签名，戏称为"画猫猫"（画卯卯）。吏员上满十日班，则可公休一日，沐浴更衣，修发净面。

乙未日，卯时。

大都督府。长史签押房内，苏颋着紫色官袍，正襟危坐于案。苏学士素端凝，禁中为相时，养成的早朝习惯，想改也改不掉。每日晨，必第一个到衙。僚属见他勤谨，大多敬畏有加。但凡迟到的人，莫不惧如虎，匆匆画完"猫猫"后，蹑手蹑脚梭进坐班间，生怕不小心惊动了他，大清早挨一顿训斥。

苏颋眼耳聪明，哪有不知之理？难得众僚尚有一分敬畏，往往睁只眼闭只眼，不讲究细末小节，唯识大体顾大局。众僚敬长史襟怀，愈加勤于政事，往往事半功倍。

辰时，三刻。

苏颋正批案牍。门吏突报："青莲李白求见！"

长史窃喜。你小子恃才傲物，五年不见踪影，今日终于来了！

李白为见苏长史，特意更换了新衣，一袭月白色长袍，显得越发俊朗。

大都督府内，一庭甚阔。竹木繁盛，陈设绰约有致。庭中央，有水池亩许，上构木质彩绘凉亭。亭内置方形石几，四围廊椅六座。池畔，修竹亭亭，蕉红柳绿。池中，雨荷团团，鹭飞鱼跃。沿庭四周，构筑四通曲廊。木廊高与楼齐，回环相连。大庭东西两侧，各构厢房六间。右侧为吏房，户房，礼房，承发房。左侧为刑房，兵房，工房，盐房。正北一楼，甚阔，为大都督府衙。长史签押房居中，左为会客厅，右为书斋。廊道两边，甲胄凛然。枪戟森森，威严不可犯。

李白行廊间，并无半点诧色。昂首迈开大阔，直接进入正衙内。手持偌大一张名刺，对着苏长史长揖。

"晚生李白，敬见苏相公。"

苏颋闻言，初时一愣，继而大笑。哈哈，苏相公！久不闻此称呼了，一时倒不习惯，故而开怀大笑。

唐时官体，大都督府长史者，虽贵为一方屏藩，权重位却不高。依地理位置论，三品四品不等，哪及宰相一品荣耀？李白乖巧，不称他苏长史，而称他苏相公，正搔到苏颋痒处。苏颋得了口彩，痒酥酥好生受用。

顿时满脸灿烂，一边唤来内吏，煮茗碗供，一边走上前去，接了李白的名刺，满脸笑容可掬："李白文章，名动剑南，某盼之切切，定当早报朝廷，荐为国家栋梁！"

李白躬着身，仍长揖不动。

苏颋诧异甚。

李白何故不应？难道此来非应召，而另有他图耶？忙打开名刺。上书："日照锦城头，朝光散花楼。金窗夹绣户，珠箔悬银钩。飞梯绿云中，极目散我忧。暮雨向三峡，春水绕双流。今来一登望，如上九天游。"笺左下角处，又书一行小字："师尊赵蕤，世所罕见奇才，征而可为国家肱股。白叩首举荐。"

苏颋见了，欣喜若狂。心里暗自忖道，天子久征赵蕤不得，哪知道是李白之师！若二人为我所荐，征召为国家贤良，何愁不名扬天下？！思忖至此，急忙问道："不知令师尊何在？可否引某一见！"

李白听得明白，这才收了手势，接过一碗香茗，徐徐饮一口，慢悠悠回答道："师尊已至锦城，万望苏相公亲往，学刘皇叔隆中会卧龙，良才必可得也！"

苏颋听罢，喜不自胜。启案头墨匣，出松墨一锭。又将水中丞之储水，细细注于砚滴中。李白见状，忙上前相助。伸手拾起那锭松墨，去砚山上磨起墨来。少顷，一室墨香。

苏颋端立案前，铺一张嘉州宣纸，用檀木镇纸镇住。又从笔床上，拈一管兔毫，挥毫亲拟奏折。

奏曰："赵蕤术数，李白文章，皆国中英才。吾皇万岁万岁万万岁，乞额早降圣旨征召。臣颋叩首呈奏。"

书毕。苏颋看一眼，自觉满意。便将手中的兔毫，去笔洗里荡净，一丝不苟搁笔山上。又侧身去案后，启开加锁屉柜，捧出大都督府印，再将印色池打开，用力将印按于内。待印吃满印泥后，郑重加盖在奏折上。复从紫袍怀包里，出一方私人小印，盖在大都督府印旁。再仔细看一回，确认无误后，小心翼翼叠好，装入公文袋内。再将蜡斗打开，用竹刀挑蜡少许，将袋口缄封密实。封口处，另加火印封泥，再仔细裹卷好，小心翼翼装入简筒。

做完这一切后，苏颋叫过勤务内吏，让他去兵房传话。兵房主事得令，飞快跑到长史处，双手接过简筒，速派二驿卒背上，八百里加急飞报京师。

李白看在眼里，深为之叹服，帝国官衙办事，竟高效如斯！遂暗立心志，决意终身报效国家。

苏相忙完大事，拿一枚闲章把玩。郑重言于李白，铜章乃老夫信物，大都督府辖内吏员，见章如令。

"且作纪念，以备急需。"

李白受此大恩，躬身长揖以谢。

枇杷巷，瀛洲居。赵蕤立街沿上，往万里桥数度张望，始终不见李白踪影，心里便犯了猜疑。

今儿寅时，师徒俩晨练毕，李白言去青羊宫，相会一游方道士，说好巳时返回，同去万里桥饮酒。李白向守信诺，今日为何拖沓？

时，已正午。太阳高悬，万里桥上，行人如织。突有二骑，驰马鸣锣示众。桥上行商旅客，纷纷避于道旁。

赵蕤一惊，官府有何要事，午时清道扰民？沉思片刻，若有所悟。飞身回客栈，匆匆留下一笺，纵身从后窗跃出，奔向万里桥码头。

午时，三刻。

李白导于前，苏颋随其后，一路说说笑笑，往瀛洲居而来。

来到瀛洲居，与店家打过招呼，径直登梯上二楼。李白连唤数声，不见赵蕤应答，心里犯了疑惑。忙推开木门，偌大一间上房里，哪有师尊身影？唯后窗洞开，腥膻的河风，正徐徐吹入。奇了怪了，正值午餐时分，赵蕤不在屋内待着，独自去了哪里？

临窗一几，尺余见方。几上置一素笺，用茶碗压着。笺书数语："蕤之术数，有逆儒学宗义，更悖于正统王道，故数征不应。今去矣，愿作闲云野鹤。

公子人中龙凤，早晚出人头地。唯世多诡谲，望好自为之！"

李白大诧，顿时失了魂儿。先生猖狂，一副好肝胆。今日失之交臂，恐世再无知己矣。

苏颋尤惊愕，见赵蕤去了，心情与李白不同，请征奏折乃亲拟，且已快递京师，倘若走了赵、李二人，岂不犯了欺君大罪？

李白心情复杂，将书笺捏成一团，正欲抛出窗外。见苏长史惶恐不安，额上细汗如珠，知他担了天大的风险，心里万分不忍。

遂朗声说道："苏相公不必过虑，事因李白而起，不敢擅自逃责，定当随大人前往见官，任由国家法度处置。此笺留下，也可作个凭证。"

苏颋闻言，猛一激灵！

李白一表人才，又才华出众，哪忍心毁他前程？为国家计，宁愿自己顶着，也不愿牵连到他。遂厉声喝道："还不速去？望他日为国效力，切莫负了老夫心意！"李白不肯，犟起脖子，昂首而立。苏颋惜才心切，再三苦口相劝。

李白不为所动，坚持不去。客栈内，旅人不绝。走廊上，三三两两穿梭。

苏颋爱他忠义，两相僵持间，唯恐闲人知晓。乘其不备，猛一掌推出窗外。嘴里大喊道："切莫走了李白！"

巷口数十兵丁，听到长史呐喊，不知有何变故，提刀抡枪抢了过来。

苏颋微微一笑，知李白剑术了得，轻身术尤佳，这些个士卒兵勇，哪里拿得住他？

李白跃出窗外，感苏相公活命之恩，遂撩开大步，驰过万里桥，纵身跃入江心，上得一条快艇。

那艇状如织梭，正鼓满风帆，顺岷水疾驶南下。

三

南出成都，百八十里处，有山状如女子眉，故被称作峨眉山。

传山中多神仙，世人多向往之。

郭小楼曾言，柳先生失了妻儿，一时悲愤不已，遁入峨眉白水寺，削发为僧去了。

自瀛洲居逃出后，李白一路南下，径往峨眉山而来，欲与柳伯一诉衷肠。

李白风餐露宿，在路上行了几日，来到嘉州地界。伫立岷水而眺，远远望见一山，兀立迷蒙烟雨中。那山却也灵怪，时而阳光破云而出，隐约可见山高万仞，最高峰状如黛眉，清清秀秀横亘天际。时而薄雾缭绕，缥缈若晨塘芙蓉。时而细雨霏霏，朦胧如泼水墨。

李白暗自赞叹，好一座佛国仙山！

山中骆驼岭，一寺甚伟，名白水寺，又名"普贤寺"。殿宇重重叠叠，金碧辉煌交映，掩映在林木间。

土著信誓旦旦，白水寺大有来头，乃汉时药仙蒲公礼佛处，又传为普贤大士显灵地。

史籍说得明白，东晋隆安三年，道安门人慧远三弟慧持，以"欲观瞻峨眉，振锡岷岫"入蜀，辗转入峨眉山，择骆驼岭创普贤寺，耗时两年寺始成，内供普贤菩萨铜像一尊。普贤铜像神情安详，趺坐在莲花宝座上。头戴五佛金冠，手执白玉如意，体态丰腴而饱满。莲花宝座计四层，共五十六牙花瓣，牙牙向天怒放。座下六牙白象，姿态雄浑。蒲扇般大耳下垂，鼻长几可触地，四足如柱立莲台上。

未时，一刻。

白水寺外，李白歇于亭。

李白学究天人，普贤为何方神圣，他哪能不晓？

佛家典籍记载，身毒称普贤者，又为"三曼多跋陀罗"，乃大乘佛教四菩萨之一，象征理德、行德，与智德、正德之文殊相应，同为释迦牟尼左、右胁侍。世传普贤有延命之德，尊号"大行普贤"，因行之谨慎静重若象，六牙白象便成了他坐骑。

一寺香火，袅袅旺盛。香客熙熙攘攘，虔诚而礼敬。

李白进入寺内，绕莲台一周，所见并无特别处。迈出右侧耳门，继续向上攀缘。殿后石梯处，立一童子，一色青衣裤。

童子见了李白，忙双掌合十，做个童子拜观音。轻声言道："青莲李公子乎？师尊候于上禅院，已多时矣。"

李白吃一惊，白水寺一小沙弥，怎会知道自己行踪？童子不语，自顾导路前行。李白心存疑惑，却不便相询，随之来到上禅院。

诚如童子所言，果有一九旬老僧，煮茗会客室。

上禅院不是院，乃二层小木楼。会客室置楼上，窗明几净，望之如画景。临窗处，置三足青铜风炉，甚是古雅。

每只铜足上，铸有若干铭文，从左至右分别为："坎上巽下离广中""体均五行去百疾""大隋灭胡明年铸"。铜风炉腹鼓处，等分置三小窗。共铸六字，曰"伊公"，曰"羹吴"，曰"氏茶"。

李白看了一会儿，知道正确读法是："伊公羹""吴氏茶"。

所谓伊公羹者，商之伊尹是也。伊尹乃贤相，古籍载"……（伊尹）负鼎操俎调五味而立为相"。所谓吴氏茶者，茶祖蒙山吴理真，煮茶而活乡民之事也。

顿觉了不得，此风炉大有来头！仔细观炉，果然有讲究，"大隋灭胡明年铸"。

开皇十九年，前隋大败突利可汗，风炉即开皇二十年铸，必纪念灭胡盛事，距今百二十年矣！李白肃然起敬，忙整顿衣冠，端立会客室外。

炉膛内，炭火微红。炉上，置一铜壶。壶大如瓦钵，内盛山泉水。老僧立炉旁，闭目听水声。

初沸如鱼目，微微有声。老僧取盐少许，放入壶内，用柳枝轻拂，使之调和均匀。

二沸似涌泉，壶盖响如连珠。老僧用一木瓢，出壶水一瓢，弃于炉侧洗池。复用一对箸，环荡壶心。

三沸如奔涛，飞沫溅珠。老僧下嫩芽，匀匀入壶内。少顷，一壶茶汤乃成。袅袅茶香，缥缈山寺间。

老僧出，邀李白入内。李白再整衣冠，恭敬入雅室。

室内，一炉，一壶，一茶几；二椅，三杌，四花窗。四面粉壁上，挂数条字画，皆魏晋诸子大手笔。

待坐定，老僧拿一柳木勺，将茶汤舀进碗里，小心翼翼置几上。

细观那碗茶汤，色如琥珀，气如幽兰。

李白看得眼馋,双手捧起碗来,徐徐饮入。含嘴里三咂,闭目再三品读,味比晨露略甜,花蕊玉味稍淡,当真妙不可言。

"大师煮茶,未见特别处,茶具也寻常器物,何故味妙绝伦?"

李白习艺岷山,随东岩子数年,已是茶道一等一高手。老僧所煮之茶绝妙无比,以前哪曾饮过?不禁发问相询。

老僧笑而答道:"无他,唯山水佳耳。"

李白哪肯相信?"圣僧煮茗相与,必有教诲于我。白如不明就里,岂不惭愧终生?"

老僧微笑如故:"老衲所言不假,岂不闻名山多佳泉乎?既有佳泉,必有佳茗,是也不是?"

主人不肯说,客人不好强求,李白只得作罢。忆起童子相迎事,转而问道:"圣僧乃神仙人物,既先知白要来拜访,可知晚生为何而来乎?"

老僧笑道:"老衲广浚,哪是神仙?公子寻访敝寺,必为濬而来。"

濬是何人?李白不解,一脸迷茫。

老僧长眉低垂,轻声述说道:"三年前,施主柳百年自青莲来,苦求入白水寺,改俗名为法号'濬',故老衲知公子必来。嘱童儿早晚相候,言白衣长身者,必公子也!"

柳伯伯?原来是柳伯!

李白听得真切,脑袋轰然爆裂,顿时张大了嘴。喜耶?忧耶?悲耶?忙放下茶碗,便要见人。

老僧面无表情,起身入耳房,从内捧出一琴,放置在横案上。

琴乃绿绮,司马长卿遗物,为柳先生心爱之物。却不知是何道理,搁在了广浚大师处。老僧更不搭话,正襟危坐间,抚琴低吟浅唱,正是柳伯常吟诵者。

首起一曲,乃《汉宫秋月》。继而又奏一曲,为《广陵散》……琴声悠扬,时而如诉如泣,时而行云流水。如柳先生抚琴,韵致别无二样。

广浚专注于琴,李白亦不稍动。

戌时,新月临寺。四围山色,朦胧如幻。

大师突停了琴,领李白出寺,默默至一涧边。

清溪萦回,叮咚奔流。涧上架一木桥,不知何代所建,古朴而雅致。隔桥百米处,又有一阁甚伟,阁名"清音",乃蜀人扬子云所书。字大如斗,遒劲苍朴。

二人行桥上,形影相随。四围寂寥,唯山风飒飒。

李白踏月随后,不知广浚用意,为何领来清音阁。听涛?赏月?观山景?

月光如水,映一涧清辉。至木桥中央,大师停了步,去廊栏上坐下,示意李白亦坐下。两人相对,静默如佛。

戌时,三刻。

月行中天。突闻木桥下,一涧蛙鸣。叮咚,叮咚,似琴弦初拨,极类广浚所奏。

李白大异。世间灵物,不可名状。涧蛙乃旁类,何能一结世外交?依韵鼓舌弹琴!

聆听良久。蛙鸣入耳,似仙乐回环,令人心神俱清。

亥时,月隐。

蛙声骤停。广浚微闭双目,良久乃曰:"公子月夜听蛙,琴耶?茗耶?可知老衲所期?"

琴,情?茗,名?

李白似有所悟,举头仰望天宇,内心一片澄明。

广浚复言道:"潴知公子必来,不愿与你相见,早入清音阁闭关矣。唯委老衲奏曲相与,以释君怀!"李白闻言,唏嘘不已。两行清泪,无声流了下来。默默跪地上,向清音阁而拜。

拜毕,自个儿痴了一般,兀自向山下走去。

大师呆立桥上,暗自叹喟不止。此子天纵英才,惜倨傲不礼,无拜相封侯的福泽。

月明松间,清流石上。李白一袭长衫,已渐行渐远。袅袅歌声,远远传来。"蜀国多仙山,峨眉邈难匹。周流试登览,绝怪安可悉?青冥倚天开,彩错疑画出。泠然紫霞赏,果得锦囊术。云间吟琼箫,石上弄宝瑟。平生有微尚,欢笑自此毕。烟容如在颜,尘累忽相失。倘逢骑羊子,携手凌白日。"

广浚大师闻歌,又一声轻叹。

桥下,一涧蛙鸣,鼓琴声复起。

四

开元十年，惊蛰。

平羌江，清溪驿。

一巨型画舫，缓缓向码头驶来。画舫上，彩带飘飞，鼓乐喧天。舫挂一旗，帜曰"嘉州"。那是嘉州的官船，上载十二举子，乃进京赶考者。

清溪渡头。李白着白袍，只身伫立江岸。遥望那艘巨舫，心甚痒痒，一时难以自持。

唐律：凡商贩子弟，不得科考入仕。

李白学究天人，文名远播剑南，却因阿爷行商，失了科考资格，心里哪能不恼？时常与爷娘怄气，宁愿外出游历，也不愿待在家里。

午时，三刻。

舫靠码头。

李白羡慕至极，上前请求搭船东进，欲到渝州一游。

众举子倚舷而立，见李白神情俊逸，玉树临风般人儿，纷纷准允他上船。

李白且喜且怯，喜者，可登画舫，与众学子同行。怯者，又恐白丁身份，污了他人耳目。便谎称梓州鄯人，苦于旅途寂寞，故来与君共渡。

一船十二子，个个锦衣缎带，听他言语甚谦，心里好生喜欢。齐齐鼓掌，迎入船舱。

李白入后舱，从所携竹篾中，先出一铁炉，又拿一铜壶。壶盛江水，盈颈。架铁炉上，生火燃之。待沸。取茶叶少许，匀匀放壶中，敞盖微火烹煮。俄而，水沸，汩汩有声。江风徐来，满舱茶香四溢。

众子家境殷实，平时啥没玩过？吃茶喝酒坐梨园，逗鸟遛狗打双陆，无一不精，无一不晓。见他江水烹茶，又异香扑鼻，无不抚掌称妙。纷纷赞曰，必蒙顶皇茶。

李白颔首，点头称善。瞧一瞧茶汤，又撒入数朵茉莉。闭目嗅一嗅，满脸陶醉之色。

众子相视一乐，皆抿嘴窃笑，好一个痴汉子。

李白不予理会，遍置茶盏于几上，逐一邀请品尝。

汤入口中，润而嫩，滑而香。众子大声称妙，直饮得摇头晃脑，眉开眼笑。

李白越发欢喜，自言其茶其艺，无一没有出处。所叙茶事，语言俊美，文采灿然。

满座皆惊，为之倾倒。纷纷恭维，何不进京应试？必中今科魁首。

众子无意之语，戳中李白痛处。李白虑及自家身世，哪敢声张半句？唯喏喏不语，满脸谦恭色。

众子越发欢喜，乘隙铺以酒食，相邀李白同饮。直把他当成兄弟，唯恐照顾不周。

时，船入清溪峡，江岸夕阳已坠。偶有夜泊船家，渔火忽明忽暗。临近右舱舷，立一贵公子，言行举止有度，似官家子弟。

贵公子着朱衣，抬头望了望天，吩咐操船舟子，择一避风江湾处，泊舟夜宿。举头望峡，夜幕四合，山间微有光。一轮清冷山月，高高泊于山巅。

如此美景，怎可少了美酒？众子又铺酒食，倾壶长饮。乘了三分酒性，李白起身抱拳，团团罗圈揖相告："江天暮景殊佳，又有美酒佳肴相佐，惜无红袖添香，奈何？某携有一箫，愿为诸君一奏，以助雅兴。"

众子闻言，齐齐鼓掌。

李白自怀中，掏出一只短箫。箫长一尺三寸，绿莹莹灿烂有光。

众子肃静，唯恐扰他心神。

李白背倚舷枋，静息片刻后，持碧玉箫近唇，徐徐而吹。箫鸣空峡，涛拍长岸。悠悠一曲《高山流水》，似山涧飞瀑流泉，峡中回环荡漾。众子击节相和。江月静如沉璧。

春江水暖，箫音缭绕不绝。直使得鱼龙惊飞，蟾兔欲跃。

众子皆叹服："伯牙重生，亦自愧不如矣！"一曲终了，余音远去，唯江畔芦苇瑟瑟。

李白停了箫，心里千般纠结，想起阿爷阿娘，想起柳伯伯，想起柳丝儿……望月泪流而歌："峨眉山月半轮秋，影入平羌江水流。夜发清溪向三峡，思君不见下渝州。"

众子闻歌，又听得发痴。正迷惘间，猛听得芦苇深处，"哗啦"一声水响。众子皆惊。适，月入云层。朦胧夜光下，一豪客甚威猛，纵身跃入巨舫中。

盗满脸虬髯，手执一柄雨伞，径直戳向李白心口。闷声哼道："速将银钱来献，免得爷爷动手，徒伤了尔等性命！"众子见贼凶猛，哪敢随意搭理？纷纷伏于舱内，双股颤颤不敢动。

李白正神思迷离，猛觉锐气穿心，本能地向右侧了侧身，恰到好处避开了来伞。说时迟，那时快，手里的短箫，已迅速搭上了伞柄。"当"一声脆响。

黑暗中，火星四溅。

众子骇了一跳，始知盗执雨伞，乃精铁所铸。李白身轻似燕，手中所持短箫，似灵蛇吐信，招招直指双眼。盗则步履沉稳，一柄油纸雨伞，如金刚捣杵，着着直戳心窝。

两人斗得性起，飞越腾挪间，巨舫颠簸如摇篮。交手二十回合，彼此殊无破绽。盗闷哼一声，猛将铁伞一抖，伞骨哗哗一阵响，伞篷上油纸尽落，现出一柄黑沉沉铁剑来。

李白见了，微微一愣。手上招式不变，身子向后一仰，顺势拔出背上铁剑，左手往船舷上一按，凌空飞起丈余，一招"岷山飞雪"，将盗团团罩住。

虬髯客不敌，慌乱间欲遁。李白抢得先手，哪容他逃脱？手起剑落间，将盗拍落船舱。嘱众子绑了，明日押去官府领赏。

众子见李白得胜，顿时欢欣鼓舞。用麻绳将盗捆住，丢进底舱不管。

李白拾起贼剑，与自家铁剑相较，自觉一般无二。心里若有所思，遂端坐船舷上，故意言于众子："尔等赴京应试耶？"众子闻言，相与一笑，这不明知故问吗？陡见少年一脸严肃，不似先前和顺，哪敢随便作答？朱衣者胆略壮，立后舱门楣下，轻声应答道："正是。"

李白故作烦躁，又喻喻问道："所带银两多乎？"众子犯了疑，不知他为何这般问话，莫非也是强盗？心里惊骇不已，纷纷扑伏船舱里，忙不迭地应答道："多，多，多！愿尽献与英雄，只求好汉开恩，不要伤了我等性命。"

李白哈哈大笑："无怪乎，尔等几时钱财露了白？竟招来江湖豪客！"

众子伏地不动。李白见状，不屑地讥讽道："似尔等酸腐，只知读死书，中式又有何用？"众学子闻言，越发惶恐不安。

李白更加不屑，轻轻哼一声："尚有酒肉否？只管悉数呈来。"

朱衣公子闻言，顿时放下心来，知他要酒要肉，再不会谋财害命了。连忙呼唤众子，尽献所携美酒。李白也不客气，复饮数十觥，仍无丝毫醉意。

月出如新，江波粼粼。

李白朗声道："国家求才待用，尔等却死读'圣贤'，胸无赤胆忠心，又无缚鸡之力，与床头妇孺何异？！"众子任他训斥，喏喏不敢对答。

朱衣公子面薄，羞得满脸通红，举杯跪拜于前："小可李皓，愧无力缚鸡，今壮士救我性命，愿闻尊姓大名，他日也好报之万一。"

李白笑了笑，始知朱衣人姓李名皓，乃青神县令李明祥之子。急忙起身向前，双手扶他起来，举剑叩击底舱，嘴里发出一声长啸："余非壮士，青莲李白是也！"

李白？李白！

李皓大喜，自言祖籍陇西成纪，二人同宗同辈，遂以兄弟相称。对过庚辰后，皓长白一岁，被尊为长。

众子欢天喜地，正待举杯相贺。突闻底舱那盗，大声叫道："青莲李白否？大哥快快救我，吾乃泥鳅吴指南！"

李白闻贼大叫，连飞三觥剑南春，哈哈大笑道："早知你是泥鳅，缘何清溪为盗？！"

盗喜极而泣："大哥独自逍遥，哪管小弟生死？若不为盗，裹鱼腹耶？"

李白闻言，一时泪流满面。复又倾壶一饮，朗声言道："宁裹鱼腹，不为强盗！"

盗不再言，唯嘤嘤而泣。

李白于心不忍，吩咐众子帮忙，将他放出来。诸子心有余悸，哪里敢去松绑？李白努努嘴，示意从兄可为。李皓点点头，钻入底舱内，将虬髯盗放了出来。

虬髯盗脱了绑，刚上到船舱里，翻身扑向李白，双双相拥而泣。

第五章
仗剑去乡国　御风出夔门

一

夔州，白帝城。

东汉初，公孙述据蜀称帝，自诩有金德焉。五行中白色属金，故名为白帝。

出白帝城，东行二里许，一坝如盆，乃西湄县治地。平坝状如紫茄，俗呼为茄子坝。

巫溪妖娆，绕坝而流。

《舆地纪胜》载，巫溪又名飞乌水，源出秦地飞乌山，一路奔腾至茄子坝，纳白马河入怀。双流既汇，水势渐大，浩浩东入大江。

茄子坝双流环抱，十数条青石小巷，横阵在磨盘山下。传袁天罡过此，登磨盘山而观，见茄子坝双流合抱，又九曲水环绕，言必出达官显贵。此言一出，诱得剑南豪室富户，纷纷迁居于此。一时间内，小小西湄县城内，房产地价飙升，几与夔州城等值。

开元九年，春三月。

遂州别驾刘春阳，告老还乡夔州，经不住朋友怂恿，悄悄来到茄子坝，隐居长庆街上,筑园自宁。所构刘家庄,背倚磨盘山,前临巫溪水,巍峨壮丽,实乃邑内第一大庄。

翌年中秋,刘春阳应友人相约,赴夔州白帝城赏月。随行者计二人,一为西湄令张永康,一为县丞王喜君。谁知三人同去,却只有两人回来。县令张永康说,刘老爷饮酒后,坠长江而殁。王喜君满脸铁青,也是这般说法。

依大唐律例,县衙拨银百两,为刘别驾举办丧事。

秋九月,十八日。

夜,亥时。

刘家庄再遭横祸,百十不明身份者,围庄疯狂杀戮。一庄三十六口,竟无一人幸免。

张县令的师爷,名儿叫作牛犇,善阴阳五行。逢人便说,刘家人不懂地舆,擅自动了前院照壁,触动了"煞"气,故而有此一劫。

邑内出此大案,张永康寝食不安,一边据实呈文,上报州府衙门,一边尽遣县衙捕快,四出侦缉歹人。

刘家庄内,血迹斑斑犹存。然任由衙捕巡查,始终难觅蛛丝马迹,似乎应验了牛犇所言,刘家人撞了"天罡地煞",遭到厉鬼索命!

久寻无果,巡捕房压力山大。张县令尤为心烦,口里生满了火疗疮。也难怪,由雁江丞知西湄令,尚不足三月时间,就摊上了这码子事,能不心烦吗?初莅西湄,人生地不熟,办起事来碍手碍脚,案件毫无进展。尤令人心烦者,家小尚无居所,拖儿带母七八人,挤在县衙一杂物间,生活十分不便。

张永康心一横,索性搬进刘家庄,权且过渡一下,既解了后顾之忧,还可就近找找线索。

铁匠铺胡幺爷说,自打县太爷搬进刘家庄后,每当夜深人静之时,都会听到"鬼"幽怨的哭声。又说月夜里尤甚,往往见一女子,身穿白衣白裙,游荡在后花园里。张氏一家老小,骇得要命。刚住进去三天,就匆匆搬了出来,依旧挤在杂物间里。

县太爷纳闷儿,世上哪有鬼神!莫非歹人所为,与凶案有关?为弄个明白,多次带着牛师爷,黑夜潜入刘府蹲守。说来硬是奇怪,一连蹲守十余夜,庄上既无古怪哭声,也未见鬼影出没。案发年余,衙捕竭尽全力,始终无法破案。

张永康的心里，压着块大石头，长期不能释怀。他曾于酒后，私下对人言及，刘家庄灭门惨案，必定另有隐情……

县丞王喜君，笑他没能耐破案，编些"玄龙门阵"唬人。独自进入刘家庄，欲探个究竟。翌日天明，人们惊讶发现，逞能的王县丞，吊死在大门枋上。事出玄乎，让人莫名其妙。

从此以后，邑人谈"鬼"色变，无人敢再入刘家庄。西湄凶宅之名，邑境内尽人皆知。

二

开元十三年，夏六月。

李白东来夔州，偕吴指南入邑境，驻足在西湄驿馆。每日里，喝酒吃肉，逍遥快活。耳朵里听的，全是这桩怪事。李白心里好奇，世上真有鬼？执意要去刘庄，欲探个明白。

吴指南随从李白，活出了人样儿。听说李白要去刘家庄，生怕出啥意外，极力劝阻不让去。

"宁可信其有，不可信其无。"李白向来胆大，吴指南越是劝阻，他越来了劲，非要去看看不可。

六月初九日。当天夜里，清风明月。晚饭后，李白换一身劲服，只身前往长庆街。

刘家庄已破败，荒芜的庭院里，野草杂乱丛生。李白手执一卷，端坐在书房中，切盼女鬼光临。

初更时，草虫幽鸣。李白兴趣盎然，阅读正酣。

二更天，虫鸣声愈急。李白兴趣渐失，掩卷枯坐书案前。竖起双耳听，偶闻梁间蛇窜，又或鼠齿"剥剥"啃木。哪闻鬼哭？更无鬼影！李白兴趣全无，侧身倚靠书案上，闭目养起神来。

假寐中，有人飘然至书房，正睁着一对大眼，默默注视着自己。李白心头狂喜，猛然睁开双眼，四下飞速一扫。书房里，空无一人。唯一缕清风，从窗洞徐徐吹入。

李白满脸诧色,自己长年习武,警觉异于常人,明明有人飘然而至,为何不见踪影?果如村夫所言,有"鬼"不成?!李白摇摇头,直觉告诉他,此"鬼"不是鬼,只不过轻功了得罢了。

李白站起身来,缓缓踱着步,既然不是鬼,倒要查个水落石出。遂步出书房,四处一一巡找。然转遍整个刘家庄,终一无所获。

翌日,晨。

吴指南早起,站在驿外张望。见李白平安归来,才长长松一口气,大赞兄长英武了得。李白闷闷不乐,一言不发回到驿馆,倒头呼呼大睡。

午时。

吴指南走在街上,先去一家烧腊店,切了三斤卤猪头肉,又到隔壁的食店,购得四个火烧麦饼,外搭两笼热汤包,提一块匆匆回到驿内。

李白早起了床,正饿得饥肠辘辘。见到大包小包的饮食,欢喜得只顾要吃。

一边大口咀嚼,一边与吴指南耳语。

吴指南嚼着馍,连连点头应诺。

夜里,戌时。

李白再往刘家庄,依旧坐在书案前,装模作样读《春秋》。

读未几,又没了兴趣。如昨夜一般,侧身靠书案上,假装着呼呼入睡。

二更天。

书房内,月色突暗。

李白知道来了,保持姿势不变,只把两眼微微睁开。他终于看见,书房窗户外,有一个体态轻盈的人,灵猫般启窗而入。

那人来到案前,双眼专注于李白。

李白依旧假寐,嘴里鼾声均匀,两眼借着月光,却看得甚细微。来人眉宇间,满是忧戚之色,行为举止有度,没有丝毫的恶意。

遂放松警惕,静观其变。

"鬼"一身素白,端立书案前,纹丝不动。渐渐地,两眼有泪溢出,哭泣声幽幽而来,其声悲切怨恨。

夜深人静,月色皎然,如闻"鬼"哭。

"青莲李白乃剑仙，刘十娘素仰慕，奴家大仇可报矣！"

李白闻言，怦然心动，起身欲相询。

突然间，书房内外，灯火通明。吴指南领十名驿卒，喧嚣着闯入书房。

白衣人正悲切间，事起仓促，情急下身影飘动，欲夺窗而逃。

李白大急，拍案一跃而起，用自己魁梧的身躯，堵住了那扇窗洞。

嘿嘿，好不容易见了"鬼"，怎能让他跑掉呢？

白衣人没了去路，即刻挥起双掌，直劈李白面门。

李白旨在擒拿，哪会和他真打？只是见招拆招，似猫戏老鼠。

两人皆快手，瞬息间，交手十数回合。

白衣人掌法飘忽，柔弱无刚劲之风。

李白以此判定，此"女鬼"无疑。便主动停了手，令吴指南拿下。

众驿卒发声喊，齐齐用手中棍棒，将白衣人压在地上。

白衣人破口大骂："好贼子，原来一丘之貉！"

那"鬼"恼怒异常，连声音都变了调，却黄鹂般婉转悦耳。

果然是个女子！

李白示意吴指南，将她面罩摘下来。就着淡淡月光，见她容貌十分姣好，年纪二十许。心中十分诧异，脱口问道："汝为何人？潜入白读书处，可是要刺杀某乎？"

女子昂着头，杏眼圆睁，怒叱道："果如是，一刀宰了尔，倒也干净。"

语出恶毒，似仇深如海。

李白虽不爱听，却也不以为忤，继续发问道："汝若不行刺，却是为何？"

女子满脸鄙夷，轻哼一声道："哼，一丘之貉，说之何益？"

驿卒不明就里，然而得了银两，被吴指南请来扎场子，自然唯命是从。见他敬重李白，以为是其主人，又见白衣女子说话，句句带刺冲撞李白，便把棍棒杵得山响，齐声吼起杀威号来。

李白哈哈大笑，竟有了堂审的感觉。

呵呵，这就是官威吗？硬是趾高气扬哈，难怪人人都想当官呢！

李白笑毕，依旧和颜悦色："汝果有冤情，自可详细说来，某或可助之！"

女子满脸毅色，照地上啐一口。

"呸!"

吴指南性蛮，打小顽劣惯了，见李白迂腐如少时，尚不如街痞狡狯，哪懂得拷询问话之道？

遂走上前去，甩手一掌掴脸上，复戟指大声叱骂："瓜皮恶妇，不识好歹！众夜半入破宅，你道为何？真是见了鬼了！"

李白眉头一皱，不知吴指南何意，听他满嘴污言秽语，忙止之不可鲁莽。

女子挨了一掌，脸上火辣生痛，又遭他一顿臭骂，更加地面红耳赤。

李白于心不忍，轻声吩咐吴指南，她既不肯说，只好带回驿馆，天明交县衙处置。

听得要交县衙，女子顿时大急，犟着脖子不肯去。

恨声说道："小女子既被拿住，告知你又有何妨？刘春阳乃家父，四年前的中秋节，应邀到夔州赏月，谁想遭张贼陷害……"

一边轻声诉说，一边幽幽而泣。

李白听得仔细，白衣女不是别人，正是刘别驾的千金，刘十娘是也。

刘家庄遭殃时，小女子才十六岁，因寄宿郎舅家，才未遭歹人毒手。

四年来，为保护刘氏家业，更为报仇雪恨，她一个弱女子，过着"鬼"的生活。白天不敢现身，夜里则壮起胆子，战兢兢装神弄鬼，阻吓图谋刘家庄的人。

十娘所述，泣而涕流，如闻幽咽。

李白鼻尖发酸，几欲泪下，强忍着大声问道："十娘所言，可有人证物证否？"

十娘见问，忙跪于地，痛泣不止："公子如若不信，可派人至县衙后庭，去那棵百年桂树下，挖掘便知。"

李白闻言，深信不疑，忙出苏颋所赠铜章，郑重交与吴指南，让他火速前往夔州禀报。

知州尹长林，乃苏长史同袍。得报哪敢迟疑？亲往西湄取证。

四更，谯楼鼓响。

尹知州乘快马，带着一包物什，匆匆赶到刘家庄。包内，骷髅一具，官符一块，玉扳指及玉佩诸物若干。

刘十娘一见，痛哭欲绝。

"阿爷……"

尹长林情知不假，急领百十衙役，赶往西湄县衙，将张永康擒获。

天既明，四邻轰动。

尹知州就近升堂，会审于西湄县衙，观者蚁涌。

张贼永康被拿，情知罪孽深重，未及过堂，已尽招其罪。

原来，张贼初莅西湄，闻刘家庄风水绝佳，有心据为己有。私下言于王喜君，又赠黄金百两，谎称曾遭刘春阳打压，欲借机报仇。

王喜君得人钱财，极力出谋划策，以中秋到夔州赏月为名，将刘春阳诓至县衙，秘密残忍杀害。

张贼阴谋得逞，一边划拨赈款，假惺惺抚恤刘氏一门。一边背着王喜君，暗中勾结巫溪水匪，黑夜血洗刘家庄。

原以为大功告成，可顺利得手，谁知刘家庄内，又闹起"鬼"来。王喜君不知血洗内幕，逞强前往探视，正好被牛犇撞见，假"鬼"手杀之灭口。

开元十三年，晚秋十月。

圣谕：凌迟处死张永康。又谕：李白破案擒贼有功，赏黄金百两。

时令寒露。

峡江两岸，万木霜天，层林尽染。

李白急着东进，未待皇帝圣旨到，早已乘舟御风，偕吴指南东出夔门矣。

三

夔门，风急浪高。

李白身着白袍，腰佩长剑，衣袂飘飘似雪，昂首端立船头。

吴指南着青衫，踞船舱中，守护着行囊。

一叶扁舟飞渡，两岸连山如廊。

峡江碧流似箭，卷起千堆万堆雪，彻夜拍岸轰鸣。

瞿塘峡雄名天下，因地处夔州境，故又称夔峡，也有称夔关者。

夔峡夹如窄廊，白盐山耸峙江南，赤甲山巍峨江北。两山对峙，天开一线，峡张一门，故称夔门，古称瞿塘关。

"夔门天下雄"！

出了夔关，即楚天荆地。

观一部蜀史，多少蜀中儿郎，离别故土远游，在此洒下泣别泪，书就惊世文。

李白伫立船头，心情却又不同。仰望夔门壁立千仞，俯瞰峡江奔腾咆哮，顿感心胸无比开阔，大有"仗剑去国，辞亲远游"之慨。

"大哥，此去夔门，不知何时能回故乡？"

吴指南心有不舍，小声言于李白。

李白闻言，心里也难免恻然。忆起入巴地以来，数闻巴女歌竹枝词，遂依巴曲的韵脚，高唱一曲《巴女词》，以壮行色。

"巴水急如箭，巴船去若飞。十月三千里，郎行几岁归。"

歌声嘹亮，有昂扬，有憧憬，更多故土情深。

吴指南性情粗豪，受到李白的感染，不再伤感。也敞开喉咙，扣舷合拍而歌。

二人虎啸狼嗥，吼得嗓子冒烟。那一叶轻舟，已似离弦的利箭，乘奔御风驶出夔门。

"巴水急如箭，巴船去若飞。好畅快的竹枝词，好豪迈的巴歌！"

夔门峡口外，传来一声赞叹，声音清越绵长。

听得有知音喝彩，李白心里大畅。立船头放眼望去，见峡口江湾平缓处，泊一危楼巨舫，十余个锦衣人，团团围坐饮酒。

巨舫顶层甲板上，一铜炉火正红，铁壶汩汩沸腾。

炉旁，立二童子。

一持扇鼓风燃炉，一净具烹茶。各司其职，怡然不相干。

临江一侧船舷边，置一巨型画案，又一中年紫袍儒士，正挥毫泼墨作画。

那声喝彩，正是儒士吼出。

画案两旁，又立二童子，专事研墨铺卷。

二子着青衣，忙完手中活后，各自抄手衣袖中，神态憨厚可掬。

儒士专注于画板，神情安详让人心仪。

巨舫上有酒有肉，李白心甚痒痒，示意操船舟子，将船靠上去。

江出峡口，水势如箭。

小舟颠簸浪尖，轻若一片鸿毛，操作稍有不当，就会船翻人亡。

舟子面露难色，哪敢轻易靠近？

李白见他不肯，解下腰间钱袋，爽快地抛给舟子。

操舟者憨直，接了客人钱袋，呵呵点头应允。便使出浑身解数，数度撑篙靠近，又数度被浪掀开。几经周折，始靠近江湾，忙用长篙尖头铁钩，钩住巨舫的船舷。

李白跃跃欲试，数次想要攀登巨舫，都因水急浪高，几致跌落江中。

吴指南大惊，不让李白再冒险。

舟子也惊，连连喝止。

李白却大笑，高呼"壮哉！"

一声"壮哉"，声若洪钟，震得山谷嗡嗡回响，盖过一江汹汹水声！

画舫上，紫袍儒士正痴迷，猛听得一声"壮哉"，震天荡谷而来。抬头见一箬篷小舟，翩跹颠簸画舫前。

舟头，立一白衣青年，身佩长剑，俊朗若仙。

"兀那小哥，何道壮哉？"

儒士发声喊，声音不见高亢，却清越入耳，字字清晰可辨。

李白见问，立舟头长揖应答："小生赞美峡江壮阔，也赞先生大家风范！阁下京师吴道子乎？"

紫袍儒士一诧，随即满脸笑容，连连点头称是。

"这就是了，舍京师吴博士，天下谁有此大家风范？！"

李白高声赞道，正待要报姓名。夔门外，突起一阵恶风，小舟似断线的风筝，被汹汹江水飞卷而去。

吴道子大惊，紧张地起身探视。只见白袍青年端立舟头，潇洒地向自己挥手。

"蜀人李白！"

惊涛骇浪中，远远传来一声喊。

李白？青莲李白！

吴道子乃宫廷供奉，赫赫有名的"教博士"，于天下文艺事，知之甚详。李白名动剑南，他哪能不知？

急忙命二童子，另张一轴素绫，凭适才瞬间的记忆，挥毫画成一幅肖像。

画中，李白白袍葛巾，按剑伫立舟头，神情潇洒俊逸，长袍广袖舒卷，气韵飘飘欲仙。

吴道子望得痴了，心想这人世间，何来此等神仙人物？

午时，三刻。

阳光漏云而下，一江碧流，澄明似练。

风从峡口吹来，掀起无数浪花，层层叠叠，又涌回峡口。

李白豪情满满，按剑端立船头，放声高歌："赵客缦胡缨，吴钩霜雪明。银鞍照白马，飒沓如流星。十步杀一人，千里不留行。事了拂衣去，深藏身与名。闲过信陵饮，脱剑膝前横。将炙啖朱亥，持觞劝侯嬴。三杯吐然诺，五岳倒为轻。眼花耳热后，意气素霓生。救赵挥金槌，邯郸先震惊。千秋二壮士，烜赫大梁城。纵死侠骨香，不惭世上英。谁能书阁下，白首太玄经。"

第六章
橘园会司马　洞庭殇同袍

一

江陵，古荆州地，历为兵家必争。

蜀汉关云长镇荆州，北敌曹魏，东拒孙吴。十年间，威震河朔，恩泽湖湘，忠肝义胆誉满华夏。

郡廊北去三里许，一丘名鸡公山。山高不过百米，状如土馒头，俗呼为矮子坡。

顾名思义，鸡公山不甚高大。然山上古柏参天，林间掩映一道观，却是大大的有名，乃上清派茅山宗洞天，观名"天台"。

李白离蜀出了夔门，滞留江陵四月有余，足迹遍及荆楚，经常听人说及天台观。

道教源于蜀，开山于鹤鸣，乃汉时张道陵所创。

李白幼时，常出入白云观，又随东岩子习艺岷山，虽未正式"授箓"，却也深得"道"理。故滞留江陵间，数上天台观访道，拜会道长无量子。

谷雨节，春阳正好。

李白偕吴指南，去郊外踏青。二人春游半日，来到天台观前，去道左茶棚吃茶小憩。

有三五道友，聚于茶寮逼仄处，鬼鬼祟祟轻言细语，说今夜有神仙降临。

李白竖起双耳，听得津津有味。

吴指南则不然，暗笑月牙儿迷信："走火入魔了不是？世上哪来的神仙！"忙付了茶资，拽上李白匆匆离去。

道上行人不绝，或负囊北往，或荷担南行。观衣着神色，多似农家子弟，外出讨活帮工者。

二人又行里许，见青石官道道旁，矗一棵硕大黄葛树。树下，歇两七旬老翁。

一翁着灰衣，一翁着青衫。

灰衣翁说："听说否？今夜戌时，有神仙降临天台观。"

青衫翁嗤笑道："哪来的神仙？茅山道士耳！"

茅山道士？

李白听得兴奋。

当今之世，细数道中人物，能让市井传为神仙者，舍司马承祯还会有谁！

司马承祯是谁，李白当然知道，不就是司马子微吗？

司马氏为贵族后，祖上身世显赫，乃晋宣帝弟太常旭。司马承祯者，上清派茅山宗第十二代宗师也，法号道隐，自号白云子。

白云子道法高深，有窥测天地之机，且文才灿烂，写得一手好篆，尤为当今天子所推崇，特在王屋山构筑阳台观，为其修身养性专用，并派胞妹玉真公主，跟随司马氏观中学道，世有"道士皇帝"之谓。

李白素慕仙道，知晓司马承祯要来，怎会不动心呢？便不顾泥鳅厌恶，折身返回天台观，欲一探真伪。

吴指南无奈，只得随之返。

天台观前，有橘林广阔十亩，正是花开时季。浓郁的橘花香，随风四处飘散，里许可闻其香。

二人入橘林，拾一干爽处坐下，慢慢等待天黑。

吴指南解开行囊，掏出两块饴饼，儿时一般各食一个。

正细嚼慢咽间，突闻琴声悠扬，自橘林深处传出。

李白通音律，听音辨琴材质，极类蜀中的雷琴。再听琴声，从容淡定，有古君子风。

广浚大师乎？

李白大喜，起身觅音而去。

临尽橘林，望见倚岩处，现一木亭，甚古。

亭曰"鹤鸣"。

李白哂笑，亭名鹤鸣，源于蜀中鹤鸣山吗？嘿嘿，不知亭主人构想，未敢随意猜测。

亭内，置一石桌，方可三尺许，光洁如鉴。桌周四围，各搁一个石凳。

石桌的正北方，端坐一个老道，身披"紫绮裘"，正专心致志抚琴。

旁立二道童，一捧琴囊，一抱拂尘。

老道鹤发童颜，看不出真实年岁。须眉皓白如雪，理应八旬以上。

道家始于黄帝，师于老子，故称"黄老"学说。自张道陵创教始，传至今世，教内派别林立，各派道士所佩头巾，各不相同。计有九巾之说：混元巾、庄子巾、纯阳巾、九梁巾、浩然巾、逍遥巾、三教巾、一字巾、太阳巾。

李白端立亭前，见老道神采奕奕，所戴头巾丹冠，左佩龙书，右带虎文，属上清派茅山宗。

当今之世，茅山宗道士里，岁龄八旬以上者，唯司马承祯一人耳！

李白心如鼎沸，若能得老神仙点拨，身价定如日巡天，何愁不能为国建功立业？

想到此处，李白叹息一声，因受囿于典制，不能科举入仕，当然渴望得到名家举荐了。科举始于前隋，到了李唐王朝时，除了科举入仕外，还有另一途径可走，像秦汉时期一样，由人才鉴赏家举荐，如许劭之曹操。

在李白眼里，司马氏受三代皇恩，宠荣隆于天下，正是自己的"许劭"。

遂立亭前，闭目听琴。

一曲终了。

老道抚须笑曰："二郎子知琴乎？何不抚上一曲？"

李白正要求他，听得老道相招，下定决心露上一手。上前施礼道："蜀人李白，冒昧求教于先生！"

老道闻言，心里十分欢喜。见李白神情俊朗，虽然年纪轻轻，隐然已有大家风范。呵呵笑道："蜀中才俊，果然不同凡响。"

遂起身离座，空出首位来。

李白有心卖弄，并不十分谦让，大马金刀坐琴前。

平气，静心，禅定……李白脑子一片澄明，仿佛置身郪水安昌岩，月夜与尊师琴箫合鸣。凝神静气片刻，缓缓伸出双手，轻轻抚琴上。

琴音一起，即弦动心房。

一曲《高山流水》，直如仙班乐奏，袅袅飘散开去。

老道大讶："得我道家神韵，必东岩子徒儿也！"

李白闻言，翻身纳头便拜："先生真神人也，白果真于岷山中，随东岩子习艺数载！"

老道眉毛一扬，面呈不悦色，怪年轻人不懂礼数，竟直呼东岩子大名。

"哼，东岩子乃老道师兄，神龙见首不见尾，岂肯与尔相交？"

听得语气有变，李白心下大急，料想直呼东岩子之名，犯了司马氏忌讳。急忙解释道："大仙东岩子，与白性情相近，不愿晚辈师之，万望先生恕过。"

老道听了辩解，心中释然。既然师兄待之以友，这小子必有惊人之处。见他身佩长剑，捻须复言道："尔还有何本事？尽情示我！"

江湖规矩，亮剑既挑战。

李白哪敢亮剑？忙呈上一叠诗稿，求老神仙指正。

老道笑了笑，不信一佩剑小子，能有多好的文才。

谁知才及目，即大讶，高声赞叹道："有仙风道骨，可与神游八极之表。"

李白闻言，欣喜若狂。

世间多少俊才，未扬名立万前，想得到名家指点，硬是端起刀头（祭品），也找不到"庙"门啊。

司马氏何许人？乃当朝帝师！能得到他如此赞誉，堪比金榜题名，甚至比中式更加荣耀！

吴指南甚讶，李白目无余子，杂毛老道一声感叹，何以让他癫狂？遂不知深浅，上前施礼道："道长何方神仙？敢问如何称呼？"

老道手抚长须，笑而应曰："呵呵，老道是谁？且问尔兄长，他早知道了！"

吴指南将信将疑，两眼望着李白。

李白不言，只眨了眨眼，硬拉着他的手腕，双双跪在地上，恭恭敬敬拜道："多谢司马道长夸赞，白自当精益求精。然愚之不才，较之当世名家，相差几何？"

司马承祯？

吴指南忙伏地上，着实磕三个响头。

泥鳅前倨后恭，憨态可掬，老道爱他憨厚，遂不以为忤，也未正面回答李白。

自言自语道："公子天纵英才，不知习过老庄《逍遥游》否？北冥有鱼，其名为鲲，鲲之大，不知其几千里也。化而为鹏，鹏之翼，不知其几千里也！一朝，扶摇直上九万里……"

听老道说庄子，李白心胸豁然开阔，已觉身似大鹏，翱翔于九天之上。嘴里滔滔不绝，华丽辞藻迭出："……南华老仙，发天机于漆园。吐峥嵘之高论，开浩荡之奇言。徵至怪于齐谐，谈北溟之有鱼。吾不知其几千里，其名曰鲲。化成大鹏，质凝胚浑。脱鬐鬣于海岛，张羽毛于天门。刷渤澥之春流，晞扶桑之朝暾。燀赫乎宇宙，凭陵乎昆仑。一鼓一舞，烟朦沙昏。五岳为之震荡，百川为之崩奔。……俄而希有鸟见谓之曰，伟哉鹏乎，此之乐也。吾右翼掩乎西极，左翼蔽乎东荒。跨蹑地络，周旋天纲。以恍惚为巢，以虚无为场。我呼尔游，尔同我翔。于是乎大鹏许之，欣然相随。此二禽已登于寥廓，而斥鷃之辈，空见笑于藩篱。"

李白口若悬河，神游天外，几不知身在凡尘！

"好赋！"

司马氏脱口而赞，视为司马相如再世！

"公子才比长卿，不知可有赋名否？"

李白一时激情，哪想过其篇名？见道长相询，机灵应答道："晚生常有所思，一时成颂《大鹏遇希有鸟赋》！"

司马氏颔首，复朗声赞道："公子大才，前途无限矣！"

李白再拜谢。

司马道长满脸笑容，示意不必再三多礼："贫道离京已年余，早该回宫面圣。今去矣，后会有期。"

"后会有期！"

李白恭立亭畔，心里万分不舍，目送着司马道长，偕二童抱琴而去。

二

橘园会司马，口颂《大鹏赋》，李白一夜爆红。

旬日内，名动湘湖，京洛骚然。

秋八月，李白继续东渡，与吴指南来到岳州。

岳州，古称巴陵，位于洞庭之滨。巴陵自古风流，乃湘楚文化中心。

得知李白莅岳，地方文士置酒相迎，日日诗词唱和，夜夜歌舞笙箫。

李白性豪侈，又才华横溢，风流卓尔不群。

吴指南肥硕，憨态极类弥勒，尤惹人喜爱。

巴陵众多士子，纷纷与之相交。

内有一子，乃襄阳少府，尤让二人惊喜。

你道是谁？

襄阳少府者，李皓是也。

三年前，李皓进京赶考，中进士第，年前就任襄阳。

李皓闻李白莅洞庭，还有那个虬髯"贼"，一时心花怒放。特置巨型画舫，邀二人夜游洞庭，饮酒赏月赋诗。

船泊西津，酒食堆积如山，仅名酿"巴陵春"，就购了一百瓮。

巴陵士子闻讯，无不奔走相告。一船士子二十人，人人开怀畅饮。

是夜，皓月千里。

洞庭万顷静碧，平展如银屏。围泽芦苇疏影，渔火星星点点，舟子船娘俏歌相闻。

李皓乃官宦后，虽新入仕途，却知席间礼数。请李白坐了客首，吴指南次之，余众二十人，依序一一坐定。

李皓高擎一觞，神采飞扬地说道："某始履新岳阳，即得乡贤来贺，岂不有胜金榜题名、洞房花烛之喜乎？来来来，为大郎才高八斗，为吴兄义薄云天，干！"

"干！"

众子同声呐喊，举觞一饮而尽！

一觞入肠，神采飞扬！

李白感李皓情义，忆起平羌江事，一时情不自禁，持觞相谢道："从兄少年有成，已为国之基石，当贺！"

独飞一觞，对月而歌："渡远荆门外，来从楚国游。山随平野尽，月入大荒流。月下飞天镜，云生结海楼。仍怜故乡水，万里送行舟！"

座中皆文士，谁不晓李白心境？他乡遇故知，本该高兴才是，偏听他语多愁绪，便不依不饶他："大郎才高八斗，得司马道长赞誉，不日即平步青云，为何愁绪满满？当罚一觞！"

李白性率真，本多愁善感之人，适才触景生情而歌，确有不合时宜处。听到众人轰叫，仰天长笑道："众兄说得甚是，白自当罚一觞！"

言毕，去横案上，提一壶巴陵春，倾壶对嘴长饮。

壶尽，复大笑。

吴指南受此感染，不欲让李白专美。领众子依葫芦画瓢，各自拎一壶饮尽。

一船士子，癫狂大笑。惊起草间夜鹭，呀呀盘空掠飞。

李白越发兴奋，望一湖月色如银，千里静影沉璧，滔滔诗情喷涌而出："洞庭西望楚江分，水尽南天不见云。日落长沙秋色远，不知何处吊湘君。"

歌毕，饮一觞。

复歌曰："南湖秋水夜无烟，耐可乘流直上天？且就洞庭赊月色，将船买酒白云边。"

歌毕，又饮一觞。

再歌曰："帝子潇湘去不还，空余秋草洞庭间。淡扫明湖开玉镜，丹青画出是君山。"

歌毕，哈哈大笑，连饮二觞。

续歌曰："洞庭湖西秋月辉,潇湘江北早鸿飞。醉客满船歌《白苎》,不知霜露入秋衣。"

众子惊愕,望之若仙。

李皓不胜酒力,独自去到船舷,撩袍向湖中撒尿。

"唰唰唰",满是酒臭味!

嘿嘿,李少府不顾官体,更不拘礼数,众子又一阵浪叫。

"好笑好笑,牙狗屙了一泡骚尿。熏死一条母狗,引来一只花猫。花猫花猫,浑身又臭又骚!"

李少府闻歌,傻呵呵而笑。偏偏倒倒手指李白,嘴里大叫道:"如此月夜净美,难得湖天景致殊佳,大郎……大郎再歌!"

李白见他醉了,笑其文弱却也有趣,出碧玉箫在手,望月奏一曲《汉宫秋月》,再奏一曲《沙汤秋点兵》。

箫声悠扬,直入天际。

众皆叹服,惊为仙乐。

每奏一曲毕,吴指南即领众饮。少则一觞,多则三四觞。

奏毕,李白收箫入怀。

远望长岸苇影,有渔郎渔娘隐其间,情话绵绵正浓。忆起儿时柳丝儿,也曾这般依偎胸前,顿感无限温暖。

遂依《杨叛儿》原韵,改词而狂歌:"君歌扬叛儿,妾劝新丰酒。何许最关人?乌啼白门柳。乌啼隐扬花,君醉留妾家。博山炉中沉香火,双烟一气凌紫霞。"

歌毕,众子又号,纷纷举觞相庆。

李皓烂醉如泥,呼呼酣睡间。突踢一"梦脚",将身边吴指南踢倒。

"哎哟!"

吴指南一声大叫,俄而心闷难忍,继而胸痛欲裂,随之倒地不起。

李白见状,大惊失色。

众子纷纷离席,齐齐奔上前去。吴指南满脸乌紫,早已气绝身亡。

李白大恸,一时悲痛万分。泣尽,继之以血。

众大骇。

唐之立国，严于典律。

当朝刑律尤严：致人死亡者，偿命；吏员致民死亡者，罪加一等，除偿命外，尚须革去功名，子孙不得入仕。

李少府骇绝。

自己虽醉后失脚，致吴指南暴毙，真要对簿公堂，如何辨得明白？

李白万分悲痛，却不愿连累他人，尤不愿连累从兄。

强忍了悲痛，自负尸首至岸。寻一密林高地，边刨土边哭泣，暂葬于湖畔，以待日后启运回蜀。

三

吴指南死了。

李白悲痛欲绝，久久不能释怀。数度去洞庭畔，静坐泥鳅墓前，往往一坐下，就是两三个时辰。

李皓于心不忍，背着人数往客栈，送来五十两黄金，又书实名举荐信，让李白带在身上。惶恐而真诚地说道："韩荆州乃愚恩师，身兼荆、襄二州刺史，若能得到他的鼎荐，以大郎之才，定可扶摇青云。"

李皓心里有愧，话说得很真切，甚至有些卑微。

李白闷闷不乐，不要他的银钱，想了一想，将举荐信放入怀中。

"从兄不必内疚，也不必再来忧我。待过了义弟头七，白自去江淮散心。"

李少府闻言，知李白失了义弟，实已痛彻心脾，只得默默离去。

待李皓一走，李白即收拾行囊，急奔洞庭而去。

民俗云：人死如灯灭，大雨下不歇。

细想乡间村头，但凡死人天气，确实多阴雨天。小儿惊恐害怕，大人也不明缘由。

李白刚出客栈，天突降豪雨。洞庭湖黑浪翻涌，百里不见舟楫。

冒雨一路狂奔，李白来到泥鳅墓前，动手搭一窝棚，住棚里为义弟守灵。

荆楚一境，风物略异于蜀。

为亡者守灵，皆谓之"守七"。蜀中须守"七七"，天天上香烧纸。荆楚守满"头七"则可，也不用烧钱化纸。

李白依楚俗例，掐指算着日期，愣是窝棚待了五日。

那雨确也奇怪，没日没夜地下，五个对时不歇。犹如蜀地秋雨，直下得人愁绪满怀。

至第六日，一轮红日东升，照得洞庭金光灿烂。

李白心情稍好，独自去到坟前，默哀良久，才一步一回头，沉重地走向渡口。花五十文钱，雇一叶小舟，穿洞庭，入长江，转道鄱阳湖。

鄱阳湖畔，庐山在焉，山色殊佳。

入山小径上，游人熙熙攘攘。

李白随着人流，拾级而上。

午时，二刻。

香炉峰。

一峰如炉，郁郁葱葱。

阳光金辉闪耀，峰峦香烟缭绕，紫气云蒸雾腾。

李白见景忘忧，嘴里唠叨道："泥鳅老弟莫怪，头七里也未烧炷香。此天铸大'香炉'，就为你烧柱天香吧。"

李白唠叨毕，望香炉峰而拜，嘴里吟诵道："西登香炉峰，南见瀑布水。挂流三百丈，喷壑数十里。忽如飞电来，隐若白虹起。初惊河汉落，半洒云天里。仰观势转雄，壮哉造化功！海风吹不断，江月照还空。空中乱潈射，左右洗青壁。飞珠散轻霞，流沫沸穹石。而我游名山，对之心益闲。无论漱琼液，且得洗尘颜。且谐宿所好，永愿辞人间。"

三拜毕，心已宁静。

李白起身远眺，前川白瀑似练，心境已然不同，又歌一曲："日照香炉生紫烟，遥看瀑布挂前川。飞流直下三千尺，疑是银河落九天。"

银河？九天？仙界？

李白大叫道："泥鳅兄弟，天国里有仙女列队相迎，有美酒流淌成河，一路走好！"

山谷如围，回声久久荡漾。

四

江夏，黄鹤楼。

江夏一郡，历史久远，名播国中。元狩二年置郡，属荆州刺史部。

郡西五里，有山名黄鹤。登高俯瞰，江汉横流，极目楚天。

山下有黄鹤矶，峭立大江中。传仙人子安者，乘黄鹤过矶上，土著筑楼以纪，故楼名黄鹤。

李白只身过江夏，乘舟欲往广陵。见江岸矗一楼，高可凌云，嘱舟子停船渡口，独自登楼观景。

初及楼，江、汉二水交流，龟、蛇隔岸对峙，眼界为之开阔。

倚栏而立，长声而歌《江夏行》："忆昔娇小姿，春心亦自持。为言嫁夫婿，得免长相思。谁知嫁商贾，令人却愁苦。……对镜便垂泪，逢人只欲啼。不如轻薄儿，旦暮长相随。悔作商人妇，青春长别离。如今正好同欢乐，君去容华谁得知。"

歌毕，欲题咏壁上。突见粉壁头，崔颢笔走龙蛇，早有佳构留题壁上。

崔颢诗云："昔人已乘黄鹤去，此地空余黄鹤楼。黄鹤一去不复返，白云千载空悠悠。晴川历历汉阳树，芳草萋萋鹦鹉洲。日暮乡关何处是？烟波江上使人愁。"

大郎看一回，叹一回，回味再三，惊之为神笔，终不敢题咏。

郡中士子闻讯，纷至沓来。

有江夏判官者，姓王双名运天，也赶到黄鹤楼，力挽李白留住几日。

一时间，名士云集，雅客随从。

襄阳名士孟浩然，随州隐者胡紫阳，安州郡督马正公，皆一一在座。

众士相聚，酬唱甚欢。

孟浩然有大才，江湖上名头很响，与"诗佛"王维齐名，时人称作"王孟"。惜未得朝廷征召，至今仍是个白丁。

在孟夫子面前，李白甚为恭谦，不愿显摆才学。二人同为白丁，彼此惺惺相惜，又因初入楚地，恐一时不知深浅，伤了他"地主"之尊。

席间，得王判官一顿好吃，众人纷纷赋文吟诗，为黄鹤楼增色不少。

唯有李白稳起，殊无动笔之意。

王运天一见，执杯来到客首位，真挚地对李白说道："青莲才高八斗，名动剑南两川，何不题咏一曲，为江山增色？"

李白闻言，小心应道："眼前有景道不得，崔颢题诗在上头。"

孟浩然主次位，正举杯欲饮，听李白一说，停杯问道："大郎何乱言，崔夫子？几时题诗楼上？"

李白见他不信，有相责之意，急忙严肃地应答道："小弟岂敢胡言？崔夫子真有妙句，留题粉壁上。"

即诵崔诗，以释众疑："昔人已乘黄鹤去，此地空余黄鹤楼。黄鹤一去不复返，白云千载空悠悠。晴川历历汉阳树，芳草萋萋鹦鹉洲。日暮乡关何处是？烟波江上使人愁。"

"果然好诗！"

孟夫子大赞，对众子说道："大郎说道不得，何人还敢再题？"

荆楚骚主发了话，众士子知趣得紧，纷纷闭了嘴，只顾要吃要喝，哪管什么平平与仄仄？

李白感孟夫子抬爱，亲自斟一杯酒，双手捧到他面前，长揖一拜，嘴里说道："敬大兄风流无敌，早日为国征召！"

话说得好听，正搔到孟夫子痒处。

孟浩然站起身来，与李白相拥一处，翩翩而歌："昔登江上黄鹤楼，遥爱江中鹦鹉洲。洲势逶迤绕碧流，鸳鸯鸂鶒满滩头。滩头日落沙碛长，金沙熠熠动飙光。舟人牵锦缆，浣女结罗裳。月明全见芦花白，风起遥闻杜若香。君行采采莫相忘。"

李白才情天纵，又卓尔不群，孟夫子初次见面，即诵旧作《鹦鹉洲送王九之江左》相赠，欢喜之情溢于言表。

孟浩然性情率直，李白尤为心仪，视之为兄长。遂放声高歌《江上吟》，与之酬唱相和："木兰之枻沙棠舟，玉箫金管坐两头。美酒樽中置千斛，载妓随波任去留……兴酣落笔摇五岳，诗成笑傲凌沧洲。功名富贵若长在，汉水亦应西北流。"

功名富贵算个啥，哪敌得"兴酣落笔摇五岳，诗成笑傲凌沧洲"？！

孟夫子侧耳聆听，岂有不知李白心意？二人皆绝世大才，却无半分功名，正是一样难言心境！

两人惺惺相惜，长久相拥不离，四处执杯而歌。

一众狂徒，在他俩煽动下，肆意狂歌乱舞，直喝得人仰马翻。

未时，一刻。

江岸一声锣响，下行客船将启航。

孟浩然执李白手，对众人说道："吾将去广陵，暂别大郎与众亲！"

李白依依不舍，与他再饮一杯，挽手相送至渡口。

孟浩然登舟。

锣鸣三声，那船起锚扬帆，缓缓向下游驶去。

李白伫立江岸，抱拳相送。

客船渐行渐远，孟夫子犹立船头，频频挥手示意。

李白心里发紧，忍不住涕泪长流，遂放声高歌："故人西辞黄鹤楼，烟花三月下扬州。孤帆远影碧空尽，惟见长江天际流。"

一岸士子，唏嘘不已。

胡紫阳立左，马正公立右，二人领众子击节，和声而高歌。

干运天闻之，心头狂喜。

李白所咏诵者，实乃千古名篇也。设若镌刻黄鹤楼上，岂让崔夫子专美？

三日后，果刻诗楼上。

荆楚哄传。

第七章
谢家庄巧遇杏儿　姑苏台戏唱越女

一

江南形胜，首推金陵。

古之金陵，乃六朝帝都，故有"江南佳丽地，金陵帝王州"之谓。

李白来时，金陵城郭依旧。

高大壮阔的城门，犹不减当年的雄风与霸气。从西门入城内，沿秦淮河走去，两岸绿杨成荫，柳丝闲垂。

李白落寞独行，吴指南走后，连个搭白的人都没有，旅途更加寂苦，心里实在难受得紧，每新到一个地方，也不再像先前般喧闹，更不愿意惊动他人，自个儿随意寻古访幽。

偶尔去酒肆里，筛上一碗烧酒，切二斤上好卤猪头肉，以遥祭天国的兄弟，顺便也打打牙祭。

每当这个时候，李白就找个借口，自言自语地说："再不吃些酒肉润喉，嘴里已快淡出鸟来！"

金陵古迹众多，凡残垣断壁处，皆有一段陈旧故事。

人言文喜幽古，武好怪奇。

李白文武兼备，见啥啥喜欢。遂在客栈探得明白，次第一一游览。

郭北有凤凰山，山上筑一凤凰台，金陵城大大有名。

客栈掌柜言之，立即眉飞色舞，赞叹声不绝。

传南朝刘宋元嘉时，有三只五彩斑斓大鸟，领百鸟翔集山间。时人以为祥瑞，谓之百鸟朝凤。遂筑台山巅，祈求吉祥永驻。

土著信以为真，每岁祭祀朝供，呼山为凤凰山，台为凤凰台。

李白素怀大志，久有凌云之志，期冀早日一展鲲鹏，便起了朝拜之意，以期讨个吉利。

小满节。

依《日书》测禁忌，是日宜祈福。

巳时，三刻许。

李白净身，沐浴洗漱毕，换一袭干净白袍，只身来到廊北。

大江浩荡，绕廊而流。

江岸果有一山，林木郁郁葱葱，各色野花点缀其间。远远望去，阳光下斑斑驳驳，宛如彩色大鸟伏地。

凤凰山背驮一峰，状如雄鹰展翅，四壁刀削斧劈。小径如蛇，盘绕绝壁，蜿蜒悬空而上。

登峰而视，上面又是一番天地。山顶平展如坝，坝阔十亩有奇。

平坝中央，凤凰台在焉。

台高十丈，周遭二百八十步。楼台矗立天际，雕梁画栋，**巍峨壮丽**。

李白大喜，登台远眺。

凤凰孤峰独立，大有小天下之概。东连钟山，林海苍苍；西枕大江，碧波万顷；南抱金陵，万家灯火；北临风凌，帆影点点。

西望长安，不见帝京踪影。唯大江浩浩西来，奔腾宛然如练。又有万千峰峦，重重叠叠直排天际。

天地之间，浩浩然，荡荡然。

李白豪情万丈，却又万分失落。昔日阖闾雄霸吴越，年龄也不过而立，自己则光阴虚度，何颜面登临凤凰台？

一时间，郁结难解。

山风拂衣，野桃乱开。

李白伫立台上，越发伤感不已，轻声吟诵道："凤凰台上凤凰游，凤去台空江自流。吴宫花草埋幽径，晋代衣冠成古丘。三山半落青天外，二水中分白鹭洲。总为浮云能蔽日，长安不见使人愁。"

情伤心，愁伤神。

李白心绪已乱，不愿再待下去，恐这凤凰台非但不吉，反而变成催情老妖，随时让自己泪湿衣襟。

仰天一声长叹，独自奔下岗来。至桃叶渡口，寻一临江酒肆，择僻仄角落坐定。

店家见来了客，脸上笑得稀烂，嘴里甜言蜜语一大串："公子神采飞扬，一见便知大家子，要啥吃喝只管开口，本店所供食无不精。"

"六个大馒头！"

李白心情不佳，没好气一声大喝。

店家吃一惊，冲厨间高喊："六个大馒头！"

见客人没了下文，心里有些奇怪，轻言好语问道："公子远来，不喝点金陵春？"

"不喝！"

听他口气不善，店家大张着嘴，如汤碗般溜圆，生怕惹恼了客人。

小心翼翼问道："牛肉馒头？还是猪肉馒头？"

"白面！"

口气梆硬，发癫了吗？

店家不敢再多言，远远躲着他。

李白好生奇怪，自己心情不佳，何必跟店家置气？

这么一想，心里好受了些，脸上不再僵硬，咧嘴向店家一笑。

店家见了，回他一笑，却比哭还难看。

厨间利索，店小二风快，早送来一盘馒头，泡酥酥冒着热气。

李白已饿极，匆匆咽下六个馒头，放两倍饭钱在桌上，以赎适才无礼之过。

店家却又诧了，饭前语气生硬如刀，饭后为何加倍给钱？不想占他便利，忙寻零钱找补。见李白出了店门,大声呼唤道:"公子且慢行,尚未找补于你。听公子一口蜀音,莫非蜀僧濬同伴乎?"

李白已入街市,未听清店家所言。唯蜀僧濬三字入耳,心里怦然一动,柳伯伯云游到了金陵?

忙折返店中,急切地问道:"老丈所言蜀僧,现居于何处?"

店家见他回来,将余钱找给他,笑眯眯地说道:"公子何故烦躁,恁粗心大意?"

李白摇摇头,推辞不要钱,嘴里直赔不是:"恕适才冒昧,此资为赔礼钱。小可非为此返店,实为老丈所言蜀僧耳。"

店家本是爽快人,又善于见风使舵,用手指向秦淮河左岸,应答道:"前有谢氏旧宅,蜀僧即住荒宅中。"

李白长揖谢过,转身奔向店家所指。去店千二百步,有巷曰乌衣。

乌衣巷宽不过丈,麻绳般弯弯扭扭,从秦淮河文德桥头,一直拐到夫子庙前。

两晋时,王、谢两大士族,花巨资筑宅巷内。两族皆国中豪门,子弟喜着乌衣,以示身份尊贵。

土著羡其豪侈,便以乌衣呼小巷,一时名动江南。

自晋以降,乌衣巷声誉显赫,巷内门庭若市,冠盖云集。走出过书圣王羲之、山水诗鼻祖谢灵运、南朝大诗人谢朓。

李白素重谢朓,免不了前去凭吊,何况柳伯居其间呢。

酉时,三刻。

月出如玉盘。

李白入得巷来,但见人流涌动,羽扇纶巾者,挨肩接踵。一时好奇,努力挤进人群里,欲探看个究竟。

迎面一阁,高达五丈,层层阁窗灯火通明。三层阁台上,端坐一老僧,正月下操琴独奏。

一街雅士,听得如痴如狂。

琴音入耳,熟悉而温暖,正是柳伯伯的绿绮琴声。

李白心跳加速,瞬间热泪盈眶。便使出浑身解数,愣是挤到了阁前,却不敢放肆呼唤。见底层大门敞着，猛可里一阵急跑，直奔三楼而去。

老僧听有人奔至，突然停了琴，匆匆隐于楼阁中。

一巷听琴者，正痴迷若癫。

突然琴声不续，老僧霍然隐去，齐声鼓噪道："兀那外乡佬，何敢胡作为？"

李白奔上阁来，不见了柳伯伯，心中不由大急。团团转一圈，周遭一阵狂呼。

"柳伯伯，柳伯伯，月牙儿在此，为何不见我？"

一阁灯火俱灭，蜀僧杳无音信。

小巷听琴者，个个听得明白。

月牙儿？

月牙儿！

顿时欢呼起来。

"李白！李白！李白！"

李白心如刀割，望月而长吟："金陵劳劳送客堂，蔓草离离生道傍。古情不尽东流水，此地悲风愁白杨。我乘素舸同康乐，朗咏清川飞夜霜。昔闻牛渚吟五章，今来何谢袁家郎。苦竹寒声动秋月，独宿空帘归梦长。"

柳伯伯避而不见，李白满腹苦水，不知向谁倾诉。

归梦虽长，却苦竹寒声。遂借谢尚识袁宏事而歌，叹世无知者识我，感故人弃之如破屣。

歌毕，李白无限伤心，沉重步下阁来。

众雅士簇拥，闹麻麻至文德桥头，直入"金陵酒家"，彻夜畅饮狂歌。

翌日，天既明。

有小厮受人之托，携一琴至酒家，乃司马长卿绿绮者。

李白一见，悲痛欲绝，知柳伯伯已绝凡心，不肯再见自己了。仰头饮一觞金陵春，泪水扑簌簌而流。

李白想起昨夜听琴，忍不住大恸，歌一曲《听蜀僧濬弹琴》："蜀僧抱绿绮，西下峨眉峰。为我一挥手，如听万壑松。客心洗流水，遗响入霜钟。不觉碧山暮，秋云暗几重。"

众子知他心苦，合拍击掌，随之而歌。

歌声呀呀，其情悲切。

辰时，三刻。

桃叶渡。

李白端坐于舱，面对相送的金陵儿郎，轻抚柳伯所赠绿绮，歌《金陵酒肆留别》而去。

"风吹柳花满店香，吴姬压酒唤客尝。金陵子弟来相送，欲行不行各尽觞。请君试问东流水，别意与之谁短长？"

歌声缠绵，道尽古今离情。

一岸相送者，无不涕流。

二

距金陵不远，有一座扬州城，皇皇一大都会也。

开元初，帝国区划十道，淮南道治所扬州。

前隋大业间，以京师洛阳为中心，开凿通济、永济两渠，重修江南漕运，最终开通北抵涿郡、南达余杭的大运河。

扬州古称广陵，得交通地理之便，处扬子江与运河交汇处，因之而富甲天下。时人有言云："天下名镇推扬、益，以扬为首。"

世称"扬一益二"。

李白来自蜀中，成都的万种风情，早已领略过了。名艳天下的扬州，又会是怎样的繁胜呢？

听友人言，广陵之胜，莫过于大明寺。

大明寺居郡北，距扬州城二里许，坐落在蜀岗中峰上。始建于南朝，因刘宋孝武帝年号大明而名。

前隋仁寿元年，为贺文帝杨坚诞辰，朝廷诏令天下各郡，建佛塔三十座，专以供奉佛舍利。大明寺依诏建"栖灵塔"，佛塔通高九层，"国中之尤峻特者"，故大明寺又称"栖灵寺"。

临大明寺而观，江南诸山可睹，远远近近如千山拱首，实为淮南第一形胜矣。

李白素慕仙道,于佛教少有兴趣,绕寺匆匆一览,便下了蜀冈。

寺前一湖,绰约而有风致。沿岸柳丝如烟,袅袅撩人心乱。

这般烟花景色,正对了李白脾气。遂直入湖畔,迎柳缓步而行。

湖名为"保障",水连邗沟,与扬子江相通。二十四桥名扬天下,即建此湖上。

李白一边观景,一边疑惑不解。这湖名儿忒怪,不知典出何处。又见湖水宽不及十丈,何必建二十四座桥?

午时,至一白玉桥。银光内闪,不可名状。

桥为单孔拱桥,白玉浮雕栏杆,如玉带飘逸,似霓虹卧波。桥长二丈四尺,宽二尺四寸,栏柱二十有四,台阶二十有四,处处与二十四对应。

李白不明何意,心里又是一惑,当真古里古怪得紧。

左桥头,立一碑,上书右军楷体,碑名"二十四桥"。

右桥头,又立一碑,上书桥铭云:"……是桥因古之二十四美人吹箫于此,故名。"

注释说得明白,二十四桥原为砖桥,四围山清水秀,风光旖旎,本是文人欢聚、歌妓吟唱之所。古时有二十四位歌女,个个姿容媚艳,体态轻盈,常于月夜踏歌,来此吹箫弄笛……前隋炀帝性淫逸,三下江南游扬州,听到如此风流韵事,想那二十四位歌女,每每于月夜吹箫弄笛,何等的妖娆浪漫,即命以白玉代替砖拱,御名为二十四桥。

李白见了,哑然失笑。二十四桥者,古之地名也,非二十四座桥耶!

扬州风物,绝胜烟柳与人情,与成都相较,多了一份精细与雅致。

一楼一阁,一砖一石,一花一木,皆精雕细琢。无处不细腻,无处不精到。

观一城人物,雅静而恬淡。

车店码头,贩夫走卒;茶肆酒楼,酒保跑堂;长街窄巷,小姑大娘……人人不慌不忙,话语轻轻,脚步轻轻。

远望湖心,游船点点。有摇橹舟子,夭夭而歌:"一池春水皱悠悠,歌舞樽前月满楼。今夜郎君归何处,娇娘含嗔面带羞!"

游人闻船歌,不痴也醉了。

李白就醉了，醉得两眼发直。

湖心，一艇如画。

临船窗处，坐一小娘，年约二八，巧笑倩兮。睛似点墨，唇含樱桃，红衣绿裙，小巧如妖。

柳丝儿？柳丝儿！

李白突然痴了，沿湖岸紧跑，却哪里追得上？

那船一帆风顺，载一湖笑声远去。

三

烟花三月，杨柳广陵。

李白一时贪玩，竟然忘了归期。

眼见天色向晚，忙雇一条乌篷船，嘱舟子摇到东关渡。只道今日一早，东关渡口上的船，到了那里后，自然觅得归途。

哪知下得船来，夜色朦胧中，一时慌不择路，误入一条柳溪。

溪水蜿蜒，夹岸杨柳依依。

四野漆黑，不辨东西。唯一溪水响，哗哗流淌有声，泛起无数水腥味，四下里弥散开来。

李白心慌，不知身在何处。偶有鸡鸣犬吠声，远远近近传来，几疑回到青莲乡间。

向前又行一程，夹岸长林愈密，时有宿鸟扑哧惊飞，心里越发慌乱。

正不知所措，柳溪右岸密林里，忽有灯火亮起。

夜纱笼罩下，一庄甚阔。

李白心头一喜，便慌不择路，径奔来到庄前。借着朦胧夜光，见庄院院墙巍峨，高达一丈二尺。

院大门宏阔，楠木门板沉重如铁，布满碗大的铜包钉。

门楣上书"谢庄"，二字各大如斗。笔力雄浑厚重，乃效颜真卿笔法，难得有几分"颜骨"。

时，四海升平，百姓安居乐业，生活繁花似锦。

人民富裕，民风必淳。但凡有客人借寄投宿，户主必开门热情相迎。设若旅者川资告罄，除好酒好肉款待外，又有不菲银钱相赠，以资盘缠。

李白夜投谢庄，丝毫不觉别扭，直如回家一般自然。叩门三五下，庄内传来一阵犬吠，继而又寂静无声。

良久，出来一女孩，上着红衣小袄，下着曳地绿裙。

女孩年约二八，右手执一盏灯笼，左手拈一枝杏花，容貌娇艳，清丽如画中人。

李白大讶。

你道是谁？画艇小娘子也！

女孩倚门而立，却不识得他。见来者一介书生，又失魂落魄状，抿嘴嫣然一笑。

李白哪里笑得出？忙上前道明缘由，欲借宿庄上。

"烦劳姐姐通报！"

红衣女孩闻言，将其上下打量一番，并未开口说话。

复转身，入宅内。

少顷，出来一位老者。

老者清癯儒雅，一身书卷之风。问及姓名，姓谢名昌泽，乃淮南谢玄晖之后，避祸隐于此间。

李白素重谢朓，知老者乃其后人，肃然起敬。忙躬身长揖，简略道明来意，请求暂住一宿，以待天明。

老者没有多问，点点头默许，请李白入内。

女孩执灯笼，在前导路。李白随老者身后，次第入园中。

初入宅，青砖照壁巍峨。照壁右侧，蜿蜒一条花径，夹道修竹婆娑，桃杏吐艳。

李白满心欢喜，安顿妥善后，独自挑灯夜读。

亥时，一刻。

花窗外，春雨如筛。淅淅沥沥，经夜不息。

翌日晨。

李白依然早起，于庄内空地上，练完一套岷山剑法。徐徐收势后，信步至庄外，来到菜园里。

远望一溪如练，两岸柳丝闲垂，桃李红白争艳，不觉诗兴大发。

随口吟哦道："两岸晓烟杨柳绿……"

正待吟出联句。

身后有丽人声，黄鹂般婉转响起："一园春雨杏花红。"

李白闻言，不觉痴了。

如此联句，如此美声，必绝色佳人也。

李白一边品味，一边轻轻抚掌，慢慢转过身来。

五十步开外，一蓬阔叶芭蕉，碧玉般翠绿。芭蕉林下，立一女孩儿，清纯如早春带露豆苗，正是昨夜执灯者。

李白几疑梦中。

女孩去到菜地，折一枝带雨杏花，拿在手里把玩。

李白一见，心甚痒痒，脱口续吟道："燕草如碧丝，秦桑低绿枝。"

女孩想也没想，笑盈盈和道："当君怀归日，是妾断肠时。"

李白喜甚，再续吟："春风不相识……"

小娘子再和："何事入罗帏。"

李白这才痴了。

柳丝儿？红衣女？红衣女，柳丝儿！

问世间情为何物，直叫人生死相许。儿时刻骨铭心的情愫，让李白找到了归宿，一生一世的归宿！

二人正唱和间，谢员外手捋长须，笑呵呵来到菜园，手指女孩儿说道："大郎勿见怪，杏儿乃老夫义女，尚不知其双亲大人是谁。也是老朽闲来无事，自幼教她些诗词歌赋，也是她冰雪聪明，竟能够联句成章。素闻公子风流文才，她怕是有心讨教了。"

言毕，爱怜地抚摸其头，吩咐道："杏儿，快快见过公子。"

李白闻言，始知女孩叫杏儿。

杏儿羞红了脸，浅浅一笑，款款道了万福。

李白忙还礼，看了看杏儿，心里春风荡漾。

谢员外见了，拈着长须点点头。知二人两情相悦，当场不便说破。笑呵呵地言于李白："公子远蜀而来，广陵无亲无故，若不嫌弃寒舍鄙陋，可安心寄宿于此，慢慢遍游吴中山水，不知大郎意下如何？"

李白听他一说，求之不得呢，急忙躬身长揖相谢："承蒙员外抬爱，小生诚挚谢过。"

杏儿拍着小手，欢快得像只云雀，蹦蹦跳跳回院里。不经请示阿爷，擅自将左厢房腾出来，供李白住宿、课读之用。

李白得此厚爱，安心住下来。除了游山玩水外，偶尔也与杏儿对对句，或诗词唱和一番。

大多数时间，他会拿出银子，让杏儿置办酒席，与谢员外同饮。往往乘了酒兴，大谈经史子集，假意讨教过筋过脉处，以博得老丈欢喜。

盘桓月余，两小暗生情恋。时常花前月下卿卿我我，酽糯如陶罐之蜜，化也化不开了。

谢员外很开明，见李白文才灿然，又喜他性情忠厚，自然为义女高兴，便任由他俩走近。

谁想吴中三月，天气乍暖还寒。

李白秉烛夜读时，未料气温骤降，竟感染风寒，病卧谢家庄内。

症发突然，李白面红耳赤，呼吸十分困难。

杏儿心急如焚，眼见李白气若游丝，一时急得大哭，双膝跪在地上，恳请阿爷施援手相助。

谢员外性仁厚，视杏儿如同己出。见义女悲痛欲绝，心里百般怜爱，专程去到城里，请来名医柳浪仙，为李白问诊把脉。

柳浪仙名头大，与王君堂齐名，时人谓之"柳王"。坐诊紫东街上，轻易不出州城半步。幸得谢员外亲自去请，柳浪仙推脱不得，只好收拾药箱，一同匆匆赶往谢庄。

李白气若游丝。

柳浪仙闻其味，观其色，视其苔，切其脉。摇头叹息道："重瘟症，浓痰瘀堵气门，其势甚危。"

杏儿听罢，泪如泉涌。见李郎面赤红，呼吸已十分困难，便一言不发跪在地上，任由泪水簌簌而下。

柳浪仙名闻遐迩，行医从不打诳语，更不会轻易承诺。见杏儿可怜巴巴，默默哀求于己，复又重新把脉。

沉思良久，复缓缓言道："此病看似凶险，要治愈却也不难。只需胡桃肉五枚，长葱白五枚，老姜五牙，共水煎服，蒙被发汗可痊。"

谢员外听得有救，松了一口气，步出房间煮茶去了。

杏儿跪地上，始终不起，冲柳先生直磕头。

柳浪仙性敦厚，不愿意打诳语，直接对她说："惜大郎病发多时，痰堵气门不畅，需净痰才能处此方。"

杏儿听得明白，又是双泪直流，急切地问道："先生，可有净痰之法？"

柳浪仙闻言，眉头皱了皱。轻轻干咳两声，讪讪应答道："方法倒是有，只是太过恶心，恐无人愿意为之。"

杏儿毅然应曰："若救得李郎性命，小女子愿为！"

柳浪仙闻言，见她满脸毅色，不再多说一语。

女佣吴妈者，遵柳先生指使，端来一盆热水，搁榻前木机上。又有男仆去柳溪择嫩芦苇管数只，洗净置床头。

柳浪仙不说话，启二层桃木药箱，取消毒散少许，放入热水盆里。复将嫩芦苇管置盆内消毒，择一管置于李白口中，径入咽喉处。

柳先生很仔细，不慌不忙做完后，面无表情地说："请猛力吸之，痰出净方止。"

一屋老妈婆子，环立榻前侍候，听到柳浪仙一说，顿觉恶心欲吐。

杏儿单膝跪地，望一眼李郎，含住芦苇管便吸。

室内诸人，扭头不忍睹。

柳浪仙见惯不惊，依旧面无表情，仔细观察着病人。

初时，杏儿不知轻重，未敢用全力，管中阻力甚大。待使劲一吸，猛觉口中秽物难忍，连忙吐在草纸上。

柳浪仙拿过草纸，细辨纸上秽物，但见恶痰浓黄，腥臭难闻。一边用铁钎拨弄，一边微微点头。

杏儿吸一口，又吐一口，反复十数次。

榻上，李白呼吸渐畅。

柳浪仙久居杏林，一生阅人无数，哪见过痴情如杏儿者？不由赞誉有加："至情至性，真义女子也。"

悉心处了药方，感叹而去。

杏儿来到州城，去全泰堂拣了药，回家精心煎成药汤。待凉至微温后，一勺勺喂李白服下。

日里，围榻团团转。夜里，倚榻娟娟眠，不肯离开半步。

得杏儿护理，李白病情渐好，心情却越发沉重。

卧病之人心乱，病卧他乡者心尤乱。

病中的李白，感慨功名渺茫，又深怀思乡之苦。遂写下《淮南卧病书怀·寄蜀中赵征君蕤》，让杏儿帮他寄出。

"吴会一浮云，飘如远行客。功业莫从就，岁光屡奔迫。良图俄弃捐，衰疾乃绵剧。古琴藏虚匣，长剑挂空壁。楚冠怀钟仪，越吟比庄舄。国门遥天外，乡路远山隔。朝忆相如台，夜梦子云宅。旅情初结缉，秋气方寂历。风入松下清，露出草间白。故人不可见，幽梦谁与适。寄书西飞鸿，赠尔慰离析。"

杏儿见其所诗，知他心怀天下，眼里有了一丝忧愁。

逾半月，李白康复如初。听人言及病中事，哭拜谢员外面前，定要娶杏儿为妻，以谢活命之恩。

谢昌泽感极而泣，哪有不同意之理？遂亲自操办婚事，择日张灯结彩，大宴亲朋好友，锣鼓喧天送入洞房。

新婚宴尔，情意缠绵。

杏儿偏又怪了，竟不让李白圆房！

一脸严肃地说道："夫君才绝天下，当以功名为重，岂可误于女色乎？"

二人遂不眠，彻夜狂饮。

李白烂醉如泥。

翌日晨。

李白醉中醒来，竟置身官船上。船开往姑苏，随身诸物一应俱全。唯有一物十分珍贵，乃带给岑勋的信函，为老丈谢昌泽亲书。

李白翻身而起，径奔柳溪而去。沿溪岸往复数寻，终不知谢庄所在。

溪岸有垂钓者，见李白神情恍惚，言此去五里许，有谢大将军坟，乃晋时谢东山之墓。

李白闻言，恍惚如隔世。然杏儿之音容笑貌，犹历历在目，岂可言之于鬼怪乎？

李白实有不知，溪岸垂钓人，乃谢庄家丁所扮，故意说谢东山故事，以绝李白念想也。

李白不知实情，只是怀疑谢氏有意避之。心中多有不甘，望着一岸柳林，长揖数拜而退。

李白有种预感，杏儿与之情未了，必然还会与之谋面。

四

开元十五年，小满时节。

姑苏城南，姑苏山。

山上筑一石台，甚是雄伟。石台高五丈八尺，周遭十二丈，名曰姑苏台，又名为胥台，传为吴王阖闾所筑。夫差灭越，得美女西施，为讨其欢心，又于台上立春宵宫，常领群臣作长夜之饮。

戊辰日，丁巳时。

微雨初晴。

姑苏台上，三五株老柳，千条万条绿丝荡漾。

柳下，置条形茶几。几上，罗列干果饼品若干。又摆三只茶盏，客位一直空着，另两只注满茶汤，色如琥珀。

几围四方，置木凳各一，皆百年树兜制成。

台右角向阳处，搁一铜炉，炉中炭火正红。炉上置铁壶，壶水沸如滚汤。

两苍头小厮，一立炉旁向火，一立几前续水。

座中二弈者，一边品茗，一边落子。清风徐来，柳丝荡拂，怡然如仙。

执白者，头戴道士混元巾，乃世外隐者元丹丘。

执黑者，头戴文士逍遥巾，乃南阳名士岑勋。

二人皆闲人，时常结伴而游。

前日得谢昌泽传书，知青莲李白要来姑苏，掐指一算旅程，今日应该到达。故早早来到姑苏台，置茶席相候多时。

午时，一刻。

杜鹃声声，白鹤掠飞，初夏暖阳正好。

古姑苏台前。

李白寻幽而至，望台高六丈，幽草闲花弥漫，陈迹斑驳不忍睹。叹昔日春秋诸霸争雄，皆为一己荒淫，哪管得百姓死活？遂有感而歌："姑苏台上乌栖时，吴王宫里醉西施。吴歌楚舞欢未毕，青山欲衔半边日。银箭金壶漏水多，起看秋月坠江波，东方渐高奈乐何！"

元丹丘执白子，正要落子"打劫"，听人依乐府西曲《乌栖曲》而歌，知道李白来了。停子拊掌赞道："蜀中才俊李白，果不负风流之名，高才也！"

岑勋乃俗士，没授过道箓，不似逸者元丹丘淡然，高声大吼道："大郎李白吗？胡咧咧作甚？直上台来吃杯酒，岂不更妙！"

嘱小厮撤了茶具，自个儿起身，从座下拽出一包袱，抖出大堆的酒食来，一一铺排在几上。复大叫道："大郎快快上来，吃两杯广陵春，正好暖暖饥肠！"

李白远来是客，自然不会坏了礼数，躬身长揖道："岑夫子，丹丘生，两位大兄在上，请受小弟一拜！"

双手毕恭毕敬，递上谢昌泽荐书。

岑勋接过信函，启蜡封视而笑曰："原来谢兄故人，当饮十杯！"

元丹丘面呈莲花，见李白长身玉立，心里甚是欢喜。依道箓之仪，揖首道："大郎过谦了，入座吃杯寡酒，便是自家兄弟。何必多那俗礼？"

李白素慕元丹丘，乃玉真公主道友，神仙一般人物。见他以道友之仪揖首，忙握个"阴阳手"，正待要答。

岑勋性急，又不识道仪，早将李白按在客位上，嘴里直嚷嚷："丹丘生搞什么名堂？大郎远道而来，莫让你罗天大醮迷了性，连酒也吃不成了！"

李白闻言，哈哈大笑道："岑夫子果真有趣，就陪你吃几杯！"

三人皆洒脱，各自举觞豪饮。

一连吃了五觞，方才停杯举箸，拈些腊味卤品果腹。

李白自广陵来，昨日游寒山寺，耽搁了行程，只得夜泊枫桥。今儿一早乘舟，紧赶慢赶入得城来，又没顾得上晨炊，早饿得饥肠辘辘。只管拿起一只卤肥鹅，拧条腿塞进嘴里大嚼。

　　一边艰难下咽，一边又吃三觞酒，直把一张白净俊脸，抹成个大"花猫"。

　　元丹丘笑了笑："大郎瘦馋如斯，想必囊中羞涩，几日未得酒吃了！"

　　李白不理他，装着没听见，又拧下另一只鹅腿，囫囵吞枣般吃了，才笑嘻嘻地回敬道："小弟哪比得逸人？日日酒肉穿肠，夜夜帝妹相伴！"

　　岑勋闻言，鼓掌大笑道："大郎所言极是，当高歌一曲！"

　　李白一时兴起，大叫一声"好！"

　　应声而起，唱一曲《元丹丘歌》："元丹丘，爱神仙，朝饮颍川之清流，暮还嵩岑之紫烟，三十六峰长周旋。长周旋，蹑星虹，身骑飞龙耳生风，横河跨海与天通，我知尔游心无穷。"

　　歌毕，李白丢了鹅骨头，冲着元丹丘长揖，恭敬地赔个不是。

　　岑勋复大笑。

　　元丹丘亦笑，李白所歌虽戏词，却一点也不生气，反而急书一函相赠。十分严肃地说道："以大郎之才，入京师必得功名，设若遇到玉真道友，只需将拙书给她，或可助你前程。"

　　复出一枚"道鱼"，一并给了李白。

　　李白双手接过，再次长揖为谢："小弟何德何能，蒙大兄厚爱？"

　　亲执一觞，恭敬二兄。

　　三人复飞一觞，笑声朗朗不绝，惊起无数白鹭，拂柳盘飞。

　　李白手执酒壶，绕如苏台狂舞，一边长饮，一边再歌："旧苑荒台杨柳新，菱歌清唱不胜春。只今惟有西江月，曾照吴王宫里人。"

　　"好一曲《苏台览古》！"元丹丘击掌赞叹。

　　岑勋重斟一觞酒，双手献与李白，以表敬佩之意。

　　申时。

　　夕阳西沉。

　　姑苏台前，一溪碧荷如玉，团团如承露玉盘。无数早吐的尖尖荷苞，绣球般点缀其间。

荷间小舟如梭，犁破万顷绿绸，又摇碎一溪夕红。

越女或蹲船头，或坐船舷，采菱摘莲苞相戏。弱柳纤腰夭夭，吴语软糯如饴。偶见行郎打马岸上，心里便荡漾如春水，时而摇橹竞渡，时而笑入藕花。

李白呆立苏台，远远望得痴了……《越女词》脱口而出："耶溪采莲女，见客棹歌回。笑入荷花去，佯羞不出来。"

饮一口酒，又歌曰："镜湖水如月，耶溪女如雪。新妆荡新波，光景两奇绝。"

李白情思如涌，一连歌了五曲。曲曲撩人心痒，旖旎不可名状。

元丹丘惊为情圣，抚琴助之以兴。

岑勋心服膜拜，奏笛合韵而鸣。

是夜，明月高悬。

苏台四邻，彻夜皆闻管弦声。

第八章
孟夫子京城失意　李太白安陆定亲

一

古之襄阳，乃荆楚名城，居襄水北岸而名。郡城西去二十里，山峦连绵起伏间，一山隆然中起，宛如卧龙盘蜷。

土著呼为隆中。

隆中北枕汉水，南抱郡廊。境内鹤鹄相亲，松篁交翠。山不高而秀雅；水不深而澄清；地不广而平坦；林不大而茂盛。

汉末，群雄割据，天下大乱。南阳诸葛孔明避乱，从河南来到荆楚间，爱隆中山明水净，筑庐号"卧龙"，隐居其间。时，刘皇叔新败樊城，闻其名而三顾茅庐，得孔明一席《隆中对》，终成就蜀汉伟业。

昔日先主访贤地，天下名士俱往之。

开元初，襄阳名士孟浩然，效仿诸葛亮隐于隆中，以待有明君三顾。然而隐居十余年间，虽然才名远播国中，却无明主相顾求贤，到现在还是一介白丁。

开元十五年，春。

唐玄宗下诏，征召天下贤士。

孟浩然满怀信心，整日翘首以盼，谁知望穿襄水，也没有得到朝廷春征。

茫然苦闷间，经不住家人劝说，过完三十九岁生日，便只身赴长安赶考，欲博得功名为国效力。

帝都长安，高楼鳞次栉比，覆压三百余里，壮丽如天上宫阙。

孟夫子初入京，人生地不熟，幸得好友王维相迎，二人饮于东市。

席间，孟浩然即兴赋诗，吟诵《长安平春》，抒发渴望中式之情。

"关戍惟东井，城池起北辰。咸歌太平日，共乐建寅春。雪尽青山树，冰开黑水滨。草迎金埒马，花伴玉楼人。鸿渐看无数，莺歌听欲频。何当桂枝擢，归及柳条新。"

谁知天不酬勤，任孟浩然才华横溢，也没有被主考官相中，反而认为试卷言论狂悖，有妄议朝廷之嫌。

孟夫子科举不第，不肯就此返乡，滞留京师四处献赋，以期求得权贵们赏识，荐为国家贤良。

王维状元及第，自号摩诘居士，时任监察御史，才名政声誉满京师，与朝中阁老们多有交情。王御史爱孟浩然有大才，政事之余经常带着他同游，其间多次到国子监旁听。

唐承隋制，国家设国子学，为帝国最高学府，学额限制三百人，生员皆贵族子弟。

贞观初，改国子学为国子监，设祭酒一人，为最高教育长官。设丞、主簿各一，负责生员考勤事宜。

开元间，国子监达到极盛，生员上千人。

孟浩然性情孤傲，骄傲得两只鼻孔朝天，哪瞧得起一帮纨绔子弟？曾在国子监显摆才学，赋诗有句云："微云淡河汉，疏雨滴梧桐。"一时名动公卿，"六学"为之倾服搁笔。

王维大为惊叹，极力荐于宰相张说。

张说素有贤名，早年参加科考时，策论天下第一。累迁至工部侍郎、兵部侍郎、中书侍郎，加弘文馆学士。

张相公曾官钦州，当年途经襄阳时，即闻孟浩然的才名。今日得王维举荐，毫不嫌弃他一介白丁，私自邀请到内署相见，欲为国征召贤良。

王维得到消息，着实为好友高兴，千叮万嘱用心准备，以期得到张说的赏识。

　　孟浩然空负才学，四处求告无门，正心里苦水涟涟。今日得到张相公相邀，似乎看到了报国的希望，激动得难以自持。

　　夜里，外出至东市，寻一简易酒店，独自吃一壶烧刀子。

　　几杯酒下肚，一时喜极而歌："北阙休上书，南山归敝庐。不才明主弃，多病故人疏。白发催年老，青阳逼岁除。永怀愁不寐，松月满窗虚。"

　　自个儿再念一回，感到甚是满意。让酒家拿来笔墨，醉书《岁暮归南山》于壁。

　　翌日，天既明。

　　诗传市井，京师轰动，朝野相闻。

　　孟夫子早起，持了王维的荐书，只身来到相公内署，兴冲冲拜会张相公。

　　巳时，三刻。

　　二人相谈正欢，突听到门吏禀报："皇帝驾到！"

　　张说听到报告，顿时惊出一身冷汗。手慌脚乱间，把孟夫子匿藏在床下。

　　唐玄宗李隆基，广额隆准，威不可视。

　　张说忙整衣冠，小心翼翼伏迎地上。

　　玄宗踱步入内，见几上置茶具，茶汤犹蒸腾，满脸疑惑地问道："张相公与客名聚？"

　　张说越发惊恐，不敢有丝毫隐瞒，惶惶不安地应答道："启奏圣上，友孟浩然，远道访老臣。"

　　玄宗环视左右，心里十分不解："为何不见孟卿？"

　　张说汗流如注，战战兢兢再禀："启奏圣上，孟夫子乃白丁，不敢观瞻龙颜。"

　　玄宗闻奏，展颜一笑："孟卿大名，寡人早已知道，何不见我？"

　　张说闻言大喜，连磕三个响头。急忙奏曰："皇帝万岁，请恕臣欺君之罪，适才慑于天威，将孟夫子匿于床下。"

　　唐玄宗听罢，哈哈大笑道："此时非朝议，可免大礼，让他出来吧。"

　　孟浩然天生傲性，床下憋得正慌。听得圣谕可免大礼，灰头灰脑爬了出来，依照张相公的行状，也扑伏在地上，嘴里直呼："草民孟浩然，叩见圣上。吾皇万岁，万岁，万万岁！"

玄宗龙颜大悦，见孟夫子气韵高雅，欢喜地笑着说："朕素闻卿家大名，可有新作诵乎？"

孟浩然趴在地上，本来想一展胸中才学，博得圣天子龙颜大喜，偏偏月前应试落第，适才又憋屈钻入床下，一股傲气冲腔而出。想起昨夜酒后所吟，脱口诵出《暮归南山》："北阙休上书，南山归敝庐。不才明主弃……"

玄宗听到此，突然满脸不高兴，闷哼一声道："卿不求仕，而朕未尝弃卿，奈何诬我！何不云，气蒸云梦泽，波动岳阳城。"

张说大骇，知玄宗已动怒。"气蒸云梦泽，波动岳阳城"者，乃宰相张九龄官荆州时，孟浩然为得其举荐，专门赋诗《临洞庭上张丞相》，该诗首联即此句也。

天威难测，孟夫子危矣！

张说惶惶不安，浑身抖如筛糠。孟浩然以白丁之身，进入内署乃自己私召，本打算为国家荐才，谁知惹得皇帝不高兴，专门说出此联句，彼张相喻此张相乎？果真是这样的话，孟夫子获罪难免，自己也脱不了牵连！

张相公想到此处，心里惊骇异常，重新扑伏于地，专拣好听的禀奏："吾皇神威天下，宇内咸服。孟浩然不思圣恩，胡言乱语罪不可赦。然圣天子胸怀四海，恕他一介草民，哪识得国家大礼？"

玄宗绝世明君，心里虽然生气，仍不失天体圣仪，更不愿失了礼贤之名，当即拂袖谕曰："他自言归南山，就让他去吧！"

言毕，不悦而去。

张说见玄宗远去，气喘吁吁跌地上，嘴里直嚷嚷："完了，完了！"

孟夫子满脸迷茫，不解地问道："相公何出此言，怎的就完了？"

"唉！"张说长叹一声，不耐烦地解释道，"圣上之意，叫你归隐南山，永不录用了！"

孟浩然闻言，如五雷轰顶。

莫非命乎？

隐居襄阳隆中，不得明主三顾。西入帝京长安，又被明主抛弃。

唉，人再牛，也犟不过命！

二

开元十五年，夏。

孟浩然落泊归里，隐于隆中茅庐，月余不肯见人。

李白东游江淮，散尽三十万金后，再入荆楚间。得知故人不第，又遭天子弃归，哪能不去拜访？

可惜腰无分文，奈何！

李白性豪侈，与友相聚出手阔绰，从不把钱当事。极好面子的李白，没钱怎么好去见孟夫子？

突忆起从兄李皓，不是襄阳少府吗？想到从兄，便有了主意。

时值初夏，天气渐热。冬装已经卸身，早闲置箱底不用了。

李皓有了家室，前去登门拜访，哪能空手上门？

李白想了想，街头找了家当铺，将一件裘皮袴儿当了。再去糖果铺子里，买了十个饴饼，用红纸仔细包了，当作礼信提在手里，大摇大摆向少府第走去。

酉时，少府第。

选择此时来访，原因有二：一则从兄必已离衙回家，免得空跑一趟。二则已近晚餐时间，难免混一顿夜宵饱腹，自可落得几个饭钱。

李白掩嘴，忍俊不禁。"青莲李白"的豪名，算是让自己混没了。

管他呢，有吃有喝有钱花，才是快活人生！

唐袭隋制，县衙里除县令外，另设有县丞、主簿和县尉，另有九个不入流的吏员。

县丞名为少府，官职却很低，刚刚仅够入"流"，县衙里算个二把手，抵不得州郡的副职权重。

李皓宅第逼仄，南街上毫不起眼，门前也没有卫士。

李白东问西问，好不容易才找到。见大门紧闭，上前叩了叩门环。

院内，传来脚步声，随即一声询问："谁呀？"

李白长年习剑，辨音能力异于常人，知道是从兄的口音。故意拖长腔调，应声回答道:"故人李白驾到,从兄快快开门相迎。"

李白?

院内来人噫一声,咣当拉开门闩。李白手提扎包,笑眯眯端立门前。

李皓一见,喜出望外,忙拥入院内,连连大叫三声。

"娘子,娘子,娘子,大郎登门了,快快备酒煮肉!"

娘子李何氏,笑吟吟迎于厅。见了李白直夸:"叔叔俊秀,果然貌比潘安!"

李白上前一揖,顺手将扎包递给她,呵呵玩笑道:"嫂嫂夸错人了,哥哥才是俊人儿。"

妇人真个乖巧,笑着打趣道:"夫君果也不差,若与叔叔长身玉立相较,却又是一枚歪瓜裂枣。"见偌大一个扎包,满脸笑意地嗔道:"叔叔怎地见外了?来哥哥家串个门儿,便是奴家的福气,何必带些礼信?"

叔嫂二人打趣,李皓满心畅快,呵呵地笑个不绝。

李白尤喜,称赞道:"哥哥恁好福分,难得嫂嫂贤淑!"

妇人听了自然高兴,道一声少陪,提扎包进了厨房,自个儿忙厨活去了。

李皓煮壶茶,兄弟俩饮于厅,等待着酒肉上桌。

少顷,妇人送来酒食,嘴里谦逊道:"今日匆忙,不曾备得好酒好菜,叔叔将就吃喝。"

李皓也说:"实不知大郎过来,今晚将就吃些,明儿醉仙楼补过!"

少府坐主位,李白坐客位,便不管妇人里外忙活,一杯一杯吃起酒来。

三五杯下肚,二人脸泛红光,话也多了起来。

主人殷勤,频频劝酒。

客人心里有事,数次欲饮还停。

李皓瞧在眼里,心甚疑惑,李白向来豪爽,今日为何忸怩?

李白再吃一杯,故意打一串酒嗝,顾左右而言他:"从兄忙于公务,可晓孟夫子近况?"

说到孟浩然,李皓唏嘘不已:"曾听人言及过,孟夫子科举不第,隐于隆中不肯见人,大郎可曾见得?"

李白复吃一杯,回答道:"正要去见他,只不过……"

一语未了,何氏自里间出,将包饼红纸铺开,指指点点让夫婿看。

李白装着没看见，自个儿连饮三杯，脸上越发烫热起来。

李皓就着灯火，笑眯眯看得仔细，纸上乃李白手迹，书《赠从兄襄阳少府皓》："结发未识事，所交尽豪雄。却秦不受赏，击晋宁为功。脱身白刃里，杀人红尘中。当朝揖高义，举世称英雄。小节岂足言，退耕舂陵东。归来无产业，生事如转蓬。一朝乌裘敝，百镒黄金空……"

何氏看不明白，李皓哪能不懂？我这从弟没钱用了！说声衙里有事，拽上李白便走。

何氏呆立厅中，不知二人搞什么鬼。嘟哝道："天都黑了，跑去衙门干吗？"

兄弟俩一阵小跑，来到少府内署。

李皓出一金囊，乃去岁所赠五十金，笑呵呵递给李白，嘴里说道："此大郎故物，去岁不曾带走，今日物归原主。"

话说得委婉，不欲让李白难堪，真像还给他一般。

五十两黄金，不是小数目。李白内心感激，唯长揖而别。

李白驮一袋金，醉醺醺步出衙门。

时，华灯初上，夜市正酣。正所谓"人声三里市，初夜一街灯"。

夜色朦胧中，一女行走甚急，转眼没入一条小巷。

刘十娘？

李白揉揉眼，几疑梦中。心里奇了怪了，刘十娘不待在夔府，跑来襄阳干什么？急忙跟上前去，想探个明白。

北里弄，一巷灯火，红红绿绿，迷乱人眼。

放眼望去，哪有刘十娘的身影？

三

隆中，三间茅庐。

庐前，曲溪环绕。

溪上，架一木桥，长丈八，宽不盈尺。

桥头，三五株古柏，虬枝盘绕。

茅庐四围，翠竹千竿，亭亭迎风，摇曳多姿。

远望一湾山水，宛如晋人墨迹。

李白有了银子，复又豪气起来。这不正拽着胡紫阳朝草堂走来吗？马正公依旧洒脱，笑嘻嘻紧随其后。三人各驮一袋，过了那座木桥，来到茅庐前。

篱笆扎的围墙，不甚规则。藤枝随意缠绕，倒有几分农家气。

柴门半掩，三五只麻雀，灰扑扑觅食门垛上。见有不速之客到来，叽叽喳喳惊飞入林。

马正公生性诙谐，想给孟夫子一个惊喜，蹑手蹑脚推开柴门，贼一般进了院子。

胡紫阳性端肃，不欲败他兴致，与李白相视一笑，悄悄跟在他后面。

院内甚阔，约有二亩地。中分一径，径宽二尺许，匀匀地铺满鹅卵石。卵石大小如拳，小半露出地面。

径左，一畦菜蔬，种些丝瓜茄子，间或有几株葱蒜，碧玉般晶莹喜人。

径右，三五枚杏树，花已谢尽。枝头青杏累累，拇指般大小，酸酸地碜牙。

茅屋正堂前，青石铺成一坝，坝面平展如镜。石板线缝分明，横平竖直，不差分毫。

一院庭除，洒扫甚洁，让人喜爱。

堂前木柱上，拴一犬甚雄，毛色金黄而卷，状如卷毛狮子。

檐下一桌，桌上堆满餐具，瓦钵里，尚有剩饭剩菜。三五只芦花鸡，咯咯觅食桌上。

黄犬甚机警，见有人偷入院内，猛可里一阵狂吠。声若狮吼，令人胆寒。桌上数鸡惊飞，扑棱棱掀翻瓦钵，"砰"地砸得粉碎。

三人骇一跳，却不见主人出现。

李白见恶犬凶猛，忙摘下所驮背包，从里边摸出一个饴饼，讨好地抛给它，嘴里"啧啧"逗着。

那犬见了饴饼，果然不再狂吠，嘴里发出"呜呜"声，表示欣喜和欢迎。

茅屋大门紧闭，外面却未加锁，显然主人在屋里，躲着不肯见人。

胡紫阳见了，小声言于马正公："孟夫子自京师归来，真是谁也不见了，大郎还不信呢。"

马正公急忙附和，嘀咕道："正是，害得我等傻瓜，又白跑了一趟。"

李白不信。

昨年相聚黄鹤楼，孟夫子何等潇洒，哪是看不开的人？低头想一想，嘴里轻声吟诵道："吾爱孟夫子，风流天下闻。红颜弃轩冕，白首卧松云。醉月频中圣，迷花不事君……"

歌未毕，大门呀然而开。孟夫子笑态可掬，早已阔步迈出。

胡、马二人甚讶，孟浩然眼高于顶，自长安落第归，任谁都不肯见。不想李白庐前一歌，竟让他开了大门。

李白很欣慰，见到大兄出来，虽然满面笑容，却也清瘦了许多，心里不免恻然。急忙迎上前去，双手作揖道："大兄闭门谢客，何苦为难自己！"

孟浩然一愣，突然明白过来，哈哈大笑道："某哪里真谢客？实烦俗夫忧耳！"

李白一听，孟夫子豪爽依旧，亦哈哈大笑。上前拥住大兄，好一番亲热。

胡、马略显尴尬，自诩孟浩然知己，然几番前来探视，不仅未见着面，连院门都没入得一步。遂双双上前，拱手揖揄道："孟夫子神采依旧，我等欣喜万分！"

孟浩然忙转身，扶住二人赔不是："两位仁兄误会了，非孟某不相见，实不知来访者是谁。"

二人释然，随之入堂屋。

孟浩然闭门月余，今得好友来拜，喜得眉毛直扬，冲右厢房大叫道："我说堂上那客，三位叔叔来见，还不宰鸡炖上？"

堂客孟杨氏，是个乡下农妇，面薄不肯见生人。听得夫婿狂喊，急忙捉一只大母鸡，提刀便要宰杀。

孟夫子家贫，靠着几只母鸡下的蛋，去肆中换些油盐度日。

马正公最知情，见老嫂子要宰母鸡，哪里允许？忙起身阻止。

胡紫阳亦劝，指指三个背袋说："孟兄何故客气？大郎早备了酒食。"

李白咧嘴笑道："炖只母鸡喝汤，正好解酒，宰得，宰得！"

孟浩然家贫如洗，生活十分拮据，四邻乡亲都知道。

胡、马二人闻言，好生尴尬不已。便拿眼来盯着李白，怪他一个外乡人，不知楚地风俗，做客主人家里，怎么能要吃要喝？

孟夫子性豪爽，来了客只顾高兴，哪在乎一只老母鸡？倒喜欢李白的率直，讨厌假惺惺的客套。见胡、马二人尴尬，扯开喉咙吼道："兀哪婆娘，磨蹭蹭干啥？还不快快宰了，炖好早早送来。"

李白闻言，哈哈大笑："大兄恁也怪脾气，何故责怪嫂嫂？倘若惹恼了她，不炖鸡与我四人，莫非喝尿解渴？"

孟夫子亦大笑，动手收拾饭桌，只待母鸡炖好，端上桌来下酒。

胡、马夹手夹脚，始终有些放不开，实在不是爽快人。

李白装着未看见，故意大声嚷嚷，让二人打开背袋，欲铺酒食于桌。

众人嫌堂屋逼仄，动议搬到室外，席于院坝石地板上。

铺席完毕，正欲举箸。

李白忙叫且慢，拿只邛烧黑釉大碗，专拣好的卤品，满满盛了一碗。

"此嫂嫂独食，众兄休得眼馋。"

李白端起入厨间，笑呵呵置灶头。复回身席地而坐，团团举杯对饮。

孟浩然见了，眼里满是感动。

胡、马面呈愧色，适才错怪了他，大郎才是识礼数之人，颔首暗叹不如。

厨间，宰鸡声，剁案声，舀水声，生火声，风箱声，声声不绝。

少顷，鸡汤飘香，绕于茅庐。

待到鸡汤上席，四酒徒吃得正酣，早饮空三瓮"巴陵春"。

杨氏捧一钵汤，小心翼翼搁地上，又拿来四只大碗，用杨木勺舀汤碗内，一人面前置一碗，正要默默退去。

李白装着酒醉，从怀里出一金囊，偏偏倒倒甩给孟夫子，嘴里嘟哝道："嫂嫂炖只芦花鸡，叔叔吃了喊惊奇。汤鲜味美世间无，十两黄金值不值？"

十两黄金？

胡紫阳吃一惊，这蜀蛮子恁多金？真够大方啊！

马正公尤惊。

帝国吏俸严明，以县令职级例，年俸银二十五两二钱，折算成黄金价格，不足三两二钱！

一钵母鸡汤，竟值金十两！

李白性豪侈，果然名不虚传。

尤可道者，客人相帮自然，主人也不尴尬！

"岂曰无衣，与子同袍。"

啥是好兄弟，能与尔同袍者！

千金散尽，又何足惜哉？

四

襄阳城，醉仙楼。

醉仙楼临襄水，矗立郡南城墙上。二层榫木结构，占尽一郡风光。

早先的醉仙楼，不是这个名儿，叫作仲宣楼，为纪念王粲而建。

王粲，字仲宣，"建安七子"之首。汉末，王仲宣过襄阳，居十五载未得重用，郁郁不得志，有感而作《登楼赋》，故楼名仲宣。

仲宣楼高四丈，双层重檐歇山顶，由城墙、城台、主楼构成。

楼内，先贤题咏甚众。

壁刻百十幅，尤有建安七子图，惜年代久远，斑驳不可辨。

李皓尉襄阳，见仲宣楼历史悠久，视为荆楚名胜，奏请恩师韩朝宗，欲恢复大楼旧制。

韩朝宗时兼任荆、襄二州刺史，得门生李皓专函，特别批文准允，拨库银专款修缮，改名为"醉仙楼"。

楼为上下两层，底层搭有戏台，可容三十人演奏。戏台下面，开有拱形巨门，大门时常敞着，也没有人看守。

戏台前，一庭甚阔，约莫三亩。

平时里，百十把竹椅茶几，很随意地摆放着，供茶客们品茗聊天用。设若逢上梨园奏演，就将竹椅茶具收了，腾出偌大的空坝子来，作戏迷们听戏用。

土著信誓旦旦，京师名角水仙花，东进扬州路过襄阳，醉仙楼戏园子里，拥进上千人。院坝头人山人海，挤得缝缝都没有，连院里那棵黄葛树上，都爬满了听戏的人。

锣鼓响处，台上唱得展劲，台上吼得闹热，喜洋洋嗨翻天。

醉仙楼既为要处，来客目的明确，要吃要喝要玩，先前的记忆便淡了。谁还记得仲宣楼？建安七子是谁，就更没人知道了。

襄阳人不感兴趣，也没人去研究。闲人们到这里来，无非品茗听戏，又或饮酒作乐。

芒种节，风和日暖。

襄水两岸，柳荫十里。

李白离蜀年余，优游湖湘吴越间，整日里玩得潇洒，早忘了姓甚名谁了。

二十年前的今日，李白正式有了自己的名字。对于人的名儿，古人特别讲究，视出生日为得姓日，得名日为"再诞日"。对成年男子而言，尤其重视"再诞日"，有建功立业、光宗耀祖的寓意。

难得李皓有心，还记得李白的"再诞日"，便帮他操持打理，在醉仙楼摆下盛宴，遍邀荆楚名士相贺。

孟浩然，胡紫阳，马正公……悉数到场吃酒。

席间，众好友大块吃肉，大碗喝酒，诗词唱和甚欢。有说"青云直上"的，有说"鹏程万里"的，还有说"洞房花烛"的。

惹得李白心痒痒，一一持酒相谢。

李白眼界高远，自比管仲、乐毅。"申管晏之谈，谋帝王之术，奋其智能，愿为辅弼，使寰区大定，海县清一。"

然岁添一"龄"，莫说天下没得扫，自家"小院"也无人经佑。

想想心里苦甚，醉醺醺索要笔墨，于回廊左壁上，挥毫题下《江夏行》："忆昔娇小姿，春心亦自持。为言嫁夫婿，得免长相思。谁知嫁商贾，令人却愁苦。自从为夫妻，何曾在乡土。去年下扬州，相送黄鹤楼。眼看帆去远，心逐江水流。只言期一载，谁谓历三秋。使妾肠欲断，恨君情悠悠。东家西舍同时发，北去南来不逾月。未知行李游何方，作个音书能断绝。适来往南浦，欲问西江船。正见当垆女，红妆二八年。一种为人妻，独自多悲凄。对镜便垂泪，逢人只欲啼。不如轻薄儿，旦暮长相随。悔作商人妇，青春长别离。如今正好同欢乐，君去容华谁得知。"

李白笔走龙蛇，一气呵成。借商妇怨夫远离不归，感叹青春易逝。

书毕，掷笔大笑，又连飞十数觞。一座酒徒子，无不为之倾倒，纷纷取笑道："大郎思春矣，早该找个当炉女，作个轻薄郎！"

时有老妪，偕二八女郎，自绸庄购布过楼下，见了李白的醉书，惊为右军再世。

女郎绿衣绿裙，娇声赞叹曰："宋玉之才，子建之骨！"

声似黄鹂，婉转如歌。

李白闻言，酒意全无，往楼下望去，果绝色佳丽也。

李白书生意气再发，左手执酒盅，右手执木箸，两两击节而歌："花为貌，鸟为声，月为神，柳为态，玉为骨；冰雪为肤，秋水为姿，诗词为心，翰墨为香！妙哉妙哉！"

女郎满脸含羞，随老妪匆匆离去。

李白醉眼蒙眬，见女郎袅娜而行，气韵如仙。心里忽痴迷，一言不发返回客栈，迷迷糊糊倒床便睡……

四野清幽，林木葱郁，溪水宛然如画。

女郎隔岸回眸，夭夭如桃花。忽劲风过林，落英缤纷，女郎翩跹坠涧中。

李白大叫而醒，原来南柯一梦。回顾适才梦境，却又历历在目。

翌日，寅时。

李白起了床，像往日一样，站在客栈阶沿上，舒展活动筋骨。深吸一口长气，又徐徐吐出，心中顿时空空荡荡，没有抓拿般发慌。匆匆忙忙收了功，来到盥洗间洗漱。

卯时。

李白走出客栈，独自来到城南，沿女郎离去的路径，一路寻觅而去。

距城二里许，有溪名芦水，夹岸十里柳荫。

过板桥，芦苇茂密。

道旁苇丛中，遗一绢扇。

李白上前拾起，扇额题有小诗，字细如蚁足："烟中芍药朦胧睡，雨底梨花淡淡妆。小院黄昏人定后，隔帘遥辨麝兰香。"

再往下看，李白吃了一惊，扇面所书诗句乃《江夏行》，正是自己昨日题诗！

字迹工整娟秀，墨迹犹新，仿佛若有胭脂香。

李白大异，将扇匿入怀中，视若珍宝收藏。

又行二里许，柳林愈茂盛，间有山桃烂漫，红艳艳一片。

远见一女郎，绿衣绿裙，妖娆戏花下。

左右二侍女，嬉闹相随。

李白隐林中，窥视良久。

三姝丽不察，一路嬉笑，且行且停，怡然桃源中人。

巳时，三刻。

三女择岔路，结伴入林而去。

李白呆立溪畔，遥望三女带袂飘举，环佩叮当作响，风姿绰约如仙。百步外，犹异香袭鼻。

临近午时，柳林浓密处，有炊烟袅袅升起。

李白确信，三女住此不远。遂解下腰间长剑，剥光一棵柳树皮，刻小诗其上。

诗云："隔溪遥望绿杨斜，联袂丽人歌落花。风定细声听不见，茜裙红入那人家？"

刻毕，独自念一回，竟有些痴了，依依不舍沿溪续行。转过小山坡，道旁有鸡毛小店，三五个村人，坐长凳上喝茶聊天。

李白彬彬有礼，躬身上前问话。

村人皆摇头，不知李白所云。

唯店家相答："此去里许，有许相公园林，恐其家眷是也。"

李白谢过，郁郁而返。

又一日，巳时。

李白再至芦水，来到桃花林。风和日丽依旧，却整日不遇所期。唯一溪落红，伴清流缓缓流出。

李白大失所望，复又书一绝句，续于昨日所题之旁。

诗云："异鸟奇花不奈愁，湘帘初卷月沉钩。人间三月无红叶，却放桃花逐水流。"

如是者旬日，李白数往芦水，皆不见女郎踪影，心里惆怅万分。只把一柄遗扇，随身藏于怀中，时时拿出把玩，珍爱如拱璧。

胡紫阳乃逸人，却心细如发，数度私下相问，李白终不肯说。

马正公早为人夫，见李白心神不宁，知为绿衣女所困，却苦于无法帮他。

越明年，春三月。

李白游安陆，同行者胡紫阳、马正公是也。

三人意气风发，打马过白兆山。正值春风淡荡，桃花灼灼盛开。

李白爱此美景，勒马山前不行。嘱二兄饮马山涧，自己立一幢茅屋前，四顾赏景小憩。

院内，一红颜老翁，正负日弄儿。见李白立檐下，气度卓尔不凡，忙将稚童交与门人，出来邀请入宅饮茶。

李白心情颇佳，又喜庄户雅洁，信步进入院内。

初入宅门，仅茅屋数间。

再经曲廊幽径，越过前面小院，步入后园竹林中。眼前豁然开阔，楼台重宇，金碧辉耀。缓步行走其间，恍然如隔世。

老翁引着李白，来到一间雅室。

少顷，一红衣绿裙小丫头，款款奉上一盏茶。茶汤平常，殊无特别，徐徐饮后，却满口余香。

李白手托茶盏，细细把玩。终不知何缘故，如此平常茶汤，口感竟这般美妙。

稍憩片刻，李白饮茶两盏，便要起身辞行。

老翁挽留道："此去安陆不远，可歇马用过午膳，再行无妨。"

李白闻言，喜老翁诚恳，复坐凳上。拿出珍藏绢扇，轻轻摇动起来。

老翁立一旁，见了那柄团扇，表情十分惊讶，遂轻声相询道："敢问大郎，不知此绢扇何处得来？"

李白见询，据实告知："不瞒老丈，此扇诗书画俱佳，去年春上，得之襄阳芦水。"

老翁讨过绢扇，正反仔细观看。越看越惊诧，突起身，匆匆入侧室。

良久乃出，喜滋滋笑曰："适才见扇头小诗，疑吾甥女手笔，入示吾妹，果如是。"

李白初入宅，即有异样感觉，闻听老翁之言，心中惊骇不已。

老翁见他吃惊，并不言语解释，唯领着他进入侧室。

室内锦帐妍丽，几案洁亮如镜，四壁窗花镂空雕刻，花鸟鱼虫栩栩如生。

临窗置一琴，甚古，乃蜀中雷琴。

方坐定，有老妪出拜。

李白一眼便识，妪乃去岁芒种节，醉仙楼偕女郎之老妪也。

老妪见了李白，却并未认出他来。自言自语道："夫君许圉师，前朝高宗国相是也，三年前退隐芦水，筑园自宁。小囡女玉儿，溪畔游玩偶失此扇，不意为大郎所获，莫非天意乎？"

李白愈惊讶，不知"天意"何指？

老妪复述曰："玉儿溪畔失扇，曾数返寻找，皆无所获。唯溪树上题二绝句，吟哦甚欢，至今犹诵之不辍。"

李白请诵其词，乃自己所题句也，心里早明白了来龙去脉。

老妪端视良久，恍然大悟道："大郎莫非……芒种醉仙楼……题诗者乎？"

李白忙欠身，欣喜应答道："小生酒后孟浪，恕无礼至极。"

老妪闻言，大喜。嘱咐一侍女，速到内室去，传唤小玉来见。

侍女入内，良久不至。

老妪不耐烦，高声呼唤道："玉儿何无理至此？可知溪树题诗者乎？枉自日夜念念不忘。"

呼声未了，环佩响如连珠，旋即见一女郎，严服靓妆而出。

果溪畔丽人也。

一年不见，越发玉姿芳润。

李白心头狂喜，情不自禁责诘道："那日一去不还，苦煞小生数往寻觅。"

欢喜之情，溢于言表，俨然如故交。

女郎低首，面带桃花，轻声应曰："去岁芒种，妾随重慈远赴安陆，到白兆山来探望郎舅了，至今未返芦水，奈何？"

二人相谈如故，论及文学事，话语滔滔不绝。

午时用膳，美具精食，世所罕见。

席间，老丈再三斟酒相邀，李白皆不应允。

胡、马二人皆诧，李白嗜酒如命，今日何以彬彬有礼？想起醉仙楼题诗，已晓李白心思。二人相视一笑，同声言道："大母在上，晚生胡紫阳、马正公有话要说，不知当讲不当讲？"

老妪噫一声，既诧且惑地笑道："荆襄胡、马二公肯光临寒舍，实乃蓬荜生辉，有话可直说。"

马正公嘴快，手指李白道："此青莲李白者，去岁得识贵千金，时时为情所苦……"

李白？

老妪大惊诧，口里念念有词："青莲李白，果然人才双绝，许门何其有幸，迎来凤凰栖枝！"

玉儿尤惊喜，满脸羞红。偷偷看一眼李白，转身入里间。

胡紫阳性端肃，稽首作揖道："大母高高在上，我愿与马兄共媒，保大郎入赘高第。"

老妪不语，笑眯眯一脸喜色。心想，若招得这般孙婿，须不辱了许氏门面。

扭头向里间喊话，嗔曰："玉儿何故害羞？嘻，天天唠叨着大郎，今日偏又躲着不肯见。"

玉儿藏里间，竖起双耳听着。闻大母笑言，轻轻一声欢喜，再没了声息。

老妪呵呵而笑。

胡紫阳亦笑，知她已经首肯，拽李白伏在地上，再三叩拜。

老妪忙起身，双手将李白扶住，嘴里赞不绝口。

玉儿听得真切，"扑哧"笑出声来。

李白喜昏了头，一时手脚无措，唯发出"嘿嘿"的傻笑声。

胡紫阳掐指一算，佳期定在阳春三月，初八日为最佳期。

二媒与老妪约定，花好月圆之期，万万不能错过。

楚地古俗，定好了婚嫁日子，李白不得再逗留女方家，须打道回府以避喜神。

老妪偕玉儿，相送于道旁。

绿裙女郎突含泪，轻声吟诵道："闻郎夜上木兰舟，不数归期只数愁。半幅御罗题锦字，梦里相赠玉搔头。"

李白心头一紧，马上拱手相别，应声回唱："碧窗无主月纤纤，桂影扶疏玉漏严。秋浦芙蓉偏头笑，半帘斜映红烛轩。"

春风荡柳，桃红乱坠。

李白执缰西行，又数度回首。

玉儿扶柳道旁，久久不愿离去。

第九章
胡紫阳赞礼主大婚　马正公嬉笑作媒婆

一

李白本是蜀人,蜀中旧俗了然于胸。

楚地与蜀相壤,婚俗却大相径庭。男女姻嫁论定后,双方便只能"窝"在家里,耐心等待大喜之期。

"窝家待喜"期间,双方哪儿都不能走动,连隔壁邻家也不能去,免得喜气外泄误了终身。

女孩儿则另有一说,"窝喜"为了"养臕"。每日除做些女红外,就一门心思待在闺阁"养",直养得白白胖胖,到了婆家好生儿育女。

李白客居襄阳,爷娘远在蜀中青莲,虽有胡、马二兄为媒,仍属"入赘"之列。没有家可"窝",成天"窝"在客栈里,还不"窝"出病来?

掰着指头一算,离庚午日尚有半月,李白天马行空惯了,哪受得了这般约束?幸得从兄关怀,李皓征得内子同意,让他搬进少府第,当自己家一样"窝喜"。

胡、马都是过来人,知道李白"窝"得难受,便时常邀约孟夫子,隔三岔五来看他。

来时，必携酒食。多则卤品伴醉，少则落花生佐酒。

李白得众兄关怀，倒也不寂寞。虽说岁龄二十有七，然尚未涉足"人事"，难免内心惶惶，既盼婚期早点到来，又恐它日日临近。私下请教胡、马二人，楚地入赘仪程烦是不烦。

马正公笑笑，故意捉弄他，装着一本正经的样子，戏之曰："先不说别的，大郎首先得谢媒，蜀中礼信轻重不知，楚地少不了一只大公鸡。"

听他说得认真，李白爽快答应道："这个省得，蜀中也有谢媒一说。"

马正公再笑："好事成双，我与逸人共媒，须得四只大公鸡。"

李白咧嘴一笑，憨憨地也依了他。

胡紫阳性厚道，不忍相戏："大郎有所不知，入赘不比迎娶，楚俗更有别于他地。"

听逸人说得靠谱，李白长揖于前，请教道："先生所言楚俗，可否详尽告知？"

胡紫阳接着说："《说文解字》云，'赘，以物质钱，从敖贝，敖者犹放贝，当复取之也。'赘婚者，即男子以身为质也。自秦扫六合至我大唐，赘婚者一概等同罪史亡人，下贱至极。依旧俗应弃姓氏，改入女家族谱。入赘之婚仪，也由女家彩车迎接新郎。"

李白闻言，大惊失色，摇头大叫道："大丈夫立于天地间，行不改名，坐不改姓。似这等巫教恶习，使不得，万万使不得！"

马正公听得真切，大愕。恐李白一时激愤，悔了先前媒约，急忙说道："媒约已允应，聘期将满，大礼势在必行，奈何？"

李白仍大愤，气咻咻怒道："入赘倒也罢了，如若改名换姓，势必不从，哪管得那许多？！"

一人坚持古法，一人欲挣脱约束，两两争持不下。

逸人不着急，依旧神态可鞠，笑眯眯安慰道："大郎少安毋躁，听我慢慢道来。"

原来楚地旧俗，因男方入赘为贱，女孩儿倒成了主角，可以亲视男子后定夺，实有别于"父母之命，媒妁之说"。为维护男方尊严，避免婚后遭乡邻鄙视,方式也灵活多样。

其一,入赘之日,由女家备彩车,并用行人执事鼓乐,专事"迎娶"新郎,俗称"载郎头"。

其二,也有先一日由女方接去,让入赘者宿于新房中。正日,彩车鼓吹,载新娘兜喜神方转一圈,似男家迎娶,到门拜堂。

其三,女孩儿移居舅父家,入赘者到女家居住。到了婚娶吉期,"男方"依例派出彩车,到女方(外祖母)家"迎亲",嫁妆陪奁、笙乐鼓吹、行人执事,一行俱全。"男方"则安排亲朋数十,朝门前列队"迎新"。炮仗声中,"迎新"者依例踢车门,设"门坎"阻拦。"新郎"上前,请"新娘"出车门,牵"新娘"入厅堂,在赞礼师指挥下,双双行拜堂礼。同样鼓乐喧天,大宴各方宾朋。用最喜庆的场面,将入赘形式掩盖起来,使男子堂而皇之娶亲,女孩儿照样坐彩车,吹吹打打"出嫁"做新娘。

其四,另有入赘婚仪者,俗呼为"顶房桃"。这种情况不常见,多为无后嗣者,为了传宗接代,往往抱养一女孩。待其长大成人后,便从同宗平辈兄弟间,挑选一兄弟较多的男子,来同这位姑娘结合,男方不用更换姓名。

李白听得仔细,胡紫阳说得明白,李白举觞一饮而尽曰:"逸人所言甚合吾意,第三者方式可行,第四者不改姓名,尤佳。若得二者合一,某自当入赘许门。"

当即吩咐二兄,速去白兆山相商。二人领命而去。

待胡、马去后,李白独自饮一回,又吃些卤品饴饼,胡乱填饱肚皮后,去床上舒坦躺下,静候二兄佳音。

申时,三刻。

群燕聚于檐下,来来往往盘飞。老妪随胡、马来襄,驾车径奔南门,驶入少府第。

李皓满面春风,笑吟吟迎进门。自是一番寒暄,好酒好肉款待。

席间,老妪言于李白,语多诚恳而开明:

"大郎所虑,甚是。然老身膝下,唯一孙因女,哪舍得她出阁离家?玉儿郎舅为之劳神,曾选三位荆楚士,由她亲视定夺,皆不合心意作罢。去岁醉仙楼一别,便心系大郎身上,痴了一般日夜唠叨。那日白兆山一晤,经胡、马二士撮合，得大郎允诺，玉儿默许，老身心病去矣。"

李白听得仔细，却不知相商结果，哪敢轻易点头摇头？直把一双眼睛，来望着胡紫阳。胡紫阳不理他，附和老妪话说："大母所言，极明事理。"

老妪笑笑，再吃一盏酒。咂了咂嘴，续曰："老身思之再三，可依楚地风俗，令玉儿先移居郎舅家，待花好月圆之期，再由大郎彩车迎回，嫁妆陪奁、笙乐鼓吹、行人执事……一应礼节与娶亲无异，大郎可省得？"

李白闻言，松了一口气。二兄白兆山之行，看来已初见成效。唯更换姓名，滋体事大，不知结果如何？

遂双手擎杯，长揖老妪前："承蒙大母错爱，晚生李白幸甚，自当珍惜之！"

话说得好听，却把"李白"二字说得响亮，生怕老妪年老耳背，听不真切似的。

老妪闻言，哪能不知？郑重地说道："大郎入赘许门，可不改名换姓。君不见唐帝国威仪天下，圣天子胸怀四海，多少胡儿入驻天朝，也未改名换姓，何况本小家乎？岂可抱陋习不放！"

李白喜极，感老妪宽宏大量，果不愧帝国相门夫人！心里便有个想法，若与玉儿喜结连理，所得子嗣但凡取名，既不姓李，也不姓许，以示感恩大母。

老妪开明如斯，李皓由衷钦佩。见李白傻乐，上前拽之曰："欢喜伢崽挨箸头，快快拜见大母！"

李白回过神来，赶紧伏地上，三拜九叩道："大母高高在上，请受孙婿一拜！"

老妪忙上前，双手扶起李白，呵呵欢笑道："老身得婿如大郎，夫复何求?!"
一屋主宾，皆大笑。

二

春三月，初八日。皇历写得明确，宜嫁娶。

寅时，一刻。白兆山下，青石官道上，百十人一队迎亲人马，吹吹打打赶往"许家庄"。

寅时，二刻。"许家庄"内，数畦百合正开，花瓣洁白如羊脂。

后花园绣（闺）楼里，除坐着新娘玉儿外，另有小女儿九人，团团围坐一屋，正长声幺幺唱《哭嫁歌》。

众姊妹情深，不忍玉儿嫁走。依家里长幼亲疏，挨个儿哭去。

哭爷娘、哭兄嫂、哭姊妹、哭叔伯、哭姑舅、哭陪客、哭媒人、哭苦情……

此时正值开头，由玉儿领哭。

先哭的阿娘："在娘怀里三年滚，头发白了万万根……"

再哭阿爷："天上星多月不明，阿爷为儿苦费心……为女不得孝双亲，难养父母到终身；水里点灯灯不明，空来世间枉为人！"

玉儿爷娘早殁，由大母抚养带大，心里之苦甚于她人。便真唱真哭，直唱得泪水长淌。

众姊妹应声而和，也唱得泪水长流。

卯时，一刻。玉儿不再哭，悄悄擦干眼泪，在两位"喜婆子"理料下，故意慢腾腾化着妆，静待李白前来"催妆"。

绣（闺）楼外，十位红红绿绿侍女，笑逐颜开，叽叽喳喳，分列于楼廊两旁，候着庄院外鼓乐声响。

一屋红烛，明晃晃亮堂。

玉儿内着红色胸衣，外套多层青绿广袖上衣，下着荷绿色拖地罗裙。头戴"次"（假发辫盘成），以"纚"束发，插一尺二寸玉笄，发簪金翠花钿。青黛眉，点绛唇，格外地明艳照人。

媚眼儿迷离含羞，脸蛋儿白里透红，小嘴儿一点绛唇，鲜嫩如百合带露。

玉儿脸蛋微烫，羞答答端坐镜前。伸手摸一摸头上"结缨"，越发地娇羞可人。

"缨"乃五彩丝带，为玉儿亲手精心编织。自李白许婚后，即遵大母意，"结缨"束发于鬓，表明自己已许配婿家。此"缨"结上后，便不能摘下，须待洞房花烛时，由夫婿亲手解摘。

李白长身玉立，一袭白袍如雪，想到洞房花烛时，由他亲手解下"结缨"，玉儿羞得满脸通红，心跳如小兔乱蹦。

卯时，三刻。李白骑高头大马，领着彩车仪仗，兴冲冲来到"许家庄"。

新郎官的装束，又别有一番讲究，与新娘相匹配：头戴"爵"弁，脚蹬玄色"朝"靴，着绯红长袍，外配圆领大袖徘衫，一副大官人模样。

时，大唐富强天下，帝国官贵民显。结婚（成家）乃人生大事，与建功（立业）并列首位。朝廷准允新人着官服（仿），以示与民共享荣华。

故李白夫妇新婚装，皆着朝廷官员（夫人）服饰。大胆而炫目的色配冲撞，尽显唐帝国风范，正所谓"红男绿女"是也。

"许家庄"二门童，穿簇新俳衣，头扎两只"朝天冲"，神气活现背手立阶前。见到迎亲队伍临门，故意上前阻拦，始终不肯让彩车进院门。

二子故作顽劣，牵手挡在门前，嘴里唱着《讨喜歌》："娇儿光光，讨回一个新姑娘。娇儿皇皇，忘了自家老亲娘！"

原本俩"媒婆"，到场的只有马正公一个。胡紫阳留在"婆家"，权且作了赞礼官。

见童儿拦门，马正公笑了笑，知道此乃楚地古俗，"娘家人"装装样子，故意设个"门槛"，让童儿阻闹讨喜。意即舍不得姑娘出阁，非真刁难新郎官也。

李白忙掏出两串铜钱，笑呵呵递上。二子接了钱，嘴里又唱道："新郎，新郎，打马朝纲。今日讨个颜如玉，明儿高官伴君王。"唱完，让出大门，一溜烟跑了。

马正公手摇媒铃，叮叮当当作响，在前面领路。

李白下了马，走在彩车左辕旁，领队伍随后入院内，来到绣（闺）楼下。

听得楼下媒铃响，知道迎亲的队伍到了。玉儿心里欢喜，却故作一副怒色，大声唱起《骂媒歌》来。

"韭菜开花一二台，背时媒婆天天来。蚕豆开花绿茵茵，背时媒婆嚼舌根。豌豆开花夹对夹，背时媒婆想鞋袜。板栗开花球对球，背时媒婆想猪头。你做媒婆想饮酒，山上猴子骗得走。说活阿爷和阿娘，媒婆死后变牛羊。"

《骂媒歌》乃喜歌，不是真骂媒婆。歌词虽然尖锐刻薄，新娘却是正话反说。

马正公晓得，<u>丝毫不介意</u>。媒铃摇得哗哗直响，冲着楼上高声唱道："东方一朵紫云开，吹吹打打迎亲来。郎家备下高彩车，新人移步下楼台！"

"喜婆子"乃娘家人，听了媒婆的《迎新歌》，故意尖酸刻薄地唱道："新郎来自何人家，千金楼前闹喧喳。莫得百年梧桐树，凤凰岂肯落枯丫！"

娘家人回敬得好，马正公也不差。赶紧回唱道："郎家千年凤凰台，只待玉人天上来。今日奉上万千彩，迎得新人欢喜回！"

喜婆子一听，改口唱道："既有千年凤凰台，为何不见新郎来？我家玉娘千金躯，怎可移步沾尘埃！"

马正公听罢，顺势把李白一推，小声嘱咐道："傻愣着干啥，还不快去背玉人。"

李白"喜糊"了心，被马正公一推，迷迷糊糊上到二楼。一众十侍女，嘻嘻哈哈齐上前，死死拦住李白去路。领头一女，故意怪嗔道："新人化妆未毕，好一个毛脚婿，怎地这般性急？"

李白初时一愣，马上忆起胡、马二兄所教，此新娘假化妆为由，考新郎才学的"催妆"仪程是也。

一时情急，脱口而吟催妆诗。李白连吟两诗，并非卖弄才学，实在是紧张所致。

众侍女不知，皆惊讶其才。让开楼廊通道，允许他进入房间。又见他手慌脚乱，纷纷掩嘴窃笑。

李白越发慌乱，额上汗出如浆。跟斗扑爬进入闺房，喜颠颠背起玉儿，下楼送入彩车中。

楼上一喜婆，体态肥硕。见玉儿进了彩车，故意扯开喉咙，高声大叫道："哪来的大胆狂徒？竟敢偷了新娘子去！"

旁邻一喜婆，瘦若竹竿。扭着腰身，摆手喝止道："哪是狂徒偷新娘，实乃我家金龟婿心急，欲抱玉人早入洞房！"

复又领十侍女，列立在楼廊上，依玉儿阿娘的口吻，唱起《哭女儿》歌来："阿爷阿娘好伤心，囡囡进了别家门……"

娘家唱罢《哭女儿》，马正公再摇媒铃，嘱咐车把式启"辇"。

爆竹声里，鼓乐行人执事在前，高轩彩车居中，陪奁嫁妆挑子在后，迎亲队伍浩浩荡荡，向白兆山李家庄缓缓前行。

每行至桥头,便不直接过桥。马正公必鸣媒铃示意,让吹鼓手停乐,迎亲队伍围坐一起,饮酒吃肉取乐,拦车讨要喜钱。队伍中三五童子,乘机围车而歌:"新姑娘,嘭嘭当,长得好看又大方!"

车内的玉儿,果然大方得紧,撒出大把大把的铜钱,还有无数的干果饴饼。迎亲队伍一哄而上,纷纷抢夺钱物,各自归为己有。

如是者七八回,迎亲队伍走走停停,才行去五六里地。

三

唐时,依周制《礼记·昏义》,婚礼定在黄昏举行,谓之"昏礼"。

未时,三刻。李家大院张灯结彩,宾客盈门。

胡紫阳为赞礼官,特意脱去道袍,换了一身新打头。头戴一顶绯红镶黑边帽儿,身着绯红色云纹边牙大襟袍,摇一把孔明羽毛扇,正站在庄院台阶上,伸长脖子向官道张望。

申时,正。庄前探喜童儿报,彩车已过溪头板桥。

胡紫阳忙端正衣冠,指挥九"炮手"鸣炮,接连不断爆九九八十一响。寓意祝报(竹爆)平安,幸福久久(九九)长享(响)。

刹那间,李家大院内,爆竹声声,鼓乐齐鸣。一院宾客,欢集于庭。手之舞之,足之蹈之,热闹轰然。

新郎爷娘远在蜀中,李皓夫妇权且做了"高堂",端坐在上八位首席上,是谓"长兄为父,长嫂当母"。

彩车入庭,吹打愈欢。马正公故作妖娆,头戴青色媒婆帽,两颊涂抹绛泥红,左腮点颗媒婆痣,极度夸张地扭腰摆胯,尽显"媒婆"之态。

待李白下得马来,马正公手持一条五彩绸带,带上系偌大一朵红绸花,领着他来到彩车前,让新郎新娘各持彩带一端。

李白在前,牵着绢扇遮面的玉儿,双双进入喜堂内,依例行"拜堂礼"。

胡紫阳端正衣冠,伫立赞礼台上,喜气洋洋颂曰:"夏秋之交,金玉之时。美景良辰,天作佳偶……清风迎客,碧水添情。鼓乐声声,车马穿行。欢歌阵阵，香辇徐停。莺飞燕走，芳草峥嵘。霞帔锦绣，足履长虹。红颜白首，相携相拥。此生无散，鱼水相融。"

李白满脸幸福，牵玉儿立堂前，不敢随意乱动乱看。暗赞逸人好记性，不知他哪来的这般说词，心里觉得好笑，却强忍着不敢笑出声。

赞礼台前，品字型立三童子。前为报喜童子，后为金童玉女。待赞礼官颂毕，报喜童子稚声唱曰："燕聚廊檐，花好月圆！"

"嘭嘭嘭"，"嘭嘭嘭"，又是九九八十一声爆竹响。

后立金童玉女者，双双相对拍小手，口里诵着稚儿歌："潇湘水，正清清，鸳鸯对，撒花迎；盼月亮，等星星，看游船，逛花灯；坐玉台，吹暖风，烟花舞，酒香浓；邀喜果，讨红封，新娘脸上红彤彤。"

歌毕，又有百名彩衣童儿，绕着新郎新娘轰跑，依金童玉女韵，拍手齐诵同一儿歌。

众子一边欢跑，一边欢唱，一边又向新人抛撒花瓣。

新郎新娘矮下身子，一一拥抱、贴脸众童子。双双拿出所携饴饼干果，分发给童儿们香嘴。百子得了喜物，欢天喜地散去。

胡紫阳再歌："凤兮凤兮归故乡，神游四海求其凰。青山远衔花作引，花香犹忆几重芳。凰兮凰兮从我栖，惟愿白首永不离。碧水潭清新月熠，月映天地两相依。"

马正公闻歌，带头起哄曰："新娘貌若天仙，偏偏以扇遮面，不让我等看正当，为何不让新郎官瞧一瞧？"

众宾客跟着起哄，闹麻麻大声嚷道："移开团扇，花好月圆！"

眼见群情"汹汹"，胡紫阳忙转身，对新郎官唱道："人生难得有情猜，亟盼佳人倩影来。若欲一睹芳华面，快上心意莫发呆。"

李白听逸人一唱，知道该对玉儿表心意了。此仪程有个说法，是谓让新娘"称心如意"。

李白先有准备，去怀里掏出一只雁（麦面雁形馍，寓意男人当顾家，婚后外出像大雁，记得准时回来），并五色丝、合欢铃和一对金镯子、金耳环（心意），恭敬交与玉儿身边侍女。嘴里唱道："不须面上浑妆却，留着双眉待画人；城上风生蜡炬寒，锦帷开处露翔鸾；已知玉女升仙态，休把圆轻隔牡丹；

莫将画扇出帷来,遮掩春山滞上才;若道团圆似明月,此中只须放桂花。"

玉儿受了心意,又听了《却扇歌》,却越发含羞,不肯移开遮面团扇。

李白没辙,傻乎乎笑着。

胡紫阳见了,忙唱道:"佳人妩媚多羞语,千呼万唤上前来。团扇轻摇将面掩,快请郎君前去开。"

"拜堂礼"上,赞礼师是主角,媒婆少有机会露脸。

马正公闲得慌,这下捡到了话说,扯开嗓门大吼:"新郎修且俊,才情贯古今。佳人美且娴,才貌幸得兼。今宵风正暖,今夜月正圆,今夕情正好,今日酒正酣。从此相思同长路,偕老今生共君度。比翼连理心寄远,好景良辰莫辜负。"

吼完,很是得意,冲李白眨眨眼。李白一身盛装,拘谨得正难受,偷偷回他一笑。

胡紫阳一见,更加来了精神。大声指挥道:"列班仙女听命,快快备好昏仪礼器,以待吉时。"

一众数十侍女,闻风而动,四下准备礼器,以待昏仪大典。

众炮手更没闲着,将一节节竹筒,浇上黄澄澄桐油,只等赞礼师令下,便爆个惊天动地,喜气洋洋满乾坤。

天井上,一月已圆。

屋檐下,群燕拥聚。

四

唐袭前隋,承周礼旧俗,昏礼极为繁复。

一为沃盥礼。

七位彩衣侍女,遵赞礼师所嘱,自堂屋内鱼贯而出。

为首者,着桃色衣裙。手托一盘,盘内摆两只碗,两双箸,一只碟。碟内,盛一块熟肉,约一寸见方。

次者,着荷色衣裙。手里也托一盘,盘内盛二物。一物为葫芦,对半破开,用红丝系着，外形完好如初。另一物为酒壶，壶乃纯银所铸，擦拭得锃亮，美酒满满盈颈。

另有二童子，抬一黄铜鼎，鼎内盛满清水，端立新人前。

胡紫阳再正衣冠，嘴里又唱道："新人新貌话新颜，互为心上正衣冠。清水清风涤清面，朝朝相对此情连。请新人行沃盥礼。"

新郎新娘遵嘱，去铜鼎里净手，细细洗去手上尘土，又互为对方擦拭。

此为沃盥礼，表达新人新气象，也表达对昏仪的敬畏。

二为同牢礼。

童子抬走盛水铜鼎，胡紫阳即招呼托盘侍女，将盘递到新人面前。嘴里唱道："举案齐眉真相敬，举手同牢互心倾。夫妻共食盘中物，相濡以沫永搀扶。请新人行同牢礼。"

依赞礼师所嘱，新人席地相对跪坐，一起分食碟中熟肉。

此为同牢礼，寓夫妇从此一体，同甘共苦永不分离。

三为合卺礼。

托盘侍女退下，另一托盘侍女上，后随一五龄女孩，两只丫头朝天。

胡紫阳再唱："结发之情动天地，从此相亲永不离。夫妻共饮合卺酒，同甘共苦总相依。新人请行合卺礼。"

侍女端捧托盘，示意五龄丫头上前，将葫芦所系红线，一匝一匝拆下。拆线者极有讲究，盖因拆去红线，葫芦即"分卺"，成年人万万拆不得，唯童言（手）无忌。

红线拆下，瓢分为两瓣。分别递与新郎新娘，双方各执半瓢。

侍女执银壶，注酒新人瓢内。二新人先各自半饮，又交换瓢饮尽。

此为合卺礼。

周制，以匏瓜作昏礼礼器。卺为匏瓜一种，故称为合卺。

前朝炀帝幸江南，选民女为妃，一时寻不到匏瓜，因葫芦类似匏而代之，从此约定成俗。唐沿隋制，匏瓜、葫芦二者，皆可作"合卺"礼器。

匏瓜味苦而涩，用之盛上美酒，酒与匏瓜味中和，味道纯美而甘甜，寓意夫妻同甘共苦。

饮完合卺酒，匏瓜（葫芦）重新合上，用红丝线仔细系好，表示夫妇永不分离。后人不识古礼，讹为交杯酒，倒也说得过去。

四为跪拜礼。

互饮合卺酒后，新郎新娘不再视为新人，而成了正式夫妻。须拜天地，拜高堂（宾朋），夫妻对拜。

赞礼官胡紫阳，语气喜庆如故，唱曰："千里姻缘一线牵，良辰美景喜相连。今朝佳侣成三拜，自此同心到百年。"手摇赞礼铃，叮叮当当走下赞礼台，上前领着李白夫妇，一拜天地。

夫妇双双伏地，虔诚叩着响头，感谢天地造化之恩。

一拜毕。

逸人再摇赞礼铃，又领两人到堂前。李皓夫妇坐堂上，笑呵呵满脸喜色，端足了"高堂"架子。

李白今日大喜，忆起蜀中双亲大人，鼻头一阵发酸。见了李皓夫妇，感念从兄嫂厚爱，不待胡紫阳声起，早与玉儿拜于地，头磕得"咚咚"直响，感谢父母养育之恩。

二拜毕。

胡紫阳立堂前，见李白动了真情，心里十分感动。扯长嗓音，高声唱曰："夫妻对拜！"

李白回过神来，望玉儿一脸羞红，心里欢喜得不行。玉儿瞄一眼李白，见他眉毛笑成了豌豆角，也暗自偷着乐！

二人正"喜糊"间，听到赞礼师一声对拜，双双躬身便拜。谁知未注意距离，两个"喜头"咚地碰到一起。一时情急，又双双后退。

众宾客见了，顿时哄堂大笑。李皓夫妇也笑。胡紫阳不敢笑，依旧端肃如故。

马正公乐翻了天，故作一副丑态，扭着粗大的腰身，拍手戏言道："喜头两相碰，洞房花烛红。今夜拥锦被，明朝抱龙凤！"

"说得好！"

孟浩然居客首位，带头喝起彩来。

五为执手礼。

胡紫阳重登赞礼台，继续主持昏礼。唱曰："此生既有佳缘定，同心携手莫相轻。红线牵来鸿运早，再把新庭好经营。请新郎新娘行执手礼。"

左手牵李白，右手牵玉儿，高唱一句祝词："执子之手，永结连理！"

李白盼了很久，终与玉儿两手相执。酥酥一股暖流，刹那间涌上心头。

一个激动，心跳如脱兔。一个含羞，娇媚若闭月。

执手礼毕。

六为结发礼。

李白执玉儿手，不愿放弃片刻。若非大庭广众前，早相拥入怀了。

二人恩恩爱爱，胡紫阳装着不见，喜滋滋唱道："执手偕老今日事，结发恩爱有长时。比翼才能飞腾远，连理方觉常相思。请新郎新娘行结发礼。"

适才荷衣侍女，又捧一朱漆木盘，盘里盛二物，一把精巧小剪，一个绣花锦囊。先到新娘面前，端端站定。玉儿从盘中拿起剪刀，剪下一缕青丝，放入木盘锦囊中。

再至新郎面前，依旧端端站定。李白亦拿起剪刀，剪下一束长发，放入木盘锦囊中。

侍女手捧木盘，转身递与赞礼师。

胡紫阳一脸肃然，庄重地接盘在手，复端至新夫妇面前。

李白望一眼玉儿，玉儿对望一眼李白。

二人一起动手，将两束发合二为一，织成一条完整发辫。用红丝线束好发头，极庄严地装进锦囊，发愿一生一世珍藏。

此为结发礼。寓夫妻血脉相融，白头偕老！

结发礼毕。

酉时，正。

胡紫阳再登赞礼台，精神抖擞四下一望，对满庭宾朋高声宣布："吉日良辰已到，新郎新娘入洞房！明灯！奏乐！鸣炮！"

刹那间，李家庄灯火通明，鼓乐喧天，爆竹轰响。

赞礼师手摇赞礼铃，高声颂着赞词。赞曰："寄相思兮于天地，歌大唐之盛时。念古辞于故庭兮，忆绕梁之清音。驾长舟于南湖兮，临清风之垂沐。得佳人于此处兮，感上苍之恩厚。踏月以迎宾客兮，奉美酒与香茗。凭栏以顾山水兮，叹造化之神功。揽娇妻以饮同杯兮，敬彼此相恩宠。携秀手以入爱河兮，笑此生之何幸。"

六礼既毕，昏礼仪式结束。

马正道作为媒婆，终于成了主角，由媒婆变成了喜婆，负责洞房闹喜。

洞房闹喜者，典籍谓之"戏妇"，民间俗称"闹洞房"。

马正公摇喜铃，前导。两侍女捧龙凤花烛，随行。

李白执彩带红花，喜滋滋牵着玉儿，在龙凤花烛照耀下，脚踏事先铺好的麻袋前行。

麻袋为五只，相连铺成"喜道"。新郎新娘过袋上，每走完五袋，喜婆即指示铺袋者，将走过的麻袋前移，依样重新铺好。

如此反复，即铺即走，直至花床前，寓意"传宗接代（袋）"。

进入洞房后，依男左女右序，新夫妇挨坐床沿上，称为"坐床"。

有全福婆子者，领六位老妈子入内。老妈子称为喜婆，人人脸上涂着喜红。众喜婆个个老俏，示全福婆子指挥而动，围着花床撒喜钱，称为"撒帐"。

所撒六铢钱，皆特制。上刻"长命富贵"字样，每十文缚条彩条，实为酬劳闹房者辛苦所得。

撒帐毕。

全福婆子持秤杆，秤杆若如意状。先叩一下玉儿额头，指指心窝；再叩一下李白额头，指指心窝……寓"称（秤）心如意"。

新郎稍坐即出，新娘换装，客人吃"换装汤果"。

六喜婆不能离开，需侍在洞房里，护卫着新娘。

新房内，马正公是唯一男性。六个老妈子不怀好意，挤眉弄眼将他围住，就势按在地上戏弄，浑身上下一阵乱摸。一屋妇人，放肆大笑。

玉儿换装毕，李白回坐床沿。

另有一老婆子，虽素颜，打扮得却很干净。笑呵呵端一簸箕，盛满红枣、花生、桂圆、莲子，大把大把抓起，不断抛向新郎新娘。

李白挨玉儿坐，彼此心跳可闻。见老婆子撒下干果，二人各捡红枣一枚、花生一管、桂圆一颗、莲子一牙，细细吃了。寓言"早生贵子"。

剩余许多干果，皆为闹房者分享。或当即食之，或揣入怀带回家，与家人享用。

唐时"闹房"，非专指闹洞房。喜房里闹得欢畅，大厅里筵席尤酣，众宾客吃酒也闹得欢。

四果撒毕，全福婆子领新夫妇前去筵厅行"拜见礼"。依亲疏、长幼行拜，称为"见大小"。拜时起乐，见长辈跪拜，敬酒三杯。与同辈则作揖，敬酒一杯。若有小辈拜见，新娘须给"见面钱"。

"见大小"毕，新郎留筵席上，与亲朋好友吃酒。新娘重回到洞房，举行"待筵"。玉儿是主子，坐了首席。四位作陪侍女，年龄与玉儿相仿，分列于席劝食。

玉儿饿了一天，早已腹中空空，却不会真吃，怕憋不住腹中物，让人笑话没家教。

酉时，三刻。

昏筵正席开始，这也有个名堂，叫作"贺新郎"。

百十位宾客，先举杯同贺。三杯后，再逐个与新郎对饮。

酒饮状元红，菜多鸳鸯名，乐奏百鸟朝凤，歌唱龙凤呈祥。

主贺者唱贺郎词，戏谑、祥和兼有。

闹至子时，昏筵始散。

李白躬立门外，拱手立阶沿上，一一送别宾客。

洞房内，喜婆子吃着干果，开始铺设喜床。一边铺置帐被，一边唱些祝词。

铺设喜床，铺被尤重。众婆子和着歌声，抓起大把干果，向床头床尾撒去。又将莲子、花生、红枣、桂圆四果，分置花床四角，用褥子一一压住，以示"早立子、花着生（有男有女），连生贵子。"

花床铺毕。六婆子小憩，讨吃一杯喜茶。

复绕花床慢行，边走边歌曰："铺床铺床，龙凤呈祥，夫妻恩爱，日子红亮。铺床铺床，儿孙满堂，先生贵子，再生女郎。铺床铺床，富贵堂皇，财源满地，米粮满仓。铺床铺床，喜气洋洋，万事皆乐，幸福吉祥。"

歌毕，再吃一杯喜茶。茶毕，两两为对，六人交叉续歌："一铺金玉满堂！二铺子女成双！三铺幸福安康！四铺龙凤呈祥！五铺五福临门！六铺六六大顺！七铺七彩人生！八铺发达兴旺！九铺地久天长！十铺十全十美！"

此"喜铺"结束式。

众婆子唱一句，玉儿便递个红包。

红包用绸缝制，装"开元通宝"钱。铜钱三五枚不等，视歌词吉祥给予。

也有狡黠者，领了红包并不离开，言下之意"喜"少了。玉儿图个吉利，大多添个红包给她。一干老婆子得了钱，喜笑颜开而去。

宾客散去，喜气依然。"李家庄"大红灯笼，透天彻地般通明。中庭百合盛开，洞房花烛正艳。玉儿坐床沿，静候李白回来。

李白今儿大喜，喝了不少酒，送走客人后，喜颠颠回到洞房。见玉儿一脸娇羞，忍不住抱在怀里。玉儿低着头，示意"结缨"未解。好你个李大郎，愣是喜昏了头哟，连这等大事也忘了。

李白咧嘴一笑，忙就着龙凤花烛，耐心解开"结缨"，就势将脸贴上去……

春宵一刻，花暖洞房。喜烛摇曳，点点落红……

第十章
唐玄宗元宵观灯　圣天子大驾卤簿

一

帝国京师，长安。

宽阔的护城河，蜿蜒曲折百八十里，玉带般绕郭而流。

河水清澈，波光粼粼。夹岸长林，柳荫蔽日，游人如织。

帝都雄伟壮阔，灿烂无与伦比。

东西两市、外郭城、宫城、皇城……方圆三百六十里，实乃天下第一大都会也！

外郭城为矩形，东西长二千九百丈，南北宽两千六百丈，周长一万一千丈。四面皆有三座城门，南面正门曰明德门，共五孔拱形通道，余者均为三孔拱形通道。

宫城为内城，位于郭城北部中央，亦为矩形。东西长八百四十六丈，南北宽四百四十八丈。中部为太极宫（隋大兴宫），正殿为太极殿（隋大兴殿），正东面为皇太子东宫，正西面为宫人所居的掖庭宫。

皇城接宫城之南，东西街七条，南北街五条，井然有序。左宗庙，右社稷，中央各部衙署，居皇城内。

国朝初，因"玄武门之变"，高祖被迫退位。太宗有愧于父皇，专门修大明宫，为高祖避暑之所。高祖李渊宾天后，大明宫一度闲置，后择为天子勤政处。

玄宗曾为临淄王，登上皇帝宝座后，即大兴土木，修缮扩建临淄王府，将其改造成兴庆宫。宫成，即诏告天下，移至兴庆宫听政，帝国政务中心随之迁徙，大明宫完成历史使命。

兴庆宫前院里，有一方形水塘，唤作"龙池"，又名兴庆池，占地六十亩之阔，荡荡水天一色。

龙池东面，建一座沉香亭，为大皇帝宴乐之所。南边建有长庆殿、龙堂、勤政务本楼、花萼相辉楼，为各部衙署及奏事之所。

兴庆宫后院里，建有两座大殿，一曰兴庆殿，一曰大同殿。两殿巍峨，功能却各不相同。兴庆殿居左，为兴庆宫主殿，乃大皇帝接见使节之所。大同殿居右，为大皇帝处理政务之所。

兴庆宫地位显赫，乃天子活动场所，位置皇城内正北面，禁卫森严。

沿兴庆宫往南，行九百九十九尺，即为皇城城门——朱雀门。

高大的朱雀门外，一广场甚阔，占地三百二十亩，号称天下第一广场。广场为帝国大庆场所，凡接见诸番酋长及使节，又或重大节日庆贺，皆于此隆重举行。

唐沿隋制，京师实施"宵禁"。夜里禁鼓一响，民众便禁止出行，犯夜禁者，必受律令处罚。

帝国恩威四海，自高祖兴国以降，各朝天子皆与民同乐。每逢元宵佳节，一律取消"夜禁"。即每年新春初十四、初十五、初十六，三日里皆"放夜"，举国欢庆"闹元宵"。故帝国闹元宵，成为全民狂欢节，因之扬名天下。

玄宗好大喜功，登基后第二年，即诏告天下，"闹元宵"成为国家重要庆典：不仅要全民"闹元宵"，更要全民张灯斗艳，皇家排练大型歌舞相助。长安灯市，一时冠绝宇内。

朝廷岁拨专款，置各色彩灯五万盏，大街小巷里，张灯结彩布红幔，全城一派喜气洋洋。

宫、皇二城外，有座安福门。门前，为皇家歌舞现场，阵仗让人叹为观止。所搭演出戏台，长八里许，绕帝国中央广场一周。

元宵三日期间，中央广场上，昼夜举行歌舞表演。鼓乐声声震天，通宵达旦不绝。表演队伍尤惊悚，演员多达三万余众。

皇家参演队伍，由万名宫女组成，个个华美艳丽，乃最炫目者。

京师近郊，有长安、万年两县，各自挑选五千名美丽少女，也人人红妆霓裳，组成地方表演队。

地方表演队并不示弱，与宫女表演队争奇斗艳，流水席般登台演出。

又有奏乐者，尤令人咋舌，皇家定制一万八千人，笙、箫、管、弦、锣、鼓、磬、钹，各色乐器应有尽有，合奏声百里可闻。

元宵节期，帝京大广场上，观灯者，听戏者，猜灯谜者，斗鸡斗狗者，杂耍弄幻术者……胡贾番商，方外酋长使节，游人数以百万计。长安城内，万人空巷。市井百姓，载歌载舞，彻夜尽情欢乐。

时人有诗赞云："火树银花合，星桥铁锁开。暗尘随马去，明月逐人来。游伎皆秾李，行歌尽落梅。金吾不禁夜，玉漏莫相催。"

开元十六年春，元宵节。

京师长安，春戏盛况空前，铺排尤胜往年。史载："金吾兵士身披黄金甲，短衣绣袍，盛列旗帜，陈仗而立；太常设乐，诸蕃酋长就食。教坊大陈山车旱船，寻橦走索、丸剑自抵、戏马斗鸡。还令宫女数百，自帷中出，击鼓起乐。又引数百匹大象、犀、牛、舞马入场为戏，热闹非凡。"

时，民多炫耀，又好斗富。

东市李达者，乃花炮始祖李畋之后。巧制"百枝灯笼"，高二十六丈，美轮美奂，巧夺天工。每每于元宵夜，招摇中央广场，光芒百里可见，岁岁占尽春戏风流。

玄宗好娱悦，尤喜豪奢。

国库里金银如山，皇帝便寻思，如何赢李达一回。高力士机敏，善溜须拍马，一门心思讨圣上欢喜。见天子闷闷不乐，知玄宗所思所想，便不惜花费重金，悄悄雇百名巧匠，打造了一座大灯楼。

大灯楼镏金镀银，豪侈无以复加。计有房屋二十二间，高二百八十尺，通体金碧辉煌。上置红灯三百六十五盏，寓意一年三百六十五日，天天红红火火。

兴庆殿高三十丈，乃帝国政务中心，也是天子赏灯最佳处。

依皇家礼制，天子不能随意出宫，故三日元宵晚会期间，只在初十五夜出赏灯，以示与民同乐。

戌时。玄宗着龙袍，登上兴庆殿。观礼台上，百官簇拥。首相宋璟、中书令张说、各部尚书，一一列坐恭陪。幽州节度使张守珪，作为边防藩镇代表，亦出席晚会观礼。

尤不可思议者，安禄山赫然在列。胡儿安禄山，时仅为一偏将，为何享此隆荣？谁不知道呢，偏将乃杂号将军，属最低等级将军，统兵不过三千。

看官实有不知，张守珪镇幽州，帝国北部安危全系于一身。张幽州喜胡儿骁勇，收其为义子。因之故，得以元宵观礼，与天子同台。

胡儿长得憨痴，立右后角落处，无限景仰地望着皇帝，始终不言不语。

皇帝眼高，怎会注意到他？左右环视间，不见内侍高力士。正纳闷儿，小高子哪里去了？

广场上，突人拥如潮，疾速闪出一条通道来。

刹那间，千千万万声爆竹炸响，万万千千朵焰火升天。但见灯火阑珊处，缓缓移来一座大灯楼。楼上，百灯千灯齐明，五光十色，变幻莫测。

观者如堵，欢声如雷。

玄宗大赞，好一座大灯楼！以为必李达杰作也。暗自叹喟不止，又让那小子占了魁首。哪知定睛一看，高力士正身着朝服，端立大灯楼上。四辕马车拉着他，神采飞扬地绕场而行。

大灯楼千变万幻，时而焰火喷射，时而彩带飘飞，时而鼓乐轰鸣，时而伎者翩跹。

尤令人叫绝者，灯楼顶端宝塔上，硕大一颗珠宝灯，不停地旋转着。灯火闪烁间，无数金字涌现，金光灿烂，遥远可睹。

"圣天子日月同辉，大皇帝天地同春。"

落款处，赫然"皇家御制"！

玄宗喜不自胜，暗赞高力士不已。这小子了不得也，硬是寡人肚里蛔虫，朕想啥他都知道！难得这份孝心，小高子肯搜肠刮肚，想出千般乐子来，曲意迎合自己高兴。自然留他在身边，以解众臣泼烦较真之声。

时有歌者许永新，歌喉似天籁，为帝国第一大乐师。每有国家盛典，必献曲于广场。与之同歌者，京师名伶念奴也，亦世间罕见尤物。二人正高歌，声音妙绝寰宇。然山涧溪响，怎敌大江怒涛！两歌者所歌，淹于千万人喧哗，连点回声也没有。

玄宗眉头一皱，停杯不饮，面呈不悦之色。

安禄山乃胡儿，胖乎乎貌似憨痴，却心明如镜。见皇帝不悦，早猜得玄宗心思，不待他人动作，自个儿急奔下楼，邀二乐者面圣而歌。

玄宗大喜，目示胡儿以表赞许。遂亲拨箜篌，为二乐师伴奏。

念奴上前，献旧曲《阳关三叠》。歌曰："渭城朝雨浥轻尘，客舍青青柳色新。劝君更尽一杯酒，西出阳关无故人。"

声似黄鹂，婉转动人。一楼之人闻歌，皆惊服。

玄宗听罢，却不甚欢喜。陈词老调，语多不祥，焉能博彩？

不待念奴唱毕，玄宗突张十指，急拨怀中箜篌，疾如骤雨打芭蕉。

胡儿不识音律，又居右后角落处，未见到玄宗脸色。听箜篌声急，以为激昂也，正待鼓掌叫好。

高力士一把拽住，不屑地盯他一眼，低声骂道："哪来的胡儿，忒不识礼数？愣是一个夯货！"安禄山被他一骂，恨得牙根直痒痒。眼里杀气一闪而没，脸上仍旧是憨憨的笑容。

张说看在眼里，莫名一阵惊惧。安禄山不简单呢，憨态里藏着凶残。若他日长势，如养父般成为藩镇，帝国繁花似锦的江山，早晚败于竖子之手！

奈何？中书令不是神，原本一番臆测，哪知一臆成谶。此为后话，暂时不表。

许永新为歌者，不关心帝国命运，更不会识人忠奸。见皇帝不悦，微笑着轻展歌喉，奉一新曲献上。歌颂曰："元宵烟花一万重，鳌山宫阙倚晴空，玉皇端拱彤云上，人物嬉游艳舞中。星转斗，驾回龙。五侯池馆醉东风。凤箫声动花月暖，春回大地万里红！"

玄宗闻歌，大悦。停了手中箜篌，亲斟一杯琼浆，递与许永新，以示奖赏。

许永新得赏，忙叩谢隆恩。文武百官皆倾慕，齐躬身相贺于他。

唯安禄山不屑，也不肯躬身贺之。

高力士怪他倨傲，低声叱道："胡儿岂可无理?!"

安禄山遭他再骂，突高声曰："禄山只识得皇帝，又不识乐师何人？为何贺他?!"

张守珪大惊，恐圣天子怪罪于己，正要呵斥。

玄宗笑笑，挥手止之曰："胡儿心里有朕，所语实憨厚可爱，当赏！"言毕，高擎一杯琼浆，赐予安禄山。

安禄山喜甚，大咧咧接过，仰头一饮而尽，却不叩头谢恩。百官大骇。

首相宋璟，视为不识国家大体。中书令张说，斥之为悖逆。一时，群情汹汹！

胡儿傲然不惧，谓大皇帝曰："臣不识朝廷大仪，但知拜天地双亲，为何要拜皇帝？"

百官听罢，震骇不已，恐祸及于己。纷纷伏于地，恳请皇帝宽恕。玄宗闻言，不愠反喜。言于胡儿："朕乃天下万民父母，尔为何不拜？"

胡儿一听，故作吃惊。嘀咕道："皇帝乃万民父母？恕臣不知，禄山罪该万死！"言毕，纳头便拜。

群臣见之，齐声大笑。玄宗亦大笑。

见皇帝欢喜，中书令张说忙近前，献《十五日夜御前口号踏歌词》："花萼楼前雨露新，长安城里太平人。龙衔火树千灯艳，鸡（吉）踏莲花万岁春！"

再颂曰："帝宫三五戏春台，行雨流风莫妒来。西域灯轮千影树，东华金阙万重开。"

听了张说的新词，玄宗龙颜大悦，脱口赞道："中书令颂得好词，博得今春元宵佳节头彩，当赏。众爱卿陪朕观灯有功，亦该奖赏！"

天子吩咐掌书记，按百官职衔高低，依序作好奖赏记录，以便他日论功行赏。

掌书记遵旨，一一登记在册。

玄宗亲执龙杯，当场又赏琼浆。

张说叩首，谢过大皇帝，先文武百官一步，吃了一杯赏酒。

百官依序叩谢，祝圣天子万寿无疆。然后转过身来，齐齐躬身面对张说，贺中书令博得今春头彩。

贺毕，同吃赏酒。

万民欢呼声中，玄宗领着众大臣，齐立观礼台上，高擎龙杯向天祈福：新年风调雨顺，天下万民安居乐业！

刹那间，帝国中央广场上，人流似海，歌声如潮。千万枝爆竹炸响，惊天动地不绝于耳；万千枚焰火升空，满天彩云绚丽夺目……

这正是：东风夜放花千树，香车宝马隘通衢。身闲不睹中兴盛，月色灯光满皇都。

二

唐制：春节大假，可休十六日。

玄宗与民同乐，整日里宴饮不辍，耍过了正月十六，哪还有心思打理朝政？

中书令张说上书，声称帝国驿馆内，数十位贺岁番酋及使节，还在等皇帝赏赐呢。

玄宗犯了春倦，听不得有人聒噪，一概不予搭理。

张说坚持不懈，三番五次上书，劝诫帝莫忘祖制。

原来自高祖以降，帝国便定下规矩：年初正月十八，须宴请外国使节，逐个赏些"春喜"，以示大唐恩威。

玄宗骇一跳，也是自己一时贪玩，竟忘了这件大事。忙打起十二分精神，令张说依昔年惯例，准时安排接见事宜。

宋璟时为首相，凡事为国着想。知玄宗好显摆，为赏万邦来仪之盛，年年抛撒帝国大量钱物。想起先贤相魏征语："彼以商贾来，则边人为之利；若宾客之，中国萧然耗矣。"急上书谏曰："今众番来朝贺岁，皆奔圣天子赏赐而来，非两国商贾互利，望皇帝明鉴。"

玄宗闻奏，深以为然。特诏告天下，叫停四夷组团贺岁事。

众番酋及数十使节，无端待在帝国驿馆里，虽每日好酒好肉吃喝，却久等不见皇帝召见，倒得了一纸不允贺岁之诏。心里犯了嘀咕，唐国富甲天下，咋变得这般小气了?

玄宗胸怀四海,绝非小气之人。私下商于宋璟、张说,叫二人想个法子,既打发这拨名为朝贡者、实为叫花子的泼皮胡儿,又不失邦交礼节。

宋璟献策,可效仿先皇太宗,以猎狩之计威伏四夷。曰:"大蒐于昆明池,番夷君长咸从。"

玄宗以为可行,唯形式老套无新意,难显大唐雄风。

张说补充说道,以"大驾卤簿"代猎狩,既可彰圣天子威仪,又能尽显大唐国威,以慑四方番夷。奏曰:"为保成功,日程可延后,惊蛰节为宜。"惊蛰,惊蛰,惊醒冬眠之蛰。寓四方番夷如冬虫,该醒醒了!

玄宗闻言,大喜。赞曰:"二爱卿竭诚为国,忠心可表!"当即口谕,封张说"大驾卤簿"使,全权负责"大仪"。

张说急忙伏地,谢主隆恩。内心却惶恐不安,大驾卤簿非同小可,需举国之力方可操办也。稍有差池,如何担待得起?

中书令出将入相,啥阵仗没见过,为何惊恐?

原来"大驾卤簿"者,本指商周时,记录天子出行护卫、随员及仪仗、服饰等的册籍。迨至秦汉、两晋后,演绎为皇帝出行的仪仗卫队。

东汉学者蔡邕,著《独断》记载:"天子有大驾、小驾、法驾。法驾上所乘,曰金根车,驾六马,有五时副车,皆驾四马,侍中参乘,属车三十六乘。"

考东、西两汉典礼:皇帝大驾由公卿引导,大将军随车护卫,掌管宫廷车马的太仆驾车,属车多达八十一乘,另有备车千乘(以防大驾、属车出故障),护卫骑兵一万二千人。法驾由京城长官引导,侍中随车,奉车郎驾车,属车三十六乘。小驾则由执事尚书一人侍从,属车十二乘。

自秦汉以降,到了隋唐两代,皇帝大驾规模空前,主要由导驾、引驾、前后护卫、前后鼓吹乐队、皇帝大驾组成。大驾卤簿仪式隆重,为帝国大典之最。

张说作为大典司仪,受到唐玄宗特别诏封,在大典筹备期间,拥有先斩后奏的特权,中央六部尽归其节制,要钱给钱,要人给人。

六部各部长官,深谙玄宗的心意,只要豪奢排场够,花钱再多也不足惜。设若办得小家子气了,必定会龙颜震怒,最终担责者是谁?自然张司仪说了算:某某某不予配合!

有了这番考量，大典筹备期间，各部大员莫不鼎助，生怕得罪了张说，被他参为不配合者，那样就麻烦大了。连位高权重的宋璟，也要让着他三分。特权通天，先斩后奏。

张说谈不上高兴，愈加谨言慎行，连觉也睡不踏实。整日虑着"大仪"，皇帝眼光极高，达不到他要的效果，咋办？

中书令聪慧过人，当年参加制科，策论天下第一，啥事情想不周全？每日排练完毕，必亲自向天子禀报。私下尤密交内侍高力士，百般打探玄宗的点滴语言，从中揣摩圣意，以便随时改进方案。

对于朝中权贵，张说不惜放低身段，百般周旋大员间，唯恐他人设置障碍，坏了大驾卤簿之仪。旬日内，焦虑，失眠，惊恐，无法正常起居。张说体重锐减，至少轻了十斤！经过千百遍排练，自觉效果大好，张说舒了一口气，心里有几分得意。

二月十八日，早朝。兴庆宫内，张说持笏专奏，请示玄宗大皇帝：惊蛰节准时举行大典，并邀诸番酋及使节观摩！

玄宗闻奏，知他操演"大仪"功成。见他瘦了一圈，口谕安抚道："张司仪日夜操持，辛苦多劳，准奏！"

二月二十日，惊蛰节。帝国中央广场，观者似蚁拥蜂攒，数以百万计。

辰时。赞礼台上，张司仪高声宣布：大典正式开始。

帝国雄风浩荡，果然不同凡响！

大驾卤簿气势恢宏，由三大仪仗方阵组成，六万禁军参与，潮水般排山倒海。

赞礼台高十丈，披红挂彩。张说立台上，口里衔个铜叫子，右手执红旗，左手执绿旗，指挥三大仪仗方阵，从西往东进行，依序过中央广场。

大驾卤簿如何威风，请瞧中央广场。

导驾仪仗：

"导引"由长安令（出京师，则由途经地方令担任）、太常卿、司徒、御史大夫、兵部尚书居前，称之为"六引"。然后是十二面"大纛"，大纛长丈二，宽九尺，需八人托持牵扯。

大纛后，为"清游队"，负责大驾清场工作。二百名清游成员，手持弓弩和槊，沿途驱逐围观障道者，又或清理道上障碍物。

紧随其后者，为执朱雀旗、持槊和弓弩的朱雀队。

朱雀队后，又是十二面大纛，号为"龙旗"：风伯、雨师旗各一，雷公、电母旗各一，木、火、土、金、水星旗各一，左、右摄提旗各一，另有北斗旗一面。

龙旗后，为大驾卤簿专用车队，总计有指南车、记里鼓车、白鹭车、鸾旗车、辟恶车、皮轩车。每车由四马牵引，有驾士十四人、匠人一名。

导驾仪仗毕。

引驾仪仗：

引驾仪仗为第二方阵，不同于导驾仪仗，主要以乐、仗为主，陪同皇帝出行的文武百官，位于此方阵中。

引驾仪仗前导为卫队，由十二排等距排列、手执横刀、弓箭的骑兵组成，称之为"引驾十二重"。

骑兵卫队后，为庞大的鼓吹乐队。

乐队前有两名鼓吹令，负责指挥乐队演奏。乐器以鼓为主，主要有㧖鼓、大鼓、铙鼓、节鼓、小鼓、羽葆鼓六种，计九百面之多，兼有吹奏乐器——笛、箫、筘、号筒"长鸣"和"中鸣"、大横吹（横笛）、筚篥（管乐器）三百六十支，另有大锣、金钲等打击乐器一百二十面。

乐队规模庞大，由一千五百人组成。

乐队后，为大型旗阵。旗阵阴翳蔽日，各色彩旗三千面，在队伍里猎猎飘扬。彩旗由幡（呈下垂状长方形旗帜）、幢（用各色羽毛装饰的旗帜）、旌旗（帝国军旗）组成。少数随行官员、皇帝御马，夹杂在旗阵中。

旗阵之后，又有两面巨型大旗——青龙旗和白虎旗，分列于左右两旁。两面旗帜之后，则为朝廷官员方阵，间或穿插有手持弓箭的骑兵，或手持刀枪的步甲兵。

引驾仪仗毕。

"大驾"仪仗：

引驾仪仗后，为天子所乘玉辂。天子玉辂四围，警卫森严，为仪仗队核心。

玄宗着黄色大龙袍，端坐玉辂上。玉辂由太仆卿驾驭，前后有八十位驾士

147

簇拥，两侧则由左、右卫大将军护驾。

天子玉辂所行处，观者齐呼万岁，欢声惊天动地。众番酋长、使节，立道旁专属区，见唐国皇帝玉辂至，有左手抚胸鞠躬者，有振臂高呼"天可汗"者，有热泪盈眶号啕者，有匍匐于地谢恩者……

紧随玉辂后的方阵，由禁军将领和宦官组成。在这些护驾官员的外围，布列着十六队禁军骑兵和步卒。每队禁兵人数不等，多则百二十人，少则六十人，皆由禁军将军率领。禁兵配备有弓、箭、刀等兵器，随时准备应对突发事件。

禁兵后面者，为"掌扇队"。古时称掌扇为谑，故又称"谑队"。一如皇帝宝座后宫女所执掌扇，象征天子尊贵与威严。"掌扇队"鲜艳夺目，由孔雀扇、小团扇、方扇、黄麾、绛麾、玄武幢组成。

以天子玉辂为核心，其后还有一支小型乐队，有个名堂叫"后部鼓吹"。小乐队所配置的各色乐器，与玉辂前的鼓吹乐队一致，只是规模相对较小，但也有六百人之众。

紧随着"后部鼓吹"，为皇帝专用车队（车驾），包括方辇、小辇、腰辇、金辂、象辂、革辂、五副辂、耕根车、安车、四望车、羊车、属车、黄钺车、豹尾车。车驾为天子专用，一千九百九十名甲胄兵士，在左、右威卫折冲都尉率领下，四行横排队列前进，分别持大戟、刀盾、弓箭及弩，尾随豹尾车作为掩后。

天子车驾乃空载，谁敢僭越乘坐？然均由九匹大马牵引，各有六名驾士随从。

仪仗最后，为后卫部队。

后卫部队又为三个方阵，最前面者为左、右厢步甲队，由两位大将军率领，计有甲兵六百名。余下两个方阵，以一面旌旗为前导，士兵均头戴兜鍪，身披重型铠甲，手持弓或刀、盾，两队兵士装束完全一致，服饰均为同一深褐颜色，相间等距排列行进。两队间又有左、右厢黄麾仗，分为十二行前进，分别手持弓、刀、戟、盾，五颜六色的孔雀氅、鹅毛氅、鸡毛氅间杂其间。

黄麾仗后为殳仗，"殳"为上古仪卫兵器，一百六十人的殳仗，显得无比雄伟。

殳仗后，为诸卫马队旗兵、左右厢骑兵旗队组成的旗阵，计有大旗一千六百面。每面旗上，绘有不同传说神怪，诸如辟邪、玉马、黄龙、麒麟、龙马、三角兽、玄武、金牛，等等。

旗阵后，又是步甲兵组成的黄麾仗，规模等同前仗，计有六百骑兵护卫。

大驾卤簿众仪仗方阵，在张司仪指挥下，有条不紊通过帝国广场。

盛典始于辰，终于午，耗时两个时辰。

民众山呼海啸，旗、幡、幢、麾掩映日光，鼓、锣、铛、钹惊天动地。正所谓：刀枪林立撼日月，甲光鳞鳞映长空。四夷齐呼天可汗，万里大唐万国雄！

三

春三月，和风淡荡。

京郊，渭河两岸，柳丝闲垂。

"早点苞谷"，"早点苞谷"，四声杜鹃声声悦耳，山谷间叫得欢快。春阳下，麦苗翠绿带露，碧玉般千里平畴。菜花盈阡溢亩，金灿灿一望无际。

唐制，春分时节，天子出宫春游，谓之"巡青"。意即查看农禾长势，体察民间疾苦。

开元间，风调雨顺，国泰民安，各地频报祥瑞。玄宗谨遵祖制，每岁春分时节，必领文武百官，出宫"巡青"。一行百十人，为避排场过大扰民，皆轻装奔驰。

玄宗久居禁中，难免身心疲倦。一旦出得宫来，天广地阔间，心情自然欢愉。

巳时，三刻。玄宗巡至灞桥。

长安、万年二令，恭迎于桥头。见玄宗踏马过桥，长安令忙上前，躬身呈报曰："吾皇万岁万岁万万岁！乡民张旺财家，一禾生九穗，穗长径尺，请大皇帝谕示！"

万年令不甘落后，亦急忙躬身禀报，喜洋洋奏曰："吾皇万岁万岁万万岁，孝廉罗长富家，一树杏花着百色，朵大如碗，请大皇帝谕示！"

百官以为祥瑞，跪一地请封。

春风淡荡拂面，百鸟和鸣悦耳，玄宗满脸喜悦，当即口谕：敕建长安县嘉禾堂，敕建万年县百花楼。二令呈报祥瑞当赏，着令掌书记录入功名簿，以待他日补缺晋爵。

得了天子口谕，二令受宠若惊，齐齐匍匐于地，叩谢圣天子隆恩："吾皇天威神武，万岁万岁万万岁！"

长安、万年二令讨了赏，文武百官满眼羡慕。为人臣者，莫不以天子恩宠为荣！

吏部尚书裴灌跪前排，见天子心情上佳，想起元宵张说献新词，中头彩而获"大驾卤簿"使，占尽天下人臣风光。今又见二令报祥瑞得封，顿时有了主意。

裴尚书忙起身，以帝国理化升平、时谷屡稔、大皇帝治世有功为奏，请圣天子封禅泰山："（大皇帝）握符提象，出震乘图。英威迈于百王，至德加于四海。梯航接武，毕尽戎夷之献；耕凿终欢，不知尧舜之力。恶除氛沴，增日月之光辉；庆袭休荣，杂烟花之气色。灵物绍至，休祥沓委。江茅将黍均芳，双觡与一茎齐烈。"

奏毕，伏地不动。

朝中百官，一向争宠。所上奏章，多甜言蜜语，以搏天子欢心。今裴灌"封禅"之奏，将大皇帝比作尧舜，心想必得恩赏，便齐声高赞。

唐玄宗闻奏，满心欢喜不已，却谦让不准允："自中朝有故，国步艰难。天祚我唐，大命集于圣贞皇帝。朕承奉丕业，十有余年，德未加于百姓，化未覃于四海。将何以拟鸿烈于先帝，报成功于上元？至若尧舜禹汤之茂躅，轩后周文之遗范，非朕之能逮也。其有日月之瑞，风云之祥，则宗庙社稷之余庆也。天平地成，人和岁稔，则群公卿士之任职也。抚躬内省，朕何有焉？难违兆庶之情，未议封崇之礼。"

宋璟一代贤相，闻大皇帝所言，由衷敬爱天子圣明，忙领着百官，山呼万岁。

众文武齐赞："吾皇英武神明，实乃大唐之幸、黎民之福矣！"

幸逢盛世，又遇明君，宋璟既为自己高兴，尤为天下百姓欣喜。得裴尚书启示，心里有了想法，欲力促玄宗封禅泰山。

是夜，大雨倾盆。宋璟不避豪雨，先到尚书第，密会裴尚书，使其知会天下府州衙门，火速上书奏请天子封禅。又来到中书令邸，与张说私下相谋，让他明日早朝时，复奏封禅事宜。张说应诺，思虑一夜，辗转不眠。至三更天时，精心拟一奏折。

翌日晨，雨过天晴。

卯时。玄宗临朝，登坐龙椅。首礼太监唱曰："圣天子驾临，列班大臣依序奏报。"

宋璟忙使眼色，让张说先奏。依官场职秩论，列班大臣朝奏，莫不视首相眼色行事。今见他暗示中书令，皆知趣地站着不动。

受到宋首相怂恿，张说也不推辞，双手捧持朝笏，出班朗声奏报。

奏曰："陛下靖多难，尊先朝，天所启也。承大统，临万邦，天所命也。焉可不涉东岱、禅云亭，报上玄之灵恩，绍高宗之洪烈，则天地之意，宗庙之心，将何以克厌哉！且陛下即位以来，十有四载，创九庙，礼三郊，大舜之孝敬也；敦九族，友兄弟，文五之慈惠也；卑宫室，菲饮食，夏禹之恭俭也；道稽古，德日新，帝尧之文思也；怜黔首，惠苍生，成汤之深仁也；化玄漠，风太和，轩皇之至理也。至于日月星辰，山河草木，羽毛麟介，穷祥极瑞，盖以荐至而为尝，众多而不录。正以天平地成，人和岁稔，可以报于神明矣。"

武后临朝时，张说即以文名显达，策论天下第一，时人谓之"燕许大手笔"。适才所奏封禅文，析理清楚，颂扬恰到好处。

玄宗闻奏，仍不允。谦言曰："朕以眇身，托王公之上，夙夜祗惧，恐不克胜，幸赖群公，以保社稷。"

宋璟忙出列，持笏躬身上前，小心翼翼禀奏道："各道、府上书千余，奏请吾皇万万岁，早日封禅泰山，此乃民意也，臣恳圣天子准允。"

黄门侍郎源乾曜，听宋首相一奏，也急忙持笏相奏："吾大唐国四海升平，八方祥瑞频报，大皇帝封禅泰山乃天意也，臣恳吾皇恩准！"

众大臣一听，齐跪地齐奏："恭请吾皇顺天意，合民心，准允泰山封禅！"

玄宗依然不允，再次言曰："朕承奉宗庙，恐不克胜。未能使四海从安，此理未定也；未能使百蛮效职，此功未成也。"

众臣面面相觑，不知如何收场。宋璟无奈，只得示意众僚退朝，独将黄门侍郎源乾曜、中书令张说、吏部尚书裴漼留下，与自己一同专奏。

张说知其意，定要玄宗奏准。细思先前所奏，多言天时、地利、人和，唯独未论及宗庙社稷。遂再奏道："稽天意以固辞，违人事以久让，是和平而不崇昭报，至理而阙荐祖宗。"

中书令说得绝，不去泰山封禅，就对不起祖宗，更有悖天意了。

玄宗闻奏，哑口无言。当下回心转意，接受了封禅之请，命四大臣起草，即日颁布《允行封禅诏》。

诏曰："朕昔戡多难，禀略先朝，虔奉慈旨，嗣膺丕业。是用创九庙以申孝敬，礼二郊以展严禋。宝菽粟于水火，捐珠玉于山谷。兢兢业业，非敢追美前王；日慎一日，实以奉遵遗训。至于巡狩大典，封禅鸿名，顾惟寡薄，未惶时迈，十四载于兹矣。今百谷有年，五材无眚。刑罚不用，礼义兴行。和气氤氲，淳风淡泊。蛮夷戎狄，殊方异类，重译而至者，日月于阙庭。奇兽神禽，甘露醴泉，穷祥极瑞者，朝夕于林籔。王公卿士，罄乃诚于中；鸿生硕儒，献其书于外。莫不以神祇合契，兆同心。斯皆烈祖圣考，垂裕馀庆。故朕得荷皇天之景祐，赖祖庙之介福，敢以眇身，而专其让？是以敬承群议，宏此大猷，以光我高祖之丕图，以绍我太宗之鸿业。"

四

封禅乃国之大仪，天子诏令一出，帝国朝野轰动。

各地祝词贺书，雪花般飞向京师。

朝中文武百官，突然缄默不语。明里笑脸相迎，暗里互相提防，都惦记着封禅使一职，终不知花落谁家！

玄宗心尤烦，为此大费周章。论资历人望德行，非首相宋璟莫属。然此次东巡泰山，时间长达两月余，京畿重地由谁留守？思虑再三，考量宋璟老成持重，留守京师最为适合。

玄宗打定主意，秘宣宋璟入宫，相商封禅使事。宋璟忠心为主，不欲有任何私念，便极力推荐张说，由他任封禅使最适宜。

玄宗点头称是，暗赞宋璟虑事周全。帝国除首相外，尚有左、右相六人。任命谁都不妥，难免会相互攀比，引起不必要的争斗。

张说为中书令，德行人望颇佳，又曾为大驾卤簿司仪，由他担当封禅使，别人没得话说，确为最佳人选。

玄宗不再犹豫，立即诏告天下：宋璟为京师留守使，张说为封禅使。

诏示一出，众皆咸服。

天子封禅泰山，闹心事实在不少，尤让人泼烦的是，李唐祖制有规定，准允皇后随驾封禅。然而高宗时，武后随驾封禅东岳后，翌年即篡位称帝，国人为之议论纷纷，谓泰山乃祭天圣地，妇人登临有悖日月，必会祸乱朝纲！

开元间，政通人和，帝国如日中天。玄宗虽居庙堂，却也知道民间所议，心思便十分复杂。

张说既为封禅使，又知皇帝心思，便大胆提议"革正"：不让皇后随驾封禅。奏曰："天后为亚献，上玄不祐，遂有天授易姓之事，宗社中圮，公族诛灭，皆由此也。韦氏为亚献，皆以妇人升坛执笾豆，渫黩穹苍，享祀不洁。未及逾年，国有内难。……今主上尊天敬神，事资革正。斯礼以睿宗大圣贞皇帝配皇地祇，侑神作主。"

封禅使此议，可谓胆大包天，视皇后参与祭祀，为帝国祸乱之根由。玄宗闻言，不怒反喜，二话不说，即从其议。

宋璟心明如镜，却不说破张说心思。张说既为封禅使，反对皇后随驾，实有去繁从简之意："主上尊天敬神，事资革正。"

为何要革正？

别看他说得轻巧，实则另有谋算。先前任大驾卤簿使，累得人都变了形，今次天子封禅泰山，事体百倍于大驾卤簿，还不累死如狗？

宋璟欣赏张说，却不料他敢于革正。也是中书令才智高绝，摸准了大皇帝心思，不仅"革"掉了皇后随驾，也"正"确了山上山下仪式之争。二者皆唐玄宗心结，张说所奏的"革正"方案，正搔到了大皇帝痒处。

百官多昏聩，哪里看得懂？封禅使不让皇后随驾，又力主山上"三献"，究竟要干什么？

正所谓无事是非多，有事是非更多。泰山封禅，兹事体大，朝野上下，难免议论纷纷。

张说装着没听见，一概不予理会，他不仅要革正，还想革正"大驾"。若能"大驾"改"法驾"，随行人员便减了大半，烦琐事必定倍减，于国于民于己，都大有裨益，为什么不革正呢？然而这般"革正"，触及了李唐祖制，真要实行起来，谈何容易？

张说左思右想，始终不得要领，最后想到了玉真公主。遂连夜造访玉真观，密会公主殿下。在"无上真"（公主道号）陪同下，秘密拜访司马承祯。司马氏道行高深，既是玉真的道师，也是玄宗帝的道师，于帝国的方略大事，往往一言九鼎。

司马承祯迎入，始终含笑不语。唯手心写一"天"字，秘密示与张说。

张说一见，松了一口气。是啊，上天之意，岂不可违？既然如此，还得有帮腔的人，才可能事半功倍。司马承祯再授一计，让他去找贺知章。

四明狂客？

贺知章有大才，又为朝廷礼官学士，却一时无晋阶途径，整日待在玉真观里，围着玉真公主打转转。张说得了计，欢天喜地而去。

翌日，早朝。张说奏于唐玄宗：封禅国之大典，不敢有违祖制，为示"革正"依规合法，可召宰臣公开对议。

玄宗闻奏，哪能不欢喜？张说之奏，正去了自己的心病。前几日从了"革正"之议，仍担心国人不解，恐遭到无端非议。今得中书令谏议，帝龙颜大悦，当即准奏。

六月，初六日。兴庆宫。

众宰臣齐聚，对议于勤政殿，贺知章列坐其间。

唐玄宗不知委曲，假装没有看见，故意言"灵山好静，不欲喧嚣"，欲初献于山上坛，亚献、终献于山下坛。"众爱卿对议，不必拘泥，尽可畅言"。

贺知章胸有成竹，起身奏曰："昊天上帝，君位；五方时帝，臣位；帝号虽同，而君臣异位。陛下享君位于山上，群臣祀臣位于山下，诚足以垂范来叶，为变礼之大者也。礼成于三，初献、亚、终，合于一处。"

四明狂客对得好，不仅言之确凿，典出有根有据，而且以"天"意说事，不容有任何置疑。

张说窃喜。玄宗闻言,尤大喜。笑曰:"朕正欲如是。"当即口谕,敕三献于山上行事,五方帝及诸神座于山下行事。

众宰臣闻谕,一时都蒙了头。不是初献山上、亚献终献山下吗?怎么"三献于山上"了?实不知天子的心思,为何突然间转了弯。

唐高宗李治封禅泰山,让武后参加亚献,最终导致武氏篡位,坏了李唐王朝的正统。史籍记载甚详:"三年正月,帝亲享昊天上帝于山下,封祀之坛,如圆丘之仪。"

唐玄宗恐蹈覆辙,心里便想着必须"革正",不仅不让皇后随驾,还要革正祭祀地点。

贺知章心知肚明,主张"三献"改到山上,正是唐玄宗李隆基心里所思,更是中书令张说所想,故而有了以下对词:"昊天上帝,君位;五方时帝,臣位……陛下享君位于山上,群臣祀臣位于山下,诚足以垂范来叶,为变理之大者也。"道理正大光明,较之张说之议——皇后参加封禅,为祸乱根由说,要体面得多。

众宰臣想不明白,相互窃窃私语。玄宗不予理会,续曰:"玉牒之文,前代帝王,何故秘之?"

贺知章复对曰:"玉牒本通神明,前代帝王,所求各异,或祷年算,或思神仙,其事微秘,是故莫知之。"

玄宗闻言,尤赞许有加,口谕曰:"朕今此行,皆为苍生祈福,更无秘请。宜将玉牒出示百僚,使知朕意。"

宋璟老于世故,封禅《玉牒文》宣与不宣,实在大有讲究。前代帝王封禅泰山,私德也。今之天子封禅,公德也!

贺知章说得尤其好,"前代帝王,所求各异,或祷年算,或思神仙"。《玉牒文》宣之何益?自然秘而不宣了。

当今天子则不同,"封祀岱岳,谢成于天。子孙百禄,苍生受福"。玄宗光明磊落,公开向世人宣称:"朕今此行,皆为苍生祈福,更无秘请。"《玉牒文》公宣于众,定得民众的拥戴,为什么不公开宣示天下?

勤政殿上,宰臣对议,让"革正"最终名正言顺。

唯大驾改法驾事,张说作为封禅使,怎么也说不出口,他害怕皇帝不允,更害怕朝中大臣非议。一时心里苦甚，急得额头直冒汗，只顾拿眼来撩宋相。

宋璟微微一笑，忙以"大驾东巡，恐突厥乘间入寇"为由，奏请增加二议：一为天子东巡，加兵守边；二为东巡仪仗，改大驾为法驾，可减轻扰民，多留兵士卫京。

对议已达目的，玄宗心情大好，见宋首相增议，不待众臣开口，笑呵呵准奏。

宋璟心喜，今上果然明君！急忙领着众大臣，齐声高呼："吾皇万寿无疆！"

张说尤喜，以封禅使身份宣布：皇帝泰山封禅日，为十二月十六日。

天子东巡，事关社稷安危。由玉真公主鼎荐，司马承祯代天监官推演，十月十八日为旺日，定为天子出巡吉日。

是日，风和日丽。辰时，天子法驾出宫。

史载："壬辰（十八日），玄宗御朝观之帐殿，大备陈布。文武百僚，二王后，孔子后，诸方朝集使，岳牧举贤良及儒生、文士上赋颂者，戎狄夷蛮羌胡朝献之国，突厥颉利发，契丹、奚等王，大食、谢、五天十姓、崑崙、日本、新罗靺之侍子及使，内臣之番，高丽朝鲜王，百济带方王，十姓摩阿史那兴昔可汗，三十姓左右贤王，日南、西竺、凿齿、雕题、牂柯、乌浒之酋长，咸在位。"

帝国天子法驾东巡，三仪仗方阵格外分明，不敢有丝毫的简化。

导引仪式，为七色马队。每色马各一千匹，远望如彩云追月。

随行百官、禁军卫队、鼓乐吹奏，计一万二千人，规模略小于大驾。

法驾所到处，鼓乐喧天，甲光映日，百姓伏道相迎。

十一月，二十五日。天子封禅法驾，行至岳西。

张说奏请天子，驻跸来苏顿。

午时，一刻。玄宗正用膳。

天空黑云翻滚，突起一阵狂风，从东北角呼啸而来。

呼啦啦，自午至昏，恶风所至，草木尽折。东巡队伍所搭帐篷，悉数被撕破，支柱全部折断。

鲁西之地，既不临海，又不濒江，晚秋初冬时节，何来的东北风？恶风甚怪，剧烈刚猛，突如其来！

随从百官皆惊，暗自以为不祥，不知张说如何应对。

自壬辰日出京师，已近二十三日。每日里，张说忙得焦头烂额，遇此怪风一刮，大队人马乱作一团，封禅使不忧反喜，下令着力护好天子大帐，让玄宗做个定海神针，以免引起更大骚乱。又去诸番王酋长帐里，逐一安抚劳慰。

好一番忙活后，张说这才下达通告，命护卫兵士列队，亲自到阵前训话。

护驾东巡各卫，皆京师大内禁军，部队军纪严明。三军整肃，皆列方阵。中军白裳、白旗、素甲、白羽之矰，望之如荼；左军赤裳、赤旗、丹甲、朱羽之矰，望之如火；右军玄裳、玄旗、黑甲、乌羽之矰，望之如墨。

三军甲胄鲜明，挺立在天子大帐前。见封禅使引百官至，齐声振臂欢呼，矛盾互击声惊天动地！

张说巡视阵前，威风凛凛不可犯，对三军将朗声说道："皇帝天之骄子，今御驾东巡封禅，定然惊天动地。适才大风者，必东海之神迎驾也！"

当真好说辞，似这番心思缜实，果不负策论天下第一的名头！随从百官心服口服，三军将士莫不敬佩。

似有神焉，封禅使话音刚落，刹那间风清气正，满天祥云缭绕。三军众将士，顿时欢声雷动，再次振臂高呼："吾皇万岁！万岁！万万岁！"

众番酋、使节以为神，纷纷拜伏天子大帐前，齐呼"天可汗"。

玄宗大悦，着令即刻起拔，直接到泰山安营。

是夜，为斋戒夜。玄宗遵制，斋戒。

酉时。一众华服宫娥，奉封禅使之命，为皇帝更衣洗浴。

浴池里，撒满花瓣。氤氲之气，缭绕弥漫。方入池，玄宗正待解衣。大帐外，突狂风再起，呼啸之声，令人胆战心惊。刹那间，气温陡降，寒冷彻骨。

众宫娥几仆地，一时灯烛俱灭，黑沉沉不辨东西。皇帝匆忙浴毕，出帐肃立夜露下，不饮不食不动，一直站到夜半子时。

玄宗仰望天宇，漆黑不见星月，心怀无限敬畏，向天默默祷告："某身有过，请即降罚。若万人无福，亦请某当罪。兵马辛苦，乞停风寒。"

皇帝祈祷毕，果然风静树止，山间气温回暖。

封禅使大喜，急命禁军布兵。卫队遵令，从山脚排列至山顶。火烛映红天地，笙箫鼓乐，彻夜不绝。

翌日晨。卯时，一刻。红日东升，霞光万丈，东岳金碧辉煌。

封禅广场上，一字形布着三坛，曰朝觐坛，曰封祀坛，曰社稷坛。

社稷坛最大，坛高一丈八尺，上设先农神牌。神牌高二尺四寸，宽六寸。坛座高五寸，宽九寸五分，红牌金字。

四围，幔帐垂幕，重重叠叠。

仪注祭品累累，分列高坛两旁。总计有香、花、灯、水、果、茶、食、宝、珠、衣"十供养"和猪、牛、羊"三牲"。另有纸扎金马一对，碧鸡一对。

社稷坛前，为鼓吹乐部专位，规模与大驾卤簿一致。

卯时，三刻。

封禅使示意，四彩衣童子，先献一方红绸，覆先农神牌上。再置鲜花若干，簇拥神牌四围。是为"安圣"。

辰时。

封禅使右手指天，礼乐队得令，射冲天焰火一万发，又爆竹一万响。爆竹声中，封禅使高声宣布，"封禅大典"正式开始。

玄宗帝净手，正衣冠，由封禅使引领，来到"朝觐坛"前，颂敬天祀地祝文。

祝文云："唯神奠安九土，粒食万邦，分五色以表封圻，育三农而播稼穑，恭承守土，敢忘劳民。谨奉彝章，敬修祀典。唯愿五风十雨，嘉祥永沐于神庥；芃芃黍苗，佑神仓于不匮。尚飨。"

颂毕，依序"三献"。

一献"十供养"，二献"三牲"，三献金马碧鸡。

封禅使复指天，千六百名乐师见状，鼓吹顿起，七奏"丰收"大乐。

朝觐坛前，笙、箫、笛、笳、横吹、号筒、竽篥、云锣、金钲、大鼓、小鼓齐鸣。

初奏迎神乐，演奏"永丰"之章。

玄宗率领百官，齐唱"受福"颂词。

词曰：句芒秉令，土牛是驱，天下一人，苍龙驾车。念彼田畴，民命所需。生民有德，尚式临诸。

二奏奠帛初献乐，演奏"时丰"之章。

玄宗初献，百官齐唱"初献词"。

词曰：先农神哉，耒耜教民。田祖灵哉，稼穑是亲。功德深厚，天地同仁。肃将币帛，肇举明禋。厥初生民，万汇莫辩。神锡之庥，嘉种广诞。执兹醴齐，农功益见。玉瓒椒醑，肃雍举奠。

三奏亚献乐，演奏"咸丰"之章。

玄宗又献，百官唱"亚献"词。

词曰：上原下隰，百谷盈上。粒我生民，秀良兴起。乐舞具备，吹豳称咒。再跻以献，肴馨酒旨。

四奏终献乐，演奏"大丰"之章。

玄宗依例三献，百官再唱"终献"词。

词曰：穈芑秬秠，维神所贻。以神飨神，曰予将之。秉耒三推，东作允宜。五风十雨，率土何私。

五奏彻馔乐，演奏"屡丰"之章。

玄宗"三献"毕，领百官齐唱：于皇农事，自古为烈。莫敢不承，今兹欣悦。笾豆既丰，簠簋云洁。神视开疆，执事告彻。

六奏送神乐，演奏"报丰"之章。

玄宗再领百官齐唱：麻麦芃芃，秔稻连阡。纵横万里，皆神所赡。人歌鼓复，史载有年。岁有常典，福禄绵延。

七奏望瘗乐，演奏"庆丰"之章。

玄宗登社稷坛，率百官领一山军民，齐声赞唱谢福"望瘗"：玉版苍币，来监来歆。敬之重之，藏于厚深。典礼由古，予行至今。乐之利之，国以永宁。

"丰收"大乐毕。

在封禅使引领下，大皇帝来到封祀坛前，再次拜祭天地。

礼毕。

玄宗肃立封祀坛前，高颂封禅《玉牒文》。

文云："有唐嗣天子臣某，敢昭告于昊天上帝：天启李氏，运兴土德。高祖太宗，受命立极。高宗升中，六合殷盛，中宗绍复，继体丕定。上帝眷祐，锡臣忠武。底绥内难，推戴圣父。恭承大宝，十有三年，敬若天意，四海晏然。

封祀岱岳，谢成于天。子孙百禄，苍生受福。"

《玉牒文》颂毕，岱宗上下，掌声、欢呼声、歌咏声，如雷鸣般响起。

"封禅大典"大获成功。

大皇帝感恩天地，令封禅使张说撰《封祀坛颂》，源乾曜撰《社首坛颂》，苏颋撰《朝觐坛颂》，勒铭以记其盛。

玄宗亲撰亲书《纪泰山铭》，摩崖石刻于岱岳大观峰上。

铭曰：维天生人，立君以理。维君受命，奉天为子，代去不留，人来无已。德凉者灭，道高斯起。赫赫高祖，明明太宗，爰革隋政，奄有万邦。罄天张宇，尽地开封，武称有截，文表时邕。高宗稽古，德施周溥，茫茫九夷，削平一鼓。礼备封禅，功齐舜禹。岩岩岱宗，衍我神主。中宗绍运，旧邦惟新。睿宗继明，天下归仁。恭已南面，氤氲化淳。告成之礼，留诸后人。缅余小子，重基五圣，匪功伐高，匪德矜盛，钦若祀典，丕承永命，至诚动天，福我万姓。古封泰山，七十二君，或禅奕奕，或禅云云，其迹不见，其名可闻。祇遹文祖，光昭旧勋。方士虚诞，儒书龌龊，佚后求仙，诬神检玉。秦灾风雨，汉污编录，德未合天，或承之辱。道在观政，名非从欲。铭心绝岩，摇告群岳。

第十一章
韩刺史鼎力荐才　大猎赋颂扬圣恩

一

白兆山，李家小院。

曲溪抱村，烟迷垂杨。

李白躺竹椅上，惬意地喝着茶。麦风袅袅，酥酥地让人心痒。

前日去隆中，孟夫子谈起封禅事，李白一双眼里，满是向往之色。

玉儿已为人娘，早褪尽往日青涩，没有人再唤她玉儿，乡邻们大多叫她许大嫂。

许大嫂很幸福，乐意被人这么叫，像只端庄的老母鸡，呵护着自己三个崽伢。

李白仍呼她玉儿，呼时眉梢都在笑。

李白也很幸福，不愁吃不愁穿，一日三餐有堂客管着，隔三岔五弄桌菜，招呼哥儿几个来小院里喝台酒。除吟诵风月外，也借酒骂骂官家人。

日子过得悠闲，岁月便显得短了。

李白极守信诺，哪怕大母已经过世，崽伢也没一个姓李。

大姑娘六岁了，名是玉儿取的，叫作"平阳"。大儿子四岁，名字叫作"伯禽"，小名取得怪，叫个"明月奴"。小儿子尚不足两岁，正满院坝里乱爬，名儿叫个"天然"，小名儿"颇黎"。

马正公依旧诙谐，私下取笑李白：狗不忘屎，人不忘根。

李白自己也承认，三个伢崽之名，虽未冠之李姓，却源自遥远的故乡。盖因碎叶一地，盛行火教和明教，尤崇拜日月水火。故李白一女二子，皆以日月名之。

孟浩然来时，玉儿正汲二桶水，欢快叫一声"稀客"。

李白听见了，笑呵呵迎出来。扭头唤大姑娘，拖条板凳过来，让孟伯伯坐下喝茶。

孟浩然刚坐定，又言起封禅事，说得唾沫四溅。李白着了迷，听得津津有味。

村外，青石官道上，飞驰而来三骑，远远卷起一路黄尘。马上三人，正是李皓、胡紫阳、马正公。见了孟浩然，三人齐大笑。

孟夫子一愣，自己洗了脸的哟，又不是花猫，何故冲我发笑？

李白心里一默，已知三人笑因，笑呵呵说道："三位仁兄打赌，必是从兄输了。"

马正公翻身下马，答道："正是！我与逸人言，孟夫子必在大郎处，李少府他不信。"

李皓随之落马，笑呵呵言道："非马兄之功，逸人神机妙算哈。"

胡紫阳摇摇手，谦让道："非某神机妙算，实乃许大嫂厨艺相诱，正该我等今日吃酒。"

孟浩然始明原因，忍不住哈哈大笑。众兄弟皆达人，早知了天子封禅事，故来白兆山相聚呢。

李白心情大好，叫玉儿停止了洗衣，去厨房准备午餐。

玉儿扬起头来，一脸的灿烂笑容，应声倒掉盆中的污水，让衣服继续堆在里面，待会儿再来作清洗。甩掉手上的渍水，在围腰上擦得干净，过来一一见过叔叔，就去了厨间操作。

李白又呼平阳。平阳走过来。

李白掏出十串铁钱，笑呵呵递给大姑娘，让她去村外的酒肆里，沽一坛"巴陵春"回来。

李皓过意不去，执意要给酒钱。

李白哪里肯依？嘴里嗔怪道："从兄恁客气，小弟虽为草民，哪会缺了酒钱？"

李皓听罢，手里执着两贯钱，不知如何是好。

马正公见了，咧嘴一哂，上前一把夺过去，抖抖装入自己腰袋，戏谑地说道："我说李少府，何必寒酸人呢？有钱请我们便是。谁不知大郎笔头硬，今春四处卖笔墨，润格少得了十万金？"

李少府闻言，尴尬地笑笑。李白也笑，果如马正公所言，一个春节下来，是得了不少润格呢。

五个人围坐吃茶，暖暖地晒着太阳。众兄弟今日所言，话题离不开唐玄宗泰山封禅事，每每说到激动处，无不两眼放光。

李皓身为吏员，心情格外激动，大声武气地说道："圣天子德政天下，我大唐国泰民安，皇帝封禅泰山，实乃国之大幸，民之大福矣！"

胡紫阳接过话茬，一本正经地说："古之帝王，德佩千秋者，莫不泰山封禅。吾皇倡开元之盛，德比尧舜，功盖秦皇汉武，实不为过也。"

孟夫子频点头，却只顾倾听，始终不发一言。马正公暗揣，孟兄曾遭"明主弃"，莫非心里有了阴影？故意拣好听的话说："孟夫子曾入京师，与封禅使张说交厚，愿闻大兄指点一二。"

李白傲性，却素服孟浩然。关于泰山封禅事，倒真想听他说道说道。正好马兄有此提议，便睁着一双大眼，只顾盯着孟夫子不放。

孟夫子才高，器量自然也大，绝非小肚鸡肠之人。当年进京科举不第，得到张相公鼎荐，拜谒明皇而最终未能入仕，实乃自己言语不慎，哪怪得大皇帝抛弃？

孟浩然品一口茶，慢悠悠地咽下，正色言于三位好兄弟："当今大皇帝圣明，开帝国千秋之盛，如皓月光芒万丈，我等米粒之珠，岂可与之比拟？"

李白闻言，万分钦佩。孟夫子果然心胸开阔，自京师返回家乡后，何曾说过半句怨言？今日当众赞美明皇，语出真心诚意，更显得品格高尚。也是帝国繁盛，人人昂扬向上，只有这样伟大的时代，才会有这么伟大的人民！

李白心里感动，带头鼓起掌来，有了重出江湖之意。

孟夫子受到鼓舞，复言道："帝国繁荣昌盛，正该大展宏图，众仁兄皆不世才，自可报效朝廷。大郎堪称国士，若能得到明君赏识，前途更加无量。"

胡、马二兄一听，齐齐鼓起掌来。

李皓少年老成，既为朝廷官员，对帝国充满信心，巴不得李白早日入仕，遂对李白笑侃道："苟富贵，无相忘！"

李白雄心万丈，好像已入京师，金銮殿面君一般，慷慨激昂地说道："果如孟夫子所言，定当生死为国，也绝不辜负众兄心愿！"

少时，厨间飘香。

玉儿隔空喊道："众叔叔莫再闲谈，快快过来吃酒！"

李白听到喊声，急忙呼唤众兄，来到堂屋里坐席。

堂屋正中的餐桌上，摆着一钵青元炖腊猪肘，正散发着浓郁的香气。又有六个时蔬小炒，皆自家菜园所撷取，青翠碧绿，诱人食欲。

五人依长幼顺序，孟夫子坐了主位，李皓是朝廷官员，坐了席桌右侧位，胡紫阳坐了左侧位，马正公坐了下首位。李白年龄最小，虽然说是主人家，仍然坐在偏位上，拾个独凳坐左下角。左下角近窗，窗下摆一条横案，横案上置一坛巴陵春。李白顺手抱起酒坛，拍散坛口上的封泥，为四位兄长各筛一碗，自己也满满倒了一碗。胡紫阳最讲礼数，让孟夫子领个头，带着哥几个，先向许大嫂敬酒。孟浩然是老大，确有老大的范儿，双手擎着酒碗，领三人来敬许大嫂。玉儿也不推辞，咕咕咕吃一碗酒，又笑着回敬一碗。敬毕，与叔叔们别过，独自进入厨房。

厨房内，平阳坐在灶门前，嘟嗒嘟嗒拉着风箱。灶里，柴火熊熊。灶头，锅里炖只老母鸡，油亮亮的鸡汤，正汩汩地翻腾。

二子满嘴油渍，抱着猪脚骨猛啃。

玉儿去到厨柜边，拿出四只饸饼来，递一个给平阳，自己也吃一个。余下两个，递给明月奴和颇黎。二子啃骨头正酣，津津有味地馋涎直流，摇头表示不要。玉儿抿嘴笑了笑，心想不要算了，重新放回橱柜里。

堂屋那边，酒声汹汹，猜拳声不绝。

少顷，鸡汤已熬好。

平阳停了风箱，将汤舀进乌钵里，用湿布巾围钵上，捧住端到堂屋桌上。

李白天生好吃，特别喜欢喝鸡汤。见了油亮亮一大钵，顿时就忘记了大小，自个儿先舀一碗，用嘴呼呼呼地吹凉，咕噜咕噜喝下肚去。

四位仁兄也不客气，孟浩然扯了鸡右腿，李皓扯了左腿，胡紫阳抓了右脯，马正公抓了左脯，留下一个鸡头和一对翅膀，说是好让李白独占鳌头，又祝他鹏程万里。

李白听得高兴，这话中听着呢，一边啃着鸡脑壳，一边频频举杯劝酒，嘴里尽说些豪气干云的话。

酒话没人计较，计较的是酒量，众位仁兄都是好酒量，不喝个痛快不肯罢休，直喝到玉兔东升。

戌时，二刻。

一轮橘红的月，静静地挂在天边。

李白偕玉儿，送众兄于朝门口。

孟浩然醉眼惺忪，李皓手舞足蹈，马正公偏偏倒倒，胡紫阳两脚打绞，乘一地朦胧月色，跟跄着各自回家。

寂静的山湾里，此起彼伏的蛙鸣，彻夜呱呱不绝。

二

翌日，晨起。

玉儿煮好早饭，遍寻不见李白身影，心里十分奇怪。许大嫂没心思管他，哄小儿子颇黎食毕，独自来到水井边，清洗昨日那盆脏衣物。

李白时常发癫，动不动就外出几日，高兴了告知一声，更多的时候，一声不吭就离家出走，谁也不知道他去了哪里。

兴许外出……会友了吧？玉儿这么想。

待一盆衣物洗完，太阳已升起丈高，仍不见李白踪影，心里空落落不是滋味。

许大嫂晾完衣服，转身又回到厨房，平阳正在洗碗。

灶台的盐缸里，盐巴空已见底。

玉儿扭头去到内室，从床头柜里取出首饰盒，准备拿些钱币，让平阳去村外的杂货铺，买些花盐回来备用。许大嫂打开首饰盒，顿时吃一惊，原本满满一盒金银首饰，居然少了一大半！玉儿这才蒙了，托人找到李少府，让他打听李白的下落。

李皓听说后，也很是吃惊，派人四下寻找，始终得不到李白的消息。

邻人不明就里，私下胡乱瞎猜，只道李白不辞而别，必是两口子吵架所致。就时常见许大嫂立檐下，望着对面山垭口出神，孤零零好生让人怜悯。

夜里，人静时，白兆山的人，总会听到哭声，幽幽地让人心紧。三个孩子偎着娘，陪着一起偷偷地哭。

玉儿越发难过，心痛得直不起腰来。旬日内，憔悴如枯萎瓜藤。无人的时候，就疯疯癫癫唠叨："望矮了山，望断了水，大郎大郎久不归！"

孟浩然得知消息，心里一阵自责。他比谁都明白，李白去了哪里。

开元二十二年，五月初八。

荆州城，北街。刺史署衙前。

李白惴惴不安，他实在没有把握，虽有李少府的推荐信，刺史韩朝宗会见他吗？自从离开白兆山后，李白就心痛得要命，整夜整夜地睡不好觉。玉儿难受吗？平阳、明月奴、颇黎，想阿爷吗？

李白鼻头发酸，心里暗自发着誓，定要一飞冲天，他日衣锦返乡时，好让玉儿四母子，过上风光无限的生活。

可惜虽有报国之志，却无晋仕之途，唯有李皓一纸荐书。李白依从兄之意，怀揣荐书前往荆州，躲在客栈里月余，精心拟就《与韩荆州文》，以期得到韩刺史的赏识。

李白才高八斗，一向目中无人。适才来到署衙前，递帖与门吏时，竟汗颜得语无伦次，像做了啥见不得人的事，生怕别人看见了难堪。

韩朝宗坐在签押房里，接到李白的拜帖后，很有些不相信。李白名动江湖，人言其目无余子，怎会主动投帖，来拜谒自己呢？

仔细看一回，确实李青莲无误，便展开文稿，认真阅读起来："白闻天下谈士相聚而言曰，'生不用封万户侯，但愿一识韩荆州。'何令人之景慕，一至于此耶！岂不以有周公之风，躬吐握之事，使海内豪俊，奔走而归之，一登龙门，则声价十倍！所以龙蟠凤逸之士，皆欲收名定价于君侯。愿君侯不以富贵而骄之、寒贱而忽之，则三千之中有毛遂，使白得颖脱而出……君侯制作侔神明，德行动天地，笔参造化，学究天人。幸愿开张心颜，不以长揖见拒。必若接之以高宴，纵之以清谈，请日试万言，倚马可待。今天下以君侯为文章之司命，人物之权衡，一经品题，便作佳士。而君侯何惜阶前盈尺之地，不使白扬眉吐气，激昂青云耶？……且人非尧舜，谁能尽善？白谟猷筹画，安能自矜？至于制作，积成卷轴，则欲尘秽视听。恐雕虫小技，不合大人。若赐观刍荛，请给纸墨，兼之书人，然后退扫闲轩，缮写呈上。庶青萍、结绿，长价于薛、卞之门。幸惟下流，大开奖饰，惟君侯图之。"

韩朝宗读罢，已知李白心意。报效国家嘛，低三下四说些违心话，正常！即遣门吏出，迎入会客室相见。

韩荆州一代循吏，素闻李白有大才，连苏颋莅蜀时，都向天子举荐过他。便很客气地和他交流，特煮一壶好茶招待。

李白来者是客，又有事情求助于人，难免有些不自在。

韩朝宗素雅重，又是个老实人，言谈无斑语，亲切得如敦厚兄长。李白心稍安，慢慢没了拘谨，遂高谈阔论治国之道。说到激动处，连赵蕤阴谋治国论，都搬出来佐证。

李白胸罗万象，谈吐警天策地。韩朝宗大为折服，视为人中龙凤。又想自己位卑，远不及苏相（颋）位高权重，实难帮助他飞黄腾达。便实话告诉李白，京师才是龙虎之地，以李白的惊世才华，若能得到皇帝赏识，必定会大展宏图。

"大郎之才，经天纬地。若得圣天子所赏，必扶摇青云矣！"李白闻言，以为他借故推脱，急忙离座躬身长揖道："白不识官体，愿韩刺史明教。"

韩朝宗人格高尚，为官清正廉洁，素有为国荐才之举，在江湖上颇有清誉。听了李白的话，韩朝宗点了点头，起身关了门户，压低声音告诉他，皇帝每年秋天，必狩于京师西郊皇家猎场，除文武百官陪同外，番邦酋长、使节皆一同前往，以此扬威耀武，震慑周边邻国。"大郎可以此作赋，适时呈大皇帝御览，或可遂尔心意。"

李白闻言，感恩戴德不已，再次长揖称谢："但得他日腾达，定不负韩刺史教化！"

韩朝宗走上前，双手将李白扶起，十分严肃地说道："皇帝行踪，乃帝国最高机密，万不可泄密于人。保重！"

李白再三谢过，兴冲冲离去。回到客栈里，犹激动不已。想皇帝封禅事，不知何等的排场？决定亲往泰山，一睹圣天子威仪，至于如何去见皇帝，也有了初步的构想。

开元二十三年，初夏。

四月，二十六日。午时，一刻。

泰山南天门外，十里陡壁石梯上，李白正挥汗如雨，一步一歇地向上攀登。

午时，三刻。南天门上，丽日高照。偌大的祭祀台上，大皇帝封禅遗迹，犹历历在目。

李白一路寻觅，最终登临玉皇阁，俯仰天地间，群山茫茫苍苍，似万人叩首，四伏朝圣岱岳。胸怀豁然开阔，心中浩浩然，潮水般风起云涌。遂伫立阁顶，目空四野，仰天引项，放声高歌："四月上泰山，石屏御道开。六龙过万壑，涧谷随萦回。马迹绕碧峰，于今满青苔。飞流洒绝巘，水急松声哀。北眺崿嶂奇，倾崖向东摧。洞门闭石扇，地底兴云雷。登高望蓬瀛，想象金银台。天门一长啸，万里清风来。玉女四五人，飘飖下九垓。含笑引素手，遗我流霞杯。稽首再拜之，自愧非仙才。旷然小宇宙，弃世何悠哉……"

时值农忙，游山者不多，三三两两，多雅闲人士。闻李白所歌，格局恢宏，气象豪迈，纷纷叹服，惊以为神。

三

开元二十三年，岁在乙亥。

秋八月，初十日。秦地之秋，天高地阔。

京洛官道上，一匹白骏马飞驰，路人纷纷避让。李白乘马上，抖缰扬鞭，意气风发。

那日得韩朝宗指点，回到客栈中，李白尽展平生才学，精心撰就《大猎赋》，极尽颂扬之能事。反复诵读，反复斟酌，反复修改，唯恐犯了禁忌，重蹈孟夫子覆辙。甚觉满意后，便东游岱岳，西入帝京，准备大干一场。

京师西郊，皇家猎场。猎场内，林木郁郁葱葱，覆压百二十里。

李白打马狂奔，转过一个山嘴，直奔寒阳驿。驿站官道两旁，列兵两千众，甲胄映日，刀枪森森，不可逼视。

禁道？

李白大喜过望，韩荆州果不诳人，玄宗准时秋狩了。

李白西入长安，做足了功课，他早问得明白，驿旁有一条僻静小道，可以借此潜入猎场。见大道有官兵把守，急忙丢了所乘白骏马，只身潜匿在丛林中，静待圣天子到来。

李白闲得无事，掏出《大猎赋》来，又仔细看一回，越看心里越激动。

"白以为：赋者，古诗之流。辞欲壮丽，义归博远。……《子虚》所言，楚国不过千里，梦泽居其太半，而齐徒吞若八九，三农及禽兽无息肩之地，非诸侯禁淫述职之义也。《上林》云，左苍梧，右西极。考其实，地周袤才经数百。《长杨》夸胡设网，为周阹，放麋鹿其中，以博攫充乐。《羽猎》于灵台之囿，围经百里而开殿门。当时以为穷壮极丽，迨今观之，何龌龊之甚也！但王者以四海为家，万姓为子，则天下之山林禽兽，岂与众庶异乎？……

"河汉为之却流，川岳为之生风。羽旄扬兮九天绛，猎火燃兮千山红。乃召蚩尤之徒，聚长戟，罗广泽，河雨师走风伯。棱威耀乎雷霆，烜赫震于蛮貊。陋梁都之体制，鄙灵囿之规格。而南以衡霍作襟，北以岱常作袪。夹东海而为堑兮，拖西冥而流渠。麾九州之珍禽兮，回千群以坌入；联八荒之奇兽兮，屯万族而来居。……

"曷若饱人以淡泊之味，醉时以淳和之觞，鼓之以雷霆，舞之以阴阳……六宫斥其珠玉，百姓乐于耕织。寝郑卫之声，却靡曼之色。天老掌图，风后侍侧。是三阶砥平，而皇猷允塞。岂比夫《子虚》《上林》《长杨》《羽猎》，计麋鹿

169

之多少,夸苑囿之大小哉!方将延荣光于后昆,轶玄风于邃古,拥嘉瑞,臻元符,登封于太山,篆德于社首。……"

李白看一回,偷着乐一回,自个儿也觉得脸红。玄宗帝固然圣明,然《大猎赋》的措辞,仍显得十分肉麻。歌盛世没错,连天子狩猎事,也颂扬为治国之道,难免有粉饰之嫌了。

李白正遐想间,猛听得一阵铜铃声,连珠般爆响,悄悄拨开树枝,引颈往外张望。

但见猎场深处,有千百只猎犬,项系黄铜铃儿,或黑或黄,或白或灰,争先恐后追逐。又有猎鹰数十,结阵掠天飞过,黑压压状若乌云。刹那间,兔奔獐突,鸠鸣雉飞。

李白心跳如鼓,死死盯住场中。

猎场里,一骑甚劲,冲锋在前。上坐一汉,相貌雄伟,气宇轩昂。头戴锦绣软幞,身着貂皮裘,外套束腰猎装,手执金色长弓,箭镞熠熠闪光。朝廷文武百官,紧紧相随左右。首相宋璟、中书令张说,一一在列。

紧随其后者,为两千禁军骑兵,人人张弓搭箭,呼啸着卷岗而来。

又有百十胡儿,着各色斑斓服饰,催胯下烈驹紧追。

鹰阵巡天,荫翳遮日;犬阵掠地,似狂风暴雨。首犬漆黑如炭,极类跳涧猛虎。正奔行间,倏地仰天长吠,啸声慑人心魂。

众禁军闻警,急催胯下坐骑,向前护住裘衣汉。

四围警卫,铁壁铜墙,形成一圆圈。唯留前方一口,只待猎物入围。

突风起密林,呼啦作响。群犬皆毛起,呜呜低嚎。一吊睛白额大虫,锦毛斑斓如缎,身长八尺有奇,咆哮着冲进大围。

裘衣汉毫无惧色,猛催胯下烈驹,迎面狂奔过去。

李白心似明镜,知那壮汉必天子也。见他不顾凶险,迎吊睛大虫而上,着实为他捏一把冷汗。

那大虫林间为王,野蛮霸道惯了,哪有他物敢近身来?顿时狂吼一声,四围人马俱惊。那虎抖擞威风,猛然纵起丈余,张开血盆大口,凌空扑向裘衣汉!

李白伏林间,顿觉热血沸腾。

裘衣汉沉稳如初,兜缰策马右旋,避过凌空扑击之虎。只见他拈弓如满月,搭箭似流星，扭身回首一箭，正中那虎心脏处。

大虫再吼一声，势已去了大半。几经上纵下跳，终至扑地气绝。

四围数千随从，欢声山呼海啸："吾皇万岁，万岁，万万岁！"

李白大喜，抑制不住激动，鼓足丹田之气，猛叫一声"好"！

这声好憋得太久，一经蓄意吼出，当真石破天惊。

皇家禁地，谁敢擅入！

禁军将军郭英，闻声大骇。设若匿伏者图谋不轨，又该当如何?！当下发声喊，指挥左卫禁军，向林间包抄。

禁军随从护驾，分为左右二卫。

左卫禁军负责外卫，左卫长彭大虎得令，急领禁军二百骑，齐齐围将过来。

李白犹激动不已，凌空腾跃而起，径直飞扑天子坐骑前。

右卫禁军负责内卫，右卫长祝一龙大怒，从马背上跃起，持刀扑向李白，架于李白项上。

李白并不反抗，也不为所动，双手擎着《大猎赋》，嘴里只顾高喊："吾皇万岁，万岁，万万岁！"

玄宗射杀一虎，正满心欢喜。见来者白袍袖带飘飘，双手又高擎一篇赋文，嘴里犹高呼万万岁，竟不以为忤。示意禁军退下，让他起身说话。

祝一龙得令，急忙收起钢刀，仍不敢放松警惕，站在李白身边不走。李白听得真切，见圣天子不怪，起身朗声应道："草民青莲李白，误入皇帝猎场，适才慑于天威，故而惊恐人叫。"

青莲李白？听着耳熟，偏又想不起来。

玄宗爱他俊朗，示意首相宋璟，上前去收了《大猎赋》，看也没看一眼，呼啸着驰马而去。

李白目瞪口呆。

果然天子气派，视天下如无物！

李白嘴上不说，心里却极度失望，望着皇帝远去，满眼无限景仰神色。

张说骑一匹黄骠马，专程来到李白身旁，上上下下打量一番，微微点了点头，似有赞许之意。

李白张嘴欲呼，中书令已打马而去。

四

开元间,唐帝国一枝独秀,傲然屹立于世。帝国京师长安,宇内第一大都会,乃世界政治、经济、文化中心。

李白初入长安,本以为献上《大猎赋》,可博得皇帝欢心,谁知落得一场空欢喜。

生活长安月余,李白耳闻目染间,深为帝国强盛而骄傲,越发激起报国雄心。为实现心中抱负,囊中羞涩的李白,只身来到终南山,暂居山中纯阳观。

终南山名秦岭,临近京师长安,李白择此寓居,可谓用心良苦。一可节约开支,以利长期"京漂";二则身居帝都,时刻感受大都会气息,准备随时听候天子召唤。

李白远离家小,长安别无亲友,唯一有过一面之缘者,司马承祯已过世。念及司马氏,决定前往玉真观,拜会玉真公主。

想到玉真公主,李白满心灿然。

李白学究天人,不仅诗写得好,犹崇尚仙道,虽未正式"授箓",却因东岩子、赵征君故,道中也颇有些声誉。早于开元十七年夏,就与玉真公主结了道缘。

二人初次相见,会于宣城敬亭山。两个人同为道友,彼此又善解音律,因此一见如故。推杯换盏间,李白当席献诗一首:"玉真之仙人,时往太华峰。清晨鸣天鼓,飙欻腾双龙。弄电不辍手,行云本无踪。几时入少室,王母应相逢。"

李白生性风流,此诗非即兴之作,实乃先前精心构制,席间借助酒兴,殷勤献与公主,以期得她的赏识。

诗意灿烂,让人遐想。"清晨鸣天鼓,飙欻腾双龙","几时入少室,王母应相逢",正搔到公主痒处。玉真爱其才,视为知己。

李白因之受宠,曾相随月余。

当朝状元郎王维,时官为右拾遗,与公主交好。李白不敢放肆,害怕惹火烧身，故偷偷不辞而别。

今日赴长安，李白本欲一飞冲天，哪知时运不济，困居终南山中。思前想后，便厚着脸皮来找她，实出于无奈矣。

玉真贵为御妹，神龙见首不见尾，长年居无定处。长安城内，即有山居、别馆、玉真观、安国观、紫极宫五处。

李白探得准信，玉真与王维闹别扭，近日一人独居紫极宫，任谁也不肯见。心里便想，见不见自己呢？管她呢，李白独自乘了月色，悄悄潜往一试。

月下，敲门良久。

玉真掌灯出，道袍飘飘，怡然如仙。一眼瞧见李白，不怒反喜，媚眼儿笑得分外俊俏。

李白内心惶惶，当日不辞而别，生怕公主愠怒。今见玉真笑脸相迎，心里石头落了地，反生出莫名的遐想。

李白性聪慧，可谓世事洞明。心想公主道友甚众，设若真不喜欢他，必定虎起脸撵人走。既然笑脸相迎，宫中定不会有外人。

当即上前，稽首施礼。

玉真笑脸如花，亦稽首回礼。礼毕，执灯款步前导。到了斋室，公主吩咐侍者弄一桌酒菜来，供二人"消夜"。

席间，公主十分热情，兴趣特别高涨，频频举杯相邀，劝李白吃酒吃菜。酒到酣处，公主脸泛红光，突然醉眼迷离地说道："大郎别怪我多嘴，敬亭山不辞而别，烦了我吗？今日不请自来，又为何事？"李白吃了酒，胆儿便大了，故意拿眼神撩她，却并不回她的话。笑眯眯停了杯，悄声摆一桩往事。

言自己在青莲时，去彰明县应聘小吏，牵水牛入县令家后堂，欲行贿于县令。

县令堂客大怒，骂他龟孙不懂事。李白年轻性顽，以诗回敬曰："素面倚栏钩，娇声出外头。若非是织女，何得问牵牛。"

玉真听得有趣，扑哧笑出声来。

李白好不顽劣，牵头水牛去贿，还跑到人家卧室搅肇。县令浑家没穿衣服，在帐后露出半弯玉臂，探出头来就骂。他个愣小子倒好，嬉皮笑脸自称"牛郎"，把妇人比作了织女。

玉真吃一杯酒,笑嘻嘻言道:"大郎做得好美梦,想织女想疯了!"

李白离开白兆山,已经一年有余,每每念及女人体香,就忍不住咽清口水。当然想疯了!要不半夜三更,怎会上紫极宫来?

"公主说笑了,世上万物皆合阴阳。然也只见藤缠树,何曾见过树缠藤?"

李白一语双关,貌似回应牛郎事,实则另有所指。起身敬公主一杯酒,胆儿越发大起来。

公主哪有不知?

一席酒话,几番推杯。紫极宫里,一灯如星。

李白情迷意乱,酒量自然减了几分,早已醉得不轻。离蜀逾十载,蹉跎光阴三十有四,竟然一事无成。仰望天边那月,皎洁如儿时"白玉盘",不觉悲从中来。泪流两行,潸然而下,深情吟诵道:"床前明月光,疑是地上霜。举头望明月,低头思故乡。"

玉真心有灵犀,知道李白心苦,难与他人述说。忙走上前去,将其头揽入怀中,轻声安抚道:"大郎何如此?以君之大才,早晚为国所用。"

李白被戳到痛处,越发哭泣有声。想柳丝儿,想泥鳅,想地牛儿,想蜀中名山大川……一时情不自禁,吟出一首千古绝唱来!

"噫吁嚱,危乎高哉!蜀道之难,难于上青天!蚕丛及鱼凫,开国何茫然!尔来四万八千岁,不与秦塞通人烟。西当太白有鸟道,可以横绝峨眉巅。地崩山摧壮士死,然后天梯石栈相钩连。上有六龙回日之高标,下有冲波逆折之回川。黄鹤之飞尚不得过,猿猱欲度愁攀援。青泥何盘盘,百步九折萦岩峦。扪参历井仰胁息,以手抚膺坐长叹。

"问君西游何时还?畏途巉岩不可攀。但见悲鸟号古木,雄飞雌从绕林间。又闻子规啼夜月,愁空山。蜀道之难,难于上青天,使人听此凋朱颜!连峰去天不盈尺,枯松倒挂倚绝壁。飞湍瀑流争喧豗,砯崖转石万壑雷。

"其险也如此,嗟尔远道之人胡为乎来哉!剑阁峥嵘而崔嵬,一夫当关,万夫莫开。所守或匪亲,化为狼与豺。朝避猛虎,夕避长蛇;磨牙吮血,杀人如麻。锦城虽云乐,不如早还家。蜀道之难,难于上青天,侧身西望长咨嗟!"

李白醉酒是假,思乡情却是真的。这首《蜀道难》,乃上月初七日,送友人王炎入蜀,别于京西寒阳驿,所作的送别歌。李白很看重此诗,此时借酒醉吟出，用意十分明显，就是要公主赏识，让她荐于皇帝！

玉真阅人无数，哪会不懂他的心思？

李白有大才，才华横溢世所罕见。她既怜其苦，又爱其才，更爱他风流倜傥。心里有个想法，愿助他一臂之力。

公主想到此处，便一边抚摸其头，一边轻拍其背，百般温存关怀。低下头去，附耳柔声说道："大郎何苦难过？且先去上房休息。玉真心里明白，自当为尔解忧。"

李白演完戏，效果很不错。被公主玉手一摸，心里暖烘烘骚动。顺势起身，倚在玉真身上。

第十二章
贺知章金龟买酒　谪仙人名动京师

一

李白得公主青睐，紫极宫住了三日，天天有酒有肉，好不逍遥快活。

巳时，一刻。二人品茗庭中。

大柳树下，端端摆一张茶几，四围六把交椅，另有三个小方木凳。

临南墙拱门处，置一铜风炉，炉上铁壶正沸。

风从门户吹入，爽爽地无限惬意。

李白正专心抚琴，突闻宫外林木间，琅琅传来一阵歌声："少小离家老大回，乡音无改鬓毛衰……"

公主斜靠凭几，一心专注于琴。听到歌声传来，心中颇不耐烦，嘴里嘟哝道："这厮不知趣，又来扰人清幽！"听她的口气，似不喜欢这人。

李白停了琴，笑言相问："这厮是谁？"

公主撇撇嘴，愤声应道："哼，还会是谁？剪刀！"

剪刀？李白一头雾水。

玉真见他迷糊，扑哧讪笑道："太子宾客嚜！"

李白眉头一皱，突忆起"二月春风似剪刀"。李白久居乡下，不知长安事物，这人以诗文显达，京师人都称他"贺剪刀"！

"您说四明狂客吗？为何呼他剪刀？"

公主白他一眼，揶揄道："他还不是剪刀？一张嘴比剪刀还厉害，逮谁都乱剪一通。"

原来如此！

李白混迹骚坛，早知贺知章大名，特别推崇他的诗文。见公主不甚了然，自言自语地说道："贺宾客名重京师，贵为太子宾客，谁都可以剪得。实不知又有新作问世，'少小离家老大回'……"

公主听得火起，圆睁一对杏眼，不待李白说完，突大恚："这厮说他不得，因对议泰山封禅，得大皇帝欢心，赏他做了太子宾客。他自视才高，不恩反嗔，怨朝廷辱没了他，时常来宫里烦我，嚷嚷着告老还乡，这不'少小离家老大回'吗？"

李白闻言，沉默不语。心里暗忖，贺知章才高八斗，玄宗为何不重用，只给个"太子宾客"？有名无实的虚职，难怪老夫子牢骚满腹哟。自己真得公主举荐，恐怕还不如他呢。

玉真心细，见李白不言不语，知他所思所虑，便有意教导他："怪他嘴不饶人，自称'四明狂客'，见谁都要贬抑。岂不闻庙堂高深，哪容得狂士撒野？"

二人正对话间，贺知章偕一童儿，歌声夭夭地来到宫前。

一眼看见李白，脸色微微一诧，玩儿一般取笑道："我道公主为何躲进紫极宫，原来早有贵客在。"

四明狂客狂放，京师谁人不知？今日一见，果然狂得大胆，他嘴里的"贵客"，不正是长安城勾栏里的"跪客"（嫖客）吗？

贺知章狂，李白更狂。在世人眼里，李太白的狂，才是天下第一狂。

李白站起身来，怪他口无遮拦，哈哈大笑道："在下青莲李白，早宾客一刻到。惭愧，惭愧，只好委屈贺兄了，吃一盏残汤剩水！"

四明狂客闻言，知他一语双关，脸色微愠。正待张嘴叱骂，偏又听到青莲李白，鼓起一对铜铃大眼，久久盯着李白，"尔是李白？蜀中李白？"

玉真奇了怪了，贺知章向不饶人，被李白踏屑如斯，竟然没有破口大骂，反而问他的姓名。笑着对二人说:"早来是客,晚来也是客,二位何必斗嘴?来来来,彼此认识认识。"

公主怹可爱,殊不知两个狂人,心里早已认识,哪用得着她介绍?

在李白眼里,贺知章官居三品,被尊为"贺内翰",常侍陪太子左右,足让人心生景仰。加之京师骚坛霸主名头,岂不让李白折服?当下收了傲态,冲贺知章长揖道:"蜀人青莲李白,久仰贺兄大名,还望宾客提携。"

贺知章大喜,见李白客气,急忙收了傲性,上前双手扶住,谦让道:"李白文名天下,某何敢充大兄?"

公主越发奇怪,两个猖狂的大男人,未斗个你死我活,彼此倒谦让起来了。

这也难怪她,从小生于皇宫,哪识得民间世故?但凡有才之士,大多猖狂属"疯狗",整日癫了一般,见谁不顺眼,张嘴便要咬。一旦心服某人,又必景仰随从!

二人彼此心仪,自然欢喜得像兄弟。

贺知章年长,自然为大兄。李白年轻,行个拜兄礼。

玉真一见,欢喜不已。忙吩咐下人,重煮一壶好茶。

李白毫不忸怩,待贺知章坐定后,掏出一叠诗稿来,双手恭敬承上,请太子宾客雅赏。

贺夫子性豪迈,见李白洒脱,极类年轻时的自己,心里赞赏有加。接过诗稿,认真阅览起来。

二人对了脾气,便一好百好,啥都顺了心意。

贺知章极认真,逐字逐句精读。一时红光满面,两眼泛着光辉。览至《乌栖曲》时,拍腿大叫一声好!又览至《蜀道难》,更加情不自禁,从座上站起身来,啧啧赞不绝口,连呼"神来之笔",高声朗诵起来。诵毕,犹激动不已。

贺夫子遍摸衣袋,面呈遗憾之色。公主被他感染,也知他想要干啥,笑盈盈地说道:"这紫极宫里,要酒肉?要钱物?宾客尽管招呼!"

"哪里话!"

贺知章心情难平,嘴里直嚷嚷:"老夫得识人间神品,必要亲自做东,请大郎吃一回烧酒,何劳公主破费!"一边说,一边解下袍带金龟,叫童儿拿去置办酒食,火速送到宫里来。金龟乃天子所赐,是为太子宾客"官符",贺内翰常引以为豪。

公主连忙阻止:"到了紫极宫,轮不到你做东哟!"

贺知章哪里肯依?牛脾气一上来,冲公主就发火:"去去去!我不稀罕你有钱!"

公主知他性情,不再与之争论。

李白不识金龟,见玉真百般阻拦,知其必定金贵。心里感动不已,四明狂客不只是狂,更多真性情也!

席间,有侍女抚琴,童儿煮茗。三人饮酒斗诗,各展才学。

李白吃得口滑,谈古论今,滔滔不绝。

贺知章有大才,也一再被感染,脱口称赞道:"真谪仙人也!"

李白得此嘉奖,起身斟一杯酒,双手毕恭毕敬献上:"得大兄谬夸,小弟哪里敢当?"

公主大笑:"贺宾客所言,直如剪刀裁柳,当得,必然当得!"

三人复大笑。

二

天宝元年,春正月。

京师长安城里,盛传两件大事,一时轰动朝野。

一事甚巨,关乎帝国。胡儿安禄山者,得玄宗皇帝宠信,迁为平卢节度使,又兼范阳节度使,再兼河东节度使。三节度区镇兵二十万,几占帝国镇兵一半。朝中众宰辅大臣,无不忧心忡忡,唯恐养鼠为虎,纷纷上书请奏削藩。

杨国忠参劾尤甚。

时,李林甫"口蜜腹剑",窥视首相之位日久,以胡人不知书、骁勇善战、孤立无党为由,尽用胡人为节度使,美其名曰"卫边",实乃杜绝边帅入朝为相之路,以便日后独断朝纲。

李林甫之议,甚得玄宗赏识,致使帝国产生偏重之势,天下危象乱生。

另一事微,关乎市井。骚坛主贺知章,称赞李白为"谪仙人",让李白声誉鹊起。

有了诗仙美誉，李白在长安城里，便混得风生水起，人人以拥有太白诗稿为荣。凡茶肆酒楼、梨园乐坊，人人诵之，处处歌之。

玄宗年近六旬，安邦治国于他，早已不再新鲜。反而对于歌舞诗酒，津津乐道不已。

皇帝居深宫，闻市井哄传青莲诗，心甚痒痒。"索白诗，一览而慕之。"忙召首相相商，言于宋璟曰："此李白者，莫非苏长史曾荐乎？又或猎场献赋者耶？"

宋璟是个有心人，仔细读过《大猎赋》后，深为李白才华折服，认定此人早晚为朝廷所用，便将赋文随身携带。

今见大皇帝垂询，宋相忙执赋上前，躬身奏道："正是！"玄宗接赋详览，虽语多媚俗，却句句搔到官家痒处。一时龙颜大悦，连声赞道："大才彪炳千秋，帝国之幸哉者！"

初六日。兴庆宫，群臣早朝。

卯时正。首礼太监杜仁，头戴玄色软幞，身着红色衣袍，手持一条红色长鞭，噼里啪啦三鸣鞭。嘴里高呼："皇帝驾到！"

古之朝典鸣鞭，乃天子驾临专用，俗称"净鞭"，又或称"静鞭"，有净道静声之意。众臣听得鞭响，急忙静言躬身，拱手相迎天子临朝。

玄宗进入金銮殿，端坐在龙椅上，满脸睡而未醒的疲态，犹显得心事重重。自宠妃武惠妃后，大皇帝便蔫了，很长一段时间里，提不起一点精神，连早朝也懒得上了，宋璟、张说一干重臣，整日忧心忡忡。

高力士心乖巧，深知大皇帝心意，后宫佳丽虽众，却无一个称心如意者。作为近侍大总管，对于天子的喜怒哀乐，高力士不关心，谁还会关心？遂私下到外宫，四下寻觅美人。终于在寿王宫里，见到了杨玉环，一时惊为天人。

高力士大喜，悄悄禀告于玄宗。

寿王李瑁者，玄宗十八子也。杨氏为寿王妃，乃皇帝儿媳，岂可乱了人伦？

玄宗初时不肯，恐天下人耻笑。终经不住美色诱惑，加上高士力花言巧语，便悄悄接到骊山，入驻温泉宫华清池。一见果然资质丰艳，不仅丰乳肥臀，肌白如羊脂，尤善歌舞音律。二人同池共浴后，玄宗便被勾了魂，不顾他人非议先度杨氏为坤道，做了御妹道友，依玉真公主意，赐道号"太真"。后按捺不住欲念，直接收入后宫，夜夜欢度享用。

自打有了新欢，皇帝心情大好，每日必早朝问政。可惜一班大臣愚笨，无一人知晓圣意。玄宗占媳为欢，欲册封为贵妃，又怕天下人耻笑，故欲言又不敢言。

宋璟哪能不知？私下言于张说，欲效泰山封禅之举，请封杨玉环为贵妃。

张说不依，这种丑事儿，怎说得出口？

高力士倒乖巧，瞧得玄宗帝高兴时，大胆谏言道："册封贵妃非国事，乃皇帝家事，何故看文武脸色？"

是啊，天下都是我的，天下诸事皆孤家事，为何要廷议？玄宗大喜，遂诏告天下，册封杨氏为贵妃。

今日早朝，玄宗不悦者，非为贵妃册封事，实乃杨氏太腻人，缠着要见谪仙人，说自己是"白粉"，让皇帝哪里去找？众臣不知缘由，见玄宗不悦，尽拣好听的奏，歌功颂德声不绝。

唯张说所奏，乃长安城新鲜事："臣闻市井言，有青莲李白者，独享骚坛诗仙之誉，凡茶肆酒楼闻至，必虚上位以待，且不取分文……"

玄宗闻奏，顿时来了精神，伸长脖子欲听个明白："张爱卿所奏，愿闻其详。"

张说闻言，正侃侃而谈间，突有外邦国书至。

一番使衣着怪异，满脸傲然不驯，语多轻慢。有识之者言，此渤海国使节也。该国地远万里，与朝鲜国互为邻邦。

番使面对天子，并不下跪叩拜，傲然鼻孔朝天，一副牛皮哄哄模样。玄宗不以为忤，视之为方外愚民。帝国威服四海，小小番邦蛮使，怎可和他一般见识？

时，太师杨国忠者，因从妹杨玉环的原因，命为今岁春闱主考官；太尉高力士者，命为春闱监视官。二人奉皇帝诏令，负责开科取士，为国家招揽英才。

玄宗端坐龙椅，见番使桀骜不驯，便命高力士接了蛮书，当众拆开来宣读，欲挫其倨傲之气。

高力士领命，雄赳赳移步上前，一边接过番使国书，一边怪他不知礼乐，低声叱责道:"胡蛮子,又来讨赏吗?"

番使昂首向天,并不言语相对,唯应以一声冷哼!

高力士接了国书,又回到天子身边,哪知打开蛮书,竟然不识一字。顿时目瞪口呆,匍匐在金阶前,启奏大皇帝道:"此书皆鸟兽之迹,臣高力士学识浅短,未识得一字!"

奏毕,汗如泉涌,津津而下。

玄宗闻奏,心里大惊异,面呈不悦之色。复口谕:太师杨国忠再读。

杨国忠接过一看,竟然两眼如盲,啥也看不清楚,惊骇尤甚高力士。急忙匍匐金阶前,浑身瑟瑟发抖。

高、杨二人,皆帝国重臣,一为当朝太尉,一为当朝太师,且是今岁春闱主考(监)官,居然识不得番书,帝国颜面何在?!

朝政议书厅里,气氛顿时紧张起来。

那番使见状,越发牛气冲天,冷哼连连不绝,满脸不屑愈浓。

玄宗见他倨傲,再宣众文武传阅,不信堂堂大唐上国,会被一番邦难倒。

文武百官领命,相互间传视一遍,竟无一人识得蛮文,更不知番书吉凶。

番使越发得意,哈哈大笑不止。

玄宗龙颜震怒,大声喝骂众臣:"尔等枉食国家俸禄,却无一人与朕分忧。此蛮书识不得,徒遭番邦耻笑,侮我大唐,必兴兵犯边,奈何!敕限三日,若无人识,一概停俸;六日无人,一概停职;九日无人,一概问罪!"

圣谕一出,众臣哑然,齐伏于地。

张说一见,心中大急,忙持笏上前,躬身奏道:"臣保举一人,定识得蛮书!"

玄宗闻奏,将信将疑。气冲冲言道:"奏上!"

张说不慌不忙,保举一个人来,"蜀中李白,学究天人……"不待中书令奏毕,玄宗急忙打断他的话,睁大双眼说道:"李白远在天边,如何得解近渴?"

张说并不答话,转身疾奔出殿。

玄宗又怒,中书令胆大包天,不回朕言倒也罢了,竟然还不辞而别,哪有一点老臣的持重?!

不怪天子着急，李白如天外蛟龙，行踪他人哪知？张说却晓得清楚，因涉及玉真公主，不敢当场奏明，因而不辞而别。

巳时，一刻。

紫极宫。

李白披发未束，正陪公主饮酒。醉眼蒙眬中，见张说慌慌张张奔来，不待他细问缘由，早被中书令拽住，拉起便往外走。张说一边急走，一边简述事因。紫极宫外，八匹御驾候着。二人匆匆登车，风驰电掣般冲向兴庆宫。

三

事有先后，文可倒叙。

话说那日，贺知章到紫极宫，得识蜀人李白，二人称兄道弟，酒喝到酉时，仍然难分难舍。索性邀李白到家中，下榻于内翰宅第，每日里谈诗饮酒，宾主二人尽欢。

时光荏苒，春闱迫近。

贺知章忽然忆起，李白天纵才华，却尚未取得功名，仍是一介布衣，便很严肃地对他说："今岁春闱在即，大郎可前往应试。"

李白闻言，心里万分惆怅，心欠欠地回答道："小弟应试，有悖国之典律。"

贺宾客不解，忙问何故。

李白无颜以对，怅叹良久，极不情愿地说道："家严商贾为业，故而小弟至今一介白丁，既为商家子，又非举子身，如何进得考场？"

贺知章闻言，心里有几分不平，却也放下心来，呵呵笑着说："我道为何？原来这般简单。"李白满脸茫然，大兄何故轻松？

贺知章见他不信，急忙解释道："大郎离蜀日久，家人音信全无。唐律，三年不见者，即销户籍，故商户子一说，早已不复存在。"

宾客侃侃而谈，李白听得既心酸，又眉开眼笑。"至于举子身份嘛，则另有规定，若得文魁相荐，可特例增补为'亚士'……"

李白一听，欣喜若狂。天下人尽知，山阴四明狂客者，天后证圣元年春闱，乙未科状元郎是也。贺知章既为文魁，又是当朝文霸，自然可荐李白入试。当即写好荐书，并名帖一道交给李白，嘱其分送太师府及太尉府。

李白接了荐书名帖，感念大兄鼎助，自己也可参与科考了，顿时喜极而涕流。

贺夫子为人仗义，有心相助李白。原想凭自己的名头，依国律做件好事。哪知事与愿违，非但没办成事，还差点毁了李白的前程。

原来杨、高二厮，虽贵为帝国重臣，却不是什么好人，实乃贪赃枉法之徒。二人接到贺知章荐书后，心领神会地拢一堆相商。

杨国忠冷笑着说："贺知章那泼皮，恁也好笑得很，自家得了李白金银，却写封空书相荐，来我这里讨人情。"

"太师所言极是！"高力士附和道，"待那日专记时，但有名李白之卷，不问好歹一概批落。"

三月三日。

春闱大开，会试天下俊才。

李白才思泉涌，一挥而就华章。左看右看，无一处不满意，兴冲冲交了卷，只等好事来临。

杨贼不识李白，见了卷上李白名，也不看文章如何，即乱笔批下："这等书生，只配与我磨墨。"

高贼立一旁，撇嘴踏屑道："磨墨抬举他了，似这等鸡爪薅烂之字、狗屎般臭哄哄之文，只配与我着袜脱靴。"

仗着监视官之威，高力士不由分说，喝令考场禁卫，拎刀拖棍将李白推搡出去。

李白受此侮辱，满腔怒气升腾，却无处发泄，恨恨地回到内翰宅。

贺知章正在煮茶，见李白满脸怒气，又这么早回来了，顿时一头雾水，莫非杨、高二人未买薄面，不让他进入考场？忙堆一脸笑，呵呵地问道："大郎恁早退场，必应得好文章？"

"死烂的鸟！"李白不理大兄，突兀地怒骂一句。

"可恼杨、高二贼，枉为帝国权贵，实为猪狗之徒！哪来的好文章！"贺知章闻言，越发莫名其妙。好言好语复问道："莫非杨、高二厮，未曾让大郎入场？"

李白骂一回，气顺了些许，见大兄十分关切，心里多有不忍。是啊，冲贺兄发什么火？关宾客啥事！李白苦笑着答道："蒙宾客关切，场倒是入了，却不知为了何事，遭杨、高二贼子看低，好一顿羞辱！"当下将考场所遇，如实告于大兄。叙毕，恨声说道："他日某若得志，定教杨贼与我磨墨，高贼为我脱靴！"

也是文人通病，凡事总往好处想。见李白愤怒不已，贺知章只得劝慰他："大郎休要烦恼，权在寒舍安歇。只需等待三年，再开试场时，或换了主考官，必然登第。"

李白不理大兄，冲进屋里收拾行装，打一包驮背上，独自回到紫极宫。

"咚咚咚"，"咚咚咚"……李白对着宫门，一阵紧似一阵猛捶。

玉真两小腿相交，盘膝打坐在地上，正意守丹田，恍兮惚兮神游八表。被敲门声一惊，猛地里一个激灵，大小周天循环之气，顿时就乱窜起来。急忙守住"神元"，将息片刻后，徐徐长吐一口气。

玉真公主收了功，开门见是李白，满脸怒气站在门外，心里有些诧异，不知他何故生气。只道"贺剪刀"嘴不饶人，二人吵架角鳌所致。心里这么想，便咧嘴一笑，自是好一番安慰。

李白不理她，径直去到客房，倒床上呼呼大睡。

一觉醒来，已近黄昏。李白伸伸懒腰，早忘了考场不快，胡乱洗漱后，独自去肆中转悠。先去"魏婆婆烧腊店"，切三斤卤猪头肉包好；又到"胡大娘包子店"里，买两斤馒头拎上；再到"张二哥烧酒坊"，沽一坛剑南春抱着。急匆匆回到紫极宫，与玉真公主对饮。

李白器视远大，凡事不搁心里，不论多烦心的事，睡一觉醒来，准忘得一干二净。

二人吃着酒，彻夜欢歌。自此后，李白吟诗，公主抚琴，终日饮酒共欢，倒也十分自在。

四

话分两头,且又说回来。

适才,李白陪着公主,双双饮于紫极宫。二人正吃得高兴,被中书令拽出宫门,醉醺醺入得朝来。

金銮殿里,玄宗如坐针毡。

番使趾高气扬,视一殿人若无物,时不时张开大嘴,叽里呱啦一阵乱吼,向玄宗讨要回书。群臣束手无策,唉声叹气不绝。杨、高二贼子,依旧匍匐在金阶前,惶惶不敢动。

玄宗正焦虑,见张说领一壮汉,急匆匆冲进大殿。定眼一看,那汉子有些面熟,正是去岁秋猎西郊时,献《大猎赋》那人!天子知道救星来了,精神为之一振。如贫得宝,如暗得灯,如饥得食,如旱得雨。颁谕旨:"今有番国蛮书,特宣李爱卿至,为朕朗诵。"

玄宗甚是机敏,不说中书令拽来,而说特宣李爱卿至。看官或不明白,二者大不同矣,大皇帝此说甚妙,既解了眼前之困,又不失大唐威仪。

番使下邦小吏,哪里知晓实情?见弄来一个醉汉子,顿觉十分好笑,冲大皇帝撇撇嘴,轻慢之色愈浓。

李白听得明白,一莞尔小邦国书,有何难哉?见杨、高二贼子,匍匐在金阶前,心里开心极了。乘着酒性,故作翩跹状,大咧咧奏道:"草民因才疏学浅,被太师批卷不中,高太尉乱棍轰出,今既有番书,何不令试官回答,久滞番使在此,是何道理?臣是批黜秀才,尚不入试官法眼,怎敢称皇帝意?"

杨、高二贼闻奏,如铁杵直捣命门,汗流津津而下。虽恨得牙根痒痒,却不敢随意乱动,心里直骂"蜀蛮子"不迭。这厮好不可恶,真会找机会,报复这么快就来了。二贼子各怀鬼胎,似这般下贱小民,不识国家礼仪,藐视朝廷大员,若不早点撵出京城,早晚被他玩死!

玄宗不明就里,哪知三人早先过节?只道李白喝醉了酒,故意推辞不受,再传口谕给予安慰:"苏长史曾举荐尔,大郎亦献《大猎赋》于朕。朕自知爱卿,请勿辞!"

大皇帝开了金口,命侍臣捧着番书,赐予李白观看。

李白看了一遍,此渤海小邦蛮文也,难怪朝中文武不识。也活该李白长脸,自幼生于碎叶,迁居蜀中彰明后,又随阿爷商交各邦胡客,哪有不识之理!

李白有了底,装得醉眼惺忪,踉跄着走到番使前,极快撸一把蛮子的胡须。手法干净利落,一殿之人皆不知。

番使吃一惊,这酒鬼身手怎快?欲抢手拿他右膊,突不见了身影。

李白身形风快,突然闪到番使身后,一手拿住他肩井穴,一手弄儿般抚摸其头,嘴里轻蔑地言道:"莞尔渤海番邦,怎敢如此放肆,欺我大唐无人乎?"

番使项背发凉,本想转身相搏,却左右动弹不得。心里惊骇不已,站在原地不敢动,满脸皆乞求之色。

皇帝坐殿上,见李白身如魑魅,转辗腾挪间,猫戏老鼠一般,就让番使下了"矮桩"。不由喜上眉梢,脱口赞道:"果谪仙人也!"

群臣一听,齐声唱贺,恭祝圣安!

李白松了手,稍用力一推,那番使站立不稳,"扑通"一声跪地上,心里越发惶恐不安,嘴里忙不迭地口呼"天可汗"!玄宗龙颜大悦,命赐番使入座。

番使抬起头来,正欲谢主隆恩,猛见李白二目如电,利刃般逼视自己,直骇得把头一缩,哪里还敢去落座?只得箕居一旁,瑟瑟抖动不止。

李白见了,哈哈大笑。手捧蛮书,宣读如流:"渤海国大可毒书达唐国官家。自尔兴兵占了高丽,与大渤海国逼近,唐兵屡屡犯我边界,想必出自官家之意。俺如今不可耐者,差官来讲,可将高丽一百七十六城,悉数让与俺,俺有好物(事)相送。大白山之芜,南海之昆布,栅城之鼓,扶件之鹿,郭颌之永,率滨之马,沃州之绵,循沦河之鲫,丸都之李,乐游之梨,你官家都有分。若还不肯,俺起兵来厮杀,且看哪家胜败!"

众大臣听罢,满脸羞愧不已,无不为李白博学折服,窃窃私语"难得"!

玄宗听了番书,却另有一番心思,小小一个渤海蛮邦,何等地猖狂无礼?竟敢妄加提议,与我大唐分享高丽!顿时龙颜不悦,口谕众臣道:"今番家要兴兵抢占高丽,何策可以应敌?"

两班文武一听,个个呆如木鸡,无一人敢出班应对。

李白诧异甚，却不敢随便乱言，知道自己一介白丁，在堂堂金銮殿上，哪有他说话的份！

　　好在世有张说，中书令曾帅边多年，熟知帝国边情。见众僚无言以对，即遣人送番使回驿馆，以免泄漏国家军机。

　　番使性鲁直，被李白折了锐气，站在大殿里浑身不自在。听得送他回馆休息，回书也不讨了，急匆匆转身离去。

　　张说见番使已走远，持笏上前奏道："太宗帝三征高丽，涂炭生灵无数，府库为之虚耗，尚不能得胜。高宗帝兴兵百万，且有战神薛仁贵相助，历经大小百战，方得'神勇收辽东、伏高丽'。今我大唐承平日久，无将无兵，倘若干戈复动，难保必胜。兵连祸结，不知何时而止？愿吾皇圣鉴！"

　　众臣齐声附和："愿吾皇圣鉴！"

　　玄宗年迈，已不复当年神勇，又得美人承欢，每日里花天酒地，哪有心思兴兵远征？中书令之奏，正中他的下怀。谕曰："渤海莞尔小邦，何用天朝兴兵讨伐？若能不战而屈人之兵，果为上上之策。然不知如何回书，让其知难而退？"

　　一众朝臣闻言，无不面面相觑，又不知该如何对答。

　　张说瞟一眼李白，见李白气定神闲，端立一旁不语，朝事似与他无关。遂再次手捧朝笏，出班奏道："大皇帝休要烦恼，问'谪仙人'即可，他既识得蛮书，必然巧于辞命。"

　　唐玄宗闻奏，心想说得不错。李白学究天人，或可真有良策。便准其奏，急召李白垂询。

　　李白身为布衣，无资格朝堂议事，若非番使刁难，何来这个机会？听到大皇帝问策，满朝文武又无良谋，当下胸有成竹，顺张说思路启奏，认为应"以仁折腰万邦，以礼乐教化蛮夷"。

　　玄宗听得在理，探了探身子，向前做凝神状。李白朗声复奏："草民启吾皇万岁，此事不劳圣忧，明日重宣番使入朝，草民当面回复番书，与他字迹一般无二。回书蛮文必扬我大唐国威，百般羞辱渤海番邦。草民此番精心作为，定要番邦可毒拱手来降。"

　　玄宗听了欢喜，却不明何为可毒。"李白所言可毒，不知何许人也？"

李白再奏："渤海居白山黑水间，其地风俗甚怪异，称酋王曰可毒。犹回纥之王称可汗，吐蕃之王称赞普，六诏之王称诏，河陵之王称悉莫成，各从其俗也。"

李白应对不穷，玄宗圣心大悦，当堂下口谕：拜为翰林学士。

两班文武听谕，齐赞大皇帝圣明。又见李白讨了赏，纷纷庆贺恭维他。唯杨、高二贼听了，脸色阴晴不定，心里怪怪的不是滋味。

李白装作没看见，先谢过浩荡皇恩，又拱手团团作揖，答谢满朝文武百官。李白意气风发，一时难以自持。

玄宗新得翰林，又遂了美人心愿，心里万分高兴。特颁下口谕：设宴金銮殿，宣杨玉环前来，与李翰林共饮。

杨贵妃霞装霓裳，明艳逼人，百官不敢张视。李白胆忒大，乡野汉不知讳忌，两眼含春，频频与之对目。

金銮殿里，宫商迭奏，琴瑟喧和，嫔娥进酒，彩女传杯。

杨氏吃了几杯酒，顿时面如桃花。见到传闻中的李白，变得像只怀春的猫，故意褪衣半露双肩，钻入玄宗怀里撒娇。

美人欢心，玄宗大悦。御示曰："素闻李翰林酒中仙，休要拘泥礼法，尽可开怀畅饮。"

李白天性好酒，见一席玉液琼浆，闻所未闻，哪里把持得住？听皇帝发了话，顿时豪情万丈，连飞数十觥，意犹未尽。复引项狂啸，歌一曲《玉壶吟》。

歌曰："烈士击玉壶，壮心惜暮年。三杯拂剑舞秋月，忽然高咏涕泗涟。凤凰初下紫泥诏，谒帝称觞登御筵。揄扬九重万乘主，谑浪赤墀青琐贤。朝天数换飞龙马，敕赐珊瑚白玉鞭……"

李白首侍君王，尽展胸中才学。既歌自己幸登御筵，又唱玄宗万乘之圣主，心情何等高兴！他这么尽心奉承，当然希望得到天子恩宠，从此乘飞龙马，执白玉鞭，一展报国之志。

受到李白感染，金銮殿里，君臣共欢群欢。玄宗击节，贵妃旋舞，百官合唱。李白喜不自禁，直饮得酩酊大醉。

玄宗爱他率真，命内官扶于殿侧，就寝于宫中。

五

次日五鼓，天子升殿。

净鞭三响，文武列班整齐。

李白宿醉未醒，内官几番催促，才慌慌张张起了床，胡乱洗漱一番后，一步三癫入得朝来。

百官朝觐已毕。玄宗坐金殿上，见李白面带倦容，两眼迷离不清，犹醉意蒙眬未了。恐误了国家大事，忙谕示传话御厨，火速烧制醒酒鱼羹。

内侍得令，径奔御膳房。须臾，托一金盘来，上置一碗鱼羹。羹乃鲫鱼熬制，正热气腾腾。

玄宗恐他性急，不小心伤了喉咙。亲取牙箸调试良久，方赐予李翰林。

李白衣履不整，跪而食之。鱼羹入喉，顿觉神清气爽，精神为之焕发。

朝中众大臣，见天子御手调羹，百般将就李白，且惊且喜。惊者，皇帝调羹与他，自高祖开国以降，闻所未闻。喜者，李翰林人间俊杰，国家得一栋梁材也。

唯杨、高二贼，愀然不悦。

卯时，三刻。首礼太监宣：番使觐见。

番使入殿，见李白在列，犹胆战心惊。

李白已为翰林，穿着与往日不同，戴纱帽，着紫袍，登朝靴，飘然有凌云之表。

番使避而绕走，惶惶至金阶前，早已没了昨日的傲态。三呼"天可汗"后，箕身躬立于左侧。

李白手捧番书，也立左侧柱下。宏声而诵，琅琅流畅，一字不差。

番使大骇，惊为天神。

李翰林诵毕，傲然睨视番使，满脸鄙夷不屑："渤海弹丸小邦，无端失礼于天朝，吾皇宽洪如天，置之不予计较，现圣天子有诏批答，尔宜洗耳静听！"

番使怕了李白，恐他又使伎俩作弄，闻言战战兢兢，忙伏金阶下听答。

李白一番拿捏，令番使肝俱胆裂，众大臣莫不钦佩。见番使伏金阶前，李翰林会心一笑，向玄宗点头示意。

大皇帝会意，命设一锦榻，置于御座旁。

锦榻乃七宝床，上置于阗白玉砚一，象牙兔毫管笔一，独草龙香墨锭一，五色金花笺数页。内侍干净利落，一一排列妥当。

玄宗口谕，赐李翰林近锦榻前，坐锦墩上草诏。

李白听谕，正待走向御座前，一眼瞥见杨、高二贼，忆起春闱受辱事，眉头皱了一皱，一时计上心来，笑吟吟躬身奏道："臣靴不净，有污御前锦毯，望皇帝宽恩，赐臣脱靴结袜而登。"

玄宗笑笑，不知李白所想，准奏。命一小内侍上前，与李翰林脱靴。李白摇摇手，复躬身再奏："臣李白有一言，乞皇帝赦臣狂妄，臣方敢奏。"

玄宗又笑，李白平时爽快，此时忒啰唆？当即准允："任卿失言，朕亦不罪。"

李白喜形于色，冲杨、高二贼坏笑，肃奏道："臣前入试春闱，被杨太师批落、高太尉赶逐，今见二人御前押班，臣之神气顿时不旺，书不得吓蛮回文也。乞皇帝口谕，谕示杨国忠与臣磨墨捧砚，高力士与臣脱靴结袜，臣之意气必自豪矣。举笔草诏，口代天言，方不辱圣天子之命。"

玄宗听毕所奏，知李白作弄二人，唯恐拂他心意，坏了吓蛮大计。遂展颜一笑，开金口谕曰："宣杨国忠捧砚，高力士脱靴。"

二贼叫苦不迭，却又不敢声张，心里一时气紧。这厮一介布衣，得宠捡了个"清秘"，实不知几斤几两，他倒牛得紧，恃一时之恩宠，就来个"现时报"，当真可恨至极！

杨、高心里这么想，嘴上却不敢说，装得一脸灿烂，双双领了圣旨，来榻前为李白服务。

李白故意做派，倚大殿左柱上，让高力士脱去双靴，又让换穿一双新袜，这才趾高气扬走向锦榻，端坐在锦墩上。

杨国忠体肥，虽磨得一砚好墨，却早已汗下如雨。偏又不敢怠慢，只得乖乖捧砚侍立。

李白得了乖巧，不再走其他过场，竭力做起本分来。闭目凝神，静思片刻后,宇间黄泽陡然明润。左手将拂胸长须一捋,右手举起象牙兔毫,向五色金花笺笔走龙蛇。

龙飞凤舞间,须臾草就吓蛮书。字画齐整,浑然天成。

李白书毕,通览一遍,心里甚是满意。

复掷兔毫于案,双手端端捧了回文,献与大皇帝过目。

玄宗初及目,乃大惊。满纸蛮文,扭扭曲曲,与渤海国书一般无二,哪识得一文半字?

大皇帝识不得,却欢喜得紧,让内侍遍传百官。

众大臣一一过目,莫不茫然无措,哪知所书说的什么?

玄宗目示李白,命他当众朗诵。

李白微微一笑,领命立御座前,高声朗诵起来:"大唐开元皇帝诏谕渤海可毒:自昔石卵不敌,蛇龙不斗。本朝应运开天,抚有四海,将勇卒精,甲坚兵锐。颉利背盟而被擒,弄赞铸鹅而纳誓;新罗奏织锦之颂,天竺致能言之鸟,波斯献捕鼠之蛇,拂飍进曳马之狗;白鹦鹉来自诃陵,夜光珠贡于林邑;骨利干有名马之纳,泥婆罗有良酢之献。无非畏威怀德,买静求安。高丽拒命,天讨再加,传世九百,一朝殄灭,岂非逆天之咎徵,衡大之明鉴与!况尔海外小邦,高丽附国,比之中国,不过一郡,士马刍粮,万分不及。若螳怒是逞,鹅骄不逊,天兵一下,千里流血,君同颉利之俘,国为高丽之续。方今圣度汪洋,恕尔狂悖,急宜悔祸,勤修岁事,毋取诛戮,为四夷笑。尔其三思哉!故谕。"

玄宗听罢,心花怒放。命当番使面,复诵一遍。

见皇帝高兴,李白又抻起派头,仍叫高太尉穿靴,才肯下殿诵与番使。

高力士恶心已极,却拿他毫无办法,只得忍气吞声,重新为之着靴。牙根恨得直痒痒,早晚让他滚出京师,方解心头之恨!

李白装作不知,只管催他快点。待着好朝靴,李白方才下殿,唤番使阶前听诏。番使得李白一吼,浑身打个冷战,战兢兢呆立阶前,不敢正视他。

李白气宇轩昂,故意拿腔拿调,将回文朗声复诵一遍。抑扬顿挫间,诵得气韵豪迈,铿锵有力。

番使不敢吱声,尖起一双招风大耳,一字不落听完。顿时面如土色,学唐官伏地山呼万岁,惶惶辞朝而去。

玄宗口谕，命中书令相送。张说遵旨，送番使出都门。

番使犹惊魂未定，私下相询道："敢问中书大令，适才宣诏者，何人也？"

张说不欲诳他，如实相告于他："姓李名白，官拜翰林学士。"

番使将信将疑，小声嘀咕道："翰林学士？多大的官呢？能使太师捧砚，太尉脱靴！"

张说闻言，正不知如何作答，突想起太子宾客贺知章，赞李白"谪仙人"之语，心里顿时有了答词。当下呵呵笑道："尔等蛮臣哪知，太师大臣，太尉近臣，不过人间之极贵。那李学士可了不得，乃天上大罗神仙下凡，助我大唐江山永固，人间何人可及？！"

番使一听，自然信了。胡儿识得李白手段，魑魅般不可思议，非凡人可以比拟。不谓中书令诳他，只道真是上仙，唯唯诺诺而别。

回到渤海国，番使不敢隐瞒，添油加醋禀与可毒。可毒闻报，默不作声。

番使遣唐，为可毒亲点，渤海国第一勇士，竟被吓破了胆。国人听他言李白事，人皆信服，不疑有它。"谪仙人"之名，由是远播番邦。

可毒性烈暴，不惧虎豹熊罴，看了大唐国书，却作声不得。与众酋商议，天朝有神仙相助，如何敌得过他？遂写了降书，愿年年朝贡，岁岁臣服大唐。

第十三章
李翰林义救郭子仪　安禄山独享浴儿礼

一

李白醉书退蛮文，一时声誉鹊起，"谪仙人"之名，远播五湖四海。

李白飘飘然，自我感觉良好，却不想得罪了权臣杨国忠、高力士二贼，早晚给他"小鞋"穿。

玄宗乃圣明天子，一心效古之尧、舜治国。那日朝上得识李白，不仅仪表俊朗卓尔不群，尤满腹韬略机变万端，心里便细细思量，该如何重用他。

照说帝国威伏四海，李白又是千古奇才，为李唐江山计，让他担任重要职务，乃顺理成章之事。哪知李白性情闲逸，逍遥自在惯了，自比汉时东方朔，出谋筹划则可，身居要职理政担责，确实为难了他。

玄宗高高在上，不知李翰林心思，多次言于李白，欲加官晋爵委以重任。

杨、高二贼闻讯，深感大事不妙，欲千方百计加以阻挠，不想让他留在御前，与自己争权争宠。

李白不知凶险，又无官场权谋心计，懒得搭理这些事。每日陪着贺知章，长安城喝酒吃肉听曲。不数日，倒弄出个"仙宗十友"来。

大唐长安帝都，不仅巍峨壮丽寰宇，世间大罗神仙齐聚，酒徒酒鬼一抓一大把。自高祖开国以降，依生活年代计，时人谓"仙宗十友"者，陈子昂、卢藏用、宋之问、王适、毕构、司马承祯、贺知章、王维、孟浩然、李白是也。

李白虽为翰林，却是"清秘"学士，整日无所事事，实在可惜了满腹经纶，不喝酒吃肉又能干啥？

玄宗身居宫中，也听得"仙宗十友"之名，心里甚为叹惜。特召李白于内宫，言之曰："李翰林才绝天下，智退蛮邦，功高当赏，爱卿意下如何？"

李白正花天酒地，玩得不亦乐乎，见皇帝欲封赏，忙躬身谢道："臣但得逍遥闲适，随时供奉御前，如汉之东方朔故事。"

玄宗诧异甚，不明李白心思，忆其从前所献《大猎赋》，不愿做黄鹄与玄凤，自比冲天大鹏鸟，怎么说变就变了？亲切笑言道："听爱卿所言，忘了《大猎赋》吗？"

李白闻言一愣，皇帝狡黠，拿话挤对他呢。心里默了一默，忙上前躬身应曰："黄鹄、玄凤虽为仙羽，却受驯困于池隍。唯大鹏鸟者，无拘无束，可自由翱翔。"

玄宗这才明白，李翰林性高洁，不屑与权臣为伍。心里甚是惋惜，却强求不得，当即口谕云："爱卿不愿受职，朕所有黄金白璧，奇珍异宝，唯卿所好，尽可取之！"

李白闻谕，感慨万千，长舒一口气，不喜也不忧。

玄宗见状，以为他心满意足，殊不知李白所叹者，实则大有深意。李白心高气傲，开不了口要赏。也因为清高，偏偏就意气用事，得罪了杨、高二贼。

且不说杨国忠倚仗贵妃横行朝野，单说高力士，因助玄宗剿太平公主有功，深得大皇帝恩宠，权势炙手可热，时人谓之"高猫"！

在唐人眼里，猫有九条命，整不死也抓不着，且狡诈异常。高力士生性狡诈，故有"高猫"之谓。

史载："若附会者，想望风采，以冀吹嘘，竭肝胆者多矣。"帝国朝中大员、藩镇边帅，如宇文融、李林甫、杨国忠、安禄山、高仙芝一干人，皆"因之而取相高位，其余职不可胜纪"。

别说朝中大员了，李唐宗室成员，又有谁不怕他呢？太子李亨，贵为储君，尚与之称兄道弟。其余诸王、公主，见了他莫不称"阿翁"。至于驸马、额附之辈，谁敢不叫一声"阿爷"？

李白逞一时之能，让杨国忠捧砚，使高力士脱靴，后果是什么？他当然明白。得罪了太师、大尉，自己一介草民，既无政治资本，又胸无城府，何敢与之同朝为官？又怎敢争得高官重爵，成众矢之的而致祸？李白是个明白人，便依贺知章授意，假意不问国事，整日里饮酒作乐，以待时日再为国效力。

玄宗虽然圣明，却哪知李白心事？从此以后，皇帝时时赐宴，偕同贵妃一道，与李翰林饮酒共乐。

李白装得很像，经常喝得大醉。醉了，便肆意谈笑，依旧大骂杨、高二贼。二贼得报，不怒反喜。李白不务正业，也不争权争宠，正合二贼心意。杨、高戒心日怠，各自忙着弄权，慢慢忘了李白。

玄宗却离不开李白，准确地说，是杨贵妃离不开。

妇人天生媚态，娇滴滴让人骨酥。又很会娱乐，喜欢新鲜玩意，时时玩些花样，让皇帝高兴，主要是让自己快乐。

宫中每有宴乐，必召李白赴会，饮酒赋诗唱新曲。李白性豪迈，每饮必大醉。醉了，留宿金銮殿。开元间，此宫闱秘事，人多不知情，宫人也不敢外泄。不知不觉间，李白恩幸日隆。

二

唐都长安，户籍百万，大厦连云。

开元间，依前朝旧例，在外廓朱雀大街两侧，对称设置东、西两市，皆帝都繁华商区。

时人记载："市内货财二百二十行，四面立邸，四方珍奇，皆所积集……"

东、西两市内，林立着各色生产、出售同类货物的店铺，分门别类集中排列。同类者排同一区域，市井叫作行。堆放货物的客栈，唤作邸。邸既为物资仓储，又为商人宿舍兼大宗物资批发点。市内，不仅有茶肆酒楼、乐坊勾栏、梨园吹奏，笔行、铁行、肉行、典当行，比比皆是。卖花者、售胡琴者、弹筝筷者、奏琵琶者、杂戏者、货蜀锦者、赁驴者、贩骆驼者……举不胜举。

市井人家过日子，哪离得了市？家里缺了油盐柴米，或唤下人，或自去东、西二市选购。久之成俗，购物便呼为"买东西"了。

东、西两市，布局一般无二，声誉达于天下。

细观二市，却也有所不同。东市上多唐人，所售物资乃国产。西市里多胡商，所易商品乃胡品。

李白官翰林，虽是个清秘，一样享受帝国俸禄，银子分文不少。整日里无事，便呼朋唤友，时常招摇东、西两市，吃花酒，听艳曲，遛狗斗鸡为事。

在别人眼里，李白活得潇洒。李白自己清楚，心里苦闷着呢。李白潇洒是假，做给别人看的，谁大老爷们一个，不想做些有益的事？

因之故，李白行为便很怪异，常常出人意表。平时喜欢跑西市，听胡人贫嘴，心里就欢喜，说不出的亲切。别人不明委曲，他自己明白。西域碎叶乃出生地，胡地胡人胡音，自有一番情愫难以释怀。尤其那羊肉大胡饼，偷偷吃了一回后，经常想到口水长淌。

李学士之于胡饼，为何偷偷饮食？

当朝典律甚严：但凡朝廷官员，不得与小商小贩交易，若有失国家体统者，一律罢免官职。胡饼乃西域传入，胡人煎制胡饼，多于西市街沿处，又或简易食棚内。李白既为三品翰林，怎敢当街交易？

每日五鼓时分，李白上朝行于市，天色尚灰蒙蒙未亮，胡饼香味"势气腾辉"，时常让人裹脚不前，故而只得偷偷往食了。

胡饼有甚妙处，何以诱人偷食？史书记载：先制一巨大麦饼，羊肉切成片，一片片铺麦饼内，又在饼的隔层里，层层夹放胡椒和豆豉，"隔中以椒、豉"；又用酥油遍淋麦饼，"润以酥"；再入火炉中烤，待烤至五成熟，"即取食"。呵呵，麦面香，羊肉香，酥油香，胡椒香，豆豉香……食之终生难忘矣！

李白是好吃嘴，总爱往西市跑，不仅难舍美食，尤可得天下信息。

天宝二年，三月。

西市上盛传，安禄山私自募兵，反唐之心昭然若揭。

李白听说后，心里十分惊骇。继而又一想，报国的机会来了。每日潜往西市，穿梭茶肆酒楼间，尖起耳朵探听消息，倒让他得了些线索。

三月，十六日。

李白用过早点，打马游长安。刚至福安门，正转西市而去，忽听警锣急鸣，有禁军高声吼道。李白勒马一观，先有小队骑哨兵，呼啸奔驰而过。又有大队人马，计二百禁军压阵于后。另有八名刀斧手，杀气腾腾手持鬼头大刀，拥着一挂囚车，往东市辂辘驶去。

李白心大诧，八名刀斧手，两百禁军压解，囚犯何许人？享有无上规格！心里纳闷儿，花花太平世界，不知谁犯下重罪，值得这般大动刀刑？李白天生好奇，策马追上囚车，询于押车之人："何人犯事，恁大阵仗？"

青天白日，朗朗乾坤，京师重地，谁敢拦道？监斩官大怒，正待高声呵斥。猛见是李翰林大学士，便把一嘴的脏话，硬生生咽回肚里，身子也矮了三分，点头哈腰道："回大学士话，罪犯郭子仪，押赴东市处斩。"

李白为人豁达，信息广通天下，早听说了郭子仪大名，有一夫当关之勇，时为并州解到夫机将官，乃陇西节度使哥舒翰帐下偏将。

这就奇了怪了，朝廷正广揽英才，怎会无故斩他？

李白翻身下马，来到囚车前。车内，囚一青年军官，虽身陷囹圄，犹器宇轩昂，目光如炬。

李白满心欢喜，有意要救他一命。朗声问道："车内囚押者，果真二郎乎（郭仪排行老二）？"

囚者虽为边将，却识得翰林的官符。李白声誉在外，又俊逸如仙，知必是李学士无疑。当即声若洪钟，朗声应答道："劳烦李大学士下问，小可郭子仪，却不知犯了何事，被押解来京师问斩！"

李白闻言，更加诧异莫名，囚犯自己都不知何罪，竟要押去刑场问斩，岂不是乱了大唐律令?！分明奸臣当权，世道乱了嘛！

李白心恚甚，转身问监斩官："尔为国执法，可知二郎所犯何事？依大唐律令论，几条几款可斩？"

监斩官被他一凶，顿时结巴起来，好半天才陈述明白。

原来，月前哥舒翰巡并州，得知大营军粮被烧，主官郭子仪罪不容赦。哥舒翰久镇陇西，惜才不肯斩他，下令解至京城，交由天子发落，谁知落入杨国忠之手。杨贼与哥帅有隙，不问是非曲直，下令押赴东市，直接斩首示众！

李白问明缘由，听得杨贼枉法，更加要救他性命。遂走到囚车前，亲自和郭子仪攀谈。

押解者为禁军，本欲依例阻止，却碍于李白名头，有"天子为其调羹"的身份，哪敢真的拦他？

李白有心救人，问得十分详尽。

郭子仪对答如流，尤于边镇诸军事，良谋韬略多多，甚得李白的欢喜。李白转过身来，大声言于监斩官："郭壮士目光如火照人，不十年当拥节旄，成为帝国柱石。待我殿前保奏，尔等原地稍候，不得有误！"

监斩官闻言，哪敢说半个不字！

李白当即回马，直奔兴庆宫金銮殿，求见玄宗皇帝。

玄宗坐殿上，见李白气喘吁吁，不知何事慌张。待他奏过详情，半开玩笑半认真地问李白："杨太师依律斩他？有错？"

李白答道："依律当斩，无错。"

玄宗笑曰："既无错，何求情？"

李白再答道："吾皇不欲征四方乎？郭子仪万世良帅，斩之如自断手脚！"

玄宗闻言，嘴里"啊"一声，直起身子仔细听奏。

李白侃侃而谈："哥舒翰久镇陇西，乃一方雄帅，当知依律必斩。他为何不斩，反而押送至京师，交由大皇帝发落？"玄宗听得糊涂，不解地问道："却是为何？"李白应声而答："哥节镇不斩，是惜才也！交由天子发落，盼吾皇开圣恩，为国留人才也！"

玄宗终于明白，频频点头称善。唉，杨国忠只知弄权，不知体察国事，几损帝国柱石，实在可恶至极！

"李翰林忠心为国，实得朕心意。但不知郭子仪一偏将，果如卿之所言否？"

李白闻玄宗所言，已有赦免之意，着实松了一口气，便大赞郭子仪文韬武略，再三恳请大皇帝，准允其戴罪立功。

玄宗心甚感动，听他奏得诚恳，又素知李白狷直，断不会巧言令舌，犯下欺君之罪。

当即准奏，颁下赦免诏。

李白欣喜若狂，连连歌扬圣恩，口呼万岁不迭。

首礼太监杜仁，将诏书藏在袖中，随李白快骑来到东市。杜仁当众宣诏，赦免郭子仪无罪。监斩官打开囚车，放出了郭子仪。

郭二郎深受感动，雄赳赳站在李白面前，却不肯下跪拜他，唯躬身长揖谢道："异日衔环结草，不敢忘报矣。"

李白天生傲骨，见二郎一身正气，无丝毫的媚态，双双相拥好不欢喜，活像久违了的亲兄弟。

三

天宝二年，腊月。天雨雪。雪花纷飞，旬日不绝。

初八日。安禄山带领千骑，自范阳入京师，向圣天子述职，依例年末"岁贡"。

肆中坊间盛传，胡儿脑后长有反骨，早晚必反大唐。朝中也有风言，传安禄山心怀异志，百官参劾甚烈。玄宗自诩圣明，却是一点不相信，小胡儿憨态可掬，怎么可能会反呢？

唐自高祖兴国始，即立下典制律令，由朝中重臣节级边镇，边将必须三年一轮换，以免地方藩镇坐大，威胁到帝国中央政权。

安禄山为边帅，却是个大大的例外，身为三镇节度使，居然长期没人替换他。拿胡儿自己的话说，北狄不来犯边，要我安禄山何用？

国人不知所云，明白人却深谙此道，安禄山更是驾轻就熟，时常纵兵北进，无端袭扰奚族、契丹，寻致北狄素仇唐人，不断举兵来犯边境。胡儿乘机逮住机会，暗中与敌国勾结，累累"大败"来犯之敌。

朝廷不知猫腻，越发倚重于他。

安禄山节级三镇，地位稳如泰山，便大肆招兵买马，名正言顺无人猜疑。加之胡儿面带猪相，天生具有欺骗性，又极善于装莽伪饰，便很好地利用这一点，走路故意摇摇摆摆，给人十足的喜感。

杨玉环见了，曾笑岔过气。娇滴滴言于皇帝，说他一个死胖子，傻乎乎走路像只老母鸭，整日里表着忠心，怎么会反叛大唐呢。

唐玄宗听了，越发放心了。

安禄山顺势讨好，对玄宗毕恭毕敬，对贵妃大献殷勤，对朝臣则傲慢无礼。文武百官大愤，纷纷上书参劾，直谏胡儿有反心。

安禄山大乐，要的就是这效果。

张说是个明白人，上书直斥安禄山："面有逆相。"

清源县公王忠嗣，身兼河西、陇右、朔方、河东四镇节度使，上书弹劾安禄山，称其"日后必反"。

杨国忠贵为太师，胡儿和他不对劲，"国舅爷"上奏尤为尖锐，直斥为国之大蠹。"上前，数言其悖逆之状！"

皇帝独不信，他有自己的想法，群臣们"倒安"，实为了邀宠争权。张说言"面有逆相"，大皇帝认为"一脸憨相"；王忠嗣言"日后必反"，杨国忠参"有悖逆之状"……哪有丁点真凭实据？全是想当然臆测！

在唐玄宗眼里，凡言胡儿反的人，一律出于嫉妒。如此一来，真到他反时，就算有人拿来了真凭实据，皇帝也未必信了，这就是安禄山想要的效果。

胡儿憨不？狡诈着呢！剩饭放久了，会馊臭。真话说多了，会失信。谁再说，谁触霉头。

李白不知好歹，就触了霉头。

腊月，初八。俗称"腊八节"。是日，主妇足不出户，窝家里熬制腊八粥。

考古籍得知，腊者猎也。腊八粥者，选八种豆子，和上稻米与猎物（腊肉粒），一起熬制为粥，用以缅怀祖先，祭祀神灵，逐邪避鬼，庆贺猎获。祭祀毕，一家老小拢一堆，热热闹闹喝粥，共庆年丰（猎获）。

今年冷得早，初进腊月，即大雪不歇。

初八日，雪愈烈。雪花如鹅毛，漫天纷纷扬扬，偌大一座长安城，一派银装素裹。

李白别无去处，便去西市喝酒。刚入酒楼坐定，即有内侍奉旨相召，宣火速前往金銮殿。

李白酒瘾发作，嗔杨玉环又玩花样，不想急着回宫。两手相搓，嘴里嚷嚷："待大郎吃一杯，暖暖身子骨。"内侍着急，急促相催："李学士贪杯不得，非皇帝宴乐，实贵妃义子拜年来了！"

李白咧嘴一笑，果是妇人妖精妖怪。鼓起两眼道："安禄山？"内侍见问，忙答:"正是!"

李白大不爽,甩下一串铁钱,言于酒保道:"酒不吃了,温酒钱照给,也不懒你劳作!"

李白嗜酒如命,长安人尽皆知。今日酒都温好了,不曾吃得一杯,为何匆匆离开?

盖因安禄山那厮,大杨玉环十多岁,却甘为妇人干儿。每次来到京师长安,干娘必做"浴儿礼",二人共浴一个池子,通宵达旦乐于后宫,丑声达于宫外。

近日,肆中盛传,安禄山有反意,李白倒要看看,胡儿究竟何许人物,竟让杨妃着迷,天子宠信,百官弹劾。是故,内侍刚说安禄山,李白酒也不喝了,急匆匆随他而去。

金銮殿里,炉火正红,温暖如春。座中无他人,唯皇帝、杨贵妃、安禄山耳。

李白来时,三人正酣饮,早吃完一壶剑南春了。安禄山满面油光,扭着肥硕的身躯,欲开启第二壶,见了李白,微微一愣。谪仙人的大名,他早有耳闻,憨憨地咧嘴一笑,算是打了招呼。

李白被他一笑,顿觉肠胃翻涌,胡儿这般丑态,竟得杨妃欢心?见他笨手笨脚,久久开不了壶盖,面盆大一张胖脸憋得通红。

李白走上前,伸手想帮忙开壶,一眼瞧见胡儿左手腕内侧,绣着一只黑色狼头,龇牙咧嘴甚可爱。

安禄山被他一盯,将手缩了回去,望着李白嘿嘿傻笑。李白恶心欲吐,一把抢过酒壶,伸出二指轻轻一弹,那盖便打开了。安禄山大惊,好个"谪仙人",果然名不虚传!

玄宗见状,忆起戏番使事,恐李白一时性起,使怪作弄胡儿,坏了美人的兴致。急忙赐座,赏李白一杯美酒。

贵妃满脸妊红,见李白蔑视干儿,手里擎个金杯,笑盈盈道:"久不见翰林,依旧这般讨人喜欢。来来来,与奴家吃一盏。"

安禄山略显尴尬,憨态越发可爱。脑子却转得飞快,见皇帝待他甚恭,干娘又频献殷勤,始知江湖传言不假。心想千万别招惹他,免得落个磨墨脱靴的下场,忙擎一大盅酒,摇摇摆摆过来敬他。

李白鼻孔朝天，不理那妇人，也不理胡儿，遵圣意下首坐了。接了玄宗赐的酒，捧杯长揖道："大皇帝好不偏心，赏臣吃个小杯儿，胡儿倒吃个大盅！"

玄宗闻言，大笑道："确实不该，换大盅与李爱卿。"

近侍领命，果换一只大盅，较之胡儿所执，色彩同颜，高低相仿，口径犹大一寸。

李白大笑道："正合臣意！"自个儿满斟一盅，仰脖子干了，徐徐导入肠胃，大赞好酒不迭。

座中四人，各具情态。玄宗微笑如春，贵妃媚笑如花，禄山憨笑似傻，唯李白狂笑似癫！

酒酣耳热之际，杨玉环忍不住燥热，无端发起骚来。

妃衣褪，微露乳，以手扪之曰："软柔新啄鸡头肉。"禄山在旁续对云："滑腻如凝塞上酥。"帝续之曰："信是胡儿只识酥。"不怒反笑。

李白见了，心中大骇。想起肆中流言蜚语，一时难以自持，举起案上酒壶，仰头一饮而尽，佯醉曰："谬戾如此，天下安得不乱？胡儿安得不反！"

安禄山一听，忙离席伏地，却掩不住一脸喜色。好个蜀蛮子，皇帝面前也敢胡言乱语，不脱层皮才怪！

杨妃尤惊，李白之言虽出义愤，却犯了官家大忌，免不了吃些苦头。玄宗把脸一沉，叱道："酒后轻薄，有失官体！"着令内侍，将李白轰出金銮殿。

李白悲愤至极，狂呼乱号出了宫门。他这番痛苦作态，非为天子呵斥，实为后宫荒淫，深忧帝国安危！

宫外，风雪交加，天空昏黑如夜。李白身寒，心更寒。裹紧身上裘袍，双手拢袖中，踉踉跄跄行道上。

京师别无去处，又不想打扰贺宾客，只得来到紫极宫，就宿玉真公主处。

四

腊月，二十三。

城东，太师府。

正堂内，丈围一铜巨炉，燃一炉熊熊大火，让彻天透地的寒气，消失得无影无踪。

横案前，一椅甚伟。椅上，铺斑斓大虎皮。

杨国忠靠椅上，呼呼生着闷气。

巳时，三刻。

风雪突烈。

大管家莫天良，匆匆裹雪入正堂，附耳言于太师。

他适才去宫里，听贵妃娘娘讲，安禄山今岁拜年，除了给后宫礼物外，唯一到过太尉府，送去了一张大虎皮。

"娘娘说虎皮很大，比前年春节时，送给太师的这张还大。"见太师不高兴，莫天良指指太师椅，小心翼翼地说。

杨国忠听了，心中更加愤怒。抓几上黑釉茶碗，猛往地上一掼，顿时摔得稀烂。

左右二侍女，吓得大气不敢出，蹑手蹑脚捡拾干净，出府外弃于阳沟。

安禄山这狗贼，实在太可恶了！拜过皇帝，哄完贵妃娘娘，该投帖太师府吧？该岁奉"冰炭"吧？哪知等到腊月二十五，仍不见人影花花！除了皇帝和贵妃，眼里只有高太尉，把国舅爷放哪里了？好在另有消息，就是那个蜀蛮子，遭天子叱逐出了宫。想到这一回，杨国忠心里稍安，决定亲往金銮殿，参劾安禄山哪狗贼。

午时，一刻。

天色放晴，风雪渐渐小了。杨国忠望了望天，吩咐吴天良，备好四辕紫呢马车，乘雪往宫里去。

后宫里，笙箫正欢。

玄宗搂着贵妃，一边吃着酒，一边欣赏歌舞。见到舅老倌裹雪而至，又满脸的闷闷不乐，急忙松开妇人，笑嘻嘻地问道："大过年的，太师为何不快？"

杨国忠真不快，嘴里大声嚷嚷道："安禄山要反，天下人谁都知道，大皇帝为何不信，又放他走了？"

玄宗闻言，脸色一沉，恨声曰："太师发甚癫？何故又出此言！"

那妇人一听，知道要坏菜，急忙端一盏美酒，滚进玄宗怀里，撒娇道："安禄山那厮，确也该骂。岁岁都去太师府，今次为何不去？偏又去了太尉府，你说恼人不恼？"

杨氏一边撒娇，一边向从兄使眼色。杨国忠装着未见，硬起一条粗脖，回言大皇帝："胡儿强梁贼子，必反我大唐！市井小儿皆知，独大皇帝不知！"

此话大胆，实忤逆犯上。天子不信胡儿反唐，直不如市井小儿乎?!

妇人骇一跳，酒也吓得醒了。从兄太过专横，早晚不得好死！手里擎盏酒，却不知如何为他开脱。

玄宗不以为忤，反倒笑了笑，适才杨妃所言，也有几分道理，安禄山恁不懂事？给太尉拜了年，居然不给太师送礼，难怪人家不乐意，打上金銮殿来评理了。见国舅硬着脖子，气咻咻不服气，玄宗连忙赐座，又赏他一杯美酒，和颜悦色地说道："言禄山必反，太师可有说辞？"

杨国忠一边吃酒，一边应答："何需说辞，皇上再召胡儿进京，他若敢复来，便不反。他若抗旨不至，必反矣！"

玄宗固执己见，始终不信胡儿会反。听他言之凿凿，笑曰："就与太师赌一赌，明年牡丹开时，朕即召之，必来！"

杨国忠听了，硬起一条粗脖，赌气回应道："必不来！"

君无戏言，臣无诳语。君臣互赌，直如街头泼皮。妇人左瞧瞧，右看看，觉得甚好玩，扑哧笑出声来，腻声道："奴家凑个热闹，赌他来不来，去不去，两边见赏钱！"

三人大笑。

唉，金銮殿里，国事如儿戏，帝国命运可想而知矣。

第十四章
沉香亭贵妃醉酒　兴庆池太白赋诗

一

天宝三年，春正月。

正月，初十八。

贺知章寿辰，岁龄八十有六。前日金殿请辞，帝准允告老还乡。

李白一早醒来，便酒瘾发作。想到贺兄大寿，必有大酒可吃，心里一阵欢喜。

久不见大兄了，李白有些许内疚。若无贺宾客举荐，偌大的长安城里，哪有自己下榻处？哪来腰间闲钱吃酒？李白虽然狂傲，却懂得感恩。

那日酒后胡言，遭逐出金殿，被玄宗有意疏远，李白郁闷至极，成天不问朝事，只顾东、西两市吃酒，时常酩酊大醉。不数日，又忝列"饮中八仙"，酒名如日中天，倒把诗名给淹没了。

时有杜子美者，作《饮中八仙歌》，慕而赞云："知章骑马似乘船，眼花落井水底眠。汝阳三斗始朝天，道逢麴车口流涎，恨不移封向酒泉。左相日兴费万钱，饮如长鲸吸百川，衔杯乐圣称世贤。宗之潇洒美少年，举觞白眼望青天，皎如玉树临风前。苏晋长斋绣佛前,醉中往往爱逃禅。李白斗酒诗百篇,长安市上酒家眠。天子呼来不上船,自称臣是酒中仙。张旭三杯草圣传,脱帽露顶王公前,挥毫落纸如云烟。焦遂五斗方卓然,高谈雄辩惊四筵。"

呵呵,"天子呼来不上船,自称臣是酒中仙"。

果然挣得好名声!

已时,三刻。

内翰宅。

李白空一双手,也没提份礼物,大摇大摆来到宅前。见大门没有关上,便径直进了院内。

贺知章着裘袍,虽龄近九旬,却精神矍铄。一眼看见李白,起身迎入堂屋,安贵宾位坐定。

李白出银百两,以为寿礼。贺宾客不允,百般推辞。李白笑道:"名为寿礼,实为酒钱。小弟量大,席间多吃多盅,恐资不抵酒矣!"

贺知章闻言,呵呵抚须一乐,大大方方受了。又有意拿眼瞄他,见李白容光焕发,不似传言般颓废,更不像失宠烂酒之人。心里宽慰许多,冲李白一笑,爽朗地笑道:"明日告老还乡,今日好生饮过。"

李白一听,目瞪口呆。几日不见,大兄已交了辞呈?想起往日交往,得贺宾客诸多照顾,心里一时难过,忍不住潸然泪下:"大兄走后,吃酒便寡味了。"

好暖心窝的话。贺知章听得难受,想他金殿被斥逐,心里何等委屈,也没来唠叨半句,这才是好兄弟呢。有苦独自吞,有乐大家享!贺宾客好生感动,却不知如何安慰他,便指着大宅内外说:"昨日上殿请辞,愿将舍宅为观,请为道士。"

李白知大兄心意,不欲自己难为情,展颜笑道:"皇上准允否?"

贺宾客拱两手,向天作揖道:"蒙皇帝恩准,诏宅名'千秋观',赐第前镜湖'剡川一曲'!"

李白闻言,大喜,拱手相贺:"大兄得此隆荣,当大庆。"

玄宗诏示天下,宅为"千秋观"者,旌表贺宾客文章,千秋万世也。赐镜湖"剡川一曲"者,盖因贺知章故乡越州,有大水名剡溪也。

为人臣者，生前隆荣如斯，夫复何求！

张说护驾华清池，人不能到场庆贺，人情却早早送到，专遣老仆赠二十金。

京师"饮中八仙"，则聚于内翰宅，热热闹闹为大兄贺生。只有张旭游历吴中，没来得及回来。

一干酒徒子，人人不拘礼数，个个放荡不羁。猜拳吃酒，忘乎所以。

翌日，晨。

卯时，二刻。

贺知章登车，将欲行。太子领着百官，专程来到内翰宅，为老师送行。

玄宗碍于身份，不便前往相送，亲书《送贺知章归四明》诗，交与太子李亨，前往宣读并送别。

诗云："遗荣期入道，辞老竟抽簪。岂不惜贤达，其如高尚心。寰中得秘要，方外散幽襟。独有青门饯，群僚怅别深。"

李白遭斥出宫，身份形同"流人"，不敢去内翰宅饯行，独自驮一坛酒，早早来到寒阳驿，等候贺兄马车驶来。

巳时，一刻。

天晴如碧。

贺知章乘坐马车，来到寒阳驿前。

李白筛二十四碗酒，一溜长排在驿亭内，亲自上前开了车门，将大兄引入亭中。

待贺知章坐定，李白伤感而泪流，突下跪长拜："兄有再生之德，愿天年永享！"

贺知章大惊，忙上前，双手扶起李白。京人谁人不知，李白有傲骨，不拜天，不跪地，更不叩天子，今日竟然下跪，叩拜自己！

二人四目相对，皆泪如泉涌。

李白不再言语，将亭中二十四碗酒，分两行排好。便端立一旁，只待大兄发话。

贺宾客饱读经史，哪会不知饯行礼？十二碗酒者，代表一年十二个月，寓岁岁平安也！

贺知章不言，端起十二碗酒，一一饮尽。

李白随其后，一边流泪，一边豪饮，一边狂歌："镜湖流水漾清波，狂客归舟逸兴多。山阴道士如相见，应写黄庭换白鹅。"

歌声欢快，祝福真诚，语虽平常，意却真切！

二人相拥。无言良久，依依而别。

二

天宝三年，三月。

上巳节。

京师牡丹盛开。

那日，大皇帝金銮殿里，玄宗与国舅相赌，各持己见，互不相让。

今日，赌期已至，不知赌局走向，又会是怎样一番结果？

却说胡儿安禄山，自长安回到范阳，想起京师拜年事，犹欢喜不已。送高猫虎皮，实因这厮可恶，总是当众羞辱人。嘻嘻，得了洒家好处，总该闭嘴了吧？哈哈，偏不去太师府，气死那个"贼舅子"，谁让他下"烂药"？倒是李白那厮，一双眼睛像利锥，盯得人背心发凉。设若朝廷里，人人都像他贼精，老子营生这么多年，岂不竹篮打水了吗？哼哼，管他呢，李白再了得，怎敌爷爷千军万马？

胡儿不事收敛，越发胆大妄为，四处招兵买马，大肆扩充实力。偶与邻镇摩擦，往往痛下狠手，反赖别人挑衅。叛唐之心，已昭然若揭。

唯玄宗老迈昏聩，始终不愿相信。

四月，初三。

安禄山练兵范阳，场面十分壮阔，甲兵列营三十里。敌契丹、奚族以为来攻，遣使递降表乞降。

午后，未时。

突有诏使至，宣四月十六入宫，天子设宴沉香亭，招群臣共赏牡丹。

胡儿大帐接旨，项背一阵发凉，心里绕无数个弯弯，年前才去拜了岁，今日又来招赏花？边帅乃帝国屏藩，依例年前拜了岁，本年内不再入京，朝廷这般安排，不符合常理啊！他哪里知道，怠慢了杨国忠，这是必然的后果！

安禄山远镇边陲，不知杨国忠所为，但直觉告诉他，此是一盘赌局，有人赌他不敢去京师。

时，胡儿节制三镇，握镇兵二十万，然帝国正如日中天，雄藩大镇遍布四方，此时还反不得，反必败。但如不去京师复命，又定遭猜忌，奈何？

胡儿心思缜密，权衡再三后，即刻收兵启程赴京师。

四月，十六日。

胡儿进入长安，匆匆来到兴庆宫，向玄宗三呼万岁，叩头谢主隆恩。玄宗大喜，望杨国忠而笑。

从此以后，谁再言安禄山反，一概叱为无理取闹。轻者免官降俸，重者流放瘴毒之地。百官莫不忌惮，纷纷噤声不言。杨国忠恨愈烈，不怪玄宗昏聩，可恼胡儿狡诈，早晚为帝国疽痈！

安禄山伏地上，眼睛四处瞟着，见玄宗欢天喜地，杨国忠垂头丧气，心里明白了咋回事。暗道一声好悬，设若借故不来，此刻怕早动刀兵，被撵得四处逃窜了！

高力士立殿前，不知事情原委，更不知三人所想。见玄宗兴致勃勃，躬身奏道："兴庆池畔，沉香亭前，牡丹已盛开，只待皇帝赏光。"

玄宗闻奏，领百官出宫。大皇帝威风凛凛，乘天驹"照夜白"前往。杨贵妃着霓裳，袒肩露胸，坐步辇随其后。文武百官皆步行，一路小跑紧随。

沉香亭前，牡丹盛开，朵朵硕大如斗。

红、紫、浅红、通白……交相辉映，灼灼映人。

杨玉环见到牡丹，忍不住春情荡漾，如孔雀开屏，极尽妖艳之能事。且旋且舞，亦媚亦骚。

玄宗大喜，手之舞之，足之蹈之。当即口谕近侍，火速到皇家梨园，招梨园长李龟年，领弟子沉香亭侍乐。

李龟年有异才，歌声有如天籁，乃帝国乐坛第一名手。得皇帝口谕后，哪敢丝毫怠慢？即遴选弟子百人，携乐谱十六部，马上赶往沉香亭。

沉香亭前，花开正艳。百名梨园弟子，席地而坐。李龟年手捧檀板，立众子前指挥，正待引项而歌。

贵妃眉头一皱，似有不悦之色。

玄宗见了，心里微微一诧。揣度美人心意，不喜花前喧嚣？伊爱出风头，非也。莫非不爱歌咏？伊善解音律，更非也！猛忆起李白，久不见其侍候左右，心里甚是想念他。如此良辰美景，怎少得了绝妙新词？

玄宗猜得美人心意，笑而止曰："杨妃赏名花，焉能用旧乐耶？"当即下口谕，着梨园长李龟年，持金花笺前往翰林苑，宣翰林供奉李白，即刻进清平调助兴。

妇人听得真切，顿时心花怒放。嘻嘻哈哈的笑声，浪荡在兴庆池畔，撩人心痒。

李龟年却犯了愁，谁不知李白狂放？自那日遭斥出宫后，谁也见不到他了。莫说小小的梨园长，禁军左右卫长，也未必找得到他！找不着也得找，谁拂了贵妃的兴致？谁就是为自己找麻烦。

李龟年额头冒汗，正在为难之际，突有内侍奏道："寅时三刻，小的宫外洒水，见翰林学士骑一匹大马，往外郭西市去了。"

玄宗听罢，目示李龟年，催促道："还不快去！"

梨园长领旨，躬身退下。内侍牵来数匹御马，皆清一色"玉花"白驹。李龟年不敢耽搁，立即翻身上马，领五名弟子扬鞭而去。

三

西市，关山月大酒楼。

酒楼高三丈，立于十字街头，乃西市第一繁华处。

酒肆主乃波斯胡商，专售胡地饮食，大酒大肉大饼。又有胡姬千人，献歌献舞陪酒席间，让人饮得酣畅，吃得过瘾，玩得痛快！

京师公子哥儿，多银鞍白马奔此，散尽千金度春风。

李白性豪侈，身上又多金银，能不来此胡吃海喝吗？

李龟年心急，骑一匹禁中大马，领着五位弟子，不走三街，不过九巷，径奔西市而来。

长安城谁人不知,李白来西市吃酒,首选必是"关山月"。

快马刚到楼下,李龟年耳朵尖,就听到李白在饮酒高歌。歌曰:"天若不爱酒,酒星不在天。地若不爱酒,地应无酒泉;天地既爱酒,爱酒不愧天。已闻清比圣,复道浊如贤。贤圣既已饮,何必求神仙。三杯通大道,一斗合自然。但得醉中趣,勿为醒者传。"

梨园长听罢,心里欢喜不已,吩咐众弟子楼下乖乖候着,自己则身轻如燕,大踏步奔上楼来。

三楼右侧角落处,李白独占一座头,左右拥二胡姬,吃喝得正欢。身前一案,漆黑发亮。案上,搁三五个盆钵,堆满煮熟的牛羊肉。肉坨大如拳头,热乎乎冒着香气。

邻案头,又置一方桌。桌上,一胡姬旋舞,妖娆不可名状。

李白右手里,提壶剑南春,早已去了大半。两眼蒙眬迷离,显然已经醉了。见到李龟年,"嘿嘿"一笑,抓只黑釉大碗,筛一碗递给他。"好久不见,过来吃一碗。"

李龟年哪里敢吃?急匆匆言道:"大郎醉得不轻,快去冷水醒过,皇帝宣召学士,半分耽搁不得!"

邻座十余酒客,或唐人,或胡汉,听到有圣旨宣召,纷纷围过来看热闹。

李白全然不顾,睁开蒙眬醉眼,对李龟年吼道:"要吃便吃,休拿皇帝诳我!"

李龟年大窘,见他犯了牛脾气,恐坏了大事,忙呈上金花五色笺,百般解释道:"不敢诳大郎,此笺乃天子钦赐!"

李白摆摆手,不看。嘴里啊一声,黏糊糊满口酒涎,已直流而出。怀里相拥的二胡姬,急忙起身去里间,拿来一条湿帕子,欲帮他擦拭干净。

李白不耐烦,伸手推开二姬,嘴里嘀嘀咕咕,胡乱念一句前人诗句,"我醉欲眠君且去",伏案呼呼大睡。

李龟年一见,顿时没了主意,忙奔到窗户处,向楼下随从大呼。

众弟子正纳闷,园长久去不回,不知是何道理?仰头张望间,听得李龟年呼唤,又见他频频招手,忙留下一人看马,余者齐齐抢上楼来。

右角临墙处,李白口吐酒涎,正酣睡如猪。四人面面相觑,不知如何是好。

人说戏上有，世上也有。李龟年身居梨园，可谓久经世故，哪管他三品学士身份，示意弟子只管弄走。

弟子得了指示，当下不由分说，上前将李白架起，七手八脚弄下楼来。

候马者见状，忙择一匹"玉花"，牵到大门阶沿前，吆喝一声站定。四人待马立住，不管李白愿不愿意，没轻没重横于马背，麻袋般软塌塌驮了。候马者身手敏捷，腾身跃上马背，将李白用腿靠住。一手扬鞭，一手抖缰，一溜烟跑出一箭之外。

李龟年乘了马，扬鞭奔驰紧随其后。六骑飞奔如梭，去势如秋风扫落叶。朱雀大街上，卷起尘土飞扬。

玄宗等得不耐烦，再遣内侍催促。特别下口谕：敕赐"走马入宫"。即事出紧急，可以不顾禁中重地，直接打马兴庆池。

大皇帝急，李龟年更急。玄宗好恶，全系杨妃一人，设若拂了美人意，谁也担待不起。

李龟年得谕，当下狠催坐骑，策马跑到沉香亭。

时，沙漏正午。

花暖龙池，酒醉贵妃。

李白横马上，犹酣睡不醒。

玄宗见了，命人拿一溲水桶，置于沉香亭侧。又命梨园弟子，扶李白下了马，斜倚亭栏上将息。

李白软如面泥，不省人事。皇帝见了，好端端一硬朗汉，何苦变得如此邋遢？心里多有不忍，想是那日言重了，伤了李白的心，这才自暴自弃，饮酒解闷所致。玄宗过意不去，亲自上前省视，见李白口流涎沫，忙以龙袖拭之。

杨妃笑颜如花，不知天子所想，上前笑吟吟禀奏："臣妾闻冷水喷面，可以醒酒解醉，不知灵也不灵？"

只要美人高兴，哪管他灵不灵？

玄宗忙命内侍，持亭侧溲水桶，去龙池汲一桶水，置于李翰林身旁。又命五名宫女，分别拿玉碗舀水，轮番含水喷他。

哈哈，溲桶装水喷李白，亏皇帝想得出来。杨、高二贼见了，皆掩嘴哂笑。活该他倒霉，傲慢看不起人，落得个溲水洗面！

李白却不知情，正巫山云雨间，猛觉乌云翻滚，大雨倾盆而下……连打五个响嚏，悠悠醒了过来。

妇人喧欢雀跃，钻玄宗怀里痴笑："果然使得，李翰林醒来了。"

玄宗见妇人高兴，顺着心意说去："爱妃这等妙方，不知何处得来，果真灵验得很！"自个儿说完，也觉得好笑，但凡醉过酒的人，谁不知这法子？

妇人得了宠，顿时花枝招展，娇滴滴言道："幼时居蜀，阿爷嗜酒，每每酩酊大醉，阿娘取井水沃其面，往往一喷而醒。臣妾常思蜀中事，故而记得。"

继而又言："此事千真万确，皇上如若不信，可问大兄！"妇人所言大兄，自然是杨国忠了。

杨贼权炽熏天，皆仗恃杨妃，但凡妇人所言，必百般顺从。听得妇人说自己，急忙应声答道："贵妃言蜀中旧闻，乃国忠亲眼所见，恰似娘娘爱吃荔枝，皆蜀中合州运来！"

李白悠悠醒来，却不知身在何处。猛听得玄宗大笑，杨玉环发嗲，酒便彻底醒了。

沉香亭外，文武百官云集。又有百十梨园弟子，席地鼓瑟吹笙。玄宗端坐于亭，贵妃偎身边。左有高力士，右有杨国忠，胡儿安禄山者，亦箕身亭内。

李白慌了神。忆起那日宫中遭斥，犹心有余悸，此番狼狈不堪，岂不要了性命？忙翻身而起，急切地禀奏道："大皇帝高高在上，臣罪该万死，窃以为身在酒肆，实不知已到禁中，更不知何事宣召，莫非又有番使讹诈？"

李白醉了？那也未必。岂不闻他所奏之言，唯番使一语最真切，余者皆应景套话吗？

李白机警万端，偏又心高气傲，那日遭斥逐出宫，脸上如何挂得住？平日里花天酒地，专做给皇帝看，也做给杨、高二贼看。总想着有朝一日，圣天子突然悔悟了，再委之以重任，仍可人前人后风光。呵呵，才过几天？便想咱家了！故躬身亭前，有了适才那番话。

李白不傻，明白告诉皇上，咱家于国有功，切莫冷落了我，非要等到急用时，才想起李翰林吗？

李白精明，许多时候，精明过了头。

玄宗不精明？皇帝当然精明，也知道李白所想。但不能惯着他，免得叫化子入豪宅——得了铜钱，又想银圆！

玄宗便道："今日宣李爱卿入宫，非为国事，更无番使讹诈！唯与杨妃赏花，不可无新词歌咏。"

话说得明了，宣尔入宫晋见，不是为了国事。国事关乎社稷，自有朝臣打理。你一个翰林供奉，只配官家娱乐时，写写行乐辞章而已！

李白那个气啊，真是没法说。躬立亭前讨好，要的岂止是尊严？皇帝倒好，连一丝尊严也不给！

转念又一想，如果不依圣意，恐怕真就没尊严了。李白心里绕一圈，明白了这个道理，忙奏道："启禀大皇帝，贵妃要听新词，恭请圣上定个调。"

玄宗闻奏，微诧。以李白之傲性，能这么说话，便是难得了。不管他真个欢喜，还是假装高兴，只求博得美人一笑，便不管他真假。遂依杨妃所好，谕曰："可作《清平调三章》，供梨园传唱！"

李龟年忙上前，展开金花五色笺，候大学士撰写新词。

李白久居宫中，深知杨玉环习性，喜豪侈又极度张扬。今日沉香亭赏花，花艳，人美，酒浓……一时有了主意，遂尽展生平所学，一挥而就三章。

目的嘛，很明显，博美人一笑，得皇帝欢心。

李白自信满满，书毕三章，交与梨园长。

李龟年接过笺，双手捧至圣前。

玄宗初及目，即大喜。书比右军，笔走龙蛇；词压宋玉，华章盖世。

其一云："云想衣裳花想容，春风拂槛露华浓。若非群玉山头见，会向瑶台月下逢。"

其二云："一枝红艳露凝香，云雨巫山枉断肠。借问汉宫谁得似，可怜飞燕倚新妆！"

其三云："名花倾国两相欢，长得君王带笑看。解释春风无限恨，沉香亭北倚栏杆。"

李白所撰三章，乃天子钦命作文，又为应景之作，难度实在太大。既要赞贵妃倾国倾城，又不能太过粉饰，免得阅者倒胃口。

玄宗览毕，赞不绝口："果'谪仙人'也，有青莲李白在，翰林院再无学士矣！"

妇人心甚痒痒，见玄宗眉开眼笑，不知李白写的啥，欲亲眼一观。便媚眼含春，如碧波荡漾，伸手向天子讨花笺。

玄宗不给，故作神秘状。命梨园长李龟年，按新词依调而歌。

李龟年得令，右手重拾檀板，立众弟子面前，一边指挥，一边引项高歌。

百名梨园弟子，鼓乐齐鸣，管弦共奏。

玄宗兴起，自吹碧玉笛，依韵而和奏。

李龟年启声，开口唱道："云想衣裳花想容，春风拂槛露华浓……"

贵妃一听，顿时媚态万端，心尖尖儿都酥了。轻抚双掌，和节而歌，欢情溢于言表！

亭前百官，见天子乐奏，贵妃欢歌，齐鼓掌和之。李白来到亭左，去酒案取一壶酒，倾壶长饮一口，抚须扬扬自得。

李龟年又唱道："一枝红艳露凝香，云雨巫山枉断肠……"

李白再倾壶，又长饮。拂胸长须上，玉液滴滴下。

杨妃受到感染，持凉州夜光杯，让侍女斟满葡萄酒，广袖掩面，一饮而尽。那酒产自西凉，乃葡萄酿制，入口甜而润喉，却也酒力十足。

贵妃面若挑花，眼里春色愈浓。踉跄步出亭外，合拍旋舞而歌。

玄宗见之，吹奏愈劲。

李龟年再唱，至"名花倾国两相欢，长得君王带笑看"，李白一壶已尽，将颔下长须向空一抛，如酒肆里面对酒保，大呼："再筛一碗！"

贵妃舞正劲，听得"名花倾国两相欢"时，早已面团般软了，扑向大皇帝怀里，撒娇般再三称谢。

玄宗搂得美人，一时心旌荡漾。俯首言曰："岂谢朕？当谢李学士也！"

贵妃扭腰回眸，正听到李白大呼："再筛一碗！"便亲持夜光杯，斟满葡萄美酒，上前旋舞旋歌："葡萄美酒夜光杯，欲饮琵琶马上催。醉卧沙场君莫笑，古来征战几人回！"

李白接了酒，一飞而尽。胸中豪情顿生，放声高歌一曲，乃古乐府《白马篇》："龙马花雪毛，金鞍五陵豪。秋霜切玉剑，落日明珠袍。斗鸡事万乘，轩盖一何高。弓摧南山虎，手接太行猱。酒后竞风采，三杯弄宝刀。杀人如剪草，剧孟同游遨。发愤去函谷，从军向临洮。叱咤经百战，匈奴尽奔逃。归来使酒气,未肯拜萧曹。羞入原宪室,荒淫隐蓬蒿。"

所歌皆新词,歌声豪迈,歌词雄浑。表达了李白心声,欲为国征战边塞,以战功报效国家。

适,李璘立亭右。

永王李璘者,十六王子也。素闻李白抱负不凡,今日一见,果然才智过人。特走上前去,敬他一杯酒。

李白一愣,永王敬我?

李璘锦袍前襟,别着六角金质胸花,那是永王的信物。李白瞧得眼馋,心想难得他抬爱,又喜李璘眉清目秀,便双手接过酒杯,笑吟吟吃了。

百官一见,皆脸露微笑,暗赞永王礼贤下士。

唯杨国忠不悦,高力士皱眉。

李白佯醉而歌,本欲借题发挥,让玄宗明白心迹,以期大展宏图。谁知事与愿违。

福兮祸之所依,沉香亭太白赋诗,表现过于出色,竟因之惹祸上身。

四

五月,初八。

夏至。

戌时,一月如钩。

朗洁的月色,发出水银般的光芒,静静照着长安城。

路上已无行人。

朱雀大街北,太尉府大门紧闭。

四名值夜军士,笔挺立宅门两侧,石雕般一动不动。偶有城防兵丁巡夜,齐步从府前走过,又极快地折回福安门。

太尉府宏阔,楼宇重重叠叠。临近皇城的后宅内,亮着一盏铜灯。灯火并不明亮,棉绳做的灯芯,时不时爆一灯花。

市井小民有谚:灯花迭爆,主人好运到。

灯下，蜷两个男人，头挨头坐着，猫般窃窃私语。

高力士啜口茶，慵懒地笑道："太师深夜造访，必有要事相商？"

杨国忠不吃茶，答道："非他，唯蜀蛮子耳！"

高力士来了兴趣，竖起耳朵聆听，却又不见杨贼下文，询问道："怎么？那蛮子可恶，又让太师捧砚了？"

"还脱靴呢！"杨国忠知他开玩笑，也回"杵"一句。

"太尉好肚量，莫非忘了沉香亭？"

高力士闻言，作声不得。脱靴之辱，没齿难忘，哪见得李白重新得宠？那日沉香亭赏花，蜀蛮子逞能，占尽了百官风流，谁心里舒服呢？

"可皇上欣赏呢。"高力士啜一口茶，慢慢咽下肚去，无可奈何地说。

杨国忠不以为然，嗤之以鼻："您道皇上真欢喜？也不见贵妃敬蛮子酒时，多扭了几下腰，天子脸色不好看吗？"

"可是……"高力士碍口饰羞，结结巴巴道，"可是贵妃娘娘欣赏呢。"

高力士性狡黠，人称他为"高猫"，少见的心狠手辣，又时时装猫吃象。

沉香亭玄宗吃醋，他当然看到了。不过仍装糊涂，想看看杨国忠这厮，葫芦里装的是啥药。

"哎哟，我的高太尉！"杨国忠一拍大腿，继曰，"某说的正是新词，让贵妃欣赏的新词！"

高力士眼里放光，已明白了几分。偏偏伸长脖子，故意问道："太师别卖关子，咋说？"

杨国忠笑了笑，俯过肥胖的身子，轻声说道："活该他倒霉！蜀蛮子自视才高，不假思索胡乱吟诗，将贵妃比拟汉时赵飞燕……"

杨国忠卖个关子，故意拖长声音，不说出下文。

高力士广闻博记，史称"千古贤宦第一人"，一听哪有不知？

赵飞燕者，昔汉成帝宠妃也。与燕赤凤相通，丑声达于宫外。

今杨玉环者，"天生丽质难自弃，一朝选在君王侧。回眸一笑百媚生，六宫粉黛无颜色……"集万千宠爱于一身，偏偏与安禄山……

嘿嘿，若能整倒蜀蛮子，出一口"脱靴"恶气，咋说都行。

高力士心思缜密，有这等得宠好事，杨国忠为何不暗起，反而说给自己听呢？笑了笑说道："太师所言极是！然你与杨妃自家兄妹，何言与我？"

杨国忠脸一红，狠狠恨他一眼，可恶的高猫，附耳道："正是自家兄妹，这等难听的话，如何说得出口？"

高力士被他一恨，尴尬地笑笑，说得在理呢，便不疑有他。

两个猫一般男人，为了各自的利益，躲在黑屋子里，最终勾搭成奸。

翌日晨。卯时。

兴庆宫外，百官齐聚。久等不见玄宗身影，一时议论纷纷。

"……云鬓花颜金步摇，芙蓉帐暖度春宵。春宵苦短日高起，从此君王不早朝。"

高力士摇摇头，独自走出宫来，转悠来到龙池。

沉香亭内，独坐着杨玉环。妇人两眼迷离，正倚栏吟诵。高猫听得真切，正是《清平调三章》。怕妇女多疑，以为窃听于她。高力士耍个心眼，一面往这边走，一面高诵《阳关三叠》。

那妇女正痴迷，猛听到高力士歌声，果然停下不吟了，笑道："高太尉大早来朝，不去金銮殿站班，却跑来这里歌唱？"

高力士知她戏谑，哈腰回敬道："奴才哪敢怠政？只是天子夜夜会仙女，忘了我等愚蠢臣子了！"

妇人扑哧一笑，应道："高太尉恁也说笑，皇帝不食人间烟火？何来仙女相陪！"

"娘娘倾国倾城，不是仙女是甚？"高力士乖巧，乘机逮住机会，递上一句挠痒的话。

妇人果听得高兴，银铃般笑道："高太尉恁好口彩，说得玉环心甚痒痒。"

高力士不自在，起一身鸡皮疙瘩。心想千万别惹麻烦，闭嘴不回妇人的话。

玄宗宠幸美妇人，不理朝政久矣，满朝文武心知肚明，谁也不敢直谏。唯一干无聊文士，酒后胡言乱语，视如妲己败成汤。

杨氏一介女流，哪有乱李唐之心？无非春心荡漾，像只花孔雀，见人就想开屏。

高力士低着头，躬身不敢看她。

杨妃抿嘴一笑，见他小心翼翼，妇人心里明白，适才太过唐突，恐怕骇到他了。笑盈盈转移话题，故作轻松地言道："太尉善解音律，前日沉香亭赏花，李翰林所赋《清平调三章》，能入法眼否？"

正要说蜀蛮子呢，硬是瞌睡来登了，递上个枕头哈！

高力士两眼放光，一下来了精神。男人被称作"猫"，做人算是失败了。高猫则不同，乃政敌赞誉他。这只猫狡诈异常，知道在主子面前，什么话可以说，什么话不能说。忙凑上前去，奏曰："禀奏娘娘，李白所献新章，实乃绝妙佳词。只不过……"高猫吞吞吐吐，故意拖音拉调。

"只不过什么？"

杨玉环不悦，未待他把话说完，叱而喝断。

"奴才不敢言。"高力士诚惶诚恐，扑通一声伏地上。

妇人甚讶。这厮连皇帝都不跪，今日为何肯跪我？莫非李白所赋新词，真有辱没人之处？

"太尉何如此？快快请起。"妇人心甚疑惑，嘴上却说得喜悦，"但说无妨，某家赦你无罪。"

高力士不敢起，故作越发惶恐，伏地惴惴奏道："奴才不敢言，更不敢拂娘娘意。"

杨玉环见了，不明太尉为何古怪，心里更加着急，故意反着说道："哼哼，李翰林之词，既新且美，某家欢喜着呢！"

高力士何等人物？听得贵妃不悦，背心处骇出汗来，又恐拿捏过度，妇人心里反生不快，坏了杨太师的计谋。装着豁出去的模样，大胆奏曰："奴才初闻《清平调三章》，确为之折服。回家仔细一想，李白所献辞章，实怨恨入骨。娘娘却被蒙骗，竟早晚吟诵，视之为知音。"

"啊，有这等事？"杨玉环正色曰，"有何怨恨入骨，太尉悉数禀来。"

高力士一听，知妇人已上钩，不再遮遮掩掩，起身站在亭前，胡乱言道："'可怜飞燕倚新妆'，娘娘可知何指？"

妇人听不明白，侧头睨视之。良久，乃曰："有何不妥？"

高力士明白，妇人就一花瓶，哪知赵飞燕故事？咧嘴笑一笑，言道："飞燕者，汉成帝之后也。今画工所作《汉宫秋》，画中一武士手把金盘，盘中一女子举袖而舞，舞者腰肢细软，行步轻盈，即赵飞燕也。"

妇人听他绕舌，却未听懂半分。大急道："这个某家知晓，那又如何？"

高力士尤急，这婆娘真是蠢笨，说到这个分上了，居然还不明白。

当下不再犹豫，直杠杠言道："赵姬掌上旋舞，腰似杨柳摆尾，独得成帝专宠。然妇人不守禁规，与燕赤凤私通于复壁。成帝不意入宫，闻壁内喘息声，搜赤凤斩之。欲废赵后，赖其妹合德妃力救而止，遂终身不再入正宫。今李白大胆，以飞燕喻娘娘，实乃万恶不赦！"

妇人闻言，脸涨得通红，扭头不再顾高力士，怒冲冲奔回金銮殿！

高力士大喜，真的好效果！贵妃娘娘生气了，蜀蛮子能有好果子吃？活该李白倒霉，谁人不好惹？偏偏惹上杨、高二贼！这下完了，即使不死，也要脱层皮！

你道杨氏好人？骚臊与赵姬何异！常以"洗儿礼"为由，与安禄山共浴，丑声早达于宫内外。只瞒得玄宗一人，戴了绿头大龟帽，还傻乎乎乐不可支。高猫借赵姬说事，正刺中杨氏软肋。

妇人终归头发长，却没一点见识。不怨高猫搬弄是非，反恨李白入骨。

李白毫不知情，成天只知喝酒吃肉，逍遥快活东、西两市间。哪有闲心情，管这等事？

李白被蒙在鼓里，长安城虽大，还待得下去吗？

第十五章
四圣酒楼撒欢　李白赐金放还

一

贺知章走后,日子寡味不少。

李白郁闷月余,不论做啥事儿,都没点好心情。长安城依旧,灯红酒绿依旧。但在李白眼里,已少了许多乐趣。

唐玄宗一代明君,缔造了开元盛世,至天宝间,帝国辉煌达到极致。在这种光环笼罩下,皇帝已不思进取,整日里宴乐兴庆宫,赏梨园鼓吹,看贵妃醉酒。当初召李白入宫,高调宣为翰林学士,并非为国招纳贤才,纯粹为了自个儿好玩!

李白有才,前无古人,后无来者。可才是文才,只配吟诗作赋,只配侍酒取乐。说到安邦治国,哪用得着你?

李白眼高,眼高便气傲,气傲就不听话。

"申管晏之谈,谋帝国之术,奋其智能,愿为辅弼……不求小官,以当世之务自负。"

久而久之,李白心生厌倦,禁中"清秘"生活,直如"倡优同畜",让他苦不堪言。平时里，除偶尔应召去金殿，做做应景文章外，绝大多数时间，或紫极宫与玉真论道，或肆中饮酒作乐。

六月，初五。

小暑。辰时。

李白酒瘾发作，悄悄离开紫极宫，径往西市"关山月"。

福安门前，突有禁军喝道。

李白甚疑惑。时令小暑，既无番使来朝，也无国事安排，京畿重地长安，为何禁军清道？正疑惑间，福安门外，两骑飞驰如箭，卷起一路尘土，冲过长安大街，径奔皇宫而去。

街道两旁，观者如堵。内有蜀音者，娇声啧啧称奇。贵妃娘娘好口福，京蜀间千山万水，尚可得一口新鲜。

李白听得含糊，不解何为新鲜，也不知贵妃贪吃什么？侧身见是女郎，飒爽不输男儿。李白有心向她讨教，却碍于礼数，自个一大老爷们，怎好去问一小娘子？

女郎倒很爽快，自言自语道："骑者所负嫩竹筒，内封合州鲜荔枝是也！"

李白吃一惊，将信将疑。合州偏居蜀南，相隔京师长安，何止三千里？荔枝乃娇气物，两三日就变了味，这么远的距离，如何保鲜送达？

唉，"杨妃媚，天下罪！"这婆娘恁可恶，为贪一时口欲，劳民伤财如斯！

李白心里有气，正待破口大骂。

旁右一老者，长髯拂胸。伸手拽住李白左臂，附耳轻言："大郎不可胡言，恐惹火烧身。"

李白一愣。长安城还有谁，可称自己大郎？扭头一看，老者长须拂胸，确有几分面熟，猛忆起当年离蜀，乘舟东出夔门，遇画圣吴道子事。老者清清爽爽，神仙一般的模样，不是画圣是谁？

李白既惊且喜，忙上前相拥，定要与他吃杯酒去。旁左一汉子，精瘦如山猴，两眼炯炯有神。见李白只顾高兴，故作不悦地说道："久不见大郎，忘了小弟吗？"

李白再扭头，一眼瞧见张旭，欢喜得像中了六合彩。上前当胸一拳，喜言道："往日想见一人都难，今日是啥黄道吉日，画圣草圣齐来！"

张旭也大喜,回敬李白一拳,应声回答他:"世间天广地阔,岂止画圣草圣乎?"

李白听他话里有话,又见女郎一口蜀言,与二人稔熟如故,心里猛一激灵,回身言于女郎:"雄妙公孙大娘乎?"

女郎见问,微微一笑:"奴家薄技,不值诗仙一提。"

"果公孙大娘!"李白难掩激动,呵呵大笑道,"难得大好日子,接二连三撞喜。谁也别走,且去天京大酒楼,同吃一杯酒!"

李白癫了?为何去天京,那儿消费高昂,乃京师之最!

看官有所不知,李白性豪侈,但凡遇见知己,大把花银乃常事。

画圣名满天下,草圣享誉国中。这公孙大娘嘛,尤了不得也,舞技天下第一。尤善舞剑,能为《邻里曲》《裴将军满堂势》《西河剑器浑脱》等多套剑器舞,时人谓之"雄妙"!

三人各擅专长,皆一时风云人物。难得今日聚会,便应了李白之邀,一起来到天京大酒楼。

二

长安大道,天京大酒楼。

酒楼共五座楼阁,居皇城午门处。早先不是宴乐场所,也非现在这名儿。原名五凤楼,建于前隋开皇间。隋灭陈后,于开皇二年筑大兴城,即今唐都长安城。皇城正门(午门)上方,筑九间重檐正楼,两侧各有两座阙阁,共五座楼阁,行如凤翅,俗称"五凤楼"。

午门设五道门,堪舆家谓之天门,唯天子一人可出入。皇后大婚时,随天子入宫,可走唯一一次。前隋大业元年,文帝杨坚开科取士,凡殿试鼎甲(状元,榜眼,探花)者,三人结伴出宫,也可走一次。他人不论官民,只许行走侧门。五凤楼有此荣耀,历为皇家禁地。

国朝初,太宗兵变玄武门后,常以此楼为宴乐场所。后世以为不祥,五凤楼沦为鸡肋。

开元间，有神秘富商者，花重金盘下此楼，重新装潢后，成为天京大酒楼。甫一开张，因得地利之便，菜品豪侈上档，每日里人满为患。京师达官显贵、市井名流，莫不以做东天京为荣。

总之，天京之于京人，犹如帝都之于唐人，名气大得吓死人。

然而不知何故，如此一座大酒楼，却无人知晓它的主人是谁。坊间传言甚嚣，或言杨国忠者，或言高力士者。更有江湖传言，主人不是别人，乃范阳节度使安禄山！设若刨根问底，就谁也说不清了，更讲不出个子曰来。

李白善饮，名满东、西两市，却很少上天京来。一嫌排场大，不是自由吃喝处。二嫌菜值昂，不愿做冤大头。

今日重逢二圣，又得识公孙大娘，心里便想，既要做东，不可失了学士派头。一时豪情万丈，兜里银子抖得哗哗直响，兴冲冲领着三个豪客，大步流星跨进天京。

酒楼大厅甚阔，进深四丈有奇，广约三丈。四壁皆木雕，多名人字画，装饰富丽堂皇。正北墙根处，偌大一个围案，高五尺五寸。柜案漆黑，亮如镜面。胖乎乎一个酒保，头戴软搭幞头，笑容可掬立柜后。大厅左右两侧，置三十张檀木椅，用于客人入店时小憩。

李白旁若无人，直上三楼雅室，择一上房坐定。

店家得酒保禀告，心里纳闷儿，不知客人何故恁早，也不知是何来头，雄赳赳就占了上房。急忙奔上楼来，点头哈腰相询："客官止四人乎？"

李白知他心思，应声答曰："怎么？四人便不能吃酒？"

店家满脸和气，笑呵呵道："客官说笑了，只是这房间恁大……"

李白不说话，摸出十两银子，豪气地拍在桌上，嗤鼻冷哼道："可行乎？爷坐定了这厢，好酒好肉只管送来！"

店家骇一跳。乖乖个大老爷，我这酒楼虽豪侈，四人吃顿酒菜，哪要得了十两银？

张旭见他磨蹭，不耐烦叱道："不识李翰林吗？天子御手调羹，总该知道吧？"

店家再骇一跳，欢天喜地叫道："我道谁这般豪侈，原来李大学士驾临！"钱也不收了，急忙传唤后厨，火速备酒备菜！

公孙大娘见了，咧嘴笑道："大郎果好饮名！"

吴道子拈须曰："要说饮中八仙，唯有大郎名显！"

四人齐大笑，先吃一盏茶，摆些江湖闲话，等着酒肉上桌。

须臾，店家复上楼，领七个小伙计，风一样进入上房。为首那伙计，提四壶剑南春，杂耍般抛空连接。余者各托一盘，盘中盛满肉食。

座中皆名家，人人身怀绝技，自然不眼拙。七条汉子脚下生风，连一粒尘土也未扬起，暗道好功夫，果不愧天京人！

店家嘴尤甜，低头哈腰道："大学士矮身敝店，不啻凤鸣草间，特赠绝世美酒。众大官人但请畅饮，酒钱算小老儿头上！"

公孙大娘眼尖，酒壶盖乃"御封"，心里犯了疑，店主人到底是谁？

李白见了酒，只顾要吃，抓一只大盅在手，嘴里直嚷嚷："先吃一大盅，杀杀喉咙里的酒虫！"

张旭尤欢喜，亦大叫："正是！"伸手抓一壶酒，就要启封。

吴道子沉稳，望酒保一眼，惑曰："酒楼号天京，果天子所开？酒也皇家御用？"

店家一听，连连摆手："呵呵，管他天子干吗？岂不闻'天子呼来不上船，自称臣是酒中仙'吗？"

小小一店主，口气咋恁大？估摸着肆中传言，绝非空穴来风。李白心里想。

偏偏店家的话，让他很受用，哪还管得那许多！抢先开一壶酒，团团筛上四盅。

七个伙计见状，将托盘置桌上。盘中所盛肉食，皆天京名菜，计有红烧黄河鲤鱼、清炖芦花大鸡、油酥肥鹅、椒盐烤乳猪、胡椒大牛排、葱爆羊羯子……真是奇哉怪也，店家所上菜品，皆李白平时最爱！

李白喜不自胜，端起酒盅罗拜。自己早忍不住了，先咕噜一口干掉，嘴里啧啧赞道："好酒！"

三位不敢怠慢，跟着吃一盅，齐声赞道："果真好酒！"

一连吃了六盅，犹未过瘾。李白掷杯于地，冲楼下大呼："换大碗上来！"

酒保听到呼喊，盼咐大堂候客伙计，急抱一摞黑釉大碗，飞身上到三楼来。

甫入内，伙计耍个把戏，将碗往空中一抛，四只碗蝴蝶般旋转，哗啦啦一阵响，人人面前各停一只。不偏不斜，端端正好！

李白喝声彩，赏他一串铜钱。伙计得了赏，礼貌地鞠一躬，欢天喜地而去。

张旭量甚豪，不停与李白对端。

吴道子年长，不像二人轻狂。偶尔和公孙大娘碰碰碗，小口小口抿着。

酒到酣处，又嚼无数美食。公孙大娘起身，舞"斐将军破阵"，以助众兄酒兴。

大娘果真了得，身轻似飞燕，剑走如流星。李白剑技高绝，时人谓国中第二，见了大娘舞技，也为之动容，忍不住高歌一赞，唱一曲古乐府。

歌曰："一百四十年，国容何赫然。隐隐五凤楼，峨峨横三川。王侯象星月，宾客如云烟。斗鸡金宫里，蹴鞠瑶台边。举动摇白日，指挥回青天。当涂何翕忽，失路长弃捐。独有扬执戟，闭关草《太玄》。"

独自浮一大白，胸中豪情不减。

复高歌："秦王扫六合，虎视何雄哉！挥剑决浮云，诸侯尽西来。明断自天启，大略驾群才。收兵铸金人，函谷正东开。铭功会稽岭，骋望琅琊台。刑徒七十万，起土骊山隈。尚采不死药，茫然使心哀。连弩射海鱼，长鲸正崔嵬。额鼻象五岳，扬波喷云雷。鬐鬣蔽青天，何由睹蓬莱？徐市载秦女，楼船几时回？但见三泉下，金棺葬寒灰。"

张旭早听说李白郁闷，听其所歌当真不假。李白心胸宽广，却借嬴政讽玄宗，若非心中烦躁至极，怎会如此难过？

草圣为他不平，忍不住奔向柜台，向店家要了纸笔，乘兴狂草起来。一边痛饮，一边疾书。手腕抖动间，哪管软塌塌狼毫，如公孙大娘所舞之剑，肆意汪洋纵横。果真墨落惊风雨，笔舞走龙蛇。眼花缭乱间，《蜀道难》立现纸上。

"噫吁嚱！危乎高哉！蜀道之难，难于上青天……"

张旭书毕，哈哈大笑。

吴道子见了，默默饮一杯剑南春，也去柜台要来纸笔，将三人行迹草拟纸上。

公孙大娘舞剑，如羿射九日；李白吟诗高歌，似万里御风巡天；张旭挥毫狂草，犹江河倒卷……各俱情态，唯我独尊！

四人各显奇能，皆癫狂不可理喻。

五凤楼上，观者如潮。歌咏声，喝彩声，鼓掌声，跺脚声，不绝于耳，几欲掀翻楼盖。

宴将尽，店家持纸笔上前，欲索李白新词，以值换酒钱。笺为金花五色，又是皇家御品！

李白心愈奇，这厮是何来路？哪来众多皇家之物！

正待要问，张旭早已大怒，一把扭住店家右手，叱道："你这厮好没来由，说好请爷们吃酒，何故耍赖于我？"

店家遭他一扭，右胳膊吃不住痛，身子顿时矮了半截。见张旭精瘦，又识他不得，哪放在眼里？反喷之曰："我自向李学士索词，与你这泼皮何干？"

张旭被他一骂，举拳欲殴。吴道子见状，恐无端惹出是非，忙向李白示意，何不敷衍于他？

李白会意，上前止住张旭，去桌上铺了纸，略一沉思，挥毫立就。

"兰陵美酒郁金香，玉碗盛来琥珀光。但使主人能醉客，不知何处是他乡。"

店家手舞足蹈，如此溢美之词，出自李大学士之手，天底下实无二家！设若仔细裱好，悬挂于大厅上，岂不占尽帝都风流？

李白见他欢喜，复倾一碗酒入肚，睨视道："可值得酒钱？"

店家闻言，满脸堆笑，诺诺应曰："学士巨毫如椽，岂止值几壶剑南春？"言毕，便要去拿。

李白眼尖，店家一双手儿，细皮嫩肉如玉，左手腕内侧处，镌一"杨"字。

太师府的人？

李白一声冷哼，伸手压住金花笺，笑嘻嘻言于店家："想要？"店家点头，急应曰："想要！"

李白再冷哼，将笺撕个粉碎，纷纷撒落于地。复用力一掷，笔去十丈，疾如流星。

"砰"一声响。笔触座头粉壁上，墨汁溅处，立现"英雄"二字，宛然若蛟龙！

店家目瞪口呆。

四人大笑，声震梁宇。李白尤狂笑若癫，掷银一锭于案，与三友联袂下楼，翩然而去。

三

六月二十一日，大暑。

兴庆池畔，沉香亭。

亭中一几，上置朱漆木托。木托饰以花鸟，雕刻精美绝伦。朱漆木托上，托一龙凤金盏，盏内盛满新荔枝，鲜活娇艳欲滴。

贵妃袒胸露肩，斜倚杨木凭几上。四宫女绕立身后，各捧仪刀、唾壶、盥盆、锦帕侍候。旁置莲花熏香炉，袅袅飘着香烟。

玄宗傍贵妃则坐，手剥盏中荔枝。荔肉洁白如玉，粒粒滴汁。

大皇帝极耐心，每剥一颗荔枝，便喂入美人嘴里。那份闲适神情，如负日弄儿的老者，心无旁骛般专注。

杨国忠垂着眉，静立于侧。

太师适才来亭，瞧见左右无人，私下乱言于贵妃："李白那厮，昨日去天京大酒楼吃酒，非但没有索到新词，还被赖去许多酒钱！"

自高力士妙解《清平调》后，妇人已心生忌恨，今再听从兄胡言，胸中一时堵得难受，发狠要出这口恶气，让蜀蛮子滚，滚得越远越好，免得见着心烦！

杨玉环赌着气，故意马起一张脸，爱理不理老皇帝。

玄宗见了，不知美人心思，百般哄她高兴，还剥荔枝喂她，把一串红玛瑙，挂在杨玉环项上，极尽讨欢之能事。

红玛瑙极其珍贵，为安禄山孝敬，是大皇帝心爱之物。妇人嘟着嘴，这才有了笑容，猫般蜷缩亭栏上，享受大皇帝的服侍。吃下几颗荔枝后，美人心里舒气了，噘起一张小红嘴，闲不住吹起风来。"李白昨入天京，又吃得酩酊大醉，实无人臣之礼。肆中传得难听，皇帝也不管管？"

玄宗素重李白，爱其才智高绝。只因朝臣百般挤对，才有意疏远了他。一直心怀愧疚，哪会真要治他？听妇人又说李白，知道是杨国忠使怀，故意装着不理，顺着美人的话说："李学士有功于国，且生性疏狂，管他作甚？"

哼哼，妇人心甚不悦，老皇帝真是个老怪物，不理自己倒也罢了，居然还为蜀蛮子说话!

杨玉环来了气,伸手一扬,将玄宗刚剥好的荔枝,一掌拍落地上,嘴里嚷道:"那蜀蛮子好生无理,吃酒不给酒钱,还撒泼弄坏酒家粉壁,没一点大学士规矩,连胡儿都不如!"

美人真生气了?

玄宗笑笑,故意逗她:"杨妃也是蜀人,为何骂他蜀蛮子?"

妇人一愣,马上泪如雨下,哭得梨花带雨:"他就是蜀蛮子!没想到在大皇帝心里,奴家也是蜀蛮子!"

玄宗见美人流泪,心里痛得要命,却也舍不得李白。一边安慰杨妃,一边卷起龙袖,拿出一沓请辞书来,惋惜道:"李爱卿久有去意,不欲留禁中,多次请辞归里。吾念他有功,实为有用之才,独不允!"

妇人闻言,哭声愈浓,抽泣道:"李白有才,天子独爱他,固留宫中。奴家无才,留宫中何益?"言毕,起身奔出亭,往宫外跑去。玄宗大急,呼声连连,急忙向前追撵。

沉香亭里,杨国忠窃笑,摇摇头欢快离去。

远处,一丛柳林间,高力士亦窃笑。

是日,午时。

京西,十里长亭。

亭畔菜地里,碧玉般的丝瓜,条条悬垂瓜棚下。小黄花星星点点,散发出浓郁的芳香,引来无数蜜蜂扑腾,嗡嗡叫个不停。渭河里的水,涨到了堤埂腰上。偶尔有远去的货船,搅翻茂密的水草,泛起无数残叶断茎,和一河臊鼻的水腥味。

公孙大娘离蜀,已两年有余,就要返回夔州去了。

李白置酒,为之送行。作陪者,画圣吴道子,草圣张旭。

酒喝了四壶,谁也没有说一句话。怀戚切切,喝着闷酒。

李白欲再启酒壶,吴道子忙止住,轻声言道:"酒已尽兴,大娘该上路了。"

张旭也言:"送君千里,终有一别。"

见众友沉重,公孙大娘于心不忍,故作欢快状,银铃般笑道:"众兄何故如此?妾家又非赴黄泉,早晚还得相见!"言毕,翻身胯上黑骏猊,英姿飒爽坐马背上，抱拳与众兄作别，扬鞭"嘚嘚"而去！

见大娘远去，李白流泪而歌："见说蚕丛路，崎岖不易行。山从人面起，云傍马头生。芳草笼秦栈，春流绕蜀城。升沉应已定，不必问君平。"

歌声低沉，如泣如诉。

长亭外，李白长身伫立，向西南方遥望，久久不愿回首，满眼无尽的悲凉。有惜别，有担心，更多生活不易。

张旭立亭中，眼里噙满泪水。李白难展胸襟，心苦如凉瓜，他哪能不知？

吴道子坐栏上，为李白焦心不已，暗自长叹一声，亦有泪水溢出。

四

兴庆宫，金銮殿。

玄宗精神萎靡，心情特别不好。

朝臣们看得明白，大皇帝虽然老迈，却并未昏聩，他爱美人，也爱江山。然贵为天子，乃世间至尊地主，却也没有办法，拥两全其美之好事！

高力士下药，杨国忠使坏，定要撵走李白。杨妃尤可恶，撒娇耍泼，不依不饶。三晚上和衣而眠，不让大皇帝近身。

玄宗左右为难，想保大学士李白，希望再努力一回，看看能不能留下来。

很久很久了，没有上早朝。

甲戌日，卯时。

玄宗准时上殿，端坐龙椅上。

百官皆惊讶。

玄宗亲临早朝，稀罕事情呢，太阳西边出来了！

杨国忠尤惊。时，李林甫已逝，杨国忠为首相。

见玄宗临朝，杨贼哪能不惊？皇帝临朝，自己还能把持朝政吗？

玄宗所谕，出人意表。"翰林学士李白，多次上表请辞，众卿可议。"

杨国忠大喜，顾高力士一笑。皇帝上朝，原来为了这事！持笏出班奏曰："皇帝万岁！李白狂悖，不识官体礼数；肆中滥酒无度，有失帝国官仪。可放归乡里，任其自在逍遥。"

国舅既言，又为首相禀奏，百官谁敢吱声，再说半个不字？

玄宗不甘心，左右暗示各王、嗣王、郡王，曰："李白狂悖，可有屈抑？"

高力士一听，知皇帝念旧，恐节外生枝，忙持笏，出班奏曰："皇帝万岁！李白狂悖，肆中恶声泛滥，哪有屈抑！"

杨、高狼狈为奸，把持朝政日久，权炽熏天，谁不顺二贼意，早晚弄个半死！

李学士委屈，百官心知肚明，却作声不得。滥酒无度、有失官体之言，皆二贼广播所致，哪有的事？！正所谓：谎言千遍，必成真理！

惜杨贼虎视于前，高猫狼嚎于后，又有恶妇煽风点火，朝政已废，纲纪崩塌，谁敢直谏上奏，为李白鸣不平？

文武百官低着头，皆沉默不语。

玄宗甚是惋惜，心想如果姚崇、宋璟还在，必为李白鼓与呼。哪怕张说在堂，也必直谏矣！皇帝眯了眼，想着李白绝世才华，又想着粉嘟嘟美人儿，还有那樱桃般小嘴，一时难于取舍。

百官肃立殿下，见天子古怪，脸色阴晴不定，无不暗自感叹，帝国日暮西山矣！

杨国忠立首位，久不见天子发话，唯恐事情搁黄了，便想了个主意，让玄宗顺梯而下。复持笏，出班奏曰："皇帝万岁！恳请即刻口谕，宣李学士进殿，颁诏'赐金放还'。"

玄宗正迷糊，听到"赐金放还"，深以为是。

"杨首相所言，甚合朕意！"当即口谕："宣李翰林入殿听旨！"

内侍得了口谕，层层转出宫外。早有侍卫跨禁中御马，飞奔寻李白而去。

时，李白居紫极宫，正与玉真茗聚。柳下，弈谈甚欢。忽听圣旨到，以为天子回心转意，急忙整顿衣冠，来到宫外候旨。

巳时，一刻。

李白着大学士服，兴冲冲赶赴金銮殿。

百官见李白至，依旧俊朗飘逸，哪有丁点邋遢样？心里便恨杨、高二贼，信口雌黄诬陷忠良。想起适才一幕，实无脸相对李白，众僚纷纷低头不敢视。

李白满心欢喜，却遇冰冷一个场面，让他好生纳闷。

杨国忠笑笑，满是蔑视之色。高力士尤坏，呵呵笑道："祝贺李大学士，还不叩谢皇恩！"

李白不明缘由，见二贼古里古怪，一个阴一个阳，让人不可捉摸。便不管他，上前躬身奏曰："吾皇万岁万岁万万岁！臣李白奉旨上殿，请皇帝谕示。"

玄宗见了李白，心里多有不忍，几番踌躇，欲言又止："嗯嗯，李爱卿雅志高远，久有归里之意。适才与众卿廷议，准予暂还。"

天子说得委婉，准予暂还者，似还可以再征召也！李白却听得明白，恰似五雷轰顶，惊得哑口无言。

百官一片叹惜。唯杨、高二贼大喜，同声言曰："恭贺李大学士，荣归故里逍遥，还不叩谢皇恩！"

李白虽然难过，却也硬气得紧，怎可示弱于二贼，失了自己一贯风采？

正待要叩首，谢主隆恩。玄宗坐殿上，见李白失神，心里越发不忍，复谕曰："李爱卿智退番蛮，有大功于国，岂可白手返乡？但有所需，朕自当一一赏赐。"

李白傲性大发，仰首昂然曰："臣一无所需，但得袋中有金，日沽一醉足矣！"

玄宗闻言，哈哈大笑，续谕曰："这有何难哉？天下库银皆姓李，任爱卿取之！"

钦赐金牌，以示皇恩。

遂御笔亲书："敕赐李白为天下无忧大学士，逍遥落第文林郎，逢坊吃酒，遇库支银。府给十金，州给百银，县给千贯。凡文武官员军民，有失敬者，以违诏论处。"

即命金殿近侍，送往内务部，火速铸造送回。又赐黄金千两，锦袍一，玉带一，金鞍一，龙马一，从者二十。

李白心里明白，也知圣天子难处，一切皆因杨、高二贼使坏，怨不得皇帝也。

玄宗所赐，给足了李白面子，实前无古人！

李白心存感激，定要维护天子尊严。其自称项背有傲骨，从不肯伏拜于人，竟双膝着地，三拜九叩，连呼"万岁，万岁，万万岁！"

玄宗讶甚。见李白肯下跪，知他心中多有不愿，几忍不住泪流。

再次口谕，又赐金花二朵，御酒三杯。

"可禁中打马，御前飞奔。百官俱假一日，携酒送行。"

百官领命，相送于道。自兴庆宫始，连接十里长亭，沿途相送者，几达万人。

辞词声声，樽博不绝。唯杨、高二贼，怀恨不送。

戌时。

消息传到紫极宫，玉真公主大恚。

李白遭赐金放还，玉真公主情知为杨氏兄妹所诬，高力士迫害，仍将满腔怨气，发到皇兄身上！

金銮殿里。公主大发雌威，将杨玉环那妇人，骂得狗血淋头，直如淫娃荡妇，又似妲己般祸国殃民！

看官恐不明白，玉真公主纯洁乎？为何敢理直气壮，大骂杨氏荒淫无度？！

原来有唐一代，自武后朝始，"女权主义"盛行。所谓女道士者，实为修行"养性"之人也，可随意接待男宾。著名如鱼玄机，朝野尽知之。

女道士接待男宾，既得官家认可，便是天经地义。

杨氏为"国母"，与人偷情则不行，犯了皇家禁忌。玉真公主骂她，当然骂得理直气壮！

杨氏遭此恶骂，气咻咻心情难平。脸色难看至极，却不敢回应半句。平时里，仗着皇帝宠幸，任意胡作非为，谁个敢惹她？今日人家兄妹议事，哪管她这个外人！

妇人自知不敌，悄悄溜出金殿，跑到从兄家诉苦去了。

玉真气犹不顺，转向皇兄发火，大声哭闹不止，恨声曰："皇帝好没来由，只顾自己花天酒地，何曾想过小妹苦寂？"

史载：玉真公主者，睿宗、窦德妃之女也，乃玄宗、金仙公主同母妹。玉真公主幼时，窦德妃即遇害……初封崇昌县主，景云元年，睿宗复位，获封昌隆公主。景云二年五月，由昌隆公主改封玉真公主，不久出家当了道士。

玄宗乃皇兄，御妹一生苦楚，他何尝不知情？被玉真一骂，想起今日廷议，自己有心要留李白，却无一人相助，也是万般无奈啊。"但得有人上奏，朕必留李翰林！"

玉真不听则已，一听更加恼怒，冷言相讥道："皇帝自诩神武，何曾有一丝当年威风？早被那妖妇掏空了，成了个空心大萝卜！"

玄宗再次遭骂，脸色变得十分难看，恼羞成怒道："国家大事，岂容汝妄议?!"

玉真怒愈甚，更加不依不饶。赌气道："既为国家大事，我公主名号也不要了，取消所有待遇吧！"

玄宗哪里肯信？以为御妹斗气，当然不予准允。玉真态度坚决，定要散去财产，辞掉公主称号，一心修炼道行。

玄宗一默，御妹这般任性，全因李白一人。然准允李白归里，乃经过了廷议，又已正式诏告天下。设若再用李白，帝国威严何在？大皇帝权威何在？当下端起身板，威严口谕：准允去除公主名号，散财潜心修道。

玉真至情至性，对李白感情尤深。李白晚年居当涂，公主听说后，专程去敬亭山修行，以寄托一份相思。

李白亦性情中人，何尝不是如此？得知玉真徙当涂，修行敬亭山时，眼巴巴赶到山中，赋诗云："众鸟高飞尽，孤云独去闲。相看两不厌，只有敬亭山。"

时人多有不解，天下名山多多，李白为何独言："相看两不厌，只有敬亭山"？

后人不知真相，尤不解诗中所颂，谓敬亭山美不可言。哪知诗人心迹，意不在敬亭山，在玉真公主乎？

宝应元年三月，玉真七十岁时去世，葬于敬亭山。

李白闻讯，悲哀不已，曾赋诗吊之："常夸云月好，邀我敬亭山。五落洞庭叶，三江游未还。相思不可见，叹息损朱颜。"

第十六章
李白戏耍华阴令　杜甫膜拜谪仙人

一

京西，寒阳驿。

张旭立馆前，伸着瘦长的脖子，不停地张望。

吴道子坐柳下，也伸长脖子，满脸的焦虑。

二人很郁闷，两月前的今日，送公孙大娘返蜀，一直郁闷至今。哪知两个月后，又送李白归楚。更让人郁闷的是，因杨、高二贼作梗，两人不能、也没那个资格，去十里长亭与李白相别，只得悄悄跑到京西，早早在驿馆等候。

李白不郁闷？当然郁闷！

赐金放还？呸！话说得好听点，是顾你谪仙人的名头，朝廷拿几个钱，让你回家去逍遥。话说得难听点，就是逐出长安城，滚得越远越好，别在京师晃来晃去，免得涨人眼睛！

李白天性疏狂，是个没心没肺的人。自个儿很高兴，总算挣脱了羁绊，便驮着大袋的金子，屁颠屁颠离了金銮殿，连头也没回一下，毫无牵挂地走了。

京西官道。

李白身佩长剑，骑一白骏猊，肆无忌惮地狂奔。马背上驮一褡裢，沉甸甸装满两袋金。

李白离开禁中，心情果然大爽。先前进出皇宫，条条框框太多，闷得人难受。不让骑马佩剑，不许大声说话，不准东张西望……与圈畜何异？自从出了皇宫，便彻底解放了。做的第一件事，即去西市马肆，选匹大宛烈驹，雪练也似的白骏猊。

白色，干净。李白最爱白色，一辈子改不了。拿他的话说，自己是李白，必须干干净净！

身上的佩剑，吴叔专铸的呢。

想到吴大叔，李白鼻子发酸。授剑时，立志报效国家，二十五岁仗剑离蜀，何等意气风发？

二十年后，吴指南没了，报国之愿搁浅了。

世界很奇怪，谁也搞不懂。

出宫当天晚上，李白掀开床榻，专门找出长剑，欲一展身手，吐尽多年不快。几年没上手了，很有些生疏，剑舞得磕磕碰碰。

唉，剑离身太久，早已锈迹斑斑。月下，李白磨剑。磨得极细致，花了两个时辰，让剑重新锃亮！

李白自己也不清楚，为何要这么做？长剑重新上身，是要做什么呢？啥都不做，唯感觉新奇。长剑在手，烈驹狂奔，心胸豁然开朗，先前所有的不快，顿时一扫而空。呵呵呵，快马加鞭，风卷尘土，肆意高歌。

午时，一刻。

寒阳驿。

李白端坐马上，"嘚嘚"催马过驿。

驿前阶沿上，画圣与草圣并立，无限焦虑地打望。

李白眼一热，好兄弟啊！赶紧打马来到驿站前，翻身落下马来，冲二人纳头便拜！

二圣一见，慌忙扶起，热情迎入驿内。

吴道子做东，置席于驿馆。张旭银子少，卖字入不敷出。也专去东市上"陈记烧酒坊"，沽得三坛"灞桥柳"，执意赠予李白，以解旅途忧烦。

席上，酒食丰盛，却为别宴。三人本豪士，偏偏吃喝得沉闷，毫无酣畅之快。酒不到三碗，李白便醉了，望望大兄吴道子，又看看二弟张旭，竟悄然流下泪来。

吴道子年高，身为皇苑画院长，怎不知李白心苦？便不再为他添酒，专舀一碗酸鱼汤让他喝。

李白喝了醒酒汤，拖过褡裢解开，默默拿出三十金，散与张旭二十金，又与吴道子十金。张旭尴尬，推辞不愿受。

李白曰："长安虽大，知己者二三。今日一别，难说相见！"边说边泪流，数度哽咽："金钱虽少，暖心多多，贤弟岂可不受？"

吴道子听了，心里堵得紧，急忙示意张旭，让他大方收下，自己做个表率，先将金收入囊中。转念一想，李白心情糟糕，怎可醉醺醺上路？不如彻底醉了，驿馆休息一晚，明儿再走不迟。

有了这层想法，吴道子便暗示张旭，去后厨讨三只大碗，认真劝起酒来。

张旭嗜酒，人尽皆知。席桌上劝酒，更是一把好手。李白性狂放，哪用别人相劝？

自个儿连灌三碗，竟越喝越清醒，越喝越豪迈。直把两位哥兄老弟，吃得烂醉如泥。

李白开怀一笑，呼来驿馆长，出二两银子，让侍候好两人。驿馆长眼拙，识不得李白，哪里肯准允？谓之曰："驿馆乃帝国公廨，只接待往来官差，怎可护理民众？"

李白闻言，知驿吏托大，本不愿与之计较，然二人醉得不轻，他若推托不管，自己怎走得了？想起怀中那物，不知管用不管用，当下掏出一块金牌来。

李白受金牌之事，早已诏告天下，风闻村里街巷。凡帝国大小吏员，谁没听说过呢？

御赐金牌？！驿馆长骇一跳，顿时满脸乌青，一时语无伦次，双膝跪在地上，对着金牌直磕头，口称万岁不迭！李白尤为吃惊，皇权在吏员眼里，竟有这般威风？心里便想，趁早送人便罢，似这般金字招牌，搞不好会惹祸上身。岂不闻"怀璧致祸"吗？

李白哪会想到，小小一面金牌，能把驿吏吓得半死！笑了笑说道："吾二位大兄大弟，可住得驿馆乎？"

驿馆长闻言，点头如捣蒜，口里连声应答："李大学士吩咐，住得，住得，当然住得！"

李白突肃曰："二人权且与尔，但凡损了一根毫毛，便来找你麻烦。"

驿馆长一脸媚笑，点头哈腰道："大学士放心，小的自当尽力！"

李白冷哼一声，跨马扬长而去。

时，张旭已醒。

听得一阵歌声，自驿外传来。细听，是李白在唱，唱的《行路难》。

歌声苍凉，充满失意和悲愤，听得人揪心地痛。

歌词三叠。

歌曰：

〈一〉

金樽清酒斗十千，玉盘珍馐直万钱。停杯投箸不能食，拔剑四顾心茫然。欲渡黄河冰塞川，将登太行雪满山。闲来垂钓碧溪上，忽复乘舟梦日边。行路难！行路难！多歧路，今安在？长风破浪会有时，直挂云帆济沧海。

〈二〉

大道如青天，我独不得出。羞逐长安社中儿，赤鸡白狗赌梨栗。弹剑作歌奏苦声，曳裾王门不称情。淮阴市井笑韩信，汉朝公卿忌贾生。君不见，昔时燕家重郭隗，拥彗折节无嫌猜；剧辛乐毅感恩分，输肝剖胆效英才。昭王白骨萦蔓草，谁人更扫黄金台？行路难，归去来？

〈三〉

有耳莫洗颍川水，有口莫食首阳蕨。含光混世贵无名，何用孤高比云月？吾观自古贤达人，功成不退皆殒身。子胥既弃吴江上，屈原终投湘水滨。陆机雄才岂自保？李斯税驾苦不早。华亭鹤唳讵可闻？

上蔡苍鹰何足道。君不见，吴中张翰称达生，秋风忽忆江东行。且乐生前一杯酒，何须身后千载名？

张旭生性癫狂，时人谓之"张癫"，自称一生无泪。听罢李白所歌《行路难》，早已泪流满面。

心，一阵阵绞痛。唏嘘着走上前，扶起大兄吴道子，缓缓驮在背上，踉跄走出驿馆……

二

荆州，白兆山。

李白回来了！

消息像一阵轻风，吹遍了十里八乡。

李白回到家里，一切都亲切。小院还是那个小院，水井还是那个水井，玉儿虽较之前苍老些，心地还是那么善良。

左右邻舍，却有了变化。

啧啧，不是长安当大官吗？婆姨们挤眉弄眼，拢一堆窃窃私语。

呵呵，被天子逐出京城了！男人们看李白的眼神，有些不怀好意。

窃窃私语的婆姨们，如烂泥里蠕动的蚂蟥，让许大嫂毛骨悚然。

男人在外有出息，自己在家里再苦再累，说起来也脸上有光。现在回来了，有些不明不白，玉儿整日埋着头，贼一样不敢示人。

眼神异样的男人，尤令李白不自在。禁中为翰林学士，时间虽然短暂，但李白特别在意。被放还归里后，总戴着一种光环，想甩也甩不掉，多次言于大众，自己乃翰林待诏，是天子的书记官。

口气颇为嘚瑟，很有一种自豪感。这种自豪感，在特定的时间段里，会让人极度自卑。

李白回白兆山，即在此时间节点上。邻人们指指点点，或不经意的一句话，都会让他生疑，视为不怀好意。

只有在酒后，李白才狂放依旧。乡民们知道啥，不就锄一亩三分地嘛，何必与他一般见识。

孟浩然有见识，偏偏走了，走得毫无牵挂。听玉儿说，孟夫子咽气时，仍牵挂着李白，赞他人好有出息，在天子身边供职，何等荣耀！

逸人活得尚好，却不知去了哪里。家里人告诉说，他和马正公外出云游，两年没回过家了。

李皓早已外任，升迁为宿州通判。

李白好生无趣，夜深人静时，总忆起京城诸般好来。长安城东西两市，灯红酒绿妖艳满街；皇宫内外，巍峨气派富丽堂皇；朝中文武，衣冠楚楚笑逐颜开……

唉，现在倒好，啥都没了。怪不得别人，只能怪自己哟。

李白是个诗人，不懂权谋纷争，偏偏胆大包天！选了杨国忠、高力士做对手，当成赌注来提升声誉，倒也符合他一贯风格。是啊，要弄，就弄两条大鱼。让别人看看，李白是何等手段！

可惜他不懂宫斗，更不知进退。按一条小泥鳅，尚且毫无办法，哪有能力同时按两条大乌棒？

二贼是谁？一为太师，一为太尉，权炽熏天！这是两条鳄鱼，龇牙咧嘴要吃人！结果鱼没有逮住，反而被拱翻在地，那是他活该！

李白归里后，找不到人相与，村外官道旁的茶棚，便成了唯一的消遣处。

每日卯时正，准点前去"点卯"，问茶倌要壶茶，一边独自喝着，一边尖起两只耳朵，听南来北往的新鲜事。偶尔有京城的消息，便无比地激动。近段时间里，李白有了收获，听到最多的人和事，莫过于范阳的安禄山。

嘻嘻，言说者故作神秘，生怕旁人听见了，又生怕旁人听不见。李白听得明白，天子赐婚安庆绪，召安禄山入宫，胡儿居然没来！

李白大骇，安禄山要反！

安庆绪者，初名安仁执，安禄山次子是也。玄宗赐名庆绪，时驻防范阳，为都知兵马使。谁也没有想到，大皇帝赐子大婚，当阿爷的安禄山，居然胆敢抗旨，借故不到京城！

别人没想到，李白早想到了！李白眼睛尖，看得清清楚楚，他曾向玄宗进言，安禄山必反！杨国忠也看得准，胡儿早晚会反，偏不附和李白，只因磨墨捧砚事。

高力士撇嘴一笑，极尽造谣之能事，言李白诽谤胡儿，全因为争风吃醋，以此中伤排挤他。

老皇帝糊涂，笑他诗人气太盛，神经质胡思乱想。认定安禄山憨厚，从不相信胡儿要反。李白一"清秘"，所奏事无根无据，唐玄宗哪会放在心上？这下好了，安禄山抗旨不进京朝见，不是要反是什么！

李白确非凡人，虽不善权谋，却天生政治敏锐，具有超强的洞察力。便茶也不吃了，留下一串铁钱，算作所吃茶资，急匆匆回到家里。

玉儿不在。小儿子颇黎说，娘带着明月奴，到城里沽酒去了。

李白心里一热，难得玉儿知冷暖，晓得男人不舒气，隔三岔五打壶酒，做几个可口的菜品，让他排遣胸中块垒！

平阳已成人，水灵灵讨人喜欢，后厨里斩着猪草。灶头上，煮一锅猪潲，咕噜噜开着。满屋子里，弥漫着潲食味儿。

李白心情复杂，立小院良久，几不知所措。见水缸已空，脱下长袍外套，挑上水桶去水井，来来回回挑满一缸水。又拿竹枝扫帚，去到房前屋后，仔细打扫干净。

平阳站在厨门旁，表情很古怪。阿爷一向懒惰，几时这般勤快过？心里已有些明白，阿爷又要外出了。忍不住眼眶发红，偷偷流出泪来。

李白没看见，忙完房前屋后，独自回到寝室，轻轻关上了木门。掀开床头柜，拿出御赐金囊，数出两百金来，另用布袋仔细装了。又将金囊系好，重新放回床头柜里。

李白怦怦心跳，从怀里摸出金牌，拿在手里看一会儿，冲着后厨叫道："平阳，平阳，过来。"

平阳听到呼唤，急忙擦去泪水，小跑来到西厢。

李白手拿金牌，正要递给她。见平阳眼角有泪痕，心里甚是难过，伸手摸摸她的头，轻声安抚道："哭啥呢？"

平阳鼻子一酸，低头忍住不哭，轻声应曰："回阿爷话，儿未哭，适才煮猪潲，被烟熏着了。"

知子莫若其父，平阳说的谎话，怎骗得了阿爷？

李白越发不忍，嗔曰："还撒谎呢，我都看见了。"

平阳终于大哭，放声号啕道："阿爷别走了！"

李白大愕，平阳懂事了呢，知阿爷又要外出了。

平阳垂着头，一时泪流满面，复低声抽泣道："阿娘好可怜哟，自阿爷走后，娘夜夜流泪，每日望着朝门口，痴一般低唱，'望矮了山，望断了水，奴家夜夜盼郎归……'"

李白差点泪流，几欲不再远游。偏又想起京城事，受杨、高二贼那口恶气，如何咽得下去？

"阿囡莫哭，阿爷出去会友，过几天就回来。"

李白硬起一副心肠，把金牌递给她，肃曰："此乃阿爷命根子，交由你娘保管，切不可弄甩了！"

言毕，佩上长剑，走出寝室，快步来到马厩，牵出大宛白驹，跨马扬鞭而去。

平阳手牵颇黎，立院外柳树下，姐弟俩可怜巴巴，望着阿爷离去。

李白骑马上，频频勒马回首，始终不见玉儿的身影。娘俩怎磨蹭，怎么还不回来？

朝门口前，过了小溪，上了山冈……李白狠狠心，策马飞奔而去。

身后，突传来一声喊："大——郎！"

玉儿披头散发，撕心裂肺哭喊着，疯一般奔上冈来……

三

华阴，居华山北而名。

是地乃三秦要道，素有"八省通衢"之谓。土著言之豪迈，往往炫耀于外乡人，得意曰："山川形胜，甲于关中。"

李白打马过山下，正口干舌燥间，见官道旁一老柳下，胡乱搭一茶棚。茶棚顶上铺着草盖，显得极为简陋。道上，行人不多。

茶棚里，三五茶客正吃茶。茶倌倚柴炉前，有气无力地打着哈欠。

李白翻身下马，牵缰入棚内。茶倌见有客至，立马打起精神，笑呵呵上前问候。

李白把缰绳一甩，言道："用精细豆料喂了，再沏壶蒙顶玉露来！"

茶倌接缰在手，听客人口气甚豪，嘴巴张成了大洞，好半晌才回应道："山野小店简陋，既无精料喂马，更无蒙顶上茶侍爷。"

李白闻言，心大异。此去京师不远，又处京洛官道上，为何说得这般吝啬，连马食也没精料呢？

李白不耐烦，气鼓鼓地说道："那店家，好没得来由，无非要银子嘛？"

茶倌拴了马，胡乱喂些草料。见客人不高兴，忙煮一壶老茶，双手捧给他，脸上堆着笑，小心赔个不是："客官莫怪，将就润润喉咙。"

李白性随意，天上雁鹅吃得，地下蛤蟆也吃得。见茶倌说得可怜，便不再理会，筛一碗茶汤，咕咕饮了一口。黑汤入口，既苦且涩，刚进口腔，李白"扑哧"一声，全吐了出来，高声大叫道："狗屎一般老叶汤，欲谋财害命吗？"

茶倌被他一嚷，骇了一大跳。听他一副外乡口音，便少了许多的顾忌，压低声音说道："难怪客官外乡人，不知此间的故事。"

听他说得古怪，李白顿时来了兴趣，把茶碗搁木桌上，伸长脖子看着他，笑眯眯地言道："此间有何故事，只管道来。"

茶倌见他好奇，几番欲言又止，好在李白仪表堂堂，不像是奸佞小人，吞吞吐吐地说："客官听过茶引乎？"

李白闻言，笑曰："店家所说茶引，不就是朝廷购茶、贩茶的凭条吗？"

茶倌听得真切，立即警觉起来，他既知茶引，莫非官府探子乎？当下不再言语，转身走入里间。

李白越发奇怪，这汉子怎不爽快？忙跟了过去，自怀里出示一物，让他把故事说完。

茶倌一见那物，惊骇得两眼发直，半晌说不出话来。

李白手拿之物，乃贺知章换酒金龟。被李白赎回后，贺宾客便不要了，送他作个留念。李白一直带在身边，从不肯轻易示人。

店家久经世故，长年煮茶道旁，迎送八方客人，自是见多识广，当然知道金龟为何物了！

果真是官府探子！

茶倌紧闭了嘴，笑容变得更加灿烂，拱手道："失敬，失敬！"

李白正待追问，突店外一阵喧哗。有十余蜀商，押一马队至。马队计有三十六骑，每骑驮两捆精装茶包，皆蜀地蒙山玉露。

为首一汉，身材魁梧，相貌威猛。从马上取一小袋蒙茶，声若洪钟般叫道："店家且先煮壶茶吃，再备些酒菜候着。"

茶倌见到此人，似甚忌惮。忙点头哈腰接过茶，诺诺退里间煮去。

李白见到家乡物，倍感亲切。上前左右观看，越看越喜，忆起那清冽之香，口水忍不住流了出来。

茶倌煮好茶，恭敬置桌上。虬髯汉坐棚下，心满意足啜一口。茶汤清冽回甘，满脸陶醉色。

李白用鼻嗡嗡，清香直入心脾，喉咙里馋得直痒痒。

虬髯汉见他贪婪，又围着马队左看右看，似不怀好意。猛可里一声大喝："那白衣汉子，瞧什么呢?!"

李白正陶醉间，被虬髯汉一喝，笑呵呵回过神来，上前拱手道："正要请教呢，朝廷明令告示天下，禁止茶叶私下交易，非有茶引不可为！客官恁大神通，何处弄来许多蒙顶玉露？"

虬髯汉见问，神情十分得意，哈哈大笑道："非在下吹牛，若无官府茶引，某怎敢行走秦蜀间？"

李白闻言，骇了一跳。故作不知，讪笑道："客官吹牛，茶引乃官府定控，哪能随便得之？"

虬髯客见他不信，似有轻蔑之意，从怀里掏出一把茶引，往桌上一拍，大叫道："非某托大，这劳什子有甚得？某要多少有多少！"

李白吃一惊，这汉子有些来头，却是个没头脑的憨货。便故意激他，询曰："茶引也可倒卖？难道没人管吗？"

茶倌站在里间，不停向虬髯汉摇手，示意不可胡言。

虬髯汉没有看见，继续牛皮哄哄，大言炎炎地说道："华阴地界，谁敢管我？一县官府茶引，皆某囊中物！"

李白暗骂一句，难怪茶棚无好茶，全被官商勾结，高价倒买倒卖了！

张勋素有名望，宰华阴十年，政声达于朝野，看来也是浪得虚名，定不是个好东西！

李白满肚皮闷气，正无处释放，决定去修理他。

巳时，三刻。

李白入华阴，将烈驹寄客栈，租一匹瘦驴倒骑着，一边喝着酒，一边拍打驴腚，三过县衙门前。

衙门乃权重地，代表着朝廷威严。历代典律皆有明规，过此必"文官落轿，武将下马"！

华阴县衙内，张勋端坐大堂上，抻起身板抖官威。十年华阴为令，利用手中职权谋利，早赚得盆满钵满。且一手翻云覆雨，整个华阴县辖内，谁敢说半个不字？

今天很怪，竟然有人倒骑毛驴，三过往返县衙大门前。这不是藐视王法，挑战本令的权威吗！

张勋闻讯，大怒。传令衙役，将骑驴者捕之于公堂！

李白微醉，睨视着张勋，满脸鄙夷之色。

张勋端坐案后，见来人桀骜不驯，猛一拍惊堂木，大声呵斥道："大胆狂徒，胆敢藐视王法，可知罪乎？"

两班衙役差狗，正东倒西歪眯着眼，无精打采昏瞌睡。听得县主一声断喝，急忙屁股一撅，全伸直了腰杆。手中的"烧火棍"齐杵，戳得地面咚咚直响。嘴里长声吼班，齐声大喝道："威——武！"

李白嘻嘻一笑，金銮殿上过朝呢，啥阵仗没见过？一声狗屁"威武"，能吓得了李翰林？！连问不理不睬，依旧呼呼佯醉，口角酒涎长流。

张勋审一酒鬼，已觉十分掉价，没想到酒鬼装怪，竟连问不答。一时鬼火冒，右手高高举起，复猛拍惊堂木。不意碰落案上镇纸，坠下砸中自家左脚。

镇纸乃石制，沉重如铁。顿时血流如注。

张勋龇牙咧嘴，"啊啊"一阵乱号，抱着伤脚直跳，全然不顾官仪，倒似伤了蹄的跛驴。一衙差吏，皆低头窃笑。

骑驴犯人倒好，依旧口角流涎，昏昏做沉睡状。

有书吏王庚者，堂上作录述。眼见冷了堂子，忙上前对县主耳语："犯人宿醉未醒，且先押入牢中，俟酒醒后再审。"

张勋正没抓拿，经王庚一提醒，虽然觉得无趣，丢了大老爷的威风，却也没得其他法子，只好吩咐衙役，将酒鬼押入大牢。嘴里却讨着乖，恶狠狠地说道："待这厮酒醒后，着令好生招供，以待明日决断！"

李白闻言，顿时醒了酒。眯着眼想了一想，既然有心要修理他，巴不得送入牢房。

衙役不辨真伪，以为李白醉得不轻，推推搡搡送到牢里。

狱吏长侯勇，精瘦。身长像根竹竿，背弓如煮蜷的虾米。

时，正午眠。

侯勇倚案上，呼呼大睡。长长的瘦颈项上，泛满红红的困晕。

李白喜戏谑，见他形象滑稽，忍不住抚须长笑。笑声清越，嗡嗡直震屋宇，尘埃纷纷坠下。

"哈哈哈，好一只蒸熟的大虾！"

侯勇午睡正酣，猛听得一声长笑，惊骇得醒了过来。不停地摇头晃脑，眨眨眼四处张望。

牢门前，立一酒癫子，醉醺醺仰天大笑。

疯汉相貌雄伟，却被二衙役押着。只道县主逞能，又捉一"要饭（犯）"。暗笑张县令瓜皮，抖威风抖过了头。

侯勇问明缘由后，怪李白扰了清梦，便拿李白开涮，笑道："为何疯癫？莫非跑了婆娘？"

李白闻言，恨他无礼。不恼也不躁，应声曰："既不疯，也不癫，更没跑了婆娘。"

说到此处，便盯着侯勇不放，拖声拖气地说："只是没注意，遭癫狗咬一口，人虽然没癫，却他娘成了大虾子！"

侯勇被他一呛，顿时睡意全无，知此人并非真醉，似有意捉弄县主。便板起一张马脸，装模作样扮正神，公事公办地询问："尔是何人，既不疯癫，也未醉酒，为何倒骑毛驴，三过县衙前？藐视王法，唐突县令！"

李白摇摇头，说啥呢！小小一狱吏长，既无官品位，也不入官流，竟嘚瑟耍官威！真如百姓所骂：堂堂大唐国，果真头顶生疮脚底流脓——烂透了吗？

247

侯勇伸长细脖，板起巴掌大一张脸，恶狠狠盯着李白，神情十分滑稽，本是田间小虾米，瞬间变作海龙虾，丑态令人作呕。

李白突大笑，正色曰："取我口供？欲治'过官衙不下驴'之罪？很好，很好，快快取纸笔来！"

侯勇见他肯招，很有些得意。不就一酒癫子嘛，还能唬不住他！令狱卒拿来纸笔，置案上搁好待用。续伸出两只细腿，挡住李白去路，示意从身后绕过去。"下民犯事，不可过吏前！"

侯勇继续作孽，抖着"吏威"！

李白闻言，勃然大怒。狱吏长算啥东西，竟如此作威作福！华阴县衙里，还能有好人吗？

李白发了狠，一把推开侯勇，大咧咧说道："好狗不挡道，且滚一边去！待我细细写来。"

侯勇一个趔趄，暗自吃一惊，这厮好大的力气！顿时收敛几分，怕他突发酒疯，冷不丁擂上一拳，自己嶙峋的瘦排，不断几根才怪。嘴里讪笑道："且看酒癫子，究竟如何写来！"

李白白他一眼，径直到了案前，略一思索，早一挥而就。书曰：

供状绵州人，姓李单名白。弱冠广文章，挥毫神鬼泣。长安列八仙，竹溪称六逸，曾草吓蛮书，声名播绝域，玉辇每趋陪，金銮为寝室。吸粪御手调，流涎御袍拭，高太尉脱靴，杨太师磨墨。天子殿前尚容乘马行，华阴县里不许我骑驴人？

书毕，掷与瘦虾米。笺去如疾矢，至侯勇面前，突然坠地上。

狱吏长吓一跳，这厮恁好手段！拾起地上稿笺，初及目，骇得魂飞魂散。急忙匍匐于地，磕头不止："翰林学士在上，小子有眼无珠，受县主遣发，索要口供……"

李白冷哼一声，挥手制止曰："不干尔事，只需转告张勋那厮，白奉金牌圣旨过华阴，何罪拘我于此？"

侯勇松一口气，弓起虾公背，再三拜谢而出。

未时，一刻。

张勋正午休，得狱吏长报，吓得两股战战，浑身哆嗦如筛糠！李翰林之名，如雷贯耳,连杨太师、高太尉二人,都吃过他的亏,自己哪惹得起?真是倒了血霉,惹上这尊瘟神!

县主恼归恼,却也无可奈何,只得跟随狱吏长,一同来到牢房。

甫入牢。张勋扑通跪地上,对李白叩三响头,哀告曰:"小令张勋,有眼不识泰山,冒犯了大学士,乞赐怜悯!"

李白一见,甚觉滑稽。

张勋人模人样,着一身红袍官服,却像条癞皮狗,伏地上乞悯。

李白见他厼样,这才真正醉了。醉眼惺忪,不辨东西,口里狂言乱吐:"曾令御手调羹,龙巾拭吐,太师磨墨,贵妃捧砚,力士脱靴。天子门前,尚容走马,华阴县里,不得骑驴?"

张勋七品县令,横行县里是老虎,走出华阴变老鼠。听他大言炎炎,吹得天花乱坠,怎辨得宫事真伪?少不了折断腰杆,赔千百个不是。

……

李翰林过华阴,严惩县令张勋一事,一经传入市井,好事者有了噱头,大肆添油加醋,百般予以渲染。一传十,十传百,诗仙"不事权贵"之名,不日遍传国中。

李白声誉复振,欲与之结交者,似春日过江之鲫。请吃请喝,送钱送物,络绎不绝。甚至抛家舍子,跑来追随者,也大有人在。

李白满心欢喜,继续打马北行。所过州县,地方官畏惧如虎,莫不衔杯相迎。

四

东都,洛阳。

龙门山前,伊水静静东流。

李白着白袍,蹬千层底布鞋,沿着千级石梯,独自攀登龙门山。

夏日午后,蝉鸣声声。阳光漏树缝而下,斑斑驳驳,洒在长长石梯上。

山脚下,一川伊水,黄浪翻滚,向东南奔流。

河风习习。香客们汗流涔涔，解衣迎风而立，顿时有了无限惬意。

山腰处，奉先寺。

巨大的石窟，刻凿精湛绝伦。立伊水南岸香山上，相距十余里，犹清晰可见。

奉先寺名儿怪，市井多有不知。原本不叫这名，旧名"大卢舍那像龛"。因隶属皇家寺院，民间尊天为"先"，故俗呼为"奉先寺"。

高宗咸亨三年，武后已临政，捐胭脂钱二万贯，力助开凿卢舍那像龛。

像龛规模宏大，左右进深各百丈。龛窟中佛像众多，皆面庞丰腴、两耳下垂，形态圆润、安详、温和、亲切，极为动人，栩栩如生。主佛莲座北侧，有开凿题记，勒铭其顶端，称为"大卢舍那像龛"。

龛窟共九躯大像。

主像庄严巍峨，为卢舍那大佛，乃释迦牟尼报身佛。

佛经言：卢舍那者，光明普照之意也。

市井盛传，帝国爪牙为讨圣欢，所凿卢舍那大佛像，以武后真身为范，通高五丈七尺，头高一丈三尺三寸，耳长六尺三寸。

细想确也有理，武氏自名"曌"，正是光明普照意！

李白学究天人，识得其中奥妙。昔日禁中为翰林，见过武后画像。对照主像卢那舍，确也有几分相似。

龛窟九像，卢那舍居中央，绝壁凌空开凿，面容丰满圆润。头顶上，饰波状形发纹。双眉纤细，如一弯新月。眉下，附一双顾盼秀目。两目微启，凝视正前下方。耸直的鼻梁，小巧的嘴巴，笑容祥和温暖。双耳阔而长，略微向下垂着；下颏浑圆而厚，稍稍向前突起。通身所着，乃通肩式红黄彩色袈裟，衣纹简朴无华，一圈圈同心圆式衣纹，把头像烘托得端庄而神圣。

整尊主佛像，圆融和谐，安详自在。宛若至尊无上的贵妇，令人敬而不惧。

观像龛四壁，拱卫释迦牟尼者，唯迦叶、阿南两弟子，托塔、广目二天王，普贤、文殊两菩萨。另有两尊大力士，天神般怒目金刚，望之者头昏目眩。

李白伫立龛前，极目仰望间，顿生无限景仰。卢舍那者，蜀之利州武氏也，敢先天下称女帝，奉她坐了此间一号，又有何不可？！

李白伫立良久，望山下伊水东流，心又茫然无措。

突忆初游洛城，已是三年前的事了。

那日过洛城，目的地很明确，径奔京师长安。故而心情颇佳，又意气风发，匆匆住了一晚，写有《春夜洛城闻笛》，自觉词句尚好。

李白想着往事，不觉轻声吟诵："谁家玉笛暗飞声，散入春风满洛城。此夜曲中闻《折柳》，何人不起故园情。"诵毕，心里越发茫然。

想武氏一妇人，尚可为地主，一统大唐江山。自己赳赳一丈夫，岁龄四十有三，竟不知前途几何？不觉悲从中来，潸然洒下英雄泪。

李白心怀戚戚，昂首立石梯上，慨然向天而歌："少年落魄楚汉间，风尘萧瑟多苦颜。自言管葛竟谁许，长吁莫错还闭关。一朝君王垂拂拭，剖心输丹雪胸臆。忽蒙白日回景光，直上青云生羽翼。幸陪鸾辇出鸿都，身骑飞龙天马驹。王公大人借颜色，金璋紫绶来相趋。当时结交何纷纷，片言道合唯有君。待吾尽节报明主，然后相携卧白云。"

歌毕，心胸豁然开朗，仰天大笑而去。

"哈哈，'待吾尽节报明主，然后相携卧白云。'果然好抱负！"

李白正急行，身后不远处，突传来一声赞叹，继而又听得一声欢喜："大郎文采飞扬，莫非青莲李白乎？"

李白好生纳闷，洛城无亲无故，谁会识得自己？回首向上仰望，千级石梯上，匆匆走来一条汉子。

汉子面白无须，年三十许。虽然清清瘦瘦，却又精神无比。

李白满心欢喜，既得他人欣赏，便是人生知己。忙停了脚步，笑吟吟双手抱拳，回应道："小哥甚好眼力，某正是蜀人李白！"

那汉子一听，欢喜得像只泼猴，冲李白纳头便拜："适才随大郎身后，听得吟《春夜洛城闻笛》，便猜想李学士乎？一问果真不差！"

李白性爽朗，听他快言快语，又欢喜得不行。忙上前，将汉子扶起，询之曰："小哥何方人士，为何识得某家？"

汉子一脸激动，连声应答："大郎帝国骚主，天下人皆识得！小弟杜甫，无名之辈……"

杜甫？

李白一愣，未待他把话说完，拊掌大笑道："'会当凌绝顶，一览众山小'！

哈哈哈，我道是谁呢，原来杜子美！"

杜甫一惊，继而一喜，随之一癫！

自己一介白丁，还是个穷书生，既无权势，也无名气，甚至连生计都难。诗仙太白何许人？居然知道自己，能不让人激动吗？

杜甫出生晚，小李白十一岁，却是"性豪业嗜酒"的主。自称"脱略小时辈，结交皆老苍。饮酣视八极，俗物都茫茫。"

今日一见李白，果真神情俊朗，气质超凡脱俗，难怪人称谪仙人了！

杜甫心里欢喜得紧，就想请李白饮酒。偏偏囊中羞涩，乐癫癫昏了头，硬拉上李白，来到龙门镇上。择一鸡毛小店，要坛伊川老酒，菜也没得一个。二人蹲在凳上，用大碗对端，豪迈地喝着寡酒。

鸡毛店名不错，叫个"龙门客栈"，威风凛凛很有些唬人。可惜地方逼仄，实在太过简陋。好在二人性豪，哪管得许多？虽无下酒菜，下酒的话却不少。

李白感杜甫一片真心，又知他一介白丁，腰无半文钱，自然要当大哥。先放下骚主的架子，大碗喝起酒来。这举动看似很随意，却让杜甫心热，感到无比的亲切。

伊川酒质劣，不比蜀酿醇厚，入口生而涩，反倒多了一份野趣，更多了十分人情。

两人初识，也不拘谨。似老友重逢，频频举碗相邀，饮得酣畅淋漓。吃到情浓处，二人越靠越近，竟称兄道弟起来。

李白年长，自然成了大哥。

既然是大哥，能让小弟破费吗？笑话！何况自己囊中，真金白银多得是。嘿嘿，哪怕囊中无银，就凭谪仙人的名头，也该自己做东！

李白豪迈一生，兜里的银钱都是朋友的，遇到杜甫这样的知己，恨不得脱下裤儿让他穿！便伸手招呼店家，让他过来说话。

店家年约五旬，身穿一袭青布长衫，外套对襟黑褂。一对贼亮的大眼，时时充满着警惕，看那神色，就知没见过世面。见到客人招呼，笑呵呵上前，候一旁等着发话。

伊川老酒劲大，李白有了二分酒意，晕乎乎感觉正好。冲着店家直言道："不知贵客栈里，有无唱曲的姑娘？"

店家一听，立即警觉起来。眨巴着一对大眼，将二人打量一番，顺手取下左肩白抹布，很随意地抖了三抖。

李白见了，眉毛皱一堆，满脸不悦之色。

看官有所不知，此乃旧时客栈规矩。设若有住店客人，提出非分要求，店家又无力办到时，便取下肩搭的抹布，当着客人的面抖三下，礼貌地予以拒绝。

客人大多走州过县，懂得江湖规矩，自然不会无理取闹。也有不谙此道者，又或蛮不讲理者，与店家发生纠角，生拉活扯闹别扭，弄得彼此不愉快。

店家见李白不悦，又见他并未发作，知道他懂规矩。忙堆了一副笑脸，耐心地解释道："客官休要见笑，敝店简陋，实无此营生。但凡酒食菜肴，只管吩咐则个！"

笑呵呵说得明了，却并非出自真心。

二人菜都不要，胡乱喝着寡酒，哪像有钱的主？白衣汉眼似利锥，又身佩长剑，设若傲性起来，如何打发于他？故而委婉推托。

李白久行江湖，怎不懂他心思？

时，帝国繁荣昌盛，百业兴旺发达。茶肆酒楼里，哪少得了优伶歌伎？

店家不肯相与，李白好生没趣。只道在小弟面前，拿个脸撑个面子，偏遇到个无趣的主。

李白心里不爽，手却很大方。嘴里哼一声，掏出一锭银来，财大气粗拍桌上。嘴里叫道："添两壶剑南春，切五斤青州卤牛肉，煮两条黄河公鲤，外搭二十个驴肉馒头！"

天，口气怎豪？

又见那银，足足十两！

杜甫没钱，却不眼气。只要有酒喝，有肉吃，哪管他谁支账！

店家则不同，态度立马变了。一对鸽卵般大眼，顿时贼亮放光。

银子搁桌中央，想伸手去拿，又怕够不着。犹犹豫豫，像个贪吃的孩童，守嘴又不好意思开口！

李白性豪侈，哪见得这等人？眼浅皮薄，见利忘义！用剑尖一挑，那银子像长了眼睛，准确落入店家手里。

"愣着干啥？赶紧去捉弄嘞，速将酒菜送来！"

店家得了银子，屁颠屁颠直乐，风一般跑入后厨。

须臾，李白所要酒菜，已送上桌来。

好酒好肉，果然滋润肚肠。干涸已久的喉咙，也滑溜了起来。

杜甫没银子，却懂江湖规矩。

让店家拿摞碗来，一溜铺排十二只。六只放在李白面前，六只搁自己面前。

杜甫开一壶剑南春，筛满十二只碗。再选一只空碗，用尖刀挑馒头一个，拈鲤鱼肉三箸，夹青州牛肉九片，一一放空碗里。

看官休要疑惑，这里有个名堂，江湖兄弟结拜仪程，叫作"斩蛮（馒）头，立（鲤）三公九卿（青）!"

李白肃然，端坐案首。

杜甫礼甚恭，奉上所择菜肴，请大兄先吃，祝早日飞黄腾达，官拜三公九卿。

李白喜得小弟，笑呵呵端起肉食，不慌不忙吃完。

杜甫不磕头，也不伏地跪拜，以示兄弟平等。唯大兄吃一口菜，就饮一碗酒。

连饮十二碗，二人就成了兄弟。

李白鱼肉吃完，卤牛肉也吃完，剩下一个馒头，用尖刀切成两半。兄弟俩一人吃一半，寓同斩蛮（馒）头，共建功勋伟业。

正式成了兄弟，彼此更加随便。

李白嗜酒，瘾来登了，一时酒虫乱蹿。

杜甫是小弟，倒饮得痛快，吃了十二碗酒。自己是大哥，只吃些肉食，虽然作古正经，却哪里真正安逸？

仪程毕，即推开那碗，独自低下头，也吃它十二碗。这才抬起头来，望杜甫嘿嘿一笑，畅快地打着酒嗝。

杜甫大乐，哥哥有趣得紧。便没有再闲着，乘李白缓气的当儿，一边吃些肉食，一边又偷吃三碗。

李白爱酒，不输天下人，哪肯吃半点亏？忙又低下头去，咕咕咕再吃三碗。

肚胀如围鼓，那酒虫便老实了，也不再乱蹿。

西时，月初上。

伊水突起狂风，一川咆哮轰鸣。

那风奇怪得紧，明明晴空万里，咋说来就来？直吹得黄浪排空，铺天盖地卷岸而流。

刹那间，樯倾楫摧，树木倾折。

李白临窗而立，见伊水汹汹，狂风大作不止。随口占曰："日落沙明天倒开，波撼石动水萦回。轻舟泛月寻溪转，疑是山阴雪后来。"

李白口吐莲花，杜甫暗赞不已，但也不肯落后，遂尽展生平所学，为哥哥高唱一曲。

歌曰："昔年有狂客，号尔谪仙人。笔落惊风雨，诗成泣鬼神。声名从此大，汩没一朝伸。文彩承殊渥，流传必绝伦。龙舟移棹晚，兽锦夺袍新。白日来深殿，青云满后尘。乞归优诏许，遇我宿心亲。未负幽栖志，兼全宠辱身。剧谈怜野逸，嗜酒见天真。醉舞梁园夜，行歌泗水春。才高心不展，道屈善无邻。处士祢衡俊，诸生原宪贫。稻粱求未足，薏苡谤何频。五岭炎蒸地，三危放逐臣。几年遭鵩鸟，独泣向麒麟。苏武先还汉，黄公岂事秦。楚筵辞醴日，梁狱上书辰。已用当时法，谁将此义陈。老吟秋月下，病起暮江滨。莫怪恩波隔，乘槎与问津。"

杜甫所歌，才情天纵，尤道尽李白心愿。

李白心一热，几欲泪流。真心赞曰："子美才华横溢，当为万世诗圣！"

杜甫闻言，大愕。

李白乃帝国骚坛主，自是一言九鼎。诗圣之誉，当惊天下矣！

一时心花怒放，再筛两碗酒，双手敬与哥哥。

二人各执一碗，立窗对月长饮！

李白和杜甫，帝国骚坛的双子星，不经意相识洛城，恰似日月经天，照耀着大唐的天空。

二人豪纵，彻夜畅饮。时而相拥，时而狂歌，时而号啕……

翌日。

洛阳城盛传，有酒疯子二人，饮于龙门客栈，花百金闹一通宵。

龙门客栈？花百金吃酒？

市人闻之，不辨真假，皆以为癫。

第十七章
风雪曹州识高才　连天阴雨哭亡妻

一

昔日入长安，李白走马过洛城。今冶游东都，李白幸得小弟，又有了醉卧长安的感觉。整日带着杜甫，玩尽洛城教坊乐坛，醉遍东都茶肆酒楼。大把花着银子，甚是逍遥快活。

李白神情飘逸，仪表俊朗，脑子里一派天真。银子多时，大块吃肉，饮剑南春。银子少时，啃干馒头，吃伊川老酒。

有钱无钱，照样欢颜。

杜甫年轻，性情温良醇厚，恂恂然一长者。反正身无分文，过不过年都一样，难得欢畅一回。唯李白请吃大酒时，才有几分癫狂。

兄弟俩行街头，一个天真，一个老派。市井不知底细，哪知谁是兄，谁又是弟？

话得说回来，但凡成功人士，无不从容自信。这份从容自信，更多洒脱和轻松，他人学不了，也模仿不了。

杜甫小有名声，算不得成功人士，身上没这种风范。李白诗达天下，名动朝野，所显示的轻松和洒脱，让他倍儿神采飞扬。杜甫全然着迷，非李白花钱如流水，实为其诗化人格感染。

李白目无余子，初识杜子美，也是眼睛一亮。以李白性格论，哪懂得识人？官场险恶，江湖诡谲，让他吃尽了苦头。若甄别诗人，则肯定不会错。只要交谈几句，便可做出正确判断。

杜甫之才，值得赞誉。接触才一日，就成了兄弟，也成了朋友。小弟没肉吃，朋友没酒喝，李白能不管吗？

惜洛阳城不大，周遭才五十里，远不及京师十之二三。

玩来玩去，就没了新意。

李白喜新鲜，渐感无趣。

杜甫聪慧，知李白习性。玩归玩，心里那团火，始终未灭，仍在熊熊燃烧。

报国，报国，报国！

终一日，杜甫言于李白："曹州东去三百里，境内有大泽广百里，号震泽者，草丰鱼肥，最宜渔猎！"

李白闻言，心大喜。决计与之前往，到震泽去猎狩，以畅郁闷胸怀。

二人皆性急，不愿意耽搁，当下说走就走。匆匆到市上，准备旅途用品，即日登程东游。

时值岁末，天阴寒。

冬月二十四，大雪。

二人骑马上，无故平添几分豪情。学伶人所扮英雄样，顶风冒雪而驰。

申时，雪愈烈。

二骑奔至陈留，此去离曹州不远。

天空中，纷纷扬扬的雪花，一阵紧似一阵地飘。二人无语，心中落寞甚。

道旁有酒肆，挑个布帘儿，名曰"胖子店"。

兄弟俩不解，为何取个胖子店？下马入店内，饮于酒馆中。

李白坐首位，顺手将裹金褡裢，抛至案头上。所携银钱，显露无遗。

店家体肥胖，大腹便便。

兄弟俩见了，皆掩嘴窃笑，始知店名由来。

胖店家忠厚，见客人大大咧咧，只道不谙江湖险恶，便好言提醒相告："曹州道上，颇多豪客。客官所携之物，切不可露白，谨防被盗掠去。"

李白向来喜欢热闹，长时间里无所事事，心里正空空荡荡，听了店家的话，很有些不了然。乘了三分酒兴，掷杯砍案上，嘴里大声嚷嚷："吾恨晚生九百年，不能与楚霸王角力，一较举鼎之雄，实为憾事！"

杜甫性静默，听大兄所言，知他故意癫狂，却一时想不明白，只得随之大叫："朗朗乾坤，天下太平，哪来强盗打劫？兀那店主，休要诳我！"

胖店家闻言，哭笑不得。见是两个酒癫子，不便与之理会，摇摇头退去。

李白筛一碗酒，正待要吃。见店家有轻慢意，恨声曰："吾纵横江湖数十年，从未遇到过强盗抢人。今日来到贵地，如有能取吾腰间物者，自当叩首以降！"

时，有诸少年，锦衣裘袍，饮于大厅左席。听得李白癫叫，尽皆惊愕。

居首一少年，白衣白袍白巾，面容甚是俊朗。灯火暗淡处，轻声询于大郎，姓甚名谁，家居何处。

见有人搭话，李白来了精神，哈哈大笑道："江湖不传吾名，吾家即是江湖！"

众少年闻言，哄堂一阵大笑。讪讪再询曰："兄台能几人敌？"

李白朗声曰："千人敌，万人亦敌！"

众少年闻言，愈讶异。

杜甫坐案前，始终不言不语。

诸少年龄十四五，人人淡定从容，虽也喝酒吃肉，言语却很谨慎。有一搭没一搭与大兄言，偏又没半点正经，似故意寻他开心。

心里起了疑惑，风雪曹州道上，何来诸多贵公子？

李白故作狂傲，然心细如发。适才进店时，已警觉发现，白衣少年左腕处，文一只黑色狼头。

狼头龇牙咧嘴，与安禄山左腕所文，图案一般无二。

江湖流言甚广，安禄山久欲叛唐，曾亲训三千少年为卫队。卫队分为五百小队，各小队轮番外出，除打探帝国军情外，兼作招揽豪杰事。

李白天生警敏，哪能不起疑心？故而再三狂言，欲引诸子露出马脚。

众少年言语嘻哈，却无任何破绽，尤让人生疑。

杜甫不知缘由，猜不透李白心思，唯疑他有意为之。

李白吃完壶中酒，没有再要之意。他要保持相对清醒，以应突变事故。

店外，风雪正烈。

饮毕。

李白出银一锭，掷于桌。束装上马，离店欲行。

右席，坐一黑衣汉子。

汉子年约四旬，低头饮着闷酒，目送二人出店门。

胖店家大讶。一边找补差值，一边止曰："如此风雪天气，客官怎可夜行？"

李白心存感激，谢店主一片好意。推开所找碎银，示意算作"小费"。扫一眼黑衣汉子，豪气干云道："曹州自古多豪客，不知今日有否？正欲与他一会！"

二人不听劝阻，坚持离店出走，任马蹄踏踏而去。

行三四里，雪止。

月色皎然，道旁林木晃荡，疏影乱眼。

正行间，突有一骑甚疾，自身后呼啸赶来。

李白兜缰勒马，手按腰间长剑，作警戒状。

店家所言豪客乎？

杜甫勒转马头，斜立大兄左侧，成掎角之势。

待骑所至，乃左席白衣少年。

李白暗自好笑，也有些失望。

遂不介意。指少年笑曰："尔乃曹州豪客，前来打劫乎？"

"何来豪客？与君同旅尔！"

少年马上拱手，恭谦曰："阿伯非本地人氏，为何冒雪夜行？"

李白不答，故意逗他。言郎舅家住陈留，有急事相招于己，因故冒雪夜行。

白衣少年便言，自己亦陈留人，阿爷病危需赶回家，但夜黑不辨路径，请求与之同行。

正问答间，又一黑骏突至。奔马飞蹄过处，卷起团团积雪。

李白长年习艺，耳力异于常人，听来骏势劲，知驭者骑技高绝，身手不凡！

当下凝神戒备，以防不测。

雪光映月，四野昭昭。

来者不是别人，右席黑衣汉也。

黑骏奔至，汉子兜缰勒住。见李白手按长剑，咧嘴笑一笑，松缰驰往少年。

少年满脸诧色，警觉地催马避开，欲躲到李白身后去。

黑衣汉紧追不放，见少年身佩弓弦，脱口询曰："公子善射乎？"

少年浅笑道："曾习过，未见精纯。"

黑衣汉示意，请求弓弦一试。

少年大恐。

见黑衣汉威猛，哪敢拒绝他？忙解下腰间弓弦，战战兢兢递给他。

黑衣汉哼一声，接弓弦在手，欲显其孔武，哪知倾力开弓，那弓并未如愿张开。

李白一见，甚惊骇。

黑衣汉体格雄健，掌大如蒲扇，两臂当有百石之劲，如何开不得弓？

少年咧嘴一笑，装着没看见。

黑衣汉微窘，撇撇嘴言道："如此弹雀之物，佩之何益？"

言毕，满脸不屑，将弓还与少年。

时，有夜枭唳空。

少年端坐鞍上，引弓一发中的。

夜枭哀鸣，扑棱棱坠马前，羽染血红。

杜甫吃一惊，少年恁了得！

黑衣汉并不惊讶，依旧一脸不屑。笑嘻嘻言道："呵呵，公子所佩弓弦，原来还可射鸟！"

李白冷眼旁观，心中疑惑更甚。黑衣汉刻意伪饰，当真江湖豪客乎？

少年露了一手，原想镇住黑衣汉，哪知他不知好歹，仍旧揶揄自己。斜眼见他腰别钢刀，反诘道："君佩腰刀，必善击刺？"

黑衣汉昂首应曰："果如公子所言，善击刺。"

遂解下佩刀，双手递与少年。续言道："公子可瞧好了，难得一把好钢刀。"

少年接刀在手，轻拈刀背，悬空甩一甩。鼻里一声冷哼，发出轻蔑嗤笑来。

"杀鸡宰鸭物，佩之何用？"

复以两手一折，刀曲如钩。再以两手伸之，刀直如故。

杜甫大惊失色，几坠马下。

少年若为强盗，如何是好？岂不害了三人性命！

李白端坐鞍上，笑吟吟言道："公子恁好身手，早晚为国之栋梁！"

少年不答，两眼瞅住李白，盯视良久。

自言自语道："阿伯神情俊朗，青莲李白乎？果如是，安帅必延为上宾！"

安帅？北镇安禄山！

李白既惊且喜，果不出所料！

适，月隐云间，风雪又至。

黑衣汉突大喝，声似霹雳！

"果胡儿爪牙！"

复起一掌，拍少年坐骑。

掌大如蒲扇，那马怎经得一拍？顷间倒毙于地。

少年大愕，倏地腾空掠起，白鹤般飘进林间，瞬息没了踪影。

杜甫躲一旁，见少年遁去，大喜。忙上前相谢，拱手曰："多谢壮士，果真好身手，打跑了强盗！"

黑衣汉爽直，抱拳应声曰："何来的强盗？安禄山知道乎？诸少年皆那厮豢养，所谓八千白羽郎是也！"

杜甫不谙世故，听不懂他在说啥。白衣少年武艺高超，与安禄山何干？

扭头看着大兄，满眼疑惑色。

李白忧国忧民，于边镇事了如指掌，当然知道白羽郎！

胡儿安禄山者，得大皇帝宠幸，久为北部三镇节度使，反叛之心天下人皆知。曾密招八千八百义子，豢养成敢死队——"曳落河"。

"曳落河"极神秘，人人武功高强，个个弓马娴熟。行走江湖间，皆白衣白袍，神出鬼没飘忽不定，心狠手辣杀人如麻。市井传言甚广，俗呼为白羽郎。

李白性爽直，见黑衣汉了得，有心与之交往。马上抱拳谢道："多谢，多谢。某不才，入酒店时，已知诸子非凡，必白羽郎也！"

黑衣汉"啊"一声，并未抱拳还礼。自嘲道："适才尔大言骇世，怕吃了胡儿暗亏，故赶来解围。呵呵，尔既早知委曲，是某多虑了！"

言毕，策马而去。

李白一愣，本欲与之交，哪知道是个怪物！

杜甫大诧。

黑衣汉是谁，为何言语吞吞吐吐，说半截留半截？尤可疑者，啥叫白羽郎？安禄山为边帅，身兼北部三节镇，豢养忒多的白羽郎，用来干什么呢？

时，风雪已止。

夜空阴沉。

一月甚暗，昏如毛团。

极目四野，雪光朦胧。近视道旁，林木悚然。

李白在前，杜甫在后。

两骑不紧不慢，缓行风雪中。

二

鲁东，震泽。

大泽辽阔，浩渺百里，荡荡水天一色。

雪初霁，一湖静寂。

湖面没有风，也没有声响，甚至连湖水声，也听不见。

李、杜来时，正值午时。

天，惨惨地白。午后的阳光，像冬日的石头，也惨惨地白。

湖岸长长，清冷一线。

苇叶早已枯败，苇秆胡乱立水中，摇曳无限寒意。

偶有几只苍鹭，觅食苇叶间。望鹭足纤纤，孱弱不胜风寒，背心便阵阵发冷。

山凹避风处，有五株大柏树，虬枝如乱戟。

二人牵马柏下，决意在此驻扎。

李白分工极细，自己负责生火，以利烧烤食物，夜里驱寒避兽。

杜甫搭建窝棚，用作遮风避雨，让人有"家"的温暖。

李白先去林中，寻一干爽老树蔸，将树蔸上的枯绒须，仔细地撕扯下来，使劲揉搓成团，以备作引火物。再拾一堆枯树枝、干树蔸、腐树干，一一码在驻扎处。

然后解开行囊，拿出火石纸媒，用火镰敲打火石。镰石反复碰撞中，火星闪电般四溅。

良久，火星点着纸媒。

李白忙捧住，不停轻轻吹拂，生怕用力过猛，将那点媒火吹没了。

纸媒那点红，在李白徐徐吹拂下，慢慢变大，继儿变红，再次变亮，最终燃起了明火。

李白满脸喜色，尤胜吟诗一首。忙用那点纸煤火，点燃干绒须团，再将枯树枝、干树蔸、腐树干，架在绒火上。

须臾，火苗腾空，烧出一团红火。

两个"野人"大喜，顿时笑声朗朗。

杜甫年轻，有一把力气，搭窝速度超乎想象。

一把锋利弯刀，在他手里翻飞，很快砍下十余株树，一一剔去枝丫备用。又去林木深处，寻来大堆干草，和韧劲十足的葛藤。

篝火始明，杜甫已正式开工，动手修"房"建"屋"了。

目测五柏间距，依地形树势，竖起"房子"主骨架——四梁（柁）八柱。复用去枝树干，搭成棚顶椽骨，使葛藤一一系牢。棚顶椽骨扎牢后，覆以干草既可。

一间茅屋，便搭成了。

李白生完火，也没有闲着，去马背卸下行囊，将十壶剑南春、两麻袋卤肥鹅、六十个饴饼……锅碗瓢盆一应生活用具，搬到茅屋搁好。

杜甫刚忙完，呼呼喘着粗气，坐石头上休息。

李白不愿忧他，说声把火照看好，莫让它熄了。

"我去寻些野物，好烧来下酒！"

李白将长剑佩腰间，拿上弓弦箭囊，入林寻猎去了。

篝火熊熊，让人温馨。

阳光不再惨白，变成了红红的火焰。适才死寂的湖面，也有了生气。

野鸭，鱼凫，湖鸥……三三两两绕湖竞飞。时而低旋，掠过湖面；时而高飞，呀呀盘空。

杜甫歇顺了气，闲着也是闲着，又将余下的树棒，斩成六尺长短的节，全部铺在室内地上。再将剩余的干草，柔柔地铺在树节上。脱掉长筒皮靴，光着一双大脚，干草上不停旋踩，泡酥酥做成两窝，算是过夜的大床了。

篝火势微，柴火将尽。

杜甫忙上前，添些枯枝、腐柴。

火复旺。

正拨弄间，李白喜滋滋归来。

见茅屋轩敞，堪比山间农户。又见大床泡泡酥酥，大赞小弟心灵手巧。

"若不弄文，可作一盖匠耳！"

李白一边夸，一边解下腰间物，得意地抛地上。

杜甫一见，欢呼雀跃。

"大兄了不得，果然好身手！"

如此大冷的天，虽未猎获虎豹熊黑，却被他捕（射）得两只野兔，三只野雉，四只野鸭。

尤让人称奇者，居然射中一尾鲤鱼，金灿灿二尺长短，犹摆着尾巴，啪啪叭叭挣扎着。

兄弟俩欢天喜地，将一众猎物，拿去湖边剥皮、褪毛、去鳞，一一开腔破肚，肠肠肚肚洗个干净。

再返回火堆旁，架火上烧烤。

时，夕阳将尽。

夜光临湖，长岸月影澄明。

李白酒瘾发作，抱壶剑南春来，先开启一壶，满满筛上两碗，二人各执一碗，正待要饮。

酒肉香飘间，突闻湖心深处，传来一阵歌声。

歌声豪迈，英雄气概盖世。

歌曰："汉家烟尘在东北，汉将辞家破残贼。男儿本自重横行，天子非常赐颜色。……大漠穷秋塞草腓，孤城落日斗兵稀。身当恩遇常轻敌，力尽关山未解围。铁衣远戍辛勤久,玉箸应啼别离后。少妇城南欲断肠,征人蓟北空回首。边庭飘飘那可度,绝域苍茫更何有。杀气三时作阵云,寒声一夜传刁斗。相看白刃血纷纷,死节从来岂顾勋。君不见沙场征战苦,至今犹忆李将军。"

高适?

"莫愁前路无知己,天下谁人不识君"?!

李白大喜,停住酒碗,不饮。

杜甫也停了碗,不饮。

他知大兄傲性,从不肯折服于人,偏被湖上歌声吸引,痴一般入了迷。

也知高适傲性,与大兄一般人物。所吟《蓟门行》:"黯黯长城外,日没更烟尘。胡骑虽凭陵,汉兵不顾身。古树满空塞,黄云愁杀人。"名动齐鲁,远播京洛,谁人不知,哪个不晓?

高适才高,颇有雄气。时人谓其诗:不习而能,虽乏小巧,终是大才。

江湖传言,高适年逾四十,犹不得朝廷征召,隐于震泽湖心岛,"混迹渔樵","狂歌草泽"。

莫非苍天有眼,让三人相识?!

李白立湖畔,远眺湖上,高声诵曰:"行子对飞蓬,金鞭指铁骢。功名万里外,心事一杯中。虏障燕支北,秦城太白东。离魂莫惆怅,看取宝刀雄。"

所诵之章,乃高适名篇——《送李侍御赴安西》。

杜甫亦起身,立大兄侧。

湖面浩渺无垠,一叶箬篷小舟,如离弦利箭,疾速"射"到岸边。

舟上,撑篙操楫者,一身黑衣玄裤,雄赳赳一大汉。

未待小舟靠岸,黑衣汉将手中长篙,插岸边坚土中,撑成一张巨弓,借弹力飞身跃起,大鸟般落于岸上。嘴里大叫道:"兀那白衣汉子,为何吟我诗句?"

果然高适!

"噫,怎会是你!"

李白眼尖,来者乃熟人。

杜甫亦大诧。

眼前黑衣汉子,你道是谁?正是那晚雪夜退贼者!

高适尤惊。谔曰:"呵呵,二位仁兄,没被胡儿拿了去?"

李白闻言,哈哈大笑,抚须长啸道:"高达夫小瞧人了,一毛头小屁孩,真拿得了我俩?"

言毕,出腰间佩剑,反手一挥,剑去十丈,疾如飞矢。将一棵碗口粗细大柳,齐展展斫断。

黑衣汉一愣,猛然忆起一人。拱手揖曰:"兄怎好手段,青莲李白乎?"

李白仰天狂笑:"虚名值几何?烦高达夫提及!"

原来真是李白!

高适喜出望外,纳头便拜。

"大兄神采飞扬,果谪仙人也!"

李白忙上前,双手扶起黑衣汉,随口吟高适《营州歌》:"营州少年爱原野,狐裘蒙茸猎城下。虏酒千钟不醉人,胡儿十岁能骑马。"

吟毕,高声赞曰:"高达夫有雄才,又识得白羽郎,早晚为边帅!"

高适被他一夸,有些自鸣得意。炫耀道:"某素喜边事,所吟亦多边塞诗,故于胡儿甚知之!"

李白大他三岁,又混过京师长安,理所当然为兄长。

招呼杜甫过来,以哥哥的做派,让二位互拜相识。

三人只顾高兴,火堆所烤肉食,早已散出焦煳味。

高适见了,大叫可惜。嘴里直怪二人吝惜,不早拿酒来吃,白白糟蹋恁多好肉。

李白哈哈大笑,见他心急如焚,喜欢得手舞足蹈,又得一爽快兄弟。

杜甫更欢喜,兀自抛开大兄,亲手拉上高适,端坐在火堆旁,满满筛一碗酒,双手递给他。

好在肉食尚可,并未全部烤煳,只是稍微烤过了些,依旧香气扑鼻,焦脆化渣。

三人皆豪士,并不进到"屋"里,席雪地而坐,大碗喝起酒来。

所谈皆国事,语多豪迈。

酒到酣畅处,三人每喝一碗,必歌一曲助兴。

李白为长,定下个规矩:时值隆冬,又夜宿荒郊,且新识高达夫,就依二弟边塞诗为韵，依次而歌。

杜甫年龄最小，李白让他先来。

子美不敢托大，岂肯占二兄之先？推迟半天，始终不愿先吟。

见杜甫多礼，高适咧嘴一笑，调侃他实在迂腐。

"喝酒吃肉让得，这事让不得！"

杜甫闻言，喜他直率，又诙谐有趣。举酒碗大吃一口，张口就来一曲。

歌曰："高标跨苍天，烈风无时休。自非旷士怀，登兹翻百忧。方知象教力，足可追冥搜。仰穿龙蛇窟，始出枝撑幽。七星在北户，河汉声西流。羲和鞭白日，少昊行清秋。秦山忽破碎，泾渭不可求。俯视但一气，焉能辨皇州。回首叫虞舜，苍梧云正愁。惜哉瑶池饮，日晏昆仑丘。黄鹄去不息，哀鸣何所投。君看随阳雁，各有稻粱谋。"

"好！"

李白赞一个，鼓起掌来。

高适尤大赞。时人论边塞诗，唯"高岑"而已！不想杜子美者，心怀才情绝高，丝毫不输自己与岑参，脱口赞曰："羲和鞭白日，少昊行清秋！子美所歌吟者，可列边塞诗阵矣。"

不待大兄发话，高适仰头灌一碗酒，掷碗砍地而高歌。

歌曰："遥传副丞相，昨日破西番。作气群山动，扬军大旆翻。奇兵邀转战，连弩绝归奔。泉喷诸戎血，风驱死虏魂。头飞攒万戟，面缚聚辕门。鬼哭黄埃暮，天愁白日昏。石城与岩险，铁骑若云屯。长策一言决，高踪百代存。威棱慑沙漠，忠义感乾坤。老将黯无色，儒生安敢论。解围凭庙算，止杀报君恩。唯有关河渺，苍茫空树墩。"

"好！好！好！"

杜子美高声叫道，重筛一碗酒，躬身敬与二哥。

李白频频颔首，拊掌赞之曰："鬼哭黄埃暮，天愁白日昏。真真好词句！果不愧高岑！"

李白赞毕，右手执酒碗，左手抚长须，临大湖而高歌。

歌曰："明月出天山，苍茫云海间。长风几万里，吹度玉门关。汉下白登道，胡窥青海湾。由来征战地，不见有人还。戍客望边邑，思归多苦颜。高楼当此夜，叹息未应闲。"

李白甚豪迈，气宇轩昂，白袍飘飞。伫立震泽畔，望天而歌咏。

二小弟哑然，望之若仙。

李白所吟《关山月》，天生一股浩然正气，凌千万里云天，越千万里山河，可与九霄比高低，誓与时间拼轮回。

高适痴，杜甫迷，二者皆高才，亦叹为观止！

二人手捧酒碗，恭敬揖于前，请大兄痛饮一碗。

李白一挥手，倾碗而尽。

一时豪情荡胸，复高声狂歌："五月天山雪，无花只有寒。笛中闻折柳，春色未曾看。晓战随金鼓，宵眠抱玉鞍。愿将腰下剑，直为斩楼兰……"

歌声裂湖，万顷汹涌。

歌毕，长湖风止，水平如镜。

一轮满月照空，圆圆映入湖心。白玉盘静影沉璧，满湖银光闪闪。

三

天宝四年，早春。

二月，初九日。

春雨绵绵，无声无息，经夜不绝。

宣州城，紫东街十字路口。杏花村大酒楼，二楼雅室内，一灯如豆。

灯下，李白一脸忧戚，独自酌酒窗前。

高达夫走了，他告诉李白，欲返宋州家中，隐居耕读著述，俟时机成熟，才出山报效朝廷。后高适果然发达，官至淮南、剑南节度使，此是后话不表。

杜甫也走了，自鲁西入长安，欲步大兄后尘，去叩开功名大门。几经磨难，终忧郁不得志。后避乱走三川，筑草堂成都浣花溪。此是后话，亦按下不表。

留下李白一人，孤零零独酌。

没有兄弟相伴，也无大鱼大肉，甚至连油酥花生，也没有要一碟。

唯一坛剑南春，成了倾诉对象。一杯又一杯，不停喝着寡酒。

江淮二月，春寒尤烈。

老辈人说，天寒血脉不畅，喝寡酒伤身子。尤其心情大坏时，喝寡酒伤身又伤心！

戌时，天色昏黄。

檐上，一窝待哺雏燕，呀呀叫乱一天愁云，也叫乱了李白无助的愁绪。

冷雨揪心，淅淅沥沥地下。像农妇团的罗筛，不停地"筛"下来。

毕毕剥剥，毕毕剥剥，浇在半掩的窗户上。偶尔溅进一滴两滴，如闪烁的泪花，苦楚而又伤心。

冷风如刀，带着丝丝寒意，吹破窗户而入，让人凉透背心。

李白双眼失神，手里的家书，翻开又合上，合上又翻开。

笺为苎麻素笺，被酒和泪水湿透，沉甸甸重似千钧，无力再举起半分。

千百遍看过，千百遍不相信，这怎么会是真的？

玉儿殁了！

李白的心，也跟着死了。

泪水长流，扑扑簌簌，流进酒碗里，让平时甘饴的酒，多了几分苦涩。

窗外，风雨渐烈。

屋面上的积雨，沿着细长的瓦道，顺檐下瓦当尖角，断线珠子般滴下。

水滴石穿，石阶上的水窝，一个个溜圆。

屋檐水，点点滴，点点滴进原窝里。

玉儿长淌的泪，如眼前的屋檐水，点点滴进李白的心窝。

李白心乱如麻，摇着个空酒坛，愣是倒不出一滴酒来。

咬牙转过头去，冲着跑堂的小二，恶暴暴直吼："兀那鬼小二，再搬坛酒来！"

店家不吱声，站在围柜里，一直观察着客人。见李白饮着寡酒，暗自伤心流泪，既虑其身子受损，又恐他酒后滋事，便不愿再卖酒了。

小二不懂事，见客人又要酒喝，只道为东家多挣几个银子，屁颠屁颠跑向后厨，遵嘱抱来一坛酒。

店家一见，心大急。连连干咳，意欲制止。

李白居二楼，心里正烦躁。听店家无故干咳，张口来句粗话，鄙俗不堪入耳。

店家哪敢回话？依旧十分着急，冲着店小二，不停地使眼色。

小二不解，往二楼望望，又回过头来，向店主人张视。

店家大急，暗骂蠢货不迭。又怕客人看见，引起不快事来，右手故作握笔状，胡乱写些字儿，左手藏身后，鱼摆尾般摇手，示意傻瓜小二，不得再上酒了。

小二一愣，随即会意。放下酒坛子，乖巧跑上二楼，笑眯眯知会客人，后厨存酒已告罄。

店主人滑头，店小二鬼精灵，李白岂是夯货？见店家装怪，不肯卖给他吃，难得忍住未发脾气。

独自拾起行囊，登登登下了楼，冒雨行肆中。

李白心情极坏，专捡小街窄巷，东倒西拐穿梭，终在一灯红酒绿处，寻得一僻静曲栏。忆起适才之事，怕再遇尴尬，故作器宇轩昂状，阔步进入曲栏，拍出二两银子，大声叫着上酒。

常言道，姐儿爱俏，老鸨爱钞。

见客人豪爽，老鸨满心欢喜，两眉笑如豌豆角。

唐时风俗，但凡成年男人，夜里单身入曲栏，美其名曰吃酒，少不了上个姐姐，唱个曲儿陪着。

龟公年约五旬，颇知老鸨心意，择一间上房，来安顿李白。

上房甚宽敞，内置茶几酒桌。另单劈一雅间，专门设为"暖房"，铺笼罩被一应俱全。

另有小龟奴，着青衣裤褂，导李白入曲内。曲廊七弯八拐，暗道隐如迷宫，好一番曲折，才来到上房里。

李白刚坐定，正待饮茶。突闻人至，敲门声毕剥。指节轻磕处，舒缓而适度，让人陶然自醉。

李白忙起身，上前开了房门。

门外，又一小龟奴，提两坛剑南春，托一大食盘。盘上摆一碟干果，一碟甜脯，一碟卤猪头肉。

身后，随六位曲娘。

曲娘各携乐器，专为客人献曲助兴。

李白性倜傥，懂曲栏风情。时，正值心苦无处倾诉，听听艳曲放松放松，有何不好？

便将曲娘让入内，随手拿一串铜钱，赏给小龟奴。

六伎鱼贯而入，依序团团罗坐。

曲娘皆妖娆，个个风情万种，吹拉弹唱技无不精。

内有一伎，黑衣玄裤。神情怪异，与诸伎不同。伎头披黑纱巾，朦胧中不识容颜，也不知芳龄几何。

李白几次张视，欲仔细看她，皆未能如愿。

黑衣伎既无乐器，也不打情骂俏。唯一双大眼，冷冷地令人生畏。

李白目光敏锐，且心细如发。

曲娘个个妖娆万端，或起或坐，或歌或舞，皆目示黑衣伎而行。

李白久走江湖，顿时明白几分。黑衣伎非常人，必诸伎领袖也。

然任其百般审视，黑衣伎神采举止，无一丝脂粉气，更无一般伎者让人恶心的"嗲"气。

李白一惊，盗扮伎乎？

有了这层想法，却不当众说破，他倒要看看，黑衣伎意欲何为。借故与诸伎猜拳，欲作进一步试探。

众伎听得猜拳，又有酒儿可吃，皆嬉笑依从。

唯黑衣伎不饮，始终端坐如故。

李白装作不见，抱坛罗筛一圈，将诸伎面前酒杯，一一满上。低头转换间，一双眼睁得溜圆，从未离开她半分。

黑衣伎很警觉，见客人专注于己，抿嘴浅浅一笑。原本一张冰冷的脸，刹那间百妍顿生。

李白一愣，心跳突然加速。他从伎这一眉目顾盼间，感到了非常人的从容和镇定。

心里暗忖："此盗盯上自己，虽不知所图，终归惹上了麻烦！若能动之以情，或可免了此劫。"

李白打定主意，故意朗声说笑，欲与之独处，他伎休要"吃醋"。

好个李大郎，忒不知羞耻！竟把如此害臊事，说得溜圆顺滑，一点也不忸怩。

黑衣伎闻言，眉头一蹙。瞬息间，又恢复如初。

她没有料到，客人会留下自己，且当着众姐姐的面，毫无顾忌地说了出来。心里略诧异，但很快释然。脸上依旧带着笑，委婉地加以拒绝。

李白被她婉拒，越发坚定所想。

再次思忖，你不是伎吗？我就出金一锭，留你下来过夜，看你如何推托！

你若是伎，自然依我。你若是盗，定当场翻脸！

想到此处，李白起了身，笑吟吟踱着方步，到黑衣伎面前，出大金一锭，轻轻搁桌上。双眼含情脉脉，柔和地看着她。

黑衣伎很淡然，毫不慌张，她一直在揣摩客人的真正意图。见他置金于桌，装得十分欢喜。眼神贪婪，充满欲望，与俗女子何异？

黑衣伎扭着腰，轻言细语道："蒙君抬爱，妾身依了便是。"

李白一听，略感失望，却又大为赞叹。

此伎果真了得，应承十分自然，丝毫不着表演痕迹。

李白也不差，一张俊脸上，伪饰得欢喜异常。

匆匆催他伎离去，上前牵了黑衣伎，亲热地偎一起。

待众曲娘离去，李白举止突大变，一改先前嬉笑之态，与伎捉襟相对，正襟危坐茶桌旁。

初时，二人皆拘谨，话语生涩，不知所措。

茶过二开时，李白顺溜起来，大胆而直白，表达了对伎的欣赏。

黑衣伎听罢，俏脸微红。见李白一脸诚恳，没了适才的纨绔气，亦渐渐放松下来。

轻声叙述家事，言从小家境贫寒，迫不得已入了曲栏，忍辱偷生至今。

伎说得极轻，也极缓慢。娓娓道来，毫不忸怩作态，仿佛面对兄长，显得那么从容不迫。

李白作凝神状，心里却敬佩万分。

黑衣伎表演才能，实无与伦比。明知她在说谎，偏偏听得十分舒服。

未待伎说完，李白一双眼里，早已噙满泪水。

黑衣女子见了，心里若有所思，眼里也多了一丝柔情。

李白唏嘘不已，乘机借题发挥，历述各代名伎事，以此劝慰于她。

说到动情处，更是泪流满面。借以推波助澜，激发伎之柔情。

黑衣伎听罢，果悲歌慷慨，泣而泪下。

李白暗喜，自己想要的，正是这种效果。忙去怀襟中，掏出一方丝巾，温情脉脉递与伎。

趁着这种气氛，李白尽展口才，将自己生平种种遭遇，竹筒倒豆子一般，滔滔不绝讲了出来。

虽多伪语，却也大致不差，个中艰难险阻，竟说得栩栩如生。好像这些故事，就发生在眼前，真实而可信。

伎为之感动，泪眼相望。

"大郎好狠心，果不识妾家了吗？"

这蜀音好熟！

李白一时懵懂，不知伎者是谁。

黑衣伎不再言，伸手摘去头上纱巾，露出真面目来。

刘十娘？

居然是刘十娘！

李白骇绝，满脸惊愕色。

猛然忆起，那年自吴返楚，曾驻足襄阳城。在襄城北里弄间，匆匆遇一女郎，即疑是她。

哪曾想到，此地和她相遇。李白心里发紧，隐隐作痛。良久，长长一声叹息。

十娘勾着头，双手十指相绞。听得李白叹息，又见他满脸憔悴，早没了先前的风采，心中无限悲凉。

轻声泣曰："蒙大郎相助，阿爷得以昭雪。然地方官府，岂容妾家安身？闻君远走吴中，十娘随之往，辗转不得相见。盘缠告罄欲返蜀，到襄阳城时，已身无分文，不得已入曲栏营生。然妾虽入道数载，却一直守身如玉，有起意乱吾身者，妾必立刃之。时至今日，妾仍为处子身。蒙君坐怀不乱，特此告君。"

刘十娘述毕，嘤嘤而泣。

李白听罢，暗道好险。设若适才孟浪，早成了刀下鬼！想到她种种伪装，原来早认出自己，旨在拿他试利刃锋芒！

李白一脸苦笑，却又百感交集。难得她真心待我，自己也无过失处，倒也心安理得起来。

想起已逝玉儿，再想眼前十娘，女人何命苦如斯？

戌时。

窗外飒飒，雨声渐大。

十娘衣着单薄，双手抱膊蜷一团，尤瑟瑟发抖。

李白见之，心生爱怜。忙从行囊里，拣一件狐皮小袄，柔情为她披上。轻声曰："江淮二月，夜雨犹寒，小心着凉。"

十娘略一迟疑，俊俏脸庞上，有了红红的羞色。忙低下头去，轻言一声"谢谢"。

李白悯她可怜，顿起恻隐之心。又想玉儿已逝，何不多关心于她？便张开双臂，轻轻搂十娘入怀。

十娘孤苦伶仃，离蜀千里入吴，百般寻访李白。

苍天不负，终得他疼爱。

一时心慌意乱，嘴里吹气如兰，"咛嘤"一声呻吟，酥软倒入李白怀里。

李白离家年余，久不得女人滋润，勃然一阵冲动。

适，灯盏桐油将尽，灯芯毕剥乱抖。

李白吃了不少酒，加之心情苦闷，也需得到慰藉。顺势把十娘抱起，急匆匆拥入帐中。

帐外，油灯倏灭。

黑暗中，木床吱嘎作响，经久不绝……

四

李白有了新家，寓居宣州城。家置州城南。

一条小巷，歪歪扭扭，名儿有些怪，叫作镗钯巷。镗钯巷的尽头，便是青弋水，又或曰泾溪。

泾水绕廊而流。

弯弯一条小溪，溪水清清亮亮，静静流向东南。

镗钯巷有四倒拐，从西往东数，第三倒拐处，有一个古码头，土著俗呼青堤渡。

高高的码头旁，青瓦粉壁三间房，乃李白花五金购置。自己取个贱名，曰"白屋"。

在李白心里，十娘替阿爷昭雪，"鬼"般生活十余年，难得一孝烈女子，有心和她厮守。然玉儿新逝，此时带回白兆山，确有诸多不便，便打算寓居宣城，暂住个一年半载，再迁回荆州不迟。

白屋朝门前，临水一棵黄葛树，撑开亩许丫枝，大伞般遮阴蔽日。

四围环境殊佳，极类儿时青莲乡。虽算不得豪侈，甚至有些简陋，却正是李白所想，心里那个安逸的"家"。

十娘得李白赎身，不再去曲栏营生。整日里窝在家里，很满足眼前的生活。

李白却不满足，时常坐在大树下，看白帆往来如梭，或东入钱塘，或西进长安。心儿慌慌，如猫抓一般，无片刻安宁。

小院内，遍置不少花草，红红绿绿，惹人喜爱。

李白极爱花，偶尔还会伤感。人若像花儿就好了，一茬花期虽短，却无限风光，鲜艳亮丽夺目。

花们很神奇。有的盛开一季，皆同一花色，唯前后期浓淡略异，本色并不变。有的则不同，五颜六色妖艳，遇天晴落雨变，随日月星辰变。甚至同日内，不同时辰也在变。

李白就不曾变，虽和十娘住在一起，生活无忧无虑，吃喝拉撒一如既往。但他狂野的心，依旧在远方。

十娘却变了很多，没了先前的单纯，更别说孝烈了。整个人浑身上下，透着曲栏习气，贪杯，婪财，恶俗，水性杨花。

唯一没变者，从小养成的横蛮，改不了官家大小姐脾气。每每贪杯醉了酒，动辄颐指气使，撒野骂街，形似泼妇。

李白没有功名，又无正经事干，整日喝酒吃肉，闲荡里弄间。妇人眼见心烦，便视其为自家奴婢，想叱就叱，想骂就骂，人前人后指手画脚，不给一点面子。

相处数月，二人对骂三五回，彼此间渐生隔阂。

惊蛰节。

李白酒瘾发作，搒肠寡肚好不难受！又不想和妇人吃酒，免得无端讨她气受。趁刘十娘外出，独自拿些银钱，偷偷溜出家门。

李白着一双木屐，呱哒呱哒行巷道，慢悠悠来到盐市口，钻进魏婆婆烧腊店里，要一壶"淮南烧"，又切斩一只烧鸡，再捡十个驴肉馒头，欲大快朵颐。

店小二利索，须臾，酒肉就上了桌。

李白闻到酒香，喉咙阵阵发痒，忍不住满腮生津，清口水汪汪直流。

举杯正待要吃，突听街上一阵骚乱。李白扭头一看，脸上即呈惊骇色。

刘十娘手提菜刀，正撩裙大步奔来。一街市井人物，纷纷拥立街边，嘻嘻哈哈看热闹。

妇人一边奔跑，一边唠叨有声。刚到店门前，举刀指夫君大骂："天杀的李大郎，竟敢偷家里银钱，背着老娘独自吃酒！"

李白被她一闹，哪还有一点酒兴？又怕街邻笑话，忙起身上前，好言哄住妇人。小声曰："何故大喊大叫？有话回家说去。"

妇人越发嚣张，叱曰："哼哼，猪狗不如的东西，若非老娘辛苦，前几年挣得几个钱，你拿啥来下酒！"

围观者数十人，闻言皆哄笑。

有好事者流气，趁机起哄道："大郎恁好福气，家里有个银罐罐，难怪天天喝酒吃肉！"

李白无地自容。

好事者口无遮拦，暗指妇人不学好，曾经曲栏营生。

李白恨极，只怪妇人嘴贱，她自家不说，别人哪里知道？

李白且怒且羞，两眼鬼火直冒，又不便与他人争执。见妇人越发离谱，恐一时撒野耍泼，再做出啥恶心之举来。上前强拽住十娘，劝她马上离开，别再丢人现眼！

妇人哪里听劝？好个李大郎，自家婆娘受辱，不帮着撑腰，反倒和众辱我！

心里气愤难平，一掌掴李白脸上，气咻咻吼道："你也是个龟孙，不帮老娘倒也罢了，反而辱没于我！"

李白被她一掴，顿觉颜面扫尽。跺一跺脚，恨声曰："你不走，我走！"

妇人怒愈甚，应声道："滚，滚得越远越好！待老娘吃些酒食，再与龟孙们理论！"

言毕，也不管李白，大咧咧坐桌前，只顾吃喝酒食。偏又故意张开双腿，门户洞开朝着大街，全无一点赧色！

李白怒发冲冠，仰天狂吼一声，拔腿飞奔而逃！

妇人不以为意，故作轻松状，冲李白高声叫道："滚，滚，滚，永远不回来好！"

李白没有听见，飞也似的往外逃。一口气跑出城去，瞬间不见了踪影。

诚如妇人所咒，李白这一逃跑，真就再也没回来过。

李白跑哪里去了呢？

第十八章
白云观入道授箓　谢家坡重逢杏儿

一

济州，峄山白云观。

李白紧赶慢赶，一路风尘仆仆，心力交瘁来到鲁中，已是小满时节。

小满小满，杜鹃声懒。

果然，田间地头，秧苗青青，唯白鹭闲飞。

四声鹃已绝，早没了"早点苞谷"。偶尔有三声鹃，叫着"咽咽阳"，急吼吼无一丝欢快。更多的是二声鹃，慵懒地叫着"苞谷，苞谷"，声音有气无力，让人心情郁闷。

山腰小径上，身负香囊的居士，各怀重重心事，少有展颜一笑者。

李白身子疲乏，心情尤复杂。一如慵懒的"苞谷"声，无聊而不可名状。两脚沉如铅石，脚步却很坚定，不停往上爬，一步一步，迈向白云观。

李白出身底层，却心系高远，天生一股高贵气。偏偏时不济我，京师那般好的机会，却混得"赐金放还"，已是灰头灰脑，丢尽了颜面。谁知苟且刘十娘，本想疼她一辈子，妇人又舍物般恶心，让他心死如枯槁。

宣城不可留，京师不再去。一颗滴血的心，哪里去疗伤？

李白捏捏怀中，那物硬硬的还在。心里便很踏实，烦躁的心境，也变得宁静起来。

硬硬的那物，是一枚铁钱。时时摸摩的铁钱，油光般锃亮。铁钱阳面，篆镌"紫气东来"。铁钱阴面，则镌一条鲤鱼，鲜活欲蹦，栩栩如生。

铁钱看似普通，却金贵无比，乃正一道茅山宗最高信物，道友谓之"阴阳鱼"，又或称为"道鱼"。

那年游姑苏，与岑夫子、元丹丘畅饮苏台。席间，丹丘生爱慕李白，特拟荐书与道鱼赠之。

想到元丹丘，李白好生感动，心里顿觉无限温暖。

元丹丘乃隐士，名头大得很，乃正一道天师级别人物，与羽士玉真公主、乾道司马承祯交厚。

李白素来仰慕，对元丹丘恭敬有加，"畴昔在嵩阳，同衾卧羲皇"。

元丹丘独具慧眼，视李白为国士，特以铁钱相赠，欲使之结识玉真公主，以助他早登庙堂。李白怀宝至京，幸遇宾客贺知章，哪用道鱼引路？与玉真公主一见如故，二人酽糯如老相好。

京师遇玉真，没用上道鱼，今日却用得着了。

李白逃离宣城，早想好了疗伤地，皈依道家，做个清静无为的人。

峄山白云观，乃京东第一观。

观主高如贵，司马承祯师弟，二人同出一门，乃正一道八大天师者。

司马承祯升天后，高天师混出了头，牛皮烘烘得很，自诩茅山宗第一人，若无同道中人引荐，道外居士休想见他一面。有时牛脾气发作，任有其他天师引荐，也会拒之不理。

李白持有道鱼，又为元丹丘引荐，本想顺理成章，当个逍遥"逸人"，哪知递上"引呈"后，却吃了"闭门羹"。

高天师牛气，就是不见他！

李白素慕仙道，早有皈依之心。自京师受挫、宣城含羞后，慕道之心愈坚，既来峄山白云观，岂肯轻易放弃？

遂立观前，任太阳暴晒，始终不稍动。

皈依之心，坚如磐石。

自午至昏，几欲晕厥。

入观居士众多，见李白自找苦吃，纷纷上前相劝。言家中也可修道，何必非要"授箓"。

李白心诚，不予理会。依旧立观前，任太阳曝头。

高天师接了"引呈"，乃好友元丹丘所荐。知李白名头响亮，又胸罗万象，素与东岩子、司马承祯交好，本该和他一叙，又虑其心高气傲，不知是一时冲动，还是真心入道，哪敢随便接纳？

故不理他，独自丹房打坐。

众道徒规规矩矩，不得观主吩咐，不敢轻易打扰，任李白一傻子，观外苦苦等候。

申时，功毕。

高天师步出丹房，听说李白还没走，仍站在观前静候，心里甚是诧异。

临窗一观，果见李白立观前，虽汗流如注，仍纹丝不动。

高如贵看得仔细，此子伤心过度，又怜他颇有道缘，决意授他道箓。

嘱近侍小道童，前去观外传唤，引去客房休息。

李白身心交瘁，早已脚炦手软，全凭着一口气，死死硬撑到现在。

正昏昏欲倒，突听道童传呼，一时松了那口气，轰然倒在地上。

观中大乱。

高天师不慌，嘱众徒抬入观内。又掐人中，又热巾敷头，又灌薄荷水。

良久，李白乃醒。

诚恳言于高天师：白一生慕道，望天师大张旗鼓授箓，以晓天下人。

李白的心思，高如贵哪里懂得？大张旗鼓告示天下，诗仙从此遁入法（道）门，不再过问尘世事，惹不起躲得起哈！

高天师虽为道师，却也有想法。既授李白道箓，便欲借此机会，一展自己本领。更有借诗仙名头，来抬升自己声誉的想法。

遂依《道书授神契》，举行隆重授箓仪式。

《道书授神契》言："……箓者，戒性情，止塞愆非，制断恶根，发生道业……自凡入圣，自始至终，先授戒箓，然后登真。"

又言曰:"古者祭皆有坛,后世州郡有社稷坛。记曰,坛而不屋,古醮坛在野。今于屋下,从简也。"

古代醮坛,原本为露天,后来才改在殿内。

斋醮形式不同,仪程也繁复多样。各依时势所需,搭建规模不等的坛。

大型斋醮活动,通常筑若干坛,中央大者为主坛,名儿叫作"都坛",其余一众小坛,皆叫作"分坛"。

白云观名头响,为京东第一观,观主高如贵者,又为国中第一天师,若借李白授箓之机,演绎为"罗天大醮",则须供奉一千二百诸神牌位,设"都坛"一座,设分坛皇坛、度人坛、三官坛、报恩坛、救苦坛、济幽坛、青玄坛七座。

茅山宗源于上清派,上清派为正一派分支。正一派道士授受经箓法坛,称之为"箓坛",又名"万法宗坛"。

主持箓坛者,用天师之印,为"阳平治都功"印。

授受经箓仪式上,依正一派法典,须有三位天师级人物出席,即箓坛监度师、传度师、保举师。

传度师又称高功,授箓仪式主持者。

监度师又称监斋,由世袭天师担任,监督授箓按仪规进行。

保举师又称都讲,即主管唱赞导引,为高功副手。

另据《金箓大斋补职说成仪》载,授箓仪式中,共设有箓坛十五执事,负责授箓各项事宜。

诸执事曰高功,曰监斋,曰都讲,曰侍经,曰侍香,曰侍灯,曰知磬(知钟),曰炼师,曰摄科,曰正仪,曰监坛,曰清道,曰知炉,曰词忏,曰表白。

高如贵道法高深,却也是人间凡人,哪能没有点杂念?箓典制式甚严,若破格授箓,必遭天下耻笑。

箓坛所需执事好办,凡观内第三次加箓、获得正三品以上职衔的道士,皆可为初次加箓道士授箓仪式的执事。自己作仪式主持,为箓坛传度师,他人也没得话说。

唯有监度、保举二师,非天师职级者不可。设若马上举行授箓仪式,一时到哪里去找?

李白喝着茶汤,心境渐渐平复。只道授个道箓,高如贵一代宗师,想怎么着就怎么着，哪知道界如尘世，条条款款多得烦人。

高天师坐一旁，见李白已复常态，略一沉思，便有了主意。先定十五执事，让众徒即刻动起来，筑箓坛，备供品，整理法器。

再飞鸽传书，遍告正一派各道观，见到"飞鸽传书"后，力邀胡紫阳、元丹丘二位天师，务于午（五）月十八日前，赶赴峄山白云观，参加李白授箓仪式。

高天师癫了吗？

五月十八日，仅余十六天，时间来得及吗？正一道天师众多，为何独邀胡、元二人？

五月十八日，乃正一派祖天师张道陵诞辰，也是一年一度道士授箓日。独邀胡、元二位天师，因为二人是李白挚友，一旦得到信息，必定赶来白云观。其他天师虽众，却未必能够应邀准时前来。

高如贵打得好主意，却不告诉李白。只让他逗留观内，每日好酒好菜款待，耐心等着授箓日到来。

二

五月，十八日。

时令芒种正节，又为祖天师诞辰。

峄山白云观内，一派喜气洋洋。

观前广场上，正中设一座都坛，宝塔状三层，高三丈三尺，底部周遭九丈九尺。

都坛顶端，立一百尺高竿。高竿周身遍裹金箔，又悬挂五色彩幡。竿顶置一斗大玉珠，识者谓之"承天仙人引"。

主坛两侧，各置一副坛，建制略小于都坛。左为皇坛，右为度人坛。

二副坛一般大小，高二丈四尺，周遭七丈二尺。

二副坛之前，再筑五座分坛，呈五角星状，布于东西南北中，分别为三官坛、报恩坛、救苦坛、济幽坛、青玄坛。

五分坛依制而筑，略小于皇坛和度人坛，高二丈二尺，周遭六丈六尺。

遵从《天皇至道太清玉册》，八坛所置器物无异样，陈色品种皆一致。

唯有都坛最大，皇坛和度人坛次之，其余五坛再次之。

卯时，三刻。

高天师、胡天师、元天师着道袍，皆右手摇铜手炉，左手拇指掐中指中节，盘结捏掐成"玉清诀"，代表道家最高尊神元始天尊。

双脚行进间，踏罡步斗。口中念念有词，隐约可闻"急急如律令"。

三天师神情肃穆，庄严入箓坛阵中。

高如贵登都坛，胡紫阳登皇坛，元丹丘登度人坛。

三法师登坛毕，其余十五执事鱼贯而入，依次各立所事箓位上。

辰时正。

阳光漏云洒金而下，直射都坛高竿玉珠。刹那间，玉珠金光灿烂，十里可睹。

高天师右手摇手炉，左手依旧掐"玉清诀"，高声宣布道："时辰已到，侍香，侍灯，知磬！"

众执事得令，指挥各部道众，按事先演练好的程序，燃香烛，明油灯，奏迎仙曲。

霎时间，香烛同烧，灯火共燃，笙箫齐鸣！

胡紫阳极认真，肃立皇坛上。

左手拇指频动，掐着"巡逻诀"：先为拇指掐食指三纹；冉回环至中指，掐中指三纹；又回环至无名指，掐无名指三纹。

掐三指三纹毕，又反复捏掐二、三、四指十二宫，是为"巡逻诀"。

双眼则四下张望，紧张监督着各个分坛，生怕发生半点差池，乱了授箓的规矩。

钟磬声里，四个垂髫道童，抬着祖天师张道陵像，在清道、炼师、摄科、知炉四执事护卫下，由正仪执事导引，来到都坛上。

传度师高如贵，早已用净水净过手。在众执事帮助下，双手接过祖天师像，恭置于主神位上。

这里有个说法，叫作迎圣接驾。

283

迎圣接驾毕。

高天师再用净水净手，左、右手大拇指掐食指第一节，捏掐成"天师诀"，表示祖天师已降临。两眼直视主神位，察看祖天师像是否摆正，随之左右轻微移动，使像端正无误。安座、焚香、上祭、开光、点像……一道道程序，忙而不乱。

此为安圣。

安圣毕。

高天师右手高举手炉，向度人坛不停摇动。

元丹丘得了指令，亦右手举炉摇之，以示知晓。

摇炉毕，将炉收回，递与词忏执事。侍童忙递上净水，让他净了双手。

净手毕。

元丹丘肃穆，左手竖立胸前，小指曲藏中指、无名指下，拇指屈曲掐定中指、无名指，食指伸直，掐成"斗诀"。

右手执祝文，高声开唱。

祝文曰：恭惟天地，神清太虚。上圣高真，诸座恩师。今有弟子，敕化授箓，虔诚伏请，灵光护持。

唱毕祝文，元丹丘再举手炉，向救苦坛而摇。救苦坛者，意即道化居士、救苦救难于凡夫俗子也。

表白执事见元天师摇炉，知道该主角上场了。

李白着新道袍，肃立救苦坛前，心情万般复杂。其心苦甚，实该入道度化了。然而思绪万千，隐然有泪水溢出。

李白傲视天地，纵横千里万里，不曾有过伤感。时至今日，仅流过三次泪。一次为离家出蜀，一次得知玉儿去世，再次即今日入道授箓。

细想三次流泪，皆李白人生节点，能不伤感吗？

表白执事很奇怪，授箓即将开始，主角为何呆若木鸡？急忙小步上前，低声催促李白。

李白展颜一笑，随之步入坛阵，来到都坛前。

李白举止反常，胡紫阳看到了，元丹丘也看到了。二人乃李白至交，怎不知他心境？仗剑离蜀，雄赳赳行走天涯，哪知空怀济世之才，却始终报国无门，现而今反倒遁入法（道）门！

高如贵入道早，又少与外界交往，先前不识李白，自然不懂李白感受。见表白执事引着李白，已到了都坛前。即手掐"上清诀"，启动下一仪程。

初入道者，须先学礼拜，称之为"过叩头关"——稽首、作礼、遵作和心礼。

高如贵立都坛上，为李白作示范。身前的表白执事，则领着李白，依样完成动作。

礼拜毕。

高天师转过身来，高声诵曰："抬头看青天，祖天师在身边，天地人合一，弟子显神力。"

表白执事领着李白，将高天师所诵，一字不差地重复诵一遍。

高如贵微微一笑，点头表示赞许。复高声颂曰："天灵灵，地灵灵，拜请祖天师到坛前，急调通灵兵，通灵将，速速为吾来通耳，通灵，通天神。耳通，心通，未来通，过去通，现在通，链心通，链耳通。吾来静，静心通。吾来启灵，启灵通。吾奉祖天师通敕令，令行神通。"

高天师语速极快，念得摇头晃脑。此环节甚难，须由受箓者独立复诵，不得由表白执事领诵。能一字不差复诵者，方可授三五都功经箓。

李白天生异禀，有过耳不忘之功。高天师刚诵毕，即高声复诵一遍，语速尤疾于高如贵，字字清晰入耳，且只字不差。

箓坛广场上，道众齐声喝彩。

高天师、胡天师、元天师尤大喜，各立己坛上。皆左手捏掐，作"开印诀"状，用拇指甲挑中指甲，向外挑弹；继而又捏掐作"入庙诀"，食指尖掐住大指根，表示诚心皈依祖天师！

表白执事见状，轻声言于李白："庆贺居士初授箓成功。"

李白大喜，向胡逸人、元丹丘拱手，遥谢二兄相助。

胡、元毫无反应，竟然视而不见，端立己坛纹丝不动。

李白很是奇怪，脸上一片茫然。

表白执事见状，突然沉下脸来，轻声叱责道："初授箓，何欢喜？待取得职牒后，才算正式入道！"

原来入道甚严,初授箓后,尚须口念《道德经》,绕道观疾行七天七夜。中间不得停顿,更不得休息,称作"磨心智"。

挨过了此关,方可取得职牒,由准道士正式升格为道士。

《正一法文天师教戒科经》载,初授箓的准道士,经过"磨心智"后,由传度师颁发职券牒文,以证其所得之法职,名所录之神界,以通达神灵。

这种牒文,简称为职牒。

取得职牒三年后,若无违背道规的行为,才有资格升授正一盟威箓,加受上清五雷经箓。又三年后,再升上清大洞经箓。

李白听罢,大窘。心里叫苦不迭,当个道士恁麻烦,要等到何年何月,才算有个正式名分?

唉,原本想初授箓后,与胡、元二兄吃台酒,好好庆贺一番。这下没得乐了,七天七夜绕行白云观,又不得吃喝,何等的了无情趣!

李白入道心意早决,只得百般忍了。在表白执事授意下,真个就头戴纯阳巾,身着灰道袍,不停围观疾走,愣是转了七天七夜,终得以名箓紫府,自是喜出望外,仿佛脱胎换骨,又重新获得了新生。

是夜,明月悬空,李白独立观前,引项高歌,吟出一曲《梦游天姥吟留别》来。

"海客谈瀛洲,烟涛微茫信难求;越人语天姥,云霞明灭或可睹……半壁见海日,空中闻天鸡。千岩万转路不定,迷花倚石忽已暝。熊咆龙吟殷岩泉,栗深林兮惊层巅。云青青兮欲雨,水澹澹兮生烟。列缺霹雳,丘峦崩摧。洞天石扉,訇然中开。青冥浩荡不见底,日月照耀金银台。霓为衣兮风为马,云之君兮纷纷而来下……"

政治失意,家庭变故,授箓入道……

李白所歌,心境澄明,无限向往神仙生活,既挣脱了精神羁绊,又一吐心中苦闷。

白云观,白云缭绕。人居其间,身心俱仙。

"身将客星隐,心与浮云闲。长揖万乘君,还归富春山。"

李白性情大变,诗风也随之大变。

三

　　李白也要走了，他想离开白云观，再次前往淮南，去故地重游。

　　李白既为道士，当答谢授箓人，特置酒席相谢。

　　高如贵与之饮。

　　常言说得好，一日为师，终身为父。

　　李白性情奔放，在高天师面前，却丝毫不敢放肆。一直小心翼翼，吃喝得极克制。

　　高如贵不知李白所思，以为是个无趣之人，枉自负了谪仙人之名。

　　二人话不投机，宴饮略显尴尬。默默吃了几杯酒后，高天师便不饮了，从怀里贴身处，掏出两封书信来。

　　一为胡紫阳所留，言许大嫂去世后，明月奴姐弟艰苦度日。今年春上，荆楚大地闹春荒，大姊领两个弟弟逃荒，远走东鲁兖州一带，具体去向不明。

　　一封为元丹丘所书，言其长居嵩山，设若假道大梁，可登山一晤。

　　二书喜忧参半，一爽心一揪心。

　　爽心者，元丹丘又回嵩山，好友有了准信，想会晤只管去便可。

　　揪心者，三崽逃荒东鲁，天地茫茫，哪里去寻他们？

　　本已舒畅之心，再次郁结难过。

　　李白低着头，只顾不停喝闷酒，不知不觉间，早已烂醉如泥。

　　高天师见他醉了，暗自摇头不已，吩咐近侍小道，扶去客房里歇息。

　　翌日，丑时。

　　李白醒来。

　　四周一片漆黑，口干舌燥难忍，独自跑去斋房，寻到水缸处，满满舀一瓢凉水，咕咕一口喝下去，燥热之气顿消，人也清爽如常。李白不愿再打扰观众，置五两金在床头柜上，算作食宿费。悄悄去到马厩，牵上心爱的白龙驹，纵身跨上马背，扬鞭奔任城而去。

　　路上狂奔一日，来到任城地界，此去离兖州还远。

酉时。

眼见天色向晚，道上已少有行人。

李白勒马慢行，四下里极目张望，欲找人家住宿，以待明儿继续赶路。

道旁多古柏，森森十里不绝。

有猫头鹰夜归，呱呱呱聒噪其间，听得人背心发麻。

李白胆大，兜马缓行。

行二三里，来到一山冈前。

正踌躇间，见金刚般一胖汉，敞披着白布衫，肩挑一对酒桶儿，风快从道左穿出。

胖汉正疾行，陡见一人勒马道中，以为遇了贼，吃惊地望着李白。

李白抿嘴一笑，欲借问夜宿处。

胖汉虽然吃惊，却并不慌张。见李白神情俊朗，不似歹徒匪类。亦咧嘴一笑，算是作了回应。

李白尚未开言，先闻到了酒香，哪按捺得住？一时腿也软了，脚也炮了，骨头也酥了。嗡嗡鼻，馋涎直流道："兀那汉子，桶中那劳什子，舀来吃一碗。"

胖汉低头欲行，听到李白吆喝，停下一双大脚，咧嘴憨憨笑道："这酒不零售，客官真要吃酒，去前面丁字路口，那儿有家大酒肆，好酒好肉管够。"

说完，兀自挑着酒担儿，呼啦啦钻入林间，瞬间不见了踪影。

李白没吃着酒，心里甚是不爽，坐马背上痴痴发呆。

胖汉恁生硬，不像个活泛的人，见他匆匆离去，便不再放心上。听到前面有酒肉可吃，遂放马奔上冈来。

夕阳西下，冈前立一巨碑，碑刻"谢家坡"。

谢家坡？

奇了怪了。

李白有些激动，觉得谢家坡这名儿，甚是亲切无比。自己也莫名其妙，不知为何有这种感觉？

李白心存怪念，打马下得冈来，到了丁字路口，果见七八株大柏间，矗偌大一座酒楼。

酒楼规模甚阔，不下城里酒家。

四周围墙高大，一色青石砌成。内围一栋木楼，楼高三层，计二丈八尺。

楼前檐上，横一根望竿。望竿上，挑面酒望子，六尺长三尺宽，歪歪扭扭写四个大字——"柳溪风月"。

柳溪风月？

李白甚讶，心里再次激动。

山间无溪无柳，为何取这个名儿？

再看酒楼大门，两侧门垛上，各插一面销金红旗。右旗书"醉里乾坤大"，左旗书"壶中日月长"。

李白笑了，如此荒郊野外，能有酒有肉吃喝，便口福不浅了，竟还有这般豪华的排场，当真难得！

李白翻身下马，呼店里小二上前，牵去马厩喂些草料。

店小二乖巧，冲客人笑笑，言道："是纯草料，还是掺和豆料？"

呵呵，你要精料时，他没有；你没说要时，他偏又有。

李白素豪侈，即使在下人面前，也不肯失了身价。掏出一串铜钱，赏他作了小费。

豪言道："只管择精料喂了，明儿一并算银子给你！"

"好嘞！"

小二一声欢喜，笑眯眯接了赏钱，牵着李白坐骑，入马厩拴住。

李白便不管他，独自进入院内，四下张望一番。

入楼西边，为厨房。厨前拴一黑犬，状若斑斓大猫。

厨房右壁处，置肉案一，砧头二。两个操刀伙计，正剁着肉馅儿，乒乒乓乓一阵乱响。

厨房左壁处，偌大一石砌灶头，上面置竹编蒸笼。灶腔内，柴火熊熊燃烧，蒸笼热气腾腾。

楼东为茅厕，清洁无异味，几疑为官家驿站。

大楼底层，一厅甚敞。

厅的正前方，置一柏木围柜，漆得油光发亮。柜高三尺三寸，乃店家日常收银处。

厅四围及中央，搁十二张方桌，每桌各配四条长凳。

大方桌上，各置一箸筒，筒内插干净竹箸。又置碟儿瓶儿，装些酱、醋、盐巴、辣粉各色调料。

大楼后边，另有一小院，阔约亩许。柴房、杂货间、长工睏觉间，一应俱全。

李白趋步上前，扫一眼杂货间，品字形摆三只大酒缸，半截埋在地里。

适才所遇胖汉，正提起所挑酒桶，神情专注往缸里注酒。

李白鼻子灵，闻得酒曲子甚香，知是鲁东名酿——"济水春"。

嘴里赞一个："果然好烧刀子，鲁东'济水春'！"

胖汉见到李白，初时微微发愣，继而憨憨一笑，呵呵言道："客官来了？"

李白阅历丰富，知他是个老实人，点点头算作应答。

胖汉专心注酒，生怕抛洒半点。见客人不吱声，续曰："客官好没见识，说啥'济水春'哩？此乃'广陵春'是也！"

李白越发奇怪，明明是"济水春"，胖汉忒没道理，偏要叫个"广陵春"？

心里虽然奇怪，却不愿刨根问底，免得人家不爽快。

李白退回前厅，择临窗处坐定。待要招呼酒菜，围柜里却空无一人。心里又纳闷儿，咋没得店家呢？

适，胖汉卸完酒，从后院入厅。

李白见到他，忍不住大叫道："馋杀某也！"

张口要两壶"广陵春"，又炖一只肥猪蹄髈，再斩一只烧鹅，顺带来十个驴肉馒头。

胖汉一听，瞠目结舌。要恁多酒菜？一人怎吃得了！

慢腾腾不吱声。

李白嫌他磨蹭，鼓一对大眼，急吼吼叫道："兀那大胖汉子，只管依我意思，快快上将过来，不会少你半文钱。"

胖汉听到催促，见他两眼鼓如铜铃，哪敢说半个不字？

冲着后厨间，嗡嗡一阵大叫。

"两壶'广陵春'，原封！一只肥猪蹄髈，炖烂。一只卤肥鹅，斩坨。外搭十个驴肉馒头，要快。"

李白听得有趣，笑呵呵赞一个。翘拇指夸道："胖兄果好肥膘，却不曾想到,恁好的口才!"

胖汉嘿嘿一笑,并不回应他,转身入围柜里。

原来是店家?

李白憨笑,将信将疑。

正疑惑间,后厨已出菜。

跑堂腿脚利索,肩搭白色抹布,往返厅厨间,将李白所要酒食,一一端上桌来。

李白大喜,伸手抓过酒壶,启封先筛一碗,咕咕咕吃了,暂时润润冒烟的喉咙。

甫一入口,眉头立皱。

李白不解,胖汉为何说谎?明明鲁东烧刀子,哪来淮南"广陵春"?

"济水春"亦名酿,虽不及"广陵春"爽口,酒劲却大许多。

李白吃得口滑,一连吃掉五碗。

顺手将桌上酱油、米醋、葱花、胡椒粉和一块,细细搅拌均匀,倒进一个乌钵。复将炖烂的猪蹄髈,放进钵里滚几滚。再用两手拿住,"滋"地咬一大口。

肥髈蘸满佐料,调汁和着肥髈油汁,顺李白嘴角流下,看得人馋涎直流。

李白咧开大嘴,津津有味猛嚼。

李白率性惯了,只顾着自己痛快,哪管别人眼神?瞧那乡下人德性,穷瘆饿虾搞刨了,恐怕半年没见荤腥了!

胖汉立柜内,见客人清爽俊朗,却没半点斯文样,忍住没笑出声来。

嘟哝冒句吴语,让人好生奇怪。

"侬饿厌厌豕样,恁没半点吃相。"

李白耳尖。

胖汉不是土著,倒说得一口吴语。心里奇了怪了,夯货不是本地人?

独自一人吃喝,正寡味得紧。心想胖子多贪食,何不邀来同饮?

有了这层想法,嘴里停了咀嚼。冲围柜招招手,愉快言道:"老兄不是本地人?何不来吃杯酒,一起叙叙?"

胖子果然好吃,听得客人邀吃酒,连忙走出柜台,来到李白跟前,恭维道:

"客官真好听力,小老儿姓谢,单名一个冕,吴中扬州人氏。"

李白听得亲切,真是奇了怪了,心里又是一阵激动。见胖汉子客气,招手让他坐下,筛一碗酒递过去。

但凡爱酒之徒,无论多么憨笨,只要黄汤子灌肠,必生几分豪气。

谢冕也不例外,呵呵咧嘴一笑,接过那碗烧刀子,仰头一口干了。

李白大喜,没想他一憨憨胖汉,喝酒倒很爽快。两下对了脾气,嘴里直嚷嚷:"天下朋友,唯有吃酒,谢兄休要客气,坐下,坐下,陪某吃个痛快!"

胖哥遵言,大咧咧坐副头。

李白复筛一碗,双手再捧给他。

谢冕也不推辞,接过又一饮而尽。

李白这才吃惊,死胖子好酒量!

一时豪情陡起,冲后厨大叫:"再炖只母鸡,重上两壶'广陵春'!"

后厨听得分明,应声答曰:"好嘞,'广陵春'两壶,再炖只母鸡!"

二人对饮,无拘无束。虽无文人雅聚风流,却难得乡野痛快。

李白性起,吃得满面红光。数言生平事迹,语颇多自豪。

谢冕亦性起,吃得嘴滑舌结,无意抖落身世。自言扬州柳溪人,十五年前,随主人来此,经营酒肆为业。

扬州柳溪?

李白听了,心里怦然一动。停下手中酒碗,询之曰:"敢问谢兄,为何取个店名'柳溪风月',又叫个酒名'广陵春'?"

谢冕吃了酒,话也多了起来。见客人相询,乐呵呵地说道:"小老儿哪知?主人固执得紧,说做人不忘根本,非要这么取名儿!冈就叫了谢家坡,店就叫个'柳溪风月',连'济水春'也非要叫个'广陵春'!"

原来如此!

李白虽不明缘由,却知店主心思,必定大有深意。忆起扬州柳溪旧事,心里有了无限的感慨。不知杏儿现在何处,一切安好如故乎?

想到杏儿,李白鼻头发酸。

杏儿和他拜过堂,算是结发夫妻哟。当年数返柳溪,百般相寻于她,却不得点滴消息。

弹指一挥间，二十年过去了，叹人海茫茫，天涯无际，却不知哪里去寻找？

李白不胜感慨，独自吃一碗酒，向谢冕要了笔墨，摇晃着去到大厅，伫立粉壁前良久，龙飞凤舞题下一诗。

诗云：汉帝重阿娇，贮之黄金屋。咳唾落九天，随风生珠玉。宠极爱还歇，妒深情却疏。长门一步地，不肯暂回车。雨落不上天，水覆难再收。君情与妾意，各自东西流。昔日芙蓉花，今成断根草。以色事他人，能得几时好。

书毕，复唱一回。歌声哀怨，寄托千般深情，万般相思。

杏儿，杏儿，你在哪里？

唱到伤心处，李白泪流满脸。连飞四碗"广陵春"，轰然醉倒于地。

四

夜里，亥时。

月明如昼。

李白卧榻上，突闻门前犬吠。又听得三五人声，扑哧扑哧入店内。

李白心甚异，忙直起身子，隔窗向外观看。

窗外，竹影横斜，疏疏漏月光，院中空明如水。

一白犬，甚雄伟，昂然入庭内。项系一副金铃，叮叮当当作响，绕庭一周而去。

俄而，细语窃窃。

又见六侍女，彩衣彩裙。左右各三，手挑梅花灯笼，循石阶而上。

继而四男子，皆玄衣玄裤，一身夜行劲装。各自腰佩长剑，极类禁中侍卫。

殿后一美姬，年三十五六，面覆一层轻纱，让人看不清面容。唯瑶冠凤履，身着蜀锦纱袍，袖广二尺许，极类图画中人。

美姬婀娜移步，肌肤玉莹皎洁，与月光交相辉映，望之如仙女下凡。

李白大惊愕，如此荒村野店，竟有这般人物出入！

突又听一声门响，谢冕披衣惶惶出。上前恭敬曰："主人回来了？"

美姬娇声道："总管辛苦，又去酒坊挑酒了？何不叫人送来。"

谢冕低声言："老奴骨头尚硬，能省一文是一文。"

美姬不再作声，移步入楼中。

刚及厅，见粉壁题诗，神情甚讶。停步询曰："何人所题？"

谢冕不敢撒谎，生怕主人心细，觉察到自己好吃，与客人同饮过。急忙应答道："黄昏来一客，狂饮数壶，强索笔所题。"

美姬眉头微蹙，见他吞吞吐吐，知其又与客人赌酒了。

笑曰："客哪里人氏，姓甚名谁，为何题诗壁上？"

听主人连环相问，谢冕心头一慌，竟语无伦次。

小心应曰："老……老奴实在该死，只顾着贪杯，实不知客姓甚名谁。唯知年四十四五，胯下一匹纯白色烈驹，又着一袭白袍，容貌俊朗若仙。口音说不太准，似蜀音又似楚音。"

谢冕诺诺说完，低头立一旁，不敢张视主人脸色。

美姬听完陈述，神情似呆了一呆。不再问谢冕话，独自去粉壁前，仔细阅李白题诗。

初及目，即惊叫有声。

阅至"君情与妾意，各自东西流"时，声渐大。

复阅至"昔日芙蓉花，今成断根草"时，已哽咽。

再阅至"以色事他人，能得几时好"时，已泣不成声。

隔空念一句："两岸晓烟杨柳绿……"

李白卧床上，不自觉跟曰："一园春雨杏花红。"

美姬噫一声，复念："燕草如碧丝，秦桑低绿枝。"

李白复接："当君怀归日，是妾断肠时。"

美姬突大哭，号啕曰："我的大郎呀！"

杏儿？

是杏儿！

想到谢家坡、柳溪风月、广陵春……皆杏儿深情所为哟！

李白一跃而起，冲出房间大叫道："杏儿！杏儿！杏儿！大郎在此！"

语急似连珠，情切如当年！

二人各自奔向对方，紧紧相拥入雅室。

一店杂工厨子,皆惊讶。纷纷相询,却谁也不知委曲。

雅室内,一灯红焰,明艳如洞房。

杏儿喜极,泪流满面,双拳相捣如擂鼓。一拳又一拳,拳拳擂在李白胸脯上。

李白亦泪奔,搂杏儿入怀,紧紧抱住不放。像当年一样,不停地吻她,吻小脸、小鼻、小嘴,还有长淌的泪水。

杏儿仰起脸,双手环抱李白颈脖,任李白百般爱怜。

李白柔情万种,捧着杏儿的脸,仔细端详着。没变,一点没变,还像二十年前,那般乖巧俊俏!

想起病卧淮南,自己无亲无故,若非杏儿吸痰相救,哪得后来京师受宠、骚坛著名?

李白情难自禁,原来胸中那份真爱,自柳丝儿始发,全系于杏儿身上!以致许多年来,面对其他女人时,始终有一份内疚、羞愧和不安。

这份特殊情感,外人肯定不知,李白哪能不明了?

与玉儿结合,乃男大当婚;苟且于玉真公主,利用多于情爱;野合于刘十娘,实为肉欲驱使……唯有杏儿,乃至真至性,两人情投意合,又多共同语言,爱在骨子里,情植心肝间。

杏儿不再流泪,将头钻入李白怀中,百般拱来拱去,毫无生分地撒着娇。

那份幸福,岂能装得出来?

夜风爽爽,月色朗朗。

杏儿枕李白怀里,轻叙离别之苦。种种艰难曲折,如述晋魏传奇。

每到伤心处,哽咽叹喟不止。

那年遵阿爷所嘱,杏儿狠下心,不让李白新婚圆房,硬逼他去奔前程。哪知李白走后,才晓得相思痛入骨髓,整日里泪水洗面。后听人传言,李白已入赘许家,杏儿更是痛不欲生,几次上吊自绝,都为阿爷所救。

开元二十三年,秋。阿爷染疾去世,杏儿没了亲人,又听得李白别许氏,离荆州东游齐鲁。遂变卖偌大一座谢庄,偕总管谢冕来东鲁,择此要道通衢,经营酒肆为业。心想李白既入齐鲁,南下北上西进,必然经过此地,便想方设法多留痕迹,谢家坡、柳溪风月、广陵春……旨在引李白注意。

杏儿一边述说，一边抽泣泪流。此时所流之泪，却与往日不同，全是幸福的泪水。

　　李白听得心酸，怜杏儿不易，两臂越发抱得紧了，生怕又离他而去。

　　杏儿被他一抱，胸中似小鹿乱蹦，整个身子便软了，炮糯如揉熟的面团。虽不曾经历人事，却也向往男欢女爱。

　　顿时颊红如脂，嘴里娇喘连连，一双眼儿扑朔迷离。干渴已久的黑土地，只待雨露滋润。

　　李白将杏儿抱起，转身入罗帐中……

第十九章
太白居别杏儿　桃花潭遇汪伦

一

兖州。

城南里许，有太白居。

女主人貌美，年三十五六，端庄而娴静。时常独自一人，浇花小院中。偌大一座四合院，营生得花团锦簇。

男主人雄伟，岁龄四十五六，俊朗而勤快。闲暇时，一人去后院开阔处，耘两三畦菜地，种些瓜果菜蔬，四季里果蔬累累。

夫妻俩皆雅洁，尤喜杏儿李儿。宅子四周的空地上，遍种百十株杏李。每年春上二三月间，杏花李花竞相怒放，光华辉映粉壁。

邻人满眼羡慕，视为一对神仙人儿。只是见了男主人，心里就犯了疑猜，雄赳赳一伟丈夫，却不见有正当营生，整日里游手好闲，骑匹高头大白马，优游于周邻城乡间。

莫非江洋大盗，拐了个小媳妇，隐于此间过日子？

乡党窃窃私语，不知夫妻二人姓名，也不知从何而来。

记得前年腊月，男子找到里正，花重金盘下五亩地，筑起这座太白居，自立门户过起日子来。

夫妻俩为人和善，谁家婚丧嫁娶、生张满十，都乐意备一份礼，上门凑个热闹。

日子久了，村人们接纳了二人，男的呼为李大郎，女的唤作谢大嫂。

中秋节。

秋雨淅淅沥沥，已下了半个月。蛛网般的雨丝，没日没夜地下，让人憋闷得慌。院门前，通往州城的官道，早已泥泞不堪，很少见到行人路过了。

李白站在阶沿上，望屋檐下的雨瀑，呆呆地发愣。

天空乱云飞渡，依旧阴阴沉沉，丝毫不见晴的迹象。

旬日未出家门了，李白焦躁不安。

杏儿心疼夫婿，定居兖州的目的，不就是要寻仨孩子吗？

想想自家的身世，杏儿时常叹气，平阳带着两个弟弟，没爷管没娘疼，不知活成了啥模样？！

儿是爷娘心头肉，有谁不会心疼？李白要去寻找，天经地义的事。惜耗时年余，终一无所获。

前日，李白去村肆吃茶，有好事者窃窃私语，言及歙州桃花潭汪伦处，收留着仨流浪儿，名儿特别地稀奇古怪。

李白听了，心里很激动，不知平阳姊弟否？既然有了一丝线索，无论如何都要去看看。唉，偏又连绵不绝的阴雨，让人心烦意乱如麻。

李白坐卧不安，愁眉紧锁。

杏儿见了，不知该如何宽慰他。只把一个娇小的身子，紧紧地偎住李白。

李白很感动，杏儿善解人意，百般体贴照顾自己，又默默支持寻找孩子，一颗母爱的心，堪称伟大。便转过身来，搂住她的纤腰，吻她的头发。

杏儿才洗过头，黑油油一头发丝，散发出皂角的清香，让人心里宁静。

李白相拥良久，才慢慢松开双手。忆起儿时旧事，蜀中秋日多雨，农人们有"吊擂浆棒"之俗，以祈求天晴。

杏儿满脸疑惑，不知擂浆棒为何物，笑他"傻帽"，说话土得掉渣。

李白笑笑，知她戏谑自己，丝毫不以为忤，耐心地解释道："擂浆棒者，石碓窝之舂棒也。"

蜀俗甚怪异,久雨不晴时,将舂棒擦拭干净,裹以妇人花衣,高悬于朝门口,令小儿女用竹竿敲打。

小儿女拿根竹竿,一边认真戏打,一边欢快而歌:"擂浆神,擂浆神,今天吊起明天晴!"

李白记忆犹新,蜀人吊舂棒于朝门,祈求天晴颇多灵验。可惜夫妻二人不事农活,既不舂米,也不擂谷,自家院落里哪有擂浆棒嘛。

朝门外,秋雨如注,淅沥不歇。

李白依稀记得,前隋人方侗者,记帝京景物时言:"雨久,以白纸作妇人首,剪红绿纸衣之,以笤帚苗缚小帚,令携之,竿悬檐际,曰'扫晴娘'。"

李白心里一喜,牵着杏儿到了书房。找出各色纸张,依方侗的叙述,做出一个"扫晴娘"来。

李白心灵手巧,扫晴娘活灵活现。

杏儿见了扫晴娘,欢喜得像只云雀,拿去悬挂在院门上,合拍着一双乖巧的手,嘴里欢快地呼道:"扫晴娘,扫晴娘,今儿挂檐上,明儿天光光!"

李白见她像个孩子,展颜忍俊不禁,上前一把抱起,数度抛于空中,仿佛觅到了仨孩子一般,高兴得手舞足蹈。

杏儿满脸绯红,幸福得像只小猫,心里早溢出蜜来。今儿是中秋节,是该让李白高兴高兴,便扭身去到厨房,精心烹制一桌好菜,一来庆贺月圆,二来为李白送行。

李白满脸幸福,笑得合不拢嘴。他深知杏儿心意,便去后院地窖里,取出一壶剑南春,准备与贤妻吃杯酒,共度中秋月圆。

席间,夫妻对饮,相敬如宾。

李白端起酒盏,先敬杏儿吃一盏。心里许了一个愿,以期找到仨孩子,一家人共圆天伦。

杏儿接过酒盏,笑吟吟饮下。又回敬李白一盏,双眼含情脉脉,充满无限的爱意。

二

獻州。

城西十里许，有座巍峨的大山，名儿叫着桃花山。桃花山半山腰处，又有一座广通驿，驿站官道四通八达，是淮南数一数二的大驿。

李白自东鲁来，转辗往复数月间，已是惊蛰时节。

天气时阴时晴，难得有个艳阳天。春寒料峭中，李白披一袭白色大氅，内着紧身紫貂皮袄，骑一匹高头大白马，雄赳赳威风凛凛。

李白英姿勃发，全得益于杏儿经佑，仿佛时光倒流，又回到了二十年前，还是那个神采飞扬的李白，还是那个光鲜照人的李白。

别人不知缘由，李白当然知道，他与杏儿的结合，才是真正的相知相爱！啥叫幸福？这就叫幸福，婚姻不是牢笼，贵在彼此相知。

李白想去哪里，杏儿从不过问，总是默默地收拾行囊，说些注意安全的话。没有丝毫的埋怨，也从不唠唠叨叨，让李白舒心舒气舒畅。

二月，初五。时令惊蛰，俗称九九。民谚有云："九九八十一，庄稼老汉田中立。"

田间地头，农人犁地耙田，忙得不亦乐乎。

广通驿，车来人往，人声鼎沸。

李白南下獻州，所携银两颇丰，每每进入酒楼里，免不了心痒眼馋，却不愿像往日那般大吃大喝，花钱时手捏得梆紧。

临行前，杏儿打理包裹，悄悄塞进大把的银子，细声细气地说穷家富路，多带点钱免得旅途窘迫，见到久别的孩子们时，也好有个爷的派头。

杏儿告诉他说："一文钱虽少，难死英雄汉哩。"

李白天生傲性，不论啥样的人物，一概视为废柴。偏偏弱小的杏儿，让他打心眼里服气，服帖得像只羊羔。

娘子这么叮嘱，李白很是受用，果然乖乖地听话。离家一路南行，除了正常的开销外，没有乱花过一文钱。

午时，一刻。

天空放晴，太阳虽然露了脸，却像个昏昏欲睡的老人，发出苍白无力的光，让人依然提不起精神。

距驿馆百十步，李白就下了马，牵着白驹进入馆内。来到厩间，把马系在桩上，从腰间掏出十文钱，递给守马棚的厩儿，让他细心帮着照料。

"余资不找补，留着买饼儿吃。"

厩儿得了钱，笑眯眯谢过。

李白不理他，转身来到餐厅。厅内皆二人座，早已人满为患。

厅右侧角落里，尚有一个空位，虽有些逼仄，倒也还算清静。

跑堂的小厮很勤快，李白刚刚落座，便到了座位前，躬身询问道："客官，要甚吃喝？"

对座乃文士，白面长身，衣着光鲜。看那身打头，很有些家资，点得有酒有肉，正起劲吃喝着。

李白见了，肚里馋虫涌动，用舌头舔了舔唇，咽下一汪清口水。强忍住馋念，回应道："仁驴肉馒头。"

堂倌立座侧，见没了下文，盯着李白直瞅，看了好一会，好像在看山中野物。

忒光鲜一丈夫，只要仁馒头？

李白心气高，仁馒头咋啦？也没觉得丢人。见堂倌发愣，补充道："啊，对了，再上一瓯菜羹。"

堂倌没了兴趣，悻悻而去，连莱名也没有报。

文士抬起头来，瞟了李白一眼，神色很有些瞧不起，瘪瘪嘴表示鄙视。

李白视而不见，泰然处之。心里直觉得好笑，李白既为骚坛主，哪有不知文士的德行？生怕被别人轻视了，总喜欢装大爷，唬一唬村夫俗妇。

唉，实可怜矣！

李白自信满满，端坐在座位上，耐心等着馒头上来。

白面文士见了，越发不自在。便故意恶心人，将桌上的酒肉，往自己一侧拢了拢。

那意思很明白，讨厌的长须汉子，何不知趣离开？

李白遍历国中，啥人没见过？偏要惹他一惹，逗着乐呵一盘。

"看兄台打头，也是个读书人，为何这般生分？"

文士闻言，越发愠怒。冷哼一声，不屑地回曰："呵呵，莫非你也是读书人？既知书识礼，当知先入为主。"

李白笑笑，答曰："兄台所言极是，是某不对了，打扰主人清静，实在罪不可恕。"

文士再哼一声，满脸傲色曰："既知打扰，何不离开？"

李白听罢，仍不以为忤，反而笑逐颜开，对曰："听兄台口音，乃歙州土著，某就再打扰一回。敢问此去桃花潭，路程几何？又如何可达？"

李白所问，半真半谑。

真者，实不知桃花潭去处，若能得他指引，那再好不过。

谑者，不就"再打扰一回"嘛，故意逗他玩玩，看要咋的？！

文士被他一逗，果然沉不住气了。倏地拍案而起，勃然大怒道："好不识相的外乡佬，唠唠叨叨败我食欲！"

愤然甩下一两银，气冲冲离座而去。

李白愕然，啥舅子人物，怎地牛皮哄哄？

邻座一人，年三旬许，脸庞红亮而广额，虽穿一身粗布棉袄，却精气神十足。那人见到李白尴尬，手里托个乌钵，内装六个无馅馒头，过来坐在李白对面，满脸笑容可掬地说道："客官初来敝乡？莫怪乡党无理。"

李白见他友善，心里着实喜欢，拱手还礼道："不关事，不关事。只是不知文士何许人？脾气怎大！"

红脸汉子一听，哄然大笑道："吓，你说胡传亮吗？县衙里一书吏耳。因写得几句诗文，便四下里吹嘘，好像青莲李白似的！"

李白闻言，哑然失笑。

时下权臣当政，侈靡之风盛行。国中文人趋炎附势，如蛆般追逐腐臭，实乃帝国之大不幸也！

李白心里想着，嘴上故作轻松，撇撇嘴揶揄道："青莲李白？不一文人吗？有甚了不起！听说西入长安，遭天子逐出京师，还不知哪里混饭吃呢。"

红脸汉一听，大急。看那神色，李白好似他的亲戚，容不得别人踏屑！"客官休要大言，岂不闻贺宾客誉为'谪仙人'？又曾令龙巾拭吐，御手调羹，贵妃捧砚，国忠磨墨，力士脱靴……"

李白听罢，哈哈大笑。

红脸汉又一愣，不解地望着他。

"难道说错了？"

"哪里，哪里，正是如此！"

李白十分得意，忙不迭地应道。

"既是如此，客官为何又要发笑？"

李白止了笑，肃曰："非笑小哥，实笑李白那厮，竟有如此虚名！"

汉子咧嘴一笑，赞他说得有理。

李白眼尖，汉子双手贼干净，却粗糙硕大，又吃的无馅馒头，家境必不宽余，当是附近的庄稼汉，淳朴值得人信赖。

复言道："小哥既是本地人，必知桃花潭去处？"

红脸汉见询，一张脸笑得灿烂，挥手一指驿外，朗声应道："早问我不就得了，何必受那鸟人的气？沿官道西去三里，右侧有棵黄葛树，树旁有一条入山小径，沿小径再行里许，就到了桃花潭。"

汉子十分热情，将途径说得极详细，生怕李白听不明白。

李白听得仔细，哪里还待得住？此次南下歙州，只想找着三个孩子，久等不见馒头端来，想是店家欺他外乡人，故意不先上给他吃，便站起身来双手抱拳，冲汉子作个告别礼，阔步迈出餐厅大门。

李白一时心急，跑步奔到马棚子里，解缰牵上白龙驹，纵身跨上马背，望西飞奔而去。

三

广通驿西三里，山梁状如马鞍。地名马鞍山，又呼为黄葛垭。

山垭口上，黄葛树冠大盈亩，浓荫似擎天华盖。黄葛树靠近山脚处，一条山径宽不盈尺，长虫般弯弯扭扭，蜿蜒没入丛林中。

山径为土路，又荆棘蓬道，白龙驹膘肥体壮，蹄滑不易行。

李白翻身下马，索性牵着大白龙，小心翼翼朝林间走去。行千二百步，道旁林木愈密，阴森森不见天光。隔篁竹，闻山涧流水潺潺，叮叮咚咚，如鸣佩环。

竹林尽头，临近山崖，果见一潭。

潭广阔百亩，围岸野桃灼灼，灿烂宛若红霞。潭水尤清冽，明亮可见潭底。底为一整块大石，平展如农人晒坝。

平潭如镜，波光粼洵。

游鱼粒粒可数，时而静浮水中，一动不动如镜里；时而排排行行竞游，蚁拥蜂攒般争先恐后；时而受惊仓皇逃窜，闪入潭水深处，倏地不见了踪影。

四围水岸边，乱石嶙峋，如岛屿，如悬岩，如绝壁。犬牙交错，不可名状。

李白看得痴了，侧身往西南望去，湖水自潭口出，形成一条急湍小溪，哗哗流向山外。

小溪宛然如画，夹岸长林密布。溪水去数百丈后，钻入密林间，不见了踪影，唯余一涧空响。

李白伫立潭畔，欣欣然喜不自胜。此陶靖节桃花溪乎？惜不见了避乱秦人，连个人影儿都没有。

谁说没有人影？李白正痴迷间，突闻潭北桃林中，有劳作歌声飘出。

歌声质朴，带有山野的泥土味，更带着劳工的体汗香。

歌曰："天上星星朗朗稀，地下人人分高低。十个指头有长短，莫笑穷人穿破衣。只要勤劳肯出力，哪会长久穷到底！"

李白牵着马，觅歌声而去。来到潭的北岸，隐约见三间茅屋，掩映在竹林中。

篱笆围一院坝，进深六丈许，宽四丈余。地面铺以青石，打扫得干干净净，清爽无杂物。

院落左侧，为一果园。园内，三五株百年老桃，花开得正欢。

右侧临篱墙，搭有简易茅棚，柏木枋作架，麦秸为顶覆盖。棚内筑一大灶，灶里柴火熊熊。

灶头上，置一铁锅，径三尺有奇。

锅上又置蒸桶，桶为柏木箍就，沿口下大上小。

蒸桶底口，径三尺，几与锅沿齐。二者紧紧相扣，合丝严缝。

四围，蒸汽弥漫。

临近大桶底部，插着一根细竹筒。竹筒长约一尺三寸，清洌无比的蒸馏水，正顺着竹筒溢出，嘀嘀嗒嗒滴入下面的小桶。

大蒸桶旁边，跐着一条汉子，右手拿个木瓢儿，专心地接流出来的蒸馏水，不时送入嘴里啧啧品尝。

汉子神情专注，哑巴着一边品，一边微微点头，满脸陶醉之色。

李白鼻子灵，早闻得是酒香，香得人骨头酥软，不是美酒是什么？

呵呵，古法酿酒？

李白满心欢喜，急忙趋身上前，想要探个究竟。

汉子听到有人来，回头打个照面。两人一对眼，彼此皆惊讶。

"是你？"

"是你！"

汉子不是别人，正是广通驿指路的红脸汉！

红脸汉子呵呵笑着，用手中的柳木小瓢，去小桶里舀一瓢酒，热情地递与李白吃。

"尝尝，新蒭的酒。"

李白不知厉害，接过一饮而尽。哪知酒性甚烈，刚入肚肠内，丹田处陡然鼓胀，腾升起一股热气，汹汹地直冲脑门。

少顷，酒劲四散，李白浑身燥热，唯唇齿留香，绵长醇厚无比。

李白满脸通红，尤赞不绝口："果然好酒，入肠火烧火燎，甚对某的脾气！"

红脸汉微微一笑，见大朗也红了脸，却并未醉倒，伸出大拇指赞道："好酒量！"

李白被他一赞，倒有些不好意思，差点儿就醉趴下了，还好酒量？心有不甘，复言道："敢问小哥，酒性何烈？"

红脸汉子见询，看他一口吃了那酒，依然头脑清醒，很是佩服他，十分认真地回答道："客官识货，是个行家。此为头酒，又未勾兑，故而劲大！"

李白听他一说，更加不好意思，猛一拍头道："只顾吃你好酒，却不知兄台大名？"

汉子见李白可爱，笑道："汪某就一烤酒匠，何来的大名？贱名一个伦字。"

烤酒匠？

汪伦？

真是好运气，踏破铁鞋无觅处，得来全不费功夫。

李白双手抱拳，冲汉子长揖道："原来是汪兄弟，请受李白一拜。"

汪伦大讶。

李白？

青莲李白！

汪伦喜不自胜，上前一把扶住，慌忙还礼道："大兄年长为尊，小弟怎敢受拜！"

李白激动不已，竟然语无伦次。连连说到平阳姊弟事，终因太过激动，无法说清来龙去脉。

汪伦知他心意，慰之曰："大兄尽管放心，令爱及二郎平安，已有了上好去处！"

李白闻言，身犹颤抖不止。顿时两眼潮湿，有了泪花儿。

汪伦一见，知李白情不自禁，忙拽着进入"桃花居"。高声呼唤自家婆娘，赶快做些饮食来，二人对饮于堂。

数碗酒下肚，李白心情渐渐平复，又询平阳姊弟事，神情焦躁不安。

汪伦不忍相看，独自吃一碗酒，娓娓向他道来。

前年冬月间，平阳领着两个弟弟，辗转来到东鲁，千里寻何爷未果。去岁春上，逃荒到了歙州，恰遇汪伦州城卖酒，见三人面黄肌瘦，面呈菜色，又想自己无儿无女，便领回家中收养……

李白听得专注，满脸的关切神色。亲筛一碗酒，双手捧与大弟。

汪伦接过酒，仰头一饮而尽。续曰："此去十里，有个魏家庄。庄主魏员外，膝下独子魏泰安，村人呼作魏大郎，品行端庄受乡党称赞。年前来寒舍沽酒，见了令爱颇为心仪，专令媒婆上门提亲。大兄不在身边，小弟便作了主，二月十六过的门，作了魏大郎正室，二令郎随之住进魏家庄。"

李白闻讯，心中恻然，又喜仨孩儿，有了好的归宿。感念汪伦古道热肠，双手再擎一碗酒，长揖谢曰："兄台大恩，白何以为报？"

　　汪伦忙起身，还礼道："不怪小弟擅作主张，便让某心宽了，何敢再三领谢？"

　　言毕，举起碗来，看着李白。

　　李白真心感动，也举起碗来。

　　二人对吃一碗，情义都在酒中。彼此间心有灵犀，也不劝酒，想要吃时，一人端起吃了，另一人跟着饮尽。

　　汪伦是主人，怕李白伤感，坏了这么好的气氛。不许再议孩儿事，说择日领李白去魏家庄。

　　李白依了他，却又提个要求，欲知古法烤酒技艺。

　　"白不情之请，愿老弟允诺。"

　　汪伦很爽快，欣然答应。

四

　　简易茅棚内，另有一大灶，与烤酒房配置一般无二。只是冷秋火蔫，桶内空空无物。

　　酉时，三刻。

　　汪伦领着李白，来到冷灶前。

　　李白立灶畔，心里很是好奇，不知如何操作。

　　汪伦先去工具间，脱掉长衣长裤，换一身短工打头。

　　九九时节，天气犹寒。

　　汪伦摇身一变，成了烤酒匠。身穿粗布白褂，腰系一条麻布兜裆裤，脚蹬一对多耳麻搭鞋。

　　李白看着都冷，背心直起鸡皮疙瘩。

　　汪伦若无其事，跨步爬上灶台，将锅上的蒸桶掀开，置灶头空闲处。再去到蓄水的石缸边，舀一瓢水倒进锅里，拿只二尺长的大竹刷把，沿着铁锅四壁洗刷，待锅洗得干净了，便倒掉锅里的脏水，复用清水洁净一遍，才满满注入一大锅水。

李白帮不上忙，只在旁边看他劳作。

汪伦复爬上灶台，用力搬动大蒸桶，重新稳稳置铁锅上。

灶头诸活忙毕，汪伦又去灶膛生火。柴火多杂木劈成，耐烧火力又猛，熊熊一灶大火，将他的脸庞映得通红。

李白嗜酒，却不知烤酒之法，便想探得个中秘密。遂立一旁仔细观察，生怕漏了哪个环节。

汪老弟忒了得，身板并不强健，却力大无比。蒸桶壁厚两寸，少说也有百十斤，他却能轻松搬离、复位。既感慨他的蛮性，又悯之劳作不易。

汪伦将一块块木柴，有序地叠架在炉膛内。添足柴火后，直起身来咧嘴一笑。

炉火映红夜空，也映红他一脸汗珠。

李白上前，取下晾竿所搭汗帕，默默递给他。

汪伦一边擦汗，一边领着李白，来到工具间。临近工具间，置一柏木拌桶。拌桶呈长方形，高约三尺许，长六尺有奇，宽四尺八寸，里面装满发酵物，散发出浓烈的酸味。

李白满脸疑惑，不知拌桶所装何物。

汪伦却很神圣，指着拌桶说道："此为酒曲子，乃制酒之关键，已发酵旬日，正好派上用场。"

李白听说后，睁着一双大眼，想瞧个明白。一边瞧，一边细数："有稷粒，有麦粒，还有黍粒……"

汪伦赞他眼尖，笑言道："对，还有大稻米，糯稻米。"

常言说得好，隔行如隔山，李白一门外汉，不知曲子做法，请求详解。

汪伦也不隐瞒，大大方方解释道："曲子以稷为主，五粮比例为：稷占六成，麦、黍、大稻、糯稻各占一成。曲子发酵前，五粮淘洗干净，盛大铁锅内，慢火煮上两天，沥尽水分后晾干，再装入拌桶发酵。"

李白专心致志，听得十分认真。

汪伦讲得仔细，声言发酵过程很慢，特别是初春、深秋、冬季时节，往往得十天半个月。冬天气温低,尤需要保温,拌桶上下四周,须用棉絮厚厚包裹。

"曲子若冷着,发酵便不充分,烤出的酒涩而燥辣。"

汪伦很淳朴,见李白很上心,就用心教他:"杀猪杀屁眼,各有各的杀法。古法烤酒烤匠皆知,为何所酿之酒,又良莠不齐呢?"

李白摇摇头,不知其中奥妙。

汪伦不卖关子,见四下无人,说出一个秘密来。

"关键之关键,在于发酵!"

发酵物很特别,需用嫩黍米打浆,放置一天一夜后,黍浆自然就发酵了。黍浆发酵后,酸味儿十足。只有用那酸味作曲子,才能酿制出美酒来。

"这是制曲秘技,汪某没有子嗣,早晚传与令郎,故不相瞒。"

李白很感动,难得汪老弟信任,便一一记在心上。

锅中之水已沸,汪伦不再说话,急忙奔到拌桶前,将二百来斤曲子,用木锨一一抛入蒸桶。

炉火红红,照着汪伦。古铜色精赤的上身,肌肉块块隆起,雄健之美,无与伦比。

汪伦挥汗如雨,将拌桶所装曲子,全部掀进蒸桶。

蒸桶上,覆置一天锅,天锅里注满冷水。

李白细看,方知灶上所置,实为三接头——大烧(底)锅、大蒸桶、大天锅。

蒸桶与底锅间,隔一个草圈。草圈竹条为骨,外缠以稻草。功能有二:一为捂热保温,防止热气外泄。一为利于注水,设若烧锅水少时,可通过草圈注水,以免底锅烧坏。

曲子受热后,散发出酒蒸汽,遇到天锅冷锅底,快速凝结成液状的酒,顺着细长的竹筒流出来,即所谓原浆酒了。

原浆酒性烈,尤其是"头酒",酒精度极高,需细心勾兑后,方能出售或饮用。

李白看得仔细,炉火越猛,出酒越快。

汪伦凭着经验,控制着火势,偶尔拉几下风箱。他告诉李白,一般不用猛火,中火即可,慢烧慢出酒最多。设若火力太猛,底锅水易翻腾,导致底部曲子受潮，板结凝成一块，无法正常蒸出酒蒸汽。

李白频频点头，鼻里全是酒香，刚酿出来的酒，热乎乎让人嘴馋。

汪伦低头接酒，小瓢舀起品咂，以测试酒的纯度。一边品着新酒，一边哼着小调儿。

李白没得酒吃，只有干瞪眼。听他哼的调儿有趣，也醉得一塌糊涂了。

灶膛里烈焰熊熊，将汪伦品酒的身影，弯弓般投射在篱墙上，佝偻而又沉重。

李白感触良多，他一个烤酒匠，难得心地善良，又这般豁达。整日里劳作，生活实属不易，心里却这么多快乐，想朝中一众肉食者，尸禄素餐，却怨这怨那，难怪古贤们说：劳心者鄙，劳力者尊！

李白心有所动，禁不住为他高歌："炉火照天地，红星乱紫烟。赧郎明月夜，歌曲动寒川。"

是夜，宿于桃花居。

李白枕床头，望窗外月朗星稀，又闻潭中蛴蚂鸣唱，一时思绪万千。

想杏儿，思三子，又念汪伦情义……辗转反侧，直到月落西山，仍无法入眠。

嘴里喃喃自语，兀自轻声诵曰："夜到清溪宿，主人碧岩里。檐楹挂星斗，枕席响风水。月落西山时，啾啾夜猿起。"

夜深不知几许，唯有山风入梦。

第二十章
盘龙湾汪伦访亲　魏家庄李白认婿

一

古猷州地，处青溪中游。春秋两季多雾，素有"雾猷州"之称。

民谚云："天上大月亮，地上白头霜。夜里蛴蟆叫，明晨大雾罩。"

老辈人都知道，设若秋冬季节，但凡夜月照空，明日必有霜冻。若是初春天气，夜里蛴蟆鸣唱，明日免不了一场大雾。

翌日，晨。

浓雾滚天裹地，将偌大一个桃花潭，包裹得没了踪影。

李白依旧早起。

昨夜很惆怅，乱七八糟的梦，一直迷糊到天明，醒来却啥也记不得了。今儿要去魏家庄，心情仍不平静。

李白来到潭畔，闭目静息良久，先习一遍"五禽戏"，又舞一趟岷山剑法。动作舒缓，似行云流水。

平潭上，浓雾团团翻涌，带着一丝丝的薄寒。露珠滴滴湿衣，雾气丝丝袭人，让人身心俱宁。

李白喜欢这种天气，自己看不见别人，别人也看不见自己。

舞完剑，收势往回走，刚入围院内，有歌声夭夭，从简棚里传出。歌曰："春季里来百花香，牡丹仙子我为王。勤快蜂儿把蜜酿，妖艳蝴蝶绕彩堂……"

汪伦起得也早，点燃一盏桐油灯，正在简棚里忙活。一蒸桶废弃的酒糟，已被他铲进了木榨机，一一榨成了枯饼。

李白上前，问候一声："早上好。"

汪伦应曰："早上好！"

李白不解，烤完酒的曲子，为何压榨成枯饼？好奇地问道："制成枯饼，尚可食否？"

汪伦抿嘴窃笑，李白乃文士，不知乡间农禾事，当然不知枯饼用途了。"酒糟乃舍物，岂可食用？制成枯饼者，售与农人肥地也。"

李白闻言，咧嘴傻笑。

汪家嫂嫂立厨间，隔空向简棚喊道："大郎，朝饔好了，过来用食。"

"晓得！"汪伦应一声，让李白把剑搁了，一同去到厨间。

洗脸，漱口，净手。

汪嫂端一钵菜粥，分两大碗凉着。又上一笼蒸馍，麦香热气腾腾。朝饔简单，也无太多礼节。汪伦坐案首，李白坐横头。各吃三个蒸馍，又将凉粥喝了，摸摸鼓胀的腹，满意地打着饱嗝。

卯时。

山间风起，淅淅飒飒。

雾依旧很浓，被山风一吹，潮水般往山外涌去。似波涛翻滚，迷茫茫无边无际。

汪伦居山间日久，熟识桃花潭气候。潭雾浓如白乳，看似包裹得严密，只要卯时动风，不出一个时辰，必吹得干干净净。午时左右，天定大晴。

李白久居平坝，不知山里的天气，见雾依旧很浓，浓得风吹不散。一对眉毛便皱一堆，不停地搓着双手，急得双脚直跳。

汪伦见了，知大兄心急，抚曰："哥哥休要烦躁，今儿天气不赖，早晚一个火烧天。"

李白哪里肯信？嘟哝道："老弟休要诓我，这般大雾封山，何来的火烧天？"

汪嫂立一旁，帮腔道："我家大郎所言极是，哥哥只管信他，放心去走人户。"

李白闻言，心里稍宽，只顾催促要走。

"既如此，老弟何不早行？"

汪嫂听催得急，转身进入耳房。

汪伦被他一催，有些不好意思，先去简棚工具间，挑出一对竹箩，搁在阶沿上。再去简棚储酒间，提两坛所烤新酒，小心翼翼放箩里。

李白嫌他啰唆，催促着快走。

汪嫂自耳房出，笑盈盈说道："哥哥莫慌，还需带上些礼信，免得亲家翁笑话。"

李白憨憨一笑，走亲戚带份礼信，这礼节他当然懂。可今儿看自家孩子，未必还要带礼物？李白洒脱惯了，忘记大姑娘已为人妇，早不是李家的人了，头一回去拜会亲家翁，当然得准备礼物。

"亲家翁，亲家翁，见面赠个大红封。"

汪嫂啥都懂，一边说话，一边手脚不停地忙活。左手提一个扎包，裹十只饴饼，用红纸条封一圈，细麻绳绑扎精致。右手提两块烟熏腊肉，外搭三只烟熏山鸡。胸前，又抱一布口袋，袋内装满各色干果，板栗、核桃、落花生……胀鼓鼓一大包。

汪伦接过来，用另一空竹箩，一一叠放码好。

李白讲究，欲乘马去。

汪伦不允，言此去魏家庄，十里崎岖山路，骑马不易行，哪有步行利索？

汪嫂讪笑道："哥哥怎娇气？"捡起楠竹扁担，递与自家汪伦。

汪伦接过扁担，将箩绳系两端头，复用小膊托扁担中间，上下掂一掂，以测试两箩所置物什，轻重是否一致。测试毕。汪伦甚觉称心，矮身蹲下去，将扁担置肩头，闪悠悠挑起箩儿，直往山间走去。

李白空脚甩手，一步一趋紧随其后。

大雾弥漫，不辨路径。

二人行山间，看不见山景。唯闻林间野雉声声，"咕咕咕"地叫个不停。

斑鸠泣雨，雉鸡鸣阳。

野雉声中，雾似行云流水，汹涌澎湃往山外涌。

行里许，隐约已见阳光。

二

盘龙山，盘龙湾。

盘龙山不算高，在歙州境内，也没有黟山的名头响。然山势雄奇陡峭，孤峰兀立青溪畔。

千里青溪水，浩浩荡荡，自徽州奔腾而来。到了歙州地界，向西南绕一个大湾，百二十里水路后，遇盘龙山阻拦，形成巨大的"几"形地貌。

突兀的盘龙山，坐落在几字顶部，宛如巨龙翘首欲飞。

清晨，每当太阳升起，累累㩼㩼一山白石，熠熠闪烁着银光，白灿灿似片片龙鳞，炫目不可名状。

土著迷信，以为神焉，俗呼为盘龙湾。

地方文士少见识，于故里景致颇多自豪。山崖绝壁间，题咏甚众，不外乎"势拔五岳""独尊淮南""雄峙江左"，又或曰"人间无双景，天下第一山"……

盘龙山山势雄奇，状如巨龙盘蜷。

山湾里，一坝如盆。青溪蜿蜒似练，绕坝静静东流。

小盆地成扇形，向东南铺排开去。扇柄处稍高，紧邻盘龙山山脚，处二台地正中央。

堪舆一学，古已有之。

自魏晋以降，郭景纯始作俑后，至大唐发扬光大。国朝设司天监，又有李淳风、袁天罡者，术数风靡朝野，世人惊以为神。

堪舆家知天文，晓地理，推撵选择屋基地时，讲究"靠山稳，明堂亮"。但凡状如椅形山势，又怀抱小盆地者，必视为旺家宝地。

盘龙湾依山抱坝，形似巨龙蜷卧。靠山孤峰突兀，安如磐石；明堂广阳大坝，开阔敞亮。又有青溪曲绕，难得一块风水宝地。

魏员外闻名遐迩，富甲歙州一境。魏家庄声威赫赫，就构筑在盘龙湾里。

午时，二刻。

果如汪伦所料，太阳伸出脚脚爪爪，努力地破雾而出。几经挣扎，终于云开雾散。

刹那间，金光万道，明艳艳的春阳，照在盘龙山上，满山遍野的白石头，发出熠熠闪耀的银光。

浓雾不再顽固，早已四下散去，变成缕缕白纱，萦绕在山腰间。继而盘旋山顶，渐渐虚无缥缈。

汪伦挑着礼信，脚步轻快如风。山路不易行，上坡下坎过涧，七弯八拐十来里，也没见他换过肩，更无停担歇息之意。

李白脚步趔趄，早已汗出如浆，已有了歇息之意。

汪伦一对小腿，像涂抹了桐油，古铜色鼓筋爆绽。那双撮箕一般的大脚，尤显得劲霸十足，上下翻飞，丝毫不显疲态。

李白暗叹不止，农人劳作辛苦，却得一副好身板。想想真是无比汗颜，枉自习得御剑如风，又自诩起起伟丈夫，却不敌一庄稼汉子。心里有了这层想法，哪有脸面呼他停下？人家没歇息之意，只得舍命紧跟。

二人紧赶慢行，终于爬上山巅。丽日巡空，视野豁然开阔。

汪伦临巅顶，用手一指山下，向大兄言道："哥哥请看，山下那座大宅，就是魏家庄了。"

李白闻言，顺他手指方向望去，果见山脚二台地上，建一座巨型宅院。

明晃晃阳光下，果然巍峨壮丽。

李白走南闯北，住过王公大宅，待过天子皇宫，算得见多识广了。见到眼前大宅院的规模，还是暗自吃一惊。

魏家庄规模之大，超乎常人的想象。楼宇重重叠叠，虽不及天子皇宫，却不输任何王府。

大宅院坐北朝南，依八卦易象布局，按左青龙右白虎、前朱雀后玄武构筑。背依盘龙山，怀抱广阳坝，脚踏青溪水。宅院四围方方正正，工整如大斗，又四平八稳，恰似雄狮伏地。中轴一线，长约六百丈，界分阴阳，宅院的最高楼，就雄踞在阳"鱼眼"上。

李白素慕仙道，于堪舆术多有心得，见了山下的大宅，不由敬佩起宅主来。

我的好亲家翁，究竟是谁呢？竟有如此的气象，择得恁好一处宅基，布局堪称完美无缺。不仅好眼力，更是好襟怀！

汪伦不懂堪舆，也不知大兄所思，只道他头回来盘龙湾，惊异于大宅子的规模，一时间痴呆了。便一边往下走，一边对李白说道："魏员外世居于此，富甲周邻诸邑，豪爽有气节，哥哥必定喜欢。"

汪伦这么说，实为了炫耀。对于"员外亲家翁"，他也知之甚少，真要讲个子丑寅卯来，却也未必知道。

邻里间盛传，员外姓魏名平，祖上赫赫有名，乃蜀汉大将军魏延。蜀汉亡国时，先人避魏晋乱，迁居隐于此间。翻来覆去就这么说，设若多问个为什么，便没有人知道了。

当然，四邻乡党还知道，魏员外为人豪迈直爽，平生最喜仗义疏财，专爱结识英雄豪杰。凡有江湖好汉投奔，必热情留住在魏家庄上，每日里好酒好肉款待。若要离庄而去时，又多有不菲银两相赠，江湖上就挣得好名声，呼他唤作"及时雨"。

李白初莅魏家庄，尚未得识亲家翁，哪知道他的好处？看到偌大一座宅院，心里难免忍不住异想，我这个亲家翁哟，真是不简单哩，了不起的人物！

想到亲家翁，李白心里直痒痒，癫般急不可耐，想早点见上一面。

三

盘龙山下。

一条青石官道，沿着青溪右岸北行，直达魏家庄前。

庄院四周，林木掩映，多参天古柏。院墙长里许，皆巨型青石垒砌，高达六尺有奇。若非身手敏捷的练家子，纵有云梯软索相助，也轻易不得攀爬。

庄前，大门雄阔。

宅门两端，各踞一尊石狮。狮头昂扬向上，阔口雄视着前方。沉沉两扇大门,皆鸭脚木做就,厚达六寸余,坚固不可摧。木门上箍四道铁皮,每一道铁皮的空隙处,都布满碗大的铜包钉。

院大门正前方,有一个大广场。广场约莫四亩地,比许多州城的较场都大。广场的西北角上,矗立一根大桅杆,桅杆高达十丈余,杆顶上挂一面六尺杏黄旗,呼啦啦威风凛凛,高高飘扬在半空中。

院大门正上方,横悬着一块巨匾,材质为罕见的金丝楠木,匾上书着"魏家庄"三个字,字大如斗,流光溢彩,灿烂炫目。

四位护院门丁,身佩镔铁腰刀,昂首挺胸目视前方,分立大门的两侧。

汪伦挑着担儿,闪悠悠前面领路。李白亦步亦趋,紧随在他身后。

二人轻车熟路,快步来到庄前。

领班门丁一见,是岳丈李白上门,忙入庄内通报。

"太公,太公,有贵客莅庄!"

大宅院深处,传来一阵笑声,爽朗而豪迈。

"呵呵,早上喜鹊叫,必有贵客到。好日子,好日子!不知贵客是谁?"

汪伦高声应答:"太公闲赋于庄,果然过得好日子!"

院里听得明白,随即欢喜道:"原来是亲家翁,当真稀客哟!"

汪伦听他欢喜,再次高声答道:"某哪是稀客?太公莫要惊慌,真正亲家翁来了!"

大院深处,传来一声惊呼:"汪老弟何言?莫非青莲李白乎!"

汪伦欢喜不止,复高声应答:"正是!"

院内不再言语,只听见一阵脚步声,啪嗒啪嗒跑了出来。

魏太公奔出大门,红光满面一老汉,虽年近六旬,却风风火火得紧。

汪伦挑着担儿,尚未落肩卸下。

太公一见,冲门丁骂一句:"忒这般不懂事?为何不接了礼信!"

护院被骂,吓得唯唯诺诺。一门丁甚机灵,上前接过礼担,笑嘻嘻挑进院去。

汪伦卸了担,抱拳冲员外施礼。

太公咧嘴一笑,亦抱拳回礼。见旁立一汉子,着白色广袖大袍,三绺长须拂胸,神色俊美而朗逸,知道是李白无疑。

汪伦努努嘴，正准备介绍。

魏太公摆手止住，上前一个熊抱，嘴里大叫道："好亲家翁，想煞某家了！"

李白见他爽直，亦欢喜不已，双手搂住魏太公，噼里啪啦乱拍，嘴里呵呵大笑："太公是个爽快人，某好生欢喜！"

魏员外闻言，假意嗔曰："亲家翁见外了，称甚太公？"

李白大笑："魏兄所言甚是，一会酒肉吃喝时，自当罚一杯！"

这话说得直白，哪有客人上门，要酒要肉吃喝？

魏平听了，却欢喜异常，亲家翁这般爽快，正对了脾气。挽了李白的手，一边往院内走去，一边吩咐护院领班，速去镇上寻回魏泰安。

大宅院内，构筑宏大，仅中轴一线，房屋就多达六重。每重大门，都紧闭着，使人感到庄严而神秘。

魏平挽着李白，阔步行走院中，每到一重大门前，门都会自动打开。一切那么机巧，又那么不可思议。

李白心细如发，用脚步暗自丈量，至九百二十步时，来到最后一重屋前。明显感到这重房屋地基，高出其他屋基许多。

十余级缓步阶梯，乃白玉石垒砌，磅礴大气，又精致无比。梯栏饰以精美图案，多为花鸟鱼虫，无不栩栩如生。

登梯拾级而上，三人来到客厅前，厅门徐徐打开。

客厅正中央，摆一矩形紫檀茶几，长丈二，宽七尺。

茶几四围，置十二张高靠背木椅，一律黑檀精工制作，光鉴照人。

旁有黄杨木隔断，围出一间雅室。雅室内又置一方几，约三尺见方。方几四围，各置一椅，材质皆黄杨木，做工尤其精细。

雅室窗明几净，不用主人介绍，就知有人经常拂拭，必为接待贵宾的场所。

魏平领着两亲家翁，果然直接进入雅室。自去主位坐了，李白坐在客位，汪伦自然坐个横头。

主客刚坐定，早有两位绿裙丫鬟，款步盈盈入内，乖巧地站立两侧。

魏太公满面春风，吩咐近侍丫鬟，先煮一壶蒙顶好茶，又铺四碟果脯，以待二位稀客。

李白静坐片刻，收了身上的热汗，四下里一张望，触目处物皆精美，才惊叹起魏庄的豪侈来。

魏平笑容可掬，亲斟一盏茶汤，双手递了过来。

李白忙起身，笑吟吟双手接住。猛然一晃眼，见他绸袍的前襟上，缀枚六角金质胸花，亮闪闪甚为眼熟。却一时想不起来，在哪里见过？

太公纳闷儿，亲家翁神情古怪，一双眼专注自己襟前，莫非他喜欢金花？笑呵呵摘下来，双手递过去："亲家翁喜欢，拿去把玩便是。"

李白好不尴尬，知亲家翁会错了意，赶紧摇了摇头，却又忍不住好奇，如此精美的金质胸花，常人哪能佩戴得起？便礼貌地接过来，极认真地瞧瞧。

初及目，即大骇。

永王佩章?!

天宝三年，上巳节。玄宗偕杨妃，召群臣赏花沉香亭，李白献《清平调三章》，得天子赐饮御酒，永王曾执杯相贺，别的就是这款胸章!

亲家翁是谁？怎会拥有永王佩章!

太公见他疑惑，展颜一笑道："难怪老弟好奇，此金花果然罕见，实为皇家信物。"

言罢，侃侃而谈，细说来龙去脉。

原来，永王屏藩四镇，素有澄清宇宙之志，好结交天下英豪。魏平为魏延后，颇有胆识谋略，得人激赏荐与李璘。李璘慧眼识才，视魏平为姜尚、子房一类人物，特以金花相赠，以期为己所用。

李白明白了缘由，更不敢夺人所爱，双手恭恭敬敬奉还，双手抱拳揖曰："既为永王信物，太公当悉心保管，切莫弄丢了!"

魏平哈哈一笑，应曰："何珍贵？直如妇人簪花耳，哪值得夸耀?!"

汪伦不识文墨，不知二人捣什么鬼，正疑惑间，猛听庄外喧哗。

不多时，奔进一条汉子，直杠杠闯入雅室。

汉子年约三旬，精壮如牡牛。头扎簇新兰巾，脚蹬鹿皮软靴，一袭紫色锦服甚是鲜妍。甫入雅间，翻身伏地上，望李白纳头便拜!

"大郎!"

"魏泰安!"

"魏万!"

三人齐呼。

李白尤大惊,魏大郎者,魏万是也!泰安是其字,汪伦不识文墨,将名、字混为一谈,呼为魏泰安了!

看官有所不知,李白见了魏万,为何这般惊讶?原来,魏万未第时,慕谪仙人的名头,"自嵩历兖,游梁入吴"。旅行三千多里,追随李白左右年余。李白很喜欢他,赞其"爱文好古","必著大名于天下"。

哪知今日相见,昔日的铁杆粉丝,却成了自己的乘龙快婿!

李白异常欢喜,脸上堆满了笑,这岳丈当来安逸。

魏万尤惊喜,站起身放声高歌,诵岳丈所赠《送王屋山人魏万还王屋》句。

歌曰:"仙人东方生,浩荡弄云海。沛然乘天游,独往失所在。魏侯继大名,本家聊摄城……东浮汴河水,访我三千里。逸兴满吴云,飘飘浙江汜。挥手杭越间,樟亭望潮还……至今天坛人,当笑尔归迟。我苦惜远别,茫然使心悲。黄河若不断,白首长相思。"

歌毕,魏万再拜。

李白双手扶起,暗自惊叹不已。此子恁好记性,竟将自己所赠之作,洋洋洒洒数百言,复诵得一字不差!要知此乃旧辞章,为十年前所作,今日尚能复诵,真是难得了!

有婿如此,夫复何求?

李白大笑,魏万也大笑。翁婿二人只顾高兴,却忘了另一人物,惹得汪伦不高兴了。

果然,汪伦故作不满,对太公笑道:"大郎忒不仗义,有了新岳丈,忘了旧岳丈。"

魏万一听,哪里受得了?复拜于汪伦面前,嘴里连连道歉:"非喜新厌旧,实高兴过了头,望阿爷恕罪则个!"

魏万不称岳丈,改称汪伦为阿爷,只因李白来了。依古之礼俗论,亲岳丈在场,哪还会称他人为泰山!

魏万熟读经史,自然懂得这理,自然不会乱称呼。

时，大管事来报，前厅已备好酒席。

魏太公大喜，笑呵呵走上前，右手挽了李白，左手挽了汪伦，一同去到前厅。

众人团团坐定，欢天喜地吃起酒来。

四

夜里，戌时。

魏家庄。

西厢上客房里，一盏盆大猪油灯，红烺烺燃烧如炬。

床沿上，李白正襟危坐，满脸端肃。

平阳已为人妻，虽说是自家阿爷，心里仍然不自在，脸上略带羞色。听到阿爷在屋里传唤，急忙领着明月奴、颇黎二弟，匆匆来到上房，规规矩矩环立床前，悉心聆听教诲。

李白微醺，见三子衣着光鲜，皆上等锦丝缎面，心里颇感疑惑。

平阳为新妇，穿戴整齐漂亮，自然不在话下。明月奴和颇黎俩崽子，是跟着上门的外戚，为何也穿得这般鲜亮？

亲家翁故意摆阔？还是做给人看？又或汪伦所言锦衣玉食？

李白心存疑惑，待要问个明白，若有半点不如意，必携之返回东鲁。

久不见阿爷了，三子虽然恭谨，仍免不了真情流露，眼巴巴盯着不放。

叙过离别情，说完相思苦。李白似漫不经心，实则有意试探，他问平阳："既为魏郎子妻，初入魏家庄，孝敬公婆勤乎？"

平阳初为人妻，尚有些许腼腆，见阿爷相询，神情难免拘谨。小声应曰："回阿爷话，孩儿幼时，常受教于阿娘，自然省得上敬公婆，下顺夫婿。"

李白闻言，心甚宽慰，点头暗许。续曰："每日晨起，亲治朝食乎？去公婆处请安、问食乎？"

平阳闻询，顿时额眉舒展，两眼儿笑成了豆角。喜而复应曰："回阿爷的话，孩儿每日晨起，必向公婆请安、问候朝食。至于制治朝食事，因庄上佣仆众多，实无须孩儿操劳。"

李白听得仔细，当下甚为宽心。

魏家庄礼仪重，平阳入庄数月，早享受少夫人的待遇，哪里还会亲持家务？便不再理她，又询明月奴、颇黎二子："汝二人年幼，居姊夫庄上，起居习惯否？"

二子初入室，见阿爷一脸端肃，加之久未谋面，心里难免畏惧。今见阿爷欢颜，又相询于己，关切之情溢于言表，争先恐后应答道："回阿爷的话，孩儿得阿公阿婆关照，姊夫又百般疼爱，每日里锦衣玉食，快乐无忧无虑也。"

李白听毕，将信将疑。

二子快言快语，似事先为人教唆。故而并不理会，转而注视平阳，让她说实话。

平阳瞧得仔细，也知阿爷心意，连忙点头称是："禀阿爷得知，两位阿弟所言，句句皆凿实。"

常言说得好，知子莫若爷娘。李白久历江湖，见平阳一脸真诚，知她所言不假，得了这般准信儿，哪能不欢喜若狂？

三子衣食无忧，又能快乐成长，天下做爷娘的，谁都会宽心！

复转过头来，言于二子："既有恁好家境，汝可知珍惜否？每日里庄上勤快些！"

明月奴听了，知阿爷不晓实情，急忙禀告道："阿爷有所不知，阿公忒慈祥，待孩儿如已出，专送三弟与我去学堂，故而散学以后才姗姗来迟，随姊姊拜见阿爷。"

李白听他一说，顿时目瞪口呆。

平阳肃立一旁，见阿爷神色诧异，以为不信二弟之言，急忙解释道："二弟所言庠学事，绝无半分诳语！"

李白不是不信，实乃感动不已！二子上学堂念书，乃李门千秋大事，自己早有此想法。终因长年四处游历，一直有心无力，今得亲家翁助力，竟了却了夙愿，如何不心存感动？

心里想了一想，复言于二子："汝二人有这般好结果，是愿随阿爷回家，还是留在姊姊身边，继续去学堂念书？"

家?

哪还有家!

颇黎年幼无知,尚未真正懂事,歪着一个小脑袋,不解地望着阿爷,嘴里嘟哝道:"魏家庄这么好,为何跟阿爷回家?当然跟着姊姊了。"

明月奴不吱声,极不情愿地低着头,用双手搓着衣摆。神情很是古怪,似焦虑又似不安。

李白看在眼里,知俩孩子的心思,都不愿跟自己走。心里顿时难过异常,眼眶潮湿起来,急忙扭过身去,不让孩子们看见。

平阳见阿爷落泪,心情万般复杂,一时难以自持,心痛如刀割。一痛阿爷,年事渐高,身边没得个小棉袄,暖脚暖手暖心,亲生骨肉却要分离。二痛两个阿弟,年幼无人照顾,设若跟着阿爷回去,以阿爷的生活习性论,如何管得了他俩?

思前想后,平阳下定决心,要把兄弟俩留在魏家庄,彼此间好有个照应。跪阿爷面前,低声泣曰:"阿公阿婆人仁慈,大郎尤善良,两阿弟留在魏家庄,不怕没人疼他俩。阿爷尽管去,切莫虑之甚。"

李白闻听此言,忍不住泪奔如雨,失声痛哭道:"阿爷一生豪雄,却让尔等寄宿于外,实愧对列祖列宗!"

三子大惊愕,在他们心眼中,阿爷那么伟大,可上天揽月,可下洋捉鳖,何曾流过泪?一时心痛难忍,齐上前拥住阿爷,放声大哭起来。

李白张开巨臂,揽二了入怀。百般抚爱间,一一遍摸其头。

上客房内,李白爷儿四人,呜呜抱哭一团。

第二十一章
汪伦情深桃花潭　李白祝寿嵩岳山

一

李白客居魏家庄，没有丝毫陌生感，更无半点不适。饮食起居，概如往常。

明月奴懂事，颇黎乖巧，二子谨遵阿姊叮嘱，一切围着阿爷转。时常绕膝前后，嘘寒问暖左右，难得的天伦之乐。

平阳尤恭顺，勤谨倍于娘家。早起问朝食，夜息道晚安，日常稍有空闲，又送汤递水，待阿爷等同公婆。

亲家翁特仁义，百般殷勤款待。每日里悉心安排，大碗吃酒，大块吃肉。又得众仆前呼后拥，侍候如太上皇。

李白得此待遇，好不逍遥快活，心花怒放直乐，都快忘了太白居，忘了太白居的杏儿了。闲暇无事时，常领着仨孩子，沿庄前的青溪溜达，讲些为人妇、为人夫、为人子、为人爷的处世道理。他心里明白得很，世事无常，三日后，一旦离魏庄而去，爷儿们要想再聚首，实在没得个定期。

看官有所不知，李白初到魏家庄，何不住上十天半月，偏偏又要匆匆离去？

原来楚接蜀壤，民俗多有相似处，亲戚家相邻不远，有事上门拜访时，一般应当天来回，设若主人殷勤挽留，客人顶多住上两日，从无待三日以上者。

考古之礼仪，汉时典籍《仪礼》记载颇为详尽：凡走亲访戚者，设若为岳丈去郎婿家，盘桓不超过四宿。

市井说得明了，一日二日新鲜，三日四日泼烦，五日六日脸涎（音玄）。

读书人死读书，多不解民谚俚语，听了市井之言，莫不瞪大眼睛，呆头呆脑不知所云。

啥意思呢？

写成书面语言，即客宿一两天，主客皆新鲜；客住三四天，主人心里烦；客住五六天，意为赖着不走，被人视为脸涎（脸皮厚）了。

李白知书识礼，从小听爷娘教诲：出门看天色，进门看脸色。哪会那么不知趣，非要主人拿脸拿色，自己难堪了再走？

三日后。

卯时，一刻。

李白告别魏平，与魏万叙过，又与三子挥泪拥别，欲随汪伦回桃花潭。他心爱的白龙驹，还在桃花居哩。

太公心宅仁厚，所赠银钱甚丰，俩亲家翁一视同仁，各赠三十金。

连回的常规礼信，也是相同两等份，山货、肉干、饴饼、禽、蛋……应有尽有。

唯魏万偏心，私下藏了二十金，裹在岳丈剑囊中。裹金乃平阳所缝，制作得十分精巧，不易被人瞧破。

魏家庄前，青石官道边，大柳树下。

平阳身着盛装，穿戴如大婚之期，隆重而端庄。唯那双美丽的大眼，流露出些许无奈。今儿起得特早，不待阿爷起床，便早早领俩阿弟，默默相候于上客房前。

卯时，二刻。

众人至柳亭。

李白万分不舍，见平阳领着二弟，痛哭流涕于道左，数度上前相拥，千般苦楚齐涌心头。

柳亭前。

魏太公止了步，高高拱双手，与两亲家翁道别。再三再四言道，但得日后有空，多来魏家庄走走，以叙亲家翁情谊。

李、汪二人忙还礼，齐声答曰："多谢魏兄厚谊，好吃好喝几日，又得恁多钱财。"

魏太公大笑，呵呵应曰："亲家翁见外了不是？难得自家兄弟，何须分你我！"

二人复拱手，再次相谢于太公。深深唱个肥喏，一步三回头别去。

魏万着轻装，显得英姿蓬勃，肩扛裹金剑囊，执意要送岳丈。

李白不让送，伸手接过剑囊，沉重如铁杵，知郎婿另有所赠。本待不予接纳，又恐拂他心意，设若汪伦见了，也怪难为情。便装着不知情，将剑囊扛在肩上，向魏万微微点头，表示已经知晓"秘密"。

汪伦挑一对箩，不紧不慢往前走，望盘龙山而去。

李白扛着剑囊，一步一回头。身后，一湾清溪，静静东流。

大柳树下，平阳默默流着泪，领着两个弟弟，不停地挥着手。

颇黎年龄小，不停地哭喊："阿爷，阿爷，阿爷……阿爷不要我们了！"

稚嫩的哭喊声，山湾里久久回荡。

二

桃花潭，桃叶渡。

码头缆桩上，拴一条蚱蜢舟，上面堆满各色山货。

汪伦心眼实，犹觉情意不够，还在不停往上搬酒。一坛一坛的原浆头酒，是他拿得出手的最佳礼物。

李白牵着马，在舟子帮助下，拴在船的后舱枋上，又转身上岸，与汪老弟告别。

汪伦告诉他，此去歙州不远，若乘马原路返回，山路崎岖不易行，不如改乘木船顺流而下，一日可达州城，既快捷又方便。

李白走上前，紧紧握住汪伦双手，频频点头称善。

汪伦所言方便，实因礼信太多，仅原浆头酒就有六坛，乘马如何携带？便背着李白悄悄去邻村，找到渔人周伯铺，花钱雇条蚱蜢舟，专门来送大兄。

一船礼信，满满情义。

李白十分感动，未说道别，眼圈已红了起来。

汪伦眼圈也红，不忍李白离去。亲启一坛头酒，满满筛上两碗，递一碗给李白，自己擎一碗在手。

二人再三相拥，持碗对饮桃下，依依不忍惜别。

舟子很厚道，也不催促二人。见他们吃过送别酒，去缆桩上解了缆绳，挥篙撑船欲行。

李白饱含热泪，长身伫立船头。突闻潭岸上，汪伦手舞足蹈，翩翩踢踏而歌。歌曰："上耶。恨潭水悠悠扁舟发。离魂黯、隐隐阳关彻。更风愁雨细添凄切。痛结。叹大兄小弟轻离诀。一年价、把酒狂风月。便山遥水远分南北。书倩雁，梦借蝶。重相见、且把归期说。只愁到他日，彼此萍踪别。总难如、前会时节。"

李白闻歌，泣而哽咽。

李白恃才傲物，从不肯轻易赞人。此情此景，让他异常感动，忍不住泪奔，高声为汪伦而歌。歌曰："李白乘舟将欲行，忽闻岸上踏歌声。桃花潭水深千尺，不及汪伦送我情。"

岸上岸下，哭声一片。

蚱蜢舟启航，载着兄弟情深，缓缓向山外驶去。

行一日，船至歙州城，泊青溪南津。

李白打马城南，去车行雇一挂大车，又雇三五个脚力，将满船的货物卸下，一一装载车上。

李白抬头望了望天，眼见天色尚早，不愿路上耽搁，催促车把式挥鞭，往东鲁兖州驰去……

三月，初六日。

未时，三刻。

太白居外，一挂大车卷土飞尘，嘎然骤停门前。

李白乘大白驹，像得胜班师的将军，兜缰勒马车侧。

院内人声鼎沸，管家谢冕早已奔出，三五仆人紧随其后。

李白神采飞扬，方落马下鞍。

谢冕见到李白，一声爽朗欢呼："果然是阿郎。"扭头冲院子里，发一声大喊："快快有请阿娘，阿郎回来了。"

杏儿哪用人请？早来到大门外。小嘴儿含着笑，静静站在檐下，默默注视着李白。

神情欲语还羞，让人心生怜爱。

李白快步上前，顾不得一身风尘，也不管众多仆人，紧紧揽杏儿入怀。

杏儿小鸟依人，将一张俏脸儿，幸福地贴在李白胸前。

谢冕谨守职责，领着一众仆工，小心翼翼卸下礼物，又一一搬进院内，存放在储藏间码好。

屋檐下，暮燕成群，飞进飞出。

李白拥着玉儿，搂愈紧。杏儿倚着李白，偎愈贴。

二人无声无息，片刻不愿分开。

良久。

李白松了手，轻声嘱咐杏儿，让厨子们准备大餐，欲宴请一大家子人，好好生生庆贺一番！

车把式口渴，匆匆讨碗茶吃。饮毕，冲李白唱个喏，不顾主人家挽留，执意即刻回程。

李白生性仁义，本待留宿车把式，又想人家赶车营生，挣钱养家不易，只得依从了他。招手呼来谢冕，低声交代于他，多付了一半工钱。

车把式领了酬金，再三称谢而去。

戌时，一刻。

偌大的餐厅里，悬四盏桐油大灯，明晃晃如炬。

九尺大餐桌上，巨碗大碟硕盆，累累摞摞，计有大菜十六道，鸡鸭鹅三禽，猪牛羊三牲，河鲫塘鲤山珍，各色时令鲜蔬，烹蒸炒炸，焖炖煮烩，烧腊卤品，应有尽有。

一桌佳肴，尽皆李白所爱。

围桌八人。

男主子坐首席，女主子坐次席，管家坐右侧首，其余五护院，皆庄上得力好手，按照年龄长幼，依序一一坐定。

　　李白回到家里，心情放松到极致，亲取三坛原浆头酒，准备与众人吃个痛快。

　　杏儿知李白心意，并不予以阻拦。时时拈些好菜，放入他碗中。

　　谢冕为仆头，领着五位护院，轮番向主人敬酒。

　　每次敬酒，以三杯为准数。李白定的规矩，"三杯通大道"嘛。

　　杏儿浅酌两盏，已两颊生绯，红红如两朵桃花。便不让人敬她，自个儿吃些菜蔬。

　　李白很高兴，自是来者不拒，连饮了十五杯。一时吃得兴起，大呼换碗上来。

　　吃到第三坛时，五护院不胜酒力，偏偏倒倒各自离去。

　　唯有谢冕量豪，频频与之对饮，双双斗酒正酣。

　　二人颇有缘分，相识得那般巧妙……谢家坡，柳溪风月，哈哈！

　　李白喜欢他，不是谢冕能喝酒，而在于他早先的身世，谢庄大管家哩。便从不拿他当仆人，直视为大兄。

　　谢冕也不生分，既尊李白为主人，又把他当朋友。在李白面前，愣是放得开，没半点儿压力。

　　既有这番默契，两人心有灵犀，索性拿来两只乌钵，将剩下那坛头酒，爽快地一分为二，各执一钵长倾而尽。

　　李白吃得兴奋，有了六分酒意，执意再取酒来。

　　谢冕不允。

　　张视一眼女主人，又向阿郎努努嘴，示意哪能只顾自己，忘了久别的阿娘？

　　杏儿红着脸，见管家古怪，含羞离席入内室。

　　李白知胖兄心意，展颜呵呵一笑："大兄所言极是，改日再行饮过。"

　　二人醉醺醺，话又十分投机，再摆一阵近日见闻，便各自回房休息。

　　李白入内室。

　　室内，红烺烺一枝大烛，将四围照得通明，几疑为花烛洞房。

　　杏儿早已沐浴，换了睡衣倚在床头。

李白见床前地上，置一大木盆热水，盆里放根白汗帕，正蒸腾般冒着热气。

呵呵，杏儿心思，他哪会不晓？

笑吟吟解衣去裤，一屁股坐进盆中，将浑身上下，擦洗得干干净净。又赤条条爬上床，像只性急的泼猴，一把搂杏儿入怀。

正亲热间，杏儿猛一阵抽搐，下面随之一紧，嘴里痛苦叫道："大郎，好痛！"

李白被她一呼，以为用力过猛，动作顿时缓下来，爱怜地望着她。

烛光映照下，杏儿两眼紧闭，有泪从眼角溢出。

李白忙俯下头，咬着她的耳朵，柔声说道："怪我性急，弄痛了娘子。"

杏儿气喘不止，忍痛应曰："非大郎之过，实妾身心口剧痛，一时胸闷难忍，故而惊叫。"

李白一听，骇得不轻。翻身从她身上下来，抱着一阵轻揉，嘴里不停地问道："好些了吗？还疼得厉害吗？"

李白体贴如斯，杏儿幸福如蜜，便强忍住心痛，软软地笑而应曰："不碍事，被大郎一揉，妾身好了许多。"

李白不敢大意，仍然放心不下。他有许多杏林朋友，知道胸口剧痛，又或者胸口发闷，恐是消渴症之兆。如果症发突然，万万无药可治啊。

杏儿不知凶险，躺在李白怀里，慢慢恢复了平静。胸口也不再痛了，又露出杏花般美丽笑容。

李白这才放心，将杏儿搂入怀中，静静地入眠。

三

乡村四月无闲人，农活日渐繁忙。

山湾里，平坝上，乡邻忙忙碌碌，耘田耙地刨垄埂，车水捣浆育小秧。

唯太白居里，依旧一贯的悠闲。

太白居名头很响，确也是个好去处，每日里酒香肉香，在邻里乡党眼中，就是个神仙乐园。

二十来亩田地，雇四个精壮长年，也没见他们多辛劳，就打理得妥妥当当，何需主人烦劳半分？

　　房前屋后，又辟出一畦畦菜地，种些瓜果菜蔬，长势茂盛喜人。一蓬蓬黄瓜，一壤壤豇豆，一株株紫茄，一团团南瓜，早开满各色花儿，红的白的，黄的紫的……花花绿绿一大片。

　　昨晚下了一场雨，早晨起来的时候，尚有些许凉意，丝丝沁人心脾。

　　李白是个闲人，闲人多有逸兴，很喜欢这种薄凉。

　　寅时，一刻。

　　李白独自去后花园，将白色长袍脱下来，搭在一株老梅上，只着一身短打头，开始活动筋骨。先抡胳膊踢脚，嘿嘿嗨嗨一阵发声，吐出一夜的宿闷气。又习一套古法五禽戏，神情专注无杂念，动作一丝不苟。

　　五禽戏动作古怪，常人闻所未闻。考究戏法出处，实则大有来头。汉末，沛国谯人华佗，效山中虎、鹿、熊、猿、鸟而创，时而腾越，时而滚跌，时而纵飞……如虎之威猛、鹿之安舒、熊之沉稳、猿之灵巧、鸟之轻捷。习者"任力为之，以汗出为度，有汗以粉涂身，消谷食，益气力，除百病，能存行之者，必得延年"。

　　李白少入青城，无意中得而习之，几十年习练不辍，自觉身轻如燕。

　　寅时，三刻。

　　李白习完五禽戏，再舞一套岷山剑，飒爽犹似当年。身手矫健敏捷，看不出已逾不惑。

　　舞剑毕，浑身汗出。

　　李白放下剑，挪步到老梅旁，闭目静息站定。两脚尖内扣，两膝微微弯曲，间距宽与肩齐。少顷，仰天深吸一口气，又双肩头缓缓下沉，双手抱元于小腹，双眼虚闭，眼观鼻，鼻观心，意守丹田。轻缓呼吸，周天真气循环。初时，丹田气跳如潜鱼吐泡，继而发热，再发烫，气涌如沸……至此，神清气爽，身轻心明。

　　李白晨练毕，披上白色长袍，来到菜园溜达。

　　一畦畦菜蔬，碧绿如玉。埂壕里，犹有不少积水。

　　积水浑浊，东一洼西一洼，有无数的蜉蚂崽，拇指般大小，密密麻麻游水中。咯咯呱呱，叫个不停。

藤儿蔓儿上，犹挂着雨水珠儿，在青菜叶映衬下，莹莹闪着洁净的光。

一园菜景，无限惬意。

时，霞光蒸腾，旭日缓缓东升。远远近近，雄鸡声声啼鸣。

卯时，一刻。

突有鸽哨唳空，自西北方而来。

哨声"嘘嘘"，掠过山峦田野，由无限遥远的天际，渐渐飞临头顶。

一只"飞奴"，头圆睛宽腿壮，低空盘旋三匝后，径往太白居冲下。

李白手搭凉棚，喜滋滋望向天空。心里愉快地想，不知哪位好哥哥，又来相招吃酒了。

果然，那鸽落下不久，胖管家就到了菜园。拿一支寸长竹管，急吼吼呼唤道："阿郎在哪？阿郎在哪？有远方飞鸽传书。"

李白背负双手，站在瓜棚下。

谢冕见了，三步并着两步跑，很快到了跟前，双手将一只竹管呈上。

李白接过竹管，拧开取出一笺，乃丹丘生飞书相招。

笺上寥寥数语：五月初九日，某六十寿诞。嵩山紫云峰·元丹丘。

李白一愣，有些疑惑。

丹丘生退隐嵩山，李白早就知道了，唯感到奇怪的是，信上说的紫云峰，让人有些不明白。道友谁不知，丹丘生所置别业，在嵩山脚下颍水畔？

莫非……弃了颍水茅屋，搬到紫云峰了？

管它呢，大兄六十寿辰，且飞鸽传书相邀，为何不前去祝寿，讨他一杯寿酒喝！

李白拿定主意，与杏儿相商，准备前往嵩山祝寿。

杏儿听罢，心里十分理解，爱他有情有义，当下吩咐管家谢冕，多多准备寿礼，切莫失了李白面子。

古人崇尚自然，视"寿"为"五福"之首。龄逾五十岁后，每每满十大寿辰，家人必用心操办，以期老者颐养天年。

民谚云："五福临门，胜似仙人。"

何为五福？

《尚书·洪苑》载："五福，一曰寿，二曰福，三曰康宁，四曰攸好德，五曰考终命。"

"寿"为"五福"首，那是先人的人生观，人人希望得到长寿。

《诗经·豳风·七月》又载："九月肃霜，十月涤场。朋酒斯飨，曰杀羔羊。跻彼公堂，称彼兕觥，万寿无疆。"

《诗经·小雅·天保》再载："如月之恒，如日之升，如南山之寿，不骞不崩，如松柏之茂，无不尔或承。"

唐时，风俗宛然，接到寿函后，受邀者须准备寿礼，以表示对寿星的祝福。最常见的寿礼有：寿糕、寿烛、寿面、寿桃、寿词、寿幛、五瑞图、"寿"字吉祥物。也有洒脱的人，或送鸡鸭鱼肉，或送银钱相贺。

李白天性洒脱，想得也简单，带上两壶"寿"酒，封上十两"寿"银，既体面又携带方便。

李白这么想，也是心有所虑，此去嵩山路途遥远，恐面、糕生霉变坏，便不欲让仆人准备。

杏儿知书识礼，哪会依了他？嗔曰："大郎怎不晓事？此祝寿必备礼信，何敢省去不作?！"亲自去到磨坊，动手磨起麦来。

李白呵呵一笑，也不管娘子作甚，任她磨坊劳作。

杏儿耗时一夜，磨出一大盆面粉。先用大罗筛筛去麸皮，又用一把细罗筛，筛出精细的白粉，然后倒入乌钵，掺上适量的井水后，反复抓匀搅拌，称之为"和粉"。

待面和好后，还得"醒面"，须不停揉搓、碾压，直到面泥滑溜成团，可捏成各种形状不再变形时，劲道就达到了要求，面也揉得"熟"了。

再依寿礼标制，取分量不等的面泥，做成寿糕、寿桃、寿面，装入竹蒸格里，上蒸笼慢火蒸熟，出笼置放阴凉处。待其慢慢阴干，寿面就成了"长寿面"，即便炎炎夏日里，想要存个十天半月，也不会变质坏掉。

杏儿凭着一双巧手，做出了无数的寿面，精致而花样繁多。又用一把剪子，在大红的麻纸上，镂空剪出"寿"字和"福"字。再将这些"寿"和"福"，小心翼翼地裁剪下来，仔细地粘贴在扎包上，寓意老寿星长寿幸福。

女主人忙了两天，花花绿绿的寿面，就准备齐了。杏儿看看自己的杰作，得意地向李白撒娇。

李白满心欢喜，抱起杏儿甩在床上，小儿女般打滚一堆。

谢冕也没闲着，得女主人吩咐，几番去到城里，置办寿烛、寿幛、五瑞图等物。件件做得精心，不敢有半点马虎。

诸事准备妥当，只待择日上路，李白便会西去嵩山，为元丹丘祝寿了。

四

中岳嵩山，国中名头很响。但凡说到中岳，土著津津乐道者，莫过于少林寺。

嵩山有少室峰，少林寺因之名焉。少林寺颇多故事，坊间传说纷纭。

魏末孝昌间，有僧达摩自身毒来，"一苇渡江"后，泛游洛、嵩，后落锡少室峰面壁九年，影入石壁而成禅宗祖师，少林寺禅宗祖庭名分，由此而奠定。

隋末国初间，有十三棍僧者，救唐王李世民有功，少林寺成为皇家禅林。受太宗封赏，赐田千顷，水碾一具，册封少林僧为僧兵，少林寺由此名扬天下。

李白素慕仙道，既然已授道箓，对于禅宗的事，便不再感兴趣，也没有游少林寺的想法。在他的心目中，嵩山之所以崇高，实因元丹丘的缘故。

元丹丘游吴越，历三年后归嵩山，拆了颖水的茅屋，在紫云峰搭建山居，隐此间潜心修行。到过山居的人，莫不叹为观止，诚心佩服元丹丘，果然好眼光。

山居临峰而建，背倚擎天峰峦，前临万顷林海，北望大河滔滔，自天际奔腾而来……

李白来时，早有十余道友，先他到了山居。有相识的逸友，如大名鼎鼎的岑勋、胡紫阳、马正公，都一一在座。

哟，还有杜二。

杜甫也来了，见到李白后，便围着打转转，形影不离。

李白很高兴，这才是兄弟呢，臭味相投没得法！

更多不相识者，不管授未授箓，彼此间见了面，都相互行稽首礼。

元丹丘性闲适，闲云野鹤一般人物，哪想到要办甚寿宴？全因家人捣鼓，早早做了打算，欲大张旗鼓"做生"，令他一时手脚无措，也心烦得要死。特别定下规矩，所邀之人皆同道，由他亲自审定，所有的贺寿仪程，全部删减不用……设若不依他，必外出云游四方，撂下"摊子"不管。

家人拿他没法，只得依了他，内亲外戚不请，也无一邻居到场。寿宴却不含糊，依客十六人为限，精心烹制两桌酒席，花样繁多，丰盛而精美。

依常理推论，家中尊者"满十"，宴席需置于堂屋，方是"正堂正寿"。

元丹丘啥人物？偏偏不依那个教！嘱咐将两桌酒席，摆在堂屋前的露天院坝里。拿他的话说，临万壑大啖佳肴，驭长风痛饮琼浆。

家人拗不过他，又恐惹他发猫疯，只得将席桌摆在院坝里，敞敞亮亮过"大生"。

元丹丘大喜，这才作了寿星，乐呵呵穿上大红寿装，招呼众友入席，定要大碗吃个痛快。

为首一席，为寿宴主席。

主席正上方右位，是今日"寿头"，当然元丹丘坐了。

"寿头"左位，原为宴桌"次席"，今日却有个名堂，叫作"陪寿"。

看官或不明白，为何这个"次席"，又叫作了"陪寿"？想想不难理解，所谓"陪寿"，倒很像婚礼上的伴郎，需由来客之最年长者，方可坐得。

坐者既是"陪寿"，又是寿宴司仪，这么重要的位置，自然胡紫阳坐了。

呵呵，为何让胡紫阳坐，岑夫子就坐不得？胡紫阳是谁啊，元丹丘授箓之师哒，又最为年长，他当然坐得，岑夫子就坐不得。

李白曾官禁中，又是骚坛雄主，安排在"寿头"侧首位。此位原本为客首，今日却有个名堂，叫作"副陪寿"。

岑勋闲云野鹤，乃元丹丘莫逆，二人相交近四十年，便安去"陪寿"侧首位。此位也有个名堂，今日叫了"客头"。

真是奇哉怪也，考上古礼仪典籍，席位并无"客头"。盖因李白所坐之位，礼籍上记载为"客首"，岑勋今日所坐之位，只能叫个"客头"了。此民间的称呼，全为抬高客人身价，不值得大惊小怪哈。

马正公性诙谐，做事没个正经，虽与元丹丘同龄，又是胡紫阳毛根儿朋友，屈尊去李白下首坐了。他坐的那个位置，今日仍有个名堂，叫作"亚宾"。

岑夫子旁边，尚余一"末座"。杜甫文名日显，如旭日东升，正该他去坐。

列位看官，不要诧异，这里所谓的"末座"，并非整个宴席之末，实乃上席八座之"上八位"末座也。

君见否？弯酸文士总说："某不才，忝列末座。"表面上看似谦虚，骨子里却十分得意，忝列于上八位，哪能不嘚瑟呢？

重要席位安定，其余人等便好办了，只需依年龄长幼，依序入席则可。

众友刚坐定，元丹丘一挥手，早有四个健仆，各抱一壶披红的"伊川烧"，团团为众宾客筛上一碗。

不待司仪发言，元丹丘便高擎一碗，招呼众友开饮。

胡紫阳一见，慌忙制止道："且慢，还有话说"。

元丹丘眉头一皱，胡道师不让吃酒，要搞什么鬼？愠曰："早已有言在先，不搞那些假把式，为何不让吃酒？"

胡紫阳笑了笑，肃曰："假把式不搞，寿词总要说的！"

元丹丘撇撇嘴，不快地说道："吃酒就吃酒，谁要说寿词？"

"当然是我哟，还有副陪寿、客头、亚宾和末座了。"

胡紫阳回了话，端起自家酒碗，对众友高声说道："众逸友见证，人生只得一个六十大寿，是这等紧要事，寿词该说呢，还是不该说？"

一院宾客轰然，齐声大叫道："元君六十大寿，其他仪程可免，寿词当然该说！"

元丹丘眉头一皱，搞得烦了不是？胡紫阳虽为授箓恩师，却只大自己四岁，二人处亦师亦友间。见他婆婆妈妈话多，很有些不耐烦，嘴里嘀咕道："能不能快点，众友都等着吃酒呢！"

胡紫阳一听，知道他同意了，嘴里大叫一声好。高举手中酒碗，喜滋滋言道："我说一句祝词，众宾客切莫闲着，就敬元大郎一碗酒！"

平时当司仪惯了，胡紫阳口才又好，寿词张口就来："天增岁月人增寿，福满乾坤喜盈门。欢庆六十寿诞日，艳阳高照满堂春！"

"好，吃四碗！"

众宾齐大叫，纷纷持碗向前，恭祝元丹丘大寿无疆。

元丹丘也不推辞,笑呵呵连吃四碗。

岑夫子性急,不待胡紫阳指使,持碗献寿词曰:"福如东海,寿比南山!"

"好!好!又吃两碗!"

众友复大叫,一边向元丹丘敬酒,一边自己吃两碗。

马正公性率直,又岂是慢性之人?见岑夫子抢了头彩,哪里还忍得住?亦持满满一碗酒,对元丹丘祝曰:"日月同辉,春秋不老!"

"好!好!好!再吃两碗!"

众友已有些癫了,一边狂热敬酒,一边胡乱自饮。

杜甫性阴柔,不事张扬狂放。本待要说几句寿词,见众友已乱成一团,早没人注意自己了。落得自个儿清闲,便不去凑那个热闹,独自闷声吃着酒。

唯有"副陪寿"李白,不仅按捺不住寂寞,所献寿词尤与众不同,乃《题嵩山逸人元丹丘山居》。

祝曰:"家本紫云山,道风未沦落。沉怀丹丘志,冲赏归寂寞。朅来游闽荒,扪涉穷禹凿。夤缘泛潮海,偃蹇陟庐霍。凭雷蹑天窗,弄景憩霞阁。且欣登眺美,颇惬隐沦诺。三山旷幽期,四岳聊所托。故人契嵩颍,高义炳丹臒。灭迹遗纷嚣,终言本峰壑。自矜林湍好,不羡朝市乐。偶与真意并,顿觉世情薄。尔能折芳桂,吾亦采兰若。拙妻好乘鸾,娇女爱飞鹤。提携访神仙,从此炼金药。"

李白手捋长须,一路吟诵下来,抑扬顿挫间,好不逍遥洒脱。

众宾客听了祝词,直喜得手舞足蹈,却不知该如何表示。恁长的祝词,当吃几碗酒?纷纷大叫道:"大郎献得好祝词,却叫人如何敬酒?"

李白情绪高涨,近来喜事不断,家有贤妻把持,又得快婿魏万,更喜三子康宁,心情哪能不好?听得众人鼓噪,朗声曰:"这有何难?且看我的!"

众宾客停下杯筷,一齐望向李白,看他如何动作。

李白阔步离席,去到酒案边,提一壶"伊川烧",来到元丹丘面前,抱壶长揖道:"今日元君六十大寿,白感兄之大恩,特祝日月昌明,松鹤长春,寿比天齐!"

言毕,仰天长啸。

顷,启壶,长饮而尽!

众逸友一见，惊而骇而喜。俄而，掌声雷动！

元丹丘尤动情，上前挽了李白，又招胡紫阳、岑夫子、马正公过来，五人手挽手连成一圈，团团踢踏而歌。

歌声始而小，继而高，终为澎湃！

众宾客见了，皆纷纷离席，手挽手围成更大一圈，嘴里高声狂歌。手之舞之，足之蹈之。

歌曰："元丹丘，爱神仙，朝饮颍川之清流，暮还嵩岑之紫烟，三十六峰长周旋。长周旋，蹑星虹，身骑飞龙耳生风，横河跨海与天通，我知尔游心无穷。"

众道友所歌，不是新词儿，实乃李白早年游洛、嵩时，视元丹丘为不死神仙，专门为他所作之歌也。

今日适逢其会，唱来甚为贴切。

李白早已疯癫，睁一双迷离大眼，望远山近壑，莽莽苍苍，排浪般铺向天际；遥想大河从天而降，浩浩汤汤奔腾入海……忍不住诗潮狂涌，如黄河绝堤洪波，咆哮着滚天裹地而出：

"君不见，黄河之水天上来，奔流到海不复回。君不见，高堂明镜悲白发，朝如青丝暮成雪。人生得意须尽欢，莫使金樽空对月。天生我材必有用，千金散尽还复来。烹羊宰牛且为乐，会须一饮三百杯。岑夫子，丹丘生，将进酒，杯莫停。与君歌一曲，请君为我倾耳听。钟鼓馔玉不足贵，但愿长醉不复醒。古来圣贤皆寂寞，惟有饮者留其名。陈王昔时宴平乐，斗酒十千恣欢谑。主人何为言少钱，径须沽取对君酌。五花马，千金裘，呼儿将出换美酒，与尔同销万古愁。"

李白歌毕，一口气续不上来，轰然倒于地上！

众道友皆惊，惶惶大恐不安，纷纷上前探视。

唯有杜甫痴了，呆立一旁。两眼迷茫若癫，满脑子浑浑噩噩，耳畔反复响起李白所歌。

李白所吟诗作，气势惊涛拍岸，磅礴不可名状。天生一股浩然之气，一股荡涤天地的五行刚气。

其气奇，奇在超凡的创造力，奇在丰富的想象力。李白之气奇，世无第二者，无人可及，无人能学。

其气逸，逸在李白热爱自由，诗风飘逸不群，行动放荡不羁，思想纵横天地。源于自由，渴望自由，追求自由，使李白诗作气象万千，变幻莫测，常常出人意表。

其气壮，壮在李白极度自信，波澜壮阔的自信，源于帝国傲视天下的强大，源于国民昂扬向上的高贵……咆哮愤怒、一泻千里的江河，奇险挺拔、高耸入云的峰峦，长风万里、云舒云卷的天际，正是这种"壮"的自信表现。

杜甫天纵奇才，与李白双峰雄峙，屹立于大唐诗坛。他心里明白，适才一曲《将进酒》，已耗尽李白之"气"，以致力脱而"假寐"。

众宾惊恐，杜甫独醒。李白喷薄而出的《将进酒》，势必成千古绝唱，万世流芳！

第二十二章
李太白情殇贤妻　崔甫成智赚大郎

一

兖州，城南。

太白居内，遍布白幡黑仗。吹鼓手所奏哀乐声，彻夜哽泣。

前来吊丧的人，络绎不绝。

三日后。

后山二台土上，垒起一座新坟。

坟堆圆圆，像个巨大的土馒头，寂寞卧在林间凹处。

坟头尖尖，上插一根三尺竹竿，挂一串纸剪白幡。

白幡无声无息，一绺连着一绺，如布满白蝴蝶的花串，清清冷冷地悬垂着。

大坟包前，青石砌一矩形祭台，上面摆着一碟供果，两束新鲜野花，三瓦钵三牲"刀头"。

石祭台下端，搁一个三足香炉。里面散乱着无数香、烛的残签，还有尚未燃尽的纸钱。这些残签和纸钱，闪着点点火星，冒出缕缕青烟，被风轻轻一吹，蝴蝶般飘飞空中。

坟茔前端底部，石块嵌成的龛窟里，燃一盏"长明灯"。灯盏里注满清油，燃烧出浓烈的油腻味，让人嗅着"死"的气息，恶心到反胃欲吐。

天空一直阴着，晦暗如暮色。淅淅沥沥的雨，延绵不断地下着。如哽如咽，如哭如泣。

那雨不急不缓，似罗筛筛下的面粉，天和地之间，一片迷迷茫茫。

李白坐在坟前，雕塑般一动不动，任无声无息的雨水，湿透一身白袍。

李白没有哭泣，也没有哽咽，唯有一双空洞的眼，无神，忧伤，迷茫，无奈而又无助。

一天一夜里，他没有离开过，也没有合过眼。就这样静静地坐着，用心"聆听"杏儿的"呼吸"。每隔一个时辰，他就用洁净如玉的手，艰难抓起一把新土，咬牙切齿砸在坟堆上。

葱管般的十指，血淋淋滴着血。指甲盖早已磨秃，裸露出森森白骨。

李白万般无奈，也不知该如何宣泄，只有这样作贱自己，心里才好受一些。每每抓一把土，狠狠砸向坟堆时，他的心里便似刀割，痛不欲生。

杏儿哟，杏儿，何故太过狠心？你这么一走，谁来知冷知暖，谁来讨李白欢乐，谁来照料日常起居？！

西去嵩山，为元丹丘祝寿，你不好端端相送吗？还偷偷香过嘴呢，怎么说没就没了？

李白懊恼不已，悔青了肠肠肚肚。只顾自个儿四处撒欢，要是留在家里多好？或许救治及时，就不会出此意外！

那日吃酒紫云峰，真是放开了胆子，大醉后不省人事。

翌日醒来，自己倒没啥，只不过头昏目眩、四肢酸软罢了。偏偏传来晴天霹雳，家中杏儿突发急症，已不治身亡！

李白闻讯，肝胆俱裂，仿佛塌了天，陷了地，两眼直冒金星。不顾醉后孱弱，也不管众友相劝，飞马奔回鲁东。

一路上，马不停蹄，人不离鞍。狂奔三个昼夜，李白几近虚脱。当跌倒灵前时，早已口不能言，双眼翻白，不省人事了。

谢冕阅历丰富，知李白急火攻心，又疲于长途奔驰，铁打的身板，也累得垮了！

大管家忙嘱咐众仆，将主人放到凉榻上，置于通风处。先用凉水帕敷头，复用手掐人中，再灌一碗姜饴开水。好一阵手忙脚乱，李白悠悠醒过来，放声一阵大哭。

见主人大恸，谢冕忙上前请安，说些节哀顺变的话。

李白不理他，越发哭得狠了。

谢冕无奈，陪着跪灵前，悲痛欲绝地细说缘由。

自打主子离家后，女主人时时唠叨，李白几日几时回来。有事无事去院外，立青石官道旁，望车水马龙发呆。

第四日，未时。

女主人午休后，突感胸闷不适。继而又感胸口痛，似闪电一般，放射到了背部，牵扯背心剧烈疼痛。未待郎中到家，已鼻歪口斜不能言，似呼吸不畅而窒息。

李白闻言，痛彻心脾。

春上自魏庄归，夜里与杏儿欢喜，她不是胸口痛吗？好糊涂的阿郎哥哟，未曾想小小巧巧的娘子，竟然真是得了消渴症！

李白两眼空洞，心死如枯槁。

乖巧懂事的杏儿，没了；梦里小巧倩兮的"柳丝儿"，也没了！自己活着还有啥意思呢？倒不如随之同穴，岂不更好吗？

太白居里，乱成了一锅粥，人人都指望男主人拿主意。

李白强忍着悲伤，反复叮嘱胖管家，必须依蜀地风俗，操持办理杏儿的丧事。

谢冕领了主人旨意，悉心张罗起来。先派人去东溪村，请来掌墨师卢伦，连夜赶制楠木棺椁，盛装将女主人敛了。又派人砍些竹木，搭建一座灵堂，将棺木置放其间。再派人去州城司天馆，花重金疏通关节，请来两位堪舆术士，"撵地相穴"选择墓地。

李白乃道中人，言于二术士说，所撵择的墓穴，宜近不宜远。

二术士国家公干，牛皮烘烘了不得。然素知李白能耐，不敢糊弄骗人钱财，尤不敢违了他意愿，只得尽心尽力撵地。最终撵至宅后山上，定二台土一凹处。

墓地撵定后，谢冕复遣一健仆，专程去到崂山，请来道长玄机子，为女主人做法事。

玄机子仙风道骨，穿戴一丝不苟，青衣青裤青布鞋，领着六个小道童，来到太白居做道场。

道长果有仙术，来到棺木前，摆下师刀令牌，口含一支野雉翎子，手执长柄松木宝剑，一通疾速比画后，灵堂四围悬挂的黑纱帐幔，竟然无风自动，掀起一道拱形门来。

随从六个小道，手里各执法器，自拱门鱼贯而入，列坐在棺木两旁。

玄机子手挥宝剑，把一雄鸡头斩下，将鲜红的鸡血，绕棺木淋一圈。复将所衔野雉翎，从口中取下来，择翎上细绒毛若干，粘在棺木翘头上。

诸般前奏工序，作得小心翼翼，业内有个名堂，叫作"退煞"。鸡血画地为牢，凶神恶煞便出不了"牢笼"，又取雉绒毛粘"翘头"上，旨在糊住"鬼"眼，让它看不清道路，便不会出来害人，更不会"尸变"骇人了。

诸事准备妥当，玄机子手执宝剑，左三圈右三圈，绕棺木作起法来。一边挥剑疾速行走，一边念念有词："天灵灵，地灵灵，鸿钧老祖快显灵！"

六位青衣道童，随着师尊的口令，雨点般敲打钹儿、磬儿、鼓儿。

刹那间，灵堂内法器齐鸣，经声朗朗不绝。百十个挽郎挽娘，齐声大唱孝歌，声嘶力竭地哀鸣。

玄机子遵主人意，做道场七七四十九天，葬于庄后阴坡处。

李白流干了泪水，自棺木入土后，不论阴晴寒暑，皆卧墓前。嘴里反复吟诵"两岸晓烟杨柳绿，一园春雨杏花红。"

相伴年余，李白常用二赤手，为坟茔培新土，神情专注而仔细。

突一日，坟四周，长出大片杏林，计有百十株。

春上，花开时节，杏林灿烂若霞。

村人过墓前，必见一疯汉，不论天晴下雨，皆卧杏林间。

邻人深为感动，呼为"花痴"。

又三年，杏儿坟墓前，突不见了李白身影。唯墓旁岩壁上，新书数十行诗句。

右石壁上，诗云："三百六十日，日日醉如泥。虽为李白妇，何异太常妻。"

左石壁上，诗云："鲁缟如玉霜，笔题月氏书。寄书白鹦鹉，西海慰离居。"

行数虽不多,字字有委曲。天末如见之,开缄泪相续。泪尽恨转深,千里同此心。相思千万里,一书值千金。"

谢冕着了慌,李白去了哪里?偌大一座太白居,没了女主人,已无往日和美,今又走了男主人,越发乱成一团。

胖管家没得法,便自己作了主,派出所有男仆,四下打探主人下落。

然百般找寻,终不知李白行踪。

二

兖州,中都邑。

邑城南津,乃南北漕运分水岭。壮阔无比的码头上,泊着一艘大船。

大船高桅杆上,飘一面丈二杏黄旗。

杏黄旗中央,红布条绣一大圈。圈径四尺三寸,内绣一个"漕"字。"漕"字黄底黑体,约三尺见方,四周又饰以龙神图案。

偌大一面船旗,呼啦啦五彩斑斓,显示出帝国的神圣威严。那是朝廷"舟楫署"的官船,长年往返京洛、吴越间。

漕船雄阔无朋,通高四丈八尺,长十二丈,宽八丈六尺,分为上中下三层。

底层为货舱,规模倍于二三层,主装稻麦二粮和花盐,载重达二百五十石。

二三层为客舱,各设座位六十个,卧榻十铺,供行商客旅之用。

卯时。

一漕卒手持铜锣,立于码头上,敲一声锣响,示意检票开始。

码头通道打开,漕卒开始验票。等候多时的旅人,听到验票锣响,各自持票过检票口,背包驮袋陆续登船。

卯时,二刻。

持锣漕卒,又敲二声锣,大声告知商贾客旅,购有船票尚未上船者,抓紧时间检票上船。

检验船票完毕,漕卒闭了通道,不再让人进入码头。

卯时,三刻。

漕卒长敲三声锣，这是启航锣声。漕船启动，掉正航向，缓缓向南驶去。

一河顺水，两岸青山。

船行运河间，岸柳丝丝闲垂，荡起无限凉意。河风徐来，水波闲荡，一圈一圈浪向远方。清清爽爽一河惬意，让原本嘈杂的船舱，慢慢安静下来。

三层客舱里，临窗头等座上，李白闭眼沉思。

李白心里苦甚，情绪低落到极致。他没有丝毫闲情，浏览运河的景致。也无任何心情，与同船共渡者唠嗑，甚至连点头的礼貌，也不愿多做一下。

每当有风入舱，李白的一双手，总会按一按胸襟，自觉不自觉摸摸，怀里的东西还在无？

邻座乃少年，一袭白衣飘飘。神情俊朗，笑容奕奕。

少年见他落寞，哪敢轻易招惹？兀自闭了眼睛，假装着休眠。

李白怀中，二物件至关重要。一缕杏儿青丝，一封元丹丘书函。

杏儿那缕青丝，是他特意剪下来，要带到扬州谢家庄，让她入故土为安。元丹丘书函，则是前日收到。言他又到了吴中，知李白心情不佳，特邀去会稽一晤。

李白本要去扬州，让杏儿魂归故土。接元丹丘书函后，连胖管家也未告知，庚即从兖州出发，跑到中都邑南津码头，搭上了南行的漕船。

傍晚，酉时。

船至扬州城，缓缓驶进广陵渡，泊下关码头一号位。

扬州天下名郡，旅客自然不少，陆陆续续卜了船，连邻座的那位少年，也不知啥时离去了。

李白未下船，找到船上漕卒，请求补票去姑苏。

漕卒告诉他，座票已经售罄，唯余一张卧榻票了。

李白毫不犹豫，立即拿出银子，改签了"卧铺票"。

这就怪了，此次南行吴中，不是专程到谢庄吗？

李白心苦至极，恐自己一人到谢庄，触景生情失去理智，无端生出是非来，哪该如何收场？不如先去会稽，与元丹丘相晤为宜。故而临时动议，向漕卒提出要求，改签卧铺去姑苏，假道直接去会稽。

李白领了新票，拿上房间的钥匙，去到后舱雅室就寝。

进入房间后，摸黑点上油灯。不明不暗的灯光，将他长长的身影，无限夸张地投射到舱壁上，魑魅一般晃荡。

李白没有食欲，也没有酒意。偏偏解开随身行囊，拿出一壶剑南春来，启封先筛上大半碗，又去怀里取出青丝，泪流满面数度亲吻，难舍难分似永别。

复又拿出两张素笺，笺厚而粗糙，为常见的竹麻纸，极具柔韧性和张力。一张铺几上，作为底纸。另一张搓成条，拿去灯上引燃，与青丝一同烧了，细细燃成灰烬。纸灰和着发丝灰，点点落在底纸上，轻飘飘一堆灰白。

李白神态安详，动作小心翼翼，将底纸四角收拢，拿到酒碗上打开，将灰烬一一抖入碗中。再拿一双新竹箸，将碗里的灰烬搅匀，使之完全溶于酒中。

李白这才号啕，呜呜咽咽有声，双手捧着酒碗，单膝跪下。哽咽着轻唤杏儿，泣声曰："杏儿，不忙；杏儿，莫慌。大郎再陪陪你，就送你归故乡。"

言毕，以头抢地，鲜血破额而出。

"恕大郎不才，未能护柩回桑梓。唯愿化作连理枝，与尔同穴共眠。"

李白泪血满面，举碗一倾而尽，将杏儿永留心间！

三

会稽山，兰亭。

兰亭原本平常，就一六角木亭耳。较之越中诸多亭台楼阁，并无任何特别处。

东晋永和年间，王逸少莅越中，就职会稽内史，领右将军衔。公务繁忙之余，常与好友谢安、孙绰酒聚，纵论天下大事，笑谈人间风月。

永和九年，春三月三。文友四十一人雅聚，汇于兰亭修禊。修禊事毕，众人饮酒赋诗成集。右军即兴挥毫作序，书成传世神品《兰亭集序》。

亭因右军书而显达，一时声名鹊起，成为越中一大名胜处。

元丹丘为逸人，是授箓道士，天性却喜文雅事。知李白心里苦闷，专于山阴兰亭设宴，相招密友与之聚，欲畅李白郁闷胸怀。

李白知好友情义，心里大为感动，直接到了会稽。偏又未至兰亭，而是先去了剡溪箬婆桥,凭吊已逝的贺宾客,感怀他的知遇之恩。

八月初八,是日白露。

卯时。

李白立贺知章墓前,怀戚斯人已逝,心里涌起无限感慨。眼前景物萧条,让人唏嘘不已。

一抔冷清清黄土,几缕蔫搭搭枯草。野狐眠冢上,山枭鸣坟头,白蚁游穴中……以四明狂客之雄才,太子宾客之荣尊,逝后才得一堆黄土,世间芸芸众生,岂不为苟且偷生辈乎?

李白愁绪万千,怆然而涕下。忆起贺大兄,想到儿时柳丝儿、广陵杏儿、白兆山玉儿,还有毛根儿吴指南……一时怀戚甚,悲悯甚,忧郁甚。

李白心中伤感,独自流一会儿泪,默默去坟前,上了三香三蜡,又烧一盒纸钱,再敬上一碗薄酒。

一边默哀作揖,一边喃喃而歌。歌曰:"四明有狂客,风流贺季真。长安一相见,呼我谪仙人。昔好杯中物,翻为松下尘。金龟换酒处,却忆泪沾巾。"

续歌曰:"狂客归四明,山阴道士迎。敕赐镜湖水,为君台沼荣。人亡余故宅,空有荷花生。念此杳如梦,凄然伤我情。"

再歌曰:"欲向江东去,定将谁举杯。稽山无贺老,却棹酒船回。"

李白歌毕,又默哀一会儿,才心欠欠转身离去。径直来到剡溪畔,寻一小舟登上,加倍给了舟子资费,嘱尽快驶往兰亭。

午时,一刻。

阳光洒进兰亭,一桌热乎乎的酒席,正袅袅冒着香气。

亭内坐四人,主席为元丹丘,客首为李白。另位两客位上,坐着孔巢父和崔成甫。

孔巢父乃世家子,为孔夫子三十六世孙,曾隐于东鲁徂徕山,与李白、韩准、张叔明、陶沔、裴政并称"竹溪六逸"。

崔成甫素有才名,曾官职校书郎,再尉关辅。为侍御时,受权贵排斥,贬湘阴。著有《泽畔吟》,李白为之序。

李白初为翰林,即遭杨国忠、高力士打压,被皇帝"赐金放还"。崔成甫感同身受,有赠诗云:"我是潇湘放逐臣,君辞明主汉江滨。天外常求太白老,

347

金陵捉得酒仙人。"

二人皆李白挚友，彼此间情深谊厚，多有酬诗相赠。

名于天下者，如《送韩准、裴政、孔巢父还山》云："猎客张兔罝，不能挂龙虎。所以青云人，高歌在岩户。韩生信英彦，裴子含清真。孔侯复秀出，俱与云霞亲。峻节凌远松，同衾卧盘石。……雪崖滑去马，萝径迷归人。相思若烟草，历乱无冬春。"

又或《寄崔侍御》，诗云："宛溪霜夜听猿愁，去国长为不系舟。独怜一雁飞南海，却羡双溪解北流。高人屡解陈藩榻，过客难登谢朓楼。此处别离同落叶，朝朝分散敬亭秋。"

元丹丘熟知李白，又晓三人情深，特意飞鸽相招，设宴于山阴兰亭，欲解李白心中愁结。

孔巢父德才兼备，被举荐长安为官，时身居京师。崔成甫辞官后，远走北镇幽、燕间，传为河东节度使王忠嗣掌书记。

若非至交之友，二人怎肯千里入越？

席间，气氛甚沉，少有久别的欢愉。

李白暗自神伤，一脸愁苦不畅。任三友百般劝慰，始终无一点欢颜，也提不起半分精神。

元丹丘身为主人，心里哪能不急？又是好言好语相劝，又是好酒好肉请吃，嘻嘻哈哈说笑，故意热闹气氛。

李白毫无兴致，始终停杯不举。

崔成甫唏嘘不已，数度欲与之饮，见李白皆摇头推杯，只得停杯作罢。

二人曾官京师，命运大抵相似，故崔氏深知李白心景，在这个节骨眼上，李白需要的不是酒，也不是好言相劝，而是默默无语的相随相伴。

崔成甫推了杯，当下站起身来，拱手与元丹丘、孔巢父相别，带着李白下山，一同前往金陵游玩。

谁也没有注意，在他们身后林间，有两个着白衣的少年，不远不近地跟着。

四

金陵城南，有一条曲曲扭扭的小巷，上了年纪的老人，依稀记得叫乌衣巷。

乌衣巷尽头，是柳叶渡口。

"秦淮河，柳叶渡。十里游人醉，十里烟花路。"

柳叶渡头，耸立一棵黄葛树。远远望去，树冠浓荫似盖，掩映一座古宅第。

大宅子斑斑驳驳，早已不知先前的模样了，也不知啥年代所建。

巷里最年长者，是八旬的魏婆婆。

魏婆婆嗜辛香，经营烧腊为业。所开"魏记烧腊店"，毗邻着桃叶渡头。

听魏婆婆说，大宅子阴气很重，至少二十年无人住了。

平时里，偌大一座老宅子，只有一个看门的老头，又聋又哑又驼，孤独地住在里面。

乌衣巷阴森，幽长而落寞。

夏日里，不论日头有多毒，小巷地面青石板的夹缝里，苔藓总是湿漉漉地鲜活。连巷子两边砖壁底部，都长满一尺来长的野草，偶尔还能见到一两只野兔，风一般奔突其间。

秦淮河的风，总会从巷口吹来，摇曳一巷荒凉和神秘。

小巷里的人家，大都世居于此，各自有一间店铺，小本营生着杂货，彼此间十分熟悉。

然而邻人却很奇怪，谁也说不清楚，大宅看门的驼背老头，是什么时间、从什么地方迁来。

魏婆婆耳背，倒难得好记性。呵呵笑言于人，前年鬼节夜里，怪老头来的大宅，莫名其妙就住了进去。

一巷百十人家，平时难免碰面，彼此打个招呼，再正常不过了。可是大宅子那怪老头，很难得见上一面，只有每年开春时，设若天气晴好，他才会搬个凳儿，坐在大宅门阶沿上，没忧没事地晒太阳。

今年春上，吴中闹春荒，拥到城里的灾民，多如过江之鲫。个别胆大的灾民，见偌大一座空宅，就一孤老头住着，便拖儿带女住了进来。

聋哑人不闻不问，见灾民面黄肌瘦，任由他们栖身。

过了清明节，小巷里的人们，突然发现了异样，隔三岔五间，有不少外乡少年，身着雪白衣衫，到乌衣巷东瞧西望。

每当这个时候，大宅子的聋哑老头，准会早早关了宅门，任谁叫唤也不肯开。

魏婆婆记性好，眼睛也尖得很，把一切都看到了。她不仅做烧腊，也兼做驴肉大烧饼，守了四十年的烧饼摊，啥怪事没见过？

外乡仔行为古怪，既不购买货物，也不入店住宿，只是甩手甩脚闲逛，四处溜达张望。心里隐约有了担心，乌衣巷要出怪事儿了！

天宝六年，中秋节。

李白跟着崔成甫，来到金陵城时，去到"魏记烧腊店"，买驴肉烧饼充饥。

魏婆婆人老话多，唠叨了近日所见，也讲了聋哑人的故事。

崔成甫听了，笑她年纪大了，喜欢疑神疑鬼。多给她一串铜钱，叫安心自个的小本生意，莫要无事想些怪事，自己吓自己。

李白心情不好，听她言语古里古怪，只当老糊涂了，不就一守门老人嘛，有啥好说的呢？

今儿是李白生日，一门心思想些故旧事，丝毫没有注意到，魏婆婆一双眼睛，贼亮得有些骇人，一直盯着崔成甫看。

崔成甫更加粗心，竟丝毫未觉察到。与李白走得饿了，各自吃掉三个烧饼，就去到乌衣巷里，下榻"十里杏花"客栈。

"十里杏花"？

名儿真好听，让李白想到杏儿。

崔成甫是谁？李白的知己，当然带他来"十里杏花"了，说他有意为之也行，说他工于心计也可。

"十里杏花"东邻王、谢两家豪宅，西距大宅子十丈。登上客栈二楼的雅室，聋哑老头住的老屋一览无余。

李白出走匆忙，所带银钱早已告罄，一应旅途花销，全仗崔成甫开支。

崔成甫厚道，视李白为患难知己，事事肯为他着想。连写的两个客房，也是一个雅室，一个普通单间。雅室自然给了李白，自己则住那个普通间。

想着今儿中秋，天下人都在团聚，又是李白"母难之期"，崔成甫不敢吝啬，请李白去"秦淮人家"，吃金陵名肴盐水鸭。

秦淮风月的好，时人多有赞誉。

"烟笼寒水月笼沙，夜泊秦淮近酒家。商女不知亡国恨，隔江犹唱后庭花。"

秦淮河的香艳，让李白心情稍宽，暂时忘却了心头苦楚。

崔成甫瞧在眼里，喜在心头。特意要了两壶"金陵春"，斩一只盐水鸭，切两斤卤猪头肉，外搭十个驴肉馒头。

李白心里一热，感好友良苦用心，脸上总算有了欢颜，吃喝得也较为畅快。

戌时，吃喝毕。

崔成甫会了账，二人出得店来，一巷月色甚明。明晃晃月光里，崔成甫搀扶着李白，踉踉跄跄回到客栈，各自回房休息。

子夜时分。

李白酣睡醒来，一时口渴难忍。起身来到案前，想找只碗舀水喝。

突闻窗下小巷里，有人大声喧哗，声音急促如遇火灾。

李白大异，如此夜深人静，何人高声喧嚣？启窗往外一望，明晃晃月光下，大宅子后花园里，一黑衣蒙面汉子，领着四个白衣少年，将聋哑人团团围住。

黑衣汉持长剑，沉声曰："安大帅念尔一身异能，特遣某千里入吴，恭迎牛副使返燕！"

聋哑人突悲怆，高声言曰："安禄山悖逆无道，致使我大唐江山风雨飘摇，牛元广深受皇恩，岂能助纣为逆！"

聋哑人？

哪里是聋哑人！

声音低沉而锐，相距百丈开外，犹震得双耳嗡嗡作响！

李白听得真切，心中骇异甚！

牛元广？

范阳节镇副使牛元广！

真是怪事儿，安禄山那厮，不是早报朝廷，牛副使叛逃契丹了吗？

351

怎会藏在这里！

黑衣汉并不惊讶，和颜悦色道："牛副使人间豪杰，当知安大帅兵多将广，早晚得了李唐天下！岂不闻识时务者为俊杰吗？"

牛元广听罢，哈哈大笑。戟指而言："没想到啊没想到，当初崔侍御一身傲骨，今日却成了胡儿走狗！"

黑衣人一愣，索性扯下遮脸黑巾，拱手言曰："既被汝识破，何须遮遮藏藏？但愿牛副使听某一言，随某一同回燕地，共助安大师成就千秋伟业！"

牛元广怒甚，恨声大叫道："果然是你这厮，快闭了那鸟嘴，切莫污了某的一双耳朵！牛元广身为朝廷命官，岂如鼠辈再事二主？！"

李白看得明白，哪里敢相信半分？黑衣人竟是崔成甫！

设身处地一想，却又甚合事理。既然朝廷容他不下，另攀高枝投了安禄山，倒也说得过去。

崔成甫摆明了身份，相劝于牛元广。那么阵中四个少年，定是"曳落河"无疑了。

李白突然忆起，前日漕船上，邻座之白衣少年，神出鬼没突失踪影，设若不是"曳落河"，谁会哪般神神秘秘？

牛元广傲然而立，崔成甫躬身相劝。

李白大眼锐利，阵中四白衣少年，个个看得仔细。居首者，赫然就是漕船邻座，其余三个白衣人，乃兖州道旁酒家所遇少年。

牛元广性烈，骂得甚是难听，拒意尤坚决。

崔成甫本性傲，因不满奸佞当道，才投了安禄山。被牛元广百般辱骂，一时听得火起，知其不可能劝回，便闭嘴不再言语。嘴里轻哼一声，示意众"曳落河"动手，千万不可放走了他！

明亮亮月光下，牛元广身似苍鹰，突跃起丈余，疾速扑向五人。

肉掌翻飞间，砰砰搏击有声。

牛元广飘然落地，负手稳稳傲立。

顷，四少年扑地，七窍流血而亡。

俄而，牛元广也扑地，身中五剑，剑剑穿透背心。

崔成甫得了手，仰天一声长啸，飞身向客栈掠来。

李白大惊，崔成甫千里入越，莫非来赚自己？

李白这么一想，此处不宜久留，决定躲为上策，正待悄悄退回房间，想拿走自己的包裹，再往魏家庄亲家翁处避祸。哪知身子刚动，头上即猛遭棍击，顿时眼冒金星，仆身向前便倒。

月光下，魏婆婆站在身后，满脸慈祥地笑着，笑吟吟伸手将他扶住。

崔成甫掠至，见李白已昏厥，与魏婆婆相视一笑。两个人一起动手，将李白抬下楼去。

楼下，停着一挂大车，黑布覆盖顶棚。

二人齐心协力，又十分小心翼翼，将李白横放在车上。李白悄无声息，仰躺在车厢里，看来一时半会不会醒。

崔成甫驾车，魏婆婆坐辕上，匆匆向城外驶去。

第二十三章
大郎醉书梁园吟　宗氏千金买诗壁

一

幽州，节度使牙门。

牙门外，偌大一个广场，计有百五十亩之阔。

广场西北角上，青石砌一旗台，台基高三尺，周遭一丈二尺。

旗台上，矗一枝六丈高杆，杆顶上悬着杏黄牙旗，牙旗建制八尺六寸，威风凛凛地飘扬着。

牙旗者，镇兵军旗也，有别于地方州兵的四方旗。镇兵驻防边陲藩镇，负责帝国的边境安危，归节度使节制，正规的名儿叫着牙军。牙军军旗呼为牙旗，尤显得凶猛，边上饰以红色锯齿状布条，源于猛兽利牙图案，是古人彰显荣耀和威猛的象征。

唐沿隋制，节度使受命时，天子赐双旌双节，授以军事专杀特权。"行则建节，府树六纛"，威仪极盛。

安禄山时镇幽州，兼制平卢、范阳、河东三镇，拥雄兵达二十万，几近帝国镇兵的一半。时人谓之"长安天子，幽州牙军"。

广场东西南北中，依七星北斗之阵，布列着七座大军帐。大军帐各占地亩许，皇皇如天子大驾行宫。中间一座尤为阔大，比其他军帐大了一倍，那是牙帅安禄山的中军帐。

在京中人氏眼里，安禄山是个怪物，放着好好的牙署不住，偏偏心血来潮，非要在牙门外广场上，一溜烟列置七座军帐，不论寒暑雨晴，都吃住在军帐里。

胡儿精明着哩，七座大军帐里，住着他的心腹爪牙，有牙队两千劲卒，日夜巡逻警卫。每日卯时，像禁中早朝一样，安禄山坐在中军大帐里，接受爪牙们的牙参，长此以往，自生"帝威"。

李白天生机警，哪能不知缘由？安禄山此番举动，旨在长期保持警惕，可随时闻风而动。

李白机警归机警，却容易轻信人，偏偏忽略了魏婆婆。老妖婆般的魏氏，出其不意一记闷棍，就把他"请"到了幽州牙门，成了安禄山的阶下囚。

十月，初八日。

寅时，三刻。

李白衣履不整，由崔成甫带着，前往中军大帐行参。

谁知到了帐前，却被牙队拦下，只让崔成甫入帐，李白留在帐外候着。

卯时，正。

安禄山腆着肚，扭着肥硕的身躯，肉山般"塌"在虎皮交椅上，依例接受众牙将牙参。

李白站在帐外，正置大帐门帘处，眼角余光一扫，帐内情形一览无余。

崔成甫在列，自是不必说了。魏婆婆拄着拐杖，也赫然在列，倒有些让人惊讶。

李白满脸疑惑，老妖婆何许人？怎也入帐牙参！

卯时，一刻。

众爪牙依朝礼，一一牙参毕。汇报简明扼要，不似禁中早朝拉杂。多镇兵日常训练事，也有军需筹划事，又或契丹、奚族情报互通事。

李白尖起双耳，听得甚是真切，众爪牙虽未明言，仅从所参事宜分析，胡儿悖逆叛唐，已经迫在眉睫了！

魏婆婆瘪着嘴，拄一榆木拐杖，颤巍巍上前参拜。

"禀告安大帅，妾家谨遵钧旨，已将魏婆婆烧腊分店，开遍了国中十五道，'察事厅子'已逾万人。"

安禄山闻言，大加赞许，咧嘴誉曰："但得他日功成，魏大娘可为'察事长'！"

魏婆婆一听，满脸欢喜之色，笑眯眯持杖退下。

李白骇一跳，老妖婆年逾八旬，竟是胡儿的心腹，负责组建伪"察事"！唉，自己着她的道儿，就一点也不奇怪了。

俄而，崔成甫亦上前，躬身参曰："禀告安节镇大帅，某敬遵钧旨，亲率'曳落河'众儿郎，遍寻国中各州县，访得贤能异士百人。尤可喜可贺者，大帅心仪的李翰林，也已请到了幽州！"

李白再骇一跳，好你个崔成甫，俺还把你当知己呢！你辞了帝国官职，尚且情有可原，哪知狗东西不学好，竟成了胡儿"曳落河"头子?!

安禄山闻言，却是一脸惊喜，伸长脖子问道："莫非青莲李白？书蛮书吓番使的李大学士吗？"

崔成甫面有得色，抬起头来应答道："正是李翰林，李大学士！"

胡儿一代枭雄，早有野心图谋天下。心想李白捉弄番使，如戏黄口小儿，不仅文采飞扬，武技尤深不可测。似这等了得的英雄人物，据为己有则罢，设若不为所用，必除之以绝后患！

安禄山善诈，心里想得歹毒，脸上仍一副憨憨的笑容。大嘴巴一咧，冲着崔成甫叫道："快快有请李学士！"

崔成甫双手打拱，应声曰："安节镇急不得也，岂不闻刘皇叔'三顾茅庐'乎？李翰林就在帐外，烦请大帅移尊前去礼见！"

安禄山为胡人，不知书也不识礼，偏偏听说过三国事。见崔成甫言之有理，又想诗仙李太白，乃心高气傲之人，帐外亲迎又有何妨？

胡儿上了心，当下站起身来，离开虎皮大椅，扭着硕壮的身躯，慢腾腾出了大帐。

李白素恶胡儿，又遭魏婆婆、崔成甫二贼使计赚来，本就恼怒异常，见他扭一堆肥肉出来，欲延自己为座上宾，哪能不鬼火冒?! 便昂起头，只顾四下张望。

安禄山走上前，见李白傲然四顾，正眼不瞧自己，心里略有不快。想到高力士、杨国忠辈，都遭他呵斥，便耐着性子，堆起一脸憨笑，冲李白唱个肥喏，大笑道："某家粗豪不才，却喜大学士高才，愿与生俱结忘年交。"

李白一听，扑哧笑出声来，胡儿假装斯文，话说得怪模怪样，故意戏曰："安节镇尊大帅，某一介布衣草民，只配与猪狗为伍，何敢与尔为忘年！"

安禄山不识文辞，哪知李白在骂他？哈哈大笑道："李翰林学富五车，实在太过谦了！"

李白嘴一撇，正待又要驳斥他。

崔成甫一见，怕他再出秽言，坏了自家的好事，急忙止曰："大帅雄镇三藩，素有澄清宇宙之志，对大郎心仪已久。若得安节镇提携，早晚荣华富贵，望大郎三思。"

李白聪明绝顶，不敢明骂安禄山，怕他动怒伤害自己，心里早憋得难受，崔成甫送来一张脸嘴，哪能不给他一耳刮子？！

鼻里冷哼一声，手指着崔成甫，傲然斥之曰："白虽不才，不配与猪狗为伍，总骂得你这卑鄙走狗！"

安禄山闻言，总算听明白了，李白这厮可恶，骂崔成甫走狗时，还在骂自己猪狗不如！

胡儿久镇三藩，势如土皇帝！手下千万爪牙，谁个见了他，不唯唯诺诺？偏偏一弯酸文士，敢于貌视自己。当下怒吼一声，望天空放一枚火箭。

"咝"，一声长啸，火箭升于半空。

"嘭"，一声炸裂，火箭花开五彩，光焰漏云而下。

崔成甫一见，大骇。

安禄山生性残暴，每当耍威风时，总喜欢大开杀戒。

李白哪里知道，依然负手傲立。

崔成甫却着了慌，恐祸及于己，便想拉李白一同下跪，求胡儿手下留情。

李白鼻孔朝天，傲然不跪。

崔成甫愈惶恐，两股战战兢兢，自个儿双膝跪地，叩头如捣蒜。

胡儿冷哼一声，大手往帐前一挥。那枚火箭响后，帐前牙队忽然分开，让出一条通道来。

广场大门外，突涌进两千军士，旌旗猎猎，甲光映日，吼声震天。

队前十名甲士，各推一辆囚车，车内载着"死囚"，风一般到了帐前。

李白眼尖，见众囚身着官服，皆三藩内朝廷命官。不知犯了何罪？竟被胡儿下了死牢！

安禄山腆着大肚皮，一副趾高气扬模样。脸上皮笑肉不笑，轻蔑言于李白："尔可瞧好了，这些人才是猪狗，胆敢诬我反叛朝廷。哼，皇帝圣明，偏嘉奖我忠心，特将一众猪狗，交由我发落。"

胡儿言毕，胖乎乎右手伸向空中，略微一停顿，再猛力一挥。

崔成甫见了，放下心来。胡儿嗜杀，这是他特有的杀人动作，难得他今日开恩，只杀"死囚"树威，自己狗命算保住了。

果不出所料，阵前一排弓弩手，见了安禄山手势，一时箭发如雨，将众"囚"全部射死。

李白见了，惊得目瞪口呆。安禄山肆意胡作非为，哪里还讲王法？哪里还有王法？！唉，这么多朝廷命官，想杀就杀，如此藐视朝廷，帝国危矣！

胡儿立帐前，虚眼睨视李白，见他一脸惊愕，只道怕了自己。复哈哈大笑，高声令曰："众儿郎尽展所学，献于李大学士！"

两千甲兵听令，齐齐以矛击盾，齐声大呼："风！风！风！"

倏地，两千甲兵四下里散开，成八个小方队，向右侧的箭阵冲过去。

箭阵成矩形，弩手持弦以待。一百二十名弩手，立跪各六十，弩发如蝗虫。

两千甲士劲卒，冒着满天箭雨，发起集体冲锋。前排中箭，纷纷倒毙地下，后排视死如归，复蚁拥般冲锋。无一人退缩，无一人畏死！

胡儿满脸得色，再一声厉啸，冲李白得意狂笑："某之甲兵，骁勇善战否？帝国之禁卫军，挡之披靡乎？！"

李白默不作声，这厮口气忒大，明言以禁卫军为靶子，锋芒直指大皇帝。他若不反唐，老天瞎了眼！

李白心骇然，静观安禄山治军，步调一致，号令严明，强弓劲卒，战力恐怖，实骇人听闻。此贼果不简单，难怪辖内镇兵，皆尊其为"圣人"！

夜里，戌时。

崔成甫奉胡儿命，专门来到李白下榻处，百般相劝于他。

李白不言，想起白天之事，情知凶险至极。不愿意答应，又不敢推脱，只得挖空心思，小心与之周旋。

　　戌时，三刻。

　　突起狂风，雨下如注。

　　李白心念一动，手已按住长剑。

　　帐外，猛一声箭啸。

　　黑暗中，突射来一箭，直击崔成甫面门。

　　崔成甫何许人？"曳落河"的头子！自是身手不凡，反身向后极度一仰，避过飞来之箭。右手拔剑在手，身子又一个旋扭，飞身直扑帐外。

　　崔成甫快，快如飞鹰。

　　李白更快，快似闪电。

　　李白那柄铁剑，早点了他哑穴。

　　崔成甫张大嘴巴，就是发不出声来。

　　李白念及友情，不愿伤他性命。伸手点了左右曲尺、跳环二穴，使其动弹不得。正待要潜逃，大帐前巡视牙队，已觉察这边有异，四面包抄过来。

　　李白大急，思谋着如何脱身。突闻帐前马鸣，见一赳赳魁梧大汉，领着两个黑衣人，悄悄牵四匹马至。

　　魁梧汉轻声疾呼："阿爷，阿爷，快上马先遁，小婿断后！"

　　李白听得真切，不是魏万是谁？又见二黑衣者，襟上配有"金花"，知是永王府上卫士。

　　李白放下心来，翻身跨上马背，打马冲出帐营。

　　身后，马蹄声乱响，喊声一阵紧似一阵："切莫走了李白！"

　　俄而，刀剑相击，杀声震天。

　　黑暗中，魏万与二黑衣人，摆脱牙队纠缠，也冲出了帐营。

　　李白只顾奔逃，远远听见魏万大叫："阿爷，阿爷，阿爷，速回歙州魏庄，永王等着你……"

　　夜色朦胧，李白扬鞭如飞。

二

汴州，城东南三里许，有一座梁园，名头甚是响亮。

梁园历史悠久，始于春秋战国，盛于南北朝梁时。帝国初，梁园规模达到极盛，逐渐形成吹台大庙会。每逢三六九日，古吹台前人山人海。

腊月，初九。

李白来时，正值大庙会。

游人挨肩接踵，贫的、富的、俊的、丑的都来赶会。别的不说，单是穿红戴绿妇人家，也有几百上千，妖冶活闪，袅袅穿行其间。

偌大梁园内，酒楼、茶肆、乐坛、教坊林立，各色店铺生意兴旺，整绫碎缎，新桌旧椅，各样农禾器具，修房建屋构件，应有尽有。其余小儿耍货，小锣鼓，小刀枪，鬼脸壳，响棒槌……惹得童儿拍手叫好。

李白由南门入园，一路向东走去，不紧不慢来到古吹台。早望见吹台前，黑压压一大片人影，周遭也有一二里，这便是庙会的中心了。

古吹台上，三五个梨园班子，轮流唱着大戏，或春秋，或三国，或魏晋。台上台下喧嚣，好不欢快热烈。

古吹台右侧，酒帘儿飘飞，绘个吕洞宾醉扶柳树精，偏写道"现沽不赊"。古吹台左侧，又有药幌儿挑檐下，画个孙真人针刺带病虎，却说是"贫不计利"。

李白咧嘴一哂，店家打得好广告，说得心口不一哈。管它"现沽不赊"呢，鼻里闻到美酒香，腹中便酒虫翻涌。

李白想吃酒，因为不舒气，酒虫涌上来的，全是一肚子委屈。那日得魏万相助，一路狂奔至汴梁，本想西进长安面圣，将幽州所见禀告，又虑自己已"赐金放还"，恐皇帝不待见，遂亲题《幽州胡马客歌》，寄予金吾长史张旭，期望传入禁中，得到圣天子明鉴。

歌曰："幽州胡马客，绿眼虎皮冠。笑拂两只箭，万人不可干。弯弓若转月，白雁落云端。双双掉鞭行，游猎向楼兰。……白刃洒赤血，流沙为之丹。

名将古是谁，疲兵良可叹。何时天狼灭？父子得安闲。"

李白心苦啊，本待以亲身经历，力证自己当年判断准确，欲再得朝廷征召，以圆报国之梦，哪知泥牛入海，苦等二月余，至今渺无音讯。

现而今，妻没了，家没了，连兜里的银子，也没了。唉，年龄已知天命，却落得"无家可归，有国难投"。

李白无精打采，来回徘徊不定。

古吹台前，突观者涌动。冬阳下，一美妇着裘袍，携两侍儿姗姗至。所行处，游人纷纷避让。

美妇年约三十，明眸皓齿樱唇，举手投脚间，尽显贵妇高绝气质。

李白站在台前，见她着装华美，"攘袖见素手，皓腕约金环，头上金爵钗，腰佩翠琅玕"。

美妇目不斜视，满头钗簪步摇间，多出一支玉簪来，那是授过箓的道簪。

原来是坤道。

李白是乾道，本该上前打个招呼，却不曾想杏儿走后，李白心也死了，哪提得起丝毫兴趣？

美妇款款莲步，不知有人专注于己，高傲地走过古吹台。

时值晌午。

吹台上歌舞正欢，台下观者如堵，热情丝毫不减，依旧大呼小叫。

李白饥肠辘辘，伸手摸摸腰间，羞涩的衣袋里，尚有可怜巴巴一锭银。千般忍了又忍，实在没有忍住，便拐进一家酒楼。

楼名"汴水人家"，装饰得富丽堂皇。

李白虽然落魄，却不失豪迈气概，气宇轩昂地进入大厅，端坐厅中央首座上。"砰"地拍银于案，招呼店小二，只管打酒切肉送来。

店小二肩搭抹巾，风快地跑了过来，正待上前收银。突见门帘掀动，裘装美妇袅袅入内，又有妖娆二侍女，款款相随左右。

"兀那店小二，择一间上房雅室，候座。"

店小二听到呼唤，便不再理会李白，摇头摆尾迎上去，对美妇点头哈腰，百般献殷勤。

"不知宗大娘驾到，恕罪，恕罪。"

店小二一边说，一边迎入雅室。

李白一愣，哪来的蛮婆娘，这般横不讲理？小二不先侍候爷，倒去舔贵妇肥臀，还有没有规矩？

李白终究好面子，被美妇抢了风头，又怪小二狗眼看人低，正要冒火发作。

店主人精灵，眼观六路，耳听八方。虽然站在围柜内，却见白袍客不悦，恐节外生枝弄出事端。急忙走出围柜，笑眯眯地迎上来，好言好语安慰道："客官休要恼怒，都是店小二不对，要吃要喝尽管吩咐，小老儿侍候着呢。"

李白天生傲性，却是个明事理的人。听店家说得客气，反倒红了一张脸，自个儿不好意思起来。呵呵笑曰："非某要争个高低，兀那婆娘是谁？怎也霸道了些。我既已招呼了堂倌，她就不该抢了去，让人心里不爽。"

店家听他一说，眼里有了敬畏，倒对白袍客刮目相看了。忙俯身上前，压低声音言道："看客官旅人打扮，是个外乡客吧？难怪识不得她了。汴梁城谁人不知？宗大娘者，武朝宰相宗楚客囡女是也！"

李白吃一惊，原来宗宰相之后，难怪一身高贵气，傲得来两只鼻孔朝天。当下便不多言，只把银子拿起，爽快甩给店家。嘴里言道："某饿瘆得慌，只顾要吃些好酒好肉。有劳老哥费心，沽两坛烧酒，再弄些可口肉食，某便可安静得下来。"

店家笑眯了眼，听客人言语有趣，伸手拿了那锭银，冲后厨大声叫道："两坛伊川烧酒，再切二斤卤猪头肉，外搭十个驴肉馒头。"

后厨得令，依样复述一遍："好嘞，两坛伊川烧酒，二斤猪头烧腊，十个驴肉馒头！"

话音未了，厨间转出一胖厨师，手托簸箕大小一木盘，上置各色酒食。来到李白座前，一一铺在桌上。

胖厨笑道："客官一人？甚好肚量！"

李白不答，反诘道："一人吃不得？烦劳胖哥同饮！"

胖厨被他一呛，知趣地摇摇头，连声诺诺退去。

三

未时，一刻。

李白晕乎乎，喝完最后一滴酒，胡乱打着饱嗝，酩酊大醉出了店门。

古吹台上，三班梨园已收场，冷清清空一个戏台。

广场上，游人也少了，大都待在茶肆酒楼里，三三两两拢一堆，或吃茶闲聊，或吃酒神侃。只待天黑，好看社戏焰火。

李白步履踉跄，偏偏倒倒登上吹台。临台前一站，冷风拂面吹过，冷丁里摇头打个寒战，一泡尿便憋得难受。

瞧见四下无人，择墙角逼仄处，酣畅淋漓撒一泡骚尿。冲起昏黄一团尿沫，骚哄哄泛着酒臭，四下里飘散开去。

李白尿毕，搂腰扎好裤带，转身又到吹台中央。见三面粉壁上，前人题咏甚众，多古贤怀才不遇之句。

为首一阕，乃阮步兵《吟怀》，尤为后世称颂。

阮籍为三国魏人，与嵇康、刘伶等七人为友，常聚集于竹林间，肆意饮酒酣醉。世称竹林七贤，所作多感时之章。

前人论及阮步兵，多评其《吟怀》八十二首，谓之"软旨遥深"。

在李白眼里，阮籍诗作"志气宏放，傲然独得"，尤以游梁园所吟最佳。

吹台粉壁上，首题之《吟怀》诗，正是阮籍梁园怀古。

诗云："徘徊蓬池上，还顾望大梁。绿水扬洪波，旷野莽茫茫。走兽交横驰，飞鸟相随翔。是时鹑火中，日月正相望。朔风厉严寒，阴气下微霜。羁旅无俦匹，俛仰怀哀伤。小人计其功，君子道其常。岂惜终憔悴，咏言著斯章。"

李白打着酒嗝，读一回感叹一回。阮籍生逢乱世，曾官步兵校尉，后辞官隐于山野林泉间，行为放荡不羁，或闭门读书，或登山临水，或酣醉不醒……二人身世何其相似，李白读其诗，难免感触良多。想当年离蜀远游，何等意气风发？二十五岁韶龄，正是一腔热血喷涌，两眼天高地阔。自己"抱四方志，仗剑去国"，欲效管仲、乐毅，建功立业于沙疆，执笏班奏在朝堂……

可惜大志丰满，现实却很骨感。人生不如人意者，往往十之八九矣。

李白明白乎？好像很明白，又好像很不明白，这种不明不白，就是稀里糊涂，说白了就是自我多情。

李白立壁前，一时感慨良多。倏地，心中燥热难忍，万千思绪涌上来，有了要释放的冲动。匆匆解开行囊，拿出笔墨来，亲去粉壁空置处，书下一首《梁园吟》，以畅胸中郁结块垒。

诗云："我浮黄河去京阙，挂席欲进波连山。天长水阔厌远涉，访古始及平台间。平台为客忧思多，对酒遂作梁园歌……玉盘杨梅为君设，吴盐如花皎白雪。持盐把酒但饮之，莫学夷齐事高洁……梁王宫阙今安在？枚马先归不相待。舞影歌声散渌池，空余汴水东流海。沈吟此事泪满衣，黄金买醉未能归。连呼五白行六博，分曹赌酒酣驰晖。"

李白吟一句，书一句，又哭一句。吟到动情处，已泣声噏噏。

台前游人三五，视之为酒癫。

李白挥毫毕，原本想一展郁闷胸怀，哪知道酒力上涌，腹中翻腾欲吐，越发痛苦难受。急忙扶住壁头，"哇哇"一阵大吐，呕出一堆秽物来。

秽物臭气熏天，衣襟裤脚上，密密溅满麻点，连洁白的粉壁上，也污迹了一大片。

李白这么一吐，身子骨软成了泥，当即迈出梁园，跌跌撞撞奔回客栈，天旋地转倒在床上。

李白迷迷糊糊，早已不辨东西。鼾声呼呼，酒涎长流，将一床铺被，污得一塌糊涂。

四

未时，三刻。

宗大娘吃完酒，俊脸儿烧得通红，羞答答出了"汴水人家"。偕二侍女至吹台，欲观瞻古人壁题。

陡见吹台粉壁下，一堆秽物摊地上，正热乎乎冒着酒臭。顿觉恶心欲吐，忙用手绢捂住口鼻，皱皱眉转身就走。那一双丹凤眼儿，无意间往壁上一瞭，脚下便生了根，立在那里不动了。

李白所题《梁园吟》，虽酒后醉书，架构却妙不可言，如右军书《兰亭序》，风姿跌宕跳跃，气韵飘逸豪迈，势如天马行空。

墨迹新可鉴人，犹鲜妍欲滴。

青莲李白？

宗大娘停了步，细观《梁园吟》，宏阔高远的意境，奔腾不息的气象，紧紧抓住了她的眼球。面对一壁新词，便痴了醉了，哪管他秽物熏鼻？

宗氏敬立壁前，逐字逐句吟哦，慢慢品鉴个中味道。那份痴痴神态，仿佛与李翰林梦里相交。反复吟哦下，两眼儿迷离，至"玉盘杨梅为君设，吴盐如花皎白雪。持盐把酒但饮之，莫学夷齐事高洁"时，宗大娘不禁心旌摇荡，忍不住且歌且舞。

二侍女者，一名荷花，一名青杏，皆宗氏贴身使女。

二女久随主人，知大娘每遇佳句，必定情之所至，疯癫不辨东西。哪承想到，她一个大家闺秀，又极爱雅洁之人，面对一堆秽物，不仅不嫌恶臭，反而百般歌唱不已。且不顾女子矜持，当众翩翩起舞，似这般无节制癫狂，却也是头一回见到。

二女见她发了癫，不敢催主人离去，只是掩嘴偷笑不已。

适，园工三五人，提帚拖筐而至。为首一老者，年近六旬，见壁下一堆恶物，臭烘烘不可闻，壁上又多一片新"涂鸦"，夹杂着斑斑点点污迹，嘴里便恨声不绝，骂骂咧咧道："直娘贼的猪狗辈，随处拉屎拉尿！"

众园工也大骂，哪知谪仙人金贵？只道壁上《梁园吟》，乃游人随手涂鸦，纷纷拿出刀铲，欲剔除太白题诗及呕吐物污渍。

宗氏如痴如醉，猛见三五工人，提铲握刀上前，要铲去《梁园吟》。一时大急，连忙护住粉壁，忍不住大声呵斥，语疾如矢发连珠，凛然不可犯！

众园工一见，心里奇了怪了。她一个裘装美妇人，无端阻止自己作业，不知是何道理？

老园工精于世故，见她衣着华美，客气地说道："娘子快快让开，莫耽搁了小的们洒扫，以免误了时辰，坏了晚上社戏焰火！"

宗大娘久仰李白，平时爱极了太白诗文，哪管他说话中不中听？只是由着自己性子来，挺身护着一面粉壁，愣是不让铲除清理。

众园工一见，只道美妇是个癫子，哪里还有丁点耐性？纷纷挤上前来，欲强行铲除之。口里不干不净，秽言秽语迭出："哪来的疯婆子，以为自家院里吗？咱一家老小要吃要喝，全靠打扫梁园营生，你不让哥几个铲除，拿钱来养着便罢！"

二侍女闻言，大恚。见主人受辱，当下杏眼圆瞪，直叱"扫地老二"俗鄙。

荷花胆小，噘一张小嘴，嘟哝道："乡间野物吗？这般胡言乱语？"

青杏泼辣，大声叱责道："无知猪狗辈，小心被人打断腿！"

宗氏听到钱，心里却是一喜，忙止住二侍女，不让她俩骂人。笑吟吟道："任由他说去，何苦学他骂人，坏了我的兴致？"

二侍女住了嘴，一左一右护着宗氏。想想也是哈，园工靠此营生，他若不清除"垃圾"，便拿不到工钱，还会被上司"清除"。

宗大娘知书识礼，犹善解人意，不愿为难众园工，一时又想不出他法，只得亮明自家身份，承诺由宗府花费千金，买下太白题壁。

千金买壁？

众园工一听，哑口无言，惊以为癫。

宗氏不理他，让荷花留下陪着，让青杏速回府上禀报。

宗府大管家卢二，哪敢丝毫怠慢？急调千金，火速送到梁园，交由宗大娘买壁。

市井闻之，哄传汴城。

宗氏买壁成功，护住了太白墨宝，却不知他人去了哪里。快快不乐回到府上，长吁短叹间，暗自神伤不已。

卢二见了，知主人心意。遂派人四处侦缉，定要找到李白。

酉时，三刻。

卢二至郡南，在一僻巷里，找到李白所住客栈——"易居"。

"易居"客栈逼仄，条件十分简陋，下榻者多苦力。

卢二捏着鼻，上前与店家交涉。

店主戴个瓜皮帽,直立围柜里。听明卢二来意,一张脸笑得稀烂。

他正在发愁呢,住店客人烂醉如泥,又许久未交店资了。见卢二衣着光鲜,把他当成了财神爷,不露声色地东拉西扯,不仅结完了所有店资,还多敲到两个铜板。

卢二不理他,找到了李白,心里很是高兴。花钱雇两个"抬脚棒",将李白置一竹榻上,肥猪一般抬上肩,急匆匆回到宗府。

李白浓睡犹酣,梦涎流满两腮。

宗大娘见了,以团绢掩面,抿嘴窃笑不止。

卢二善解主意,急忙吩咐下人,将李白抬进浴室,烧水将他洗干净。

夜里,亥时。

李白入西厢,与大娘同榻共眠……

翌日晨。

李白醒来,才知事情缘由,向宗氏百般道歉。

宗氏自己喜欢,慕其才,不惜"千金买壁",让李白风雨飘摇的心,又得到了家的温暖。

李白不愿入赘,直言于宗大娘。

宗氏知书识礼,理解李白心意,便依从了他。花钱购一宅子,筑巢汴梁城北,又取个宅名儿,叫作"清风居"。

李白风流,宗氏华美,彼此倾慕,相敬如宾。

邻人慕其恩爱,誉为神仙眷侣。

第二十四章
安禄山兵叛范阳城　杨贵妃命丧马嵬坡

一

天宝十四年，冬。

安禄山矫诏诈旨，假皇帝李隆基旨意，以讨伐逆贼杨国忠为名，高举"清君侧"大旗，悍然起兵范阳。

初，伪军十五万，皆安禄山死士。尊奉胡儿为"圣人"，无不以一当十，个个骁勇善战。旬日内，前锋直逼河朔。

时，帝国花团锦簇，天下承平日久。

国中军民闻警，茫然不知所措。既不晓战争为何物，也不懂刀兵之无情。唐军久疏战阵，与敌一触即溃，河北各郡县及军事要塞，纷纷失于敌手。

胡儿蓄谋已久，伪军号令严明，军纪整肃。天黑入睡，夜半行军，黎明造饭（备好一日干粮）。日行六十里，如脱牢恶虎，直扑河南各郡县。

汴梁城中，街谈巷议。茶肆酒楼，众说纷纭。

梁园，"汴水人家"。

李白进入大厅，去首席之位坐了，那是他的专座，经常要去的地方。因为古吹台题诗，因为"千金买壁"，更因为得识了宗大娘。

店家心里明白，李翰林坐在那儿，就是全厅的"主席"。一大厅里的客人，不论土著还是外乡人，都会以他为中心，闹麻麻听他卖弄见识，或江湖，或庙堂。

客人皆识趣，又乖巧得紧，无人有那个肥胆，敢去坐首席位。果真不懂事坐了，弄不好酒没吃着，被店小二轰出店门，还算是好的了。设若被食客打个半死，那才怪自己不长眼睛，活该挨打！

但凡嗜酒的人，谁喜欢冷冷清清？呼朋唤友是常事，图的就是个热闹。

李白天性爱热闹，所以不喜欢雅间。拿他的话说，一个人待在里面，连个搭白的人都没有，还吃什么酒？直如狱里吃牢饭，还有什么兴趣？

大厅却不同了，认识或不认识的人，只要入得厅来，就是酒中神仙。彼此间打个招呼，大呼小叫吃肉喝酒，道听途说摆天谈地，这才是吃酒的乐子。

堂客们弄不明白，自己男人怪得很，从不在家里吃酒，总喜欢外出晃荡，哪怕找个小酒馆，也吃得津津有味。

她们哪里知道？男人就这副德性，即便只有几粒花生米，也要和别人论个国大家小，不惜争得脸红脖子粗。或曰：男人们都犯贱，宁肯去外面吃潲水，也不愿家里喝鸡汤。又或曰：家花不如野花香，家厨不如野厨油汪汪。

哪有的事？不是堂客做菜不行，也非小儿沽酒不醇。男人们吃酒，要的是个气氛。

你放眼看看，太白有多惬意？此时大厅里，就他一人哩，也是优哉游哉的神仙。脚搭在邻座凳上，背靠在座后壁上，满脸都是陶醉之色。

呵呵，李白硬是安逸，吃着火辣辣的"伊川烧"，有了三分酒意，更有了七分得意。

先前跟皇帝说，安禄山要谋反，不仅不听谏言，还被"赐金放还"。胡儿现今真反了，僭越作了"大燕皇帝"，与你大唐天子一样，平起平坐一般高，奈何？

哈哈，事实胜于雄辩，事实是什么？是胡儿真反了！某厉害吧，有眼水吧！

皇帝老倌也，宰相、长史、刺史某也不想当了，给一万兵马吧，封个正三品云麾将军即可。实在没有职缺，给个正四品忠武将军也行，让某为国杀贼吧！

李白闭着眼，美滋滋地想。吃完最后一滴烧酒，起身会了账，晕乎乎回到清风居。

清风居大门紧闭，只有看门的黄狗，围着他打转转。

李白纳了闷儿，心里怪怪的，感觉特别异样。

大娘哪里去了？

李白睁一双醉眼，四下张望打量，确信宗氏不在时，背心处一阵发凉。

随着年岁增长，李白改变了很多，早有了好习惯，特享受家的温柔。每次在外面吃酒，设若回到家时，没有大娘嘘寒问暖，心里就会发慌，整夜整夜睡不踏实。

李白不见了宗氏，心里哪能不急？忙呼来卢二相询。

"大娘……哪去了？"

李白舌头打结，含混地问道。

卢二发愣，一头雾水。奇了怪了，早上你俩前后脚出门，全庄人都知道。莫非吃醉酒弄丢了大娘，倒来问我吗？

"禀大郎，小的确也不知。"

卢二惶惶不安，低头不敢张视，怕李白酒后骂人。

李白脾气倒好，并没有骂他，只是心里越发慌了。以前宗氏外出，都会告诉管家一声。今儿很是蹊跷，无缘无故离家出走了。

李白不再啰唆，急忙跑到内室。见花架木床上，铺笼罩被摆放整齐，与往日并无二样。唯有妆匣里的钱，足足少了二百金！

再翻看衣橱里，满当当的花花绿绿，全是大娘的衣物。宗氏乃豪门之后，所置四季衣裳量多，竟也各自少了两套。

李白这才骇绝，情投意合的宗氏，已经离家出走了！

她会去哪里呢？莫非闻听叛军逼近，独自逃难去了？

想想不可能啊。

二人在一起生活，从未拌过嘴，甚至没红过脸。彼此关爱有加，怎会不辞而别？

李白抱着头，跕在内室的地上，使劲扯着头发。脑子里昏昏沉沉，一遍一遍映出的图像，全是大娘的笑脸。

邝山？

对，邝山！

大娘乃坤道，近来潜心修行，常提及邝山，说那是个好去处！

李白心念一动，顿时明白了缘由。当下顾不得酒醉，风一样冲向马厩，解马蹬鞍扬鞭，径奔邝山而去。

戌时，三刻。

汴梁城东十里，邝山迎晖峰。

玉京观中，一灯如豆。

李白汗流如注，气喘吁吁爬到观前。见观门紧闭，不由分说抡一对拳头，轮番捶打着观门。

门板咚咚作响，急如出征战鼓。

倏地，观中灯火齐灭，人声渺寂，万籁俱寂。

日在初二，夜空无月，唯有几颗稀疏寒星，不怀好意地眨着眼。

邝山玉京观，不见了灯火，也听不见人声，四周漆黑一片。

李白傻了眼，不知如何是好。

他心里很明白，宗氏就在玉京观内，却不知犯了何"煞"，竟然闭门不愿相见。自从"千金买壁"后，李白成天乐乐呵呵，享受着家的温暖，沐浴着爱的甜蜜。哪知宗氏突然发癫，独自跑来邝山，就为了"道"的信仰吗?!

唉，信仰这怪东西，真是不可理喻。不仅超越爱情，也超越亲情，更超越生命。

李白与宗氏的结合，是人之将老的寄托，没有了这种寄托，人活着还有什么意义？

李白心如死灰，失了魂儿一般，向山下蹒跚走去。

天黑不辨路径，脚下猛绊一石，李白一个趔趄，顿时跌入万丈深涧……

二

渭南，潼关。

《水经注》载："河在关内南流潼激关山，因谓之潼关。"始建于东汉建安元年，关隘地形险要，是长安的东大门。

关外，伪军先锋崔乾祐，得胡儿安禄山死令，统领雄兵十二万，欲破关直取长安。

燕军蚁拥蜂攒，扎营十里团团围攻。屯兵七月余，始终无力破关。

关内，唐军大将哥舒翰，率帝国精锐之师二十万，重兵撄关拒守。

哥舒翰一代名将，镇边十余年，深知崔乾祐凶悍狡诈。故秉承死守不出之策，让不可一世的燕军，望潼关兴叹。

京师长安，城内多富户豪门，平时享受惯了，又不知前方实情，闻得潼关警紧，惶惶不可终日。

哥舒翰为安民心，让守军日巡敌情，夜报平安。

关、京二地间，相距二百六十里，玄宗皇帝深忧敌警，诏令军民修筑烽火台，每五里一筑，共计五十二台，以便哥舒翰传报平安。

哥舒翰谨遵圣谕，下令守关兵士，夜发报警烽火。每更燃一次，作为平安信号，次第传入长安，以安京师民心。

唐军英勇抗敌，潼关巍然屹立。

然帝国自高祖始，迨至安禄山造反，国祚百四十年，早已垂垂老矣。如同一座老宅子，破败腐朽日久，啥妖魔鬼怪事，都可能发生。

时，哥舒翰守潼关，主张坚拒不出，以待时机反攻，初期成效十分明显。

郭子仪深谙兵道，对哥帅之议大加赞赏，拟就文表上奏唐玄宗准允，欲实施"围魏救赵"之策，让哥舒翰死守潼关，自己亲统三万河北镇兵，直捣燕军老巢范阳，以解潼关之围。

李光弼也大赞哥舒翰，称赞其"深谙兵道，雄韬伟略"，已亲统四万河西镇兵，奉命南下勤王，即日便可抵达潼关。

郭、李二帅国之柱石，皆言守关唐军不可轻出，以免中了崔乾祐诡计，设若不慎丢了潼关，京师长城必危如累卵。

杨国忠身为首相，却心怀鬼胎。他比谁都明白，能爬到首相位上，皆得力于族妹杨玉环，朝中没有人服气他。故深虑哥舒翰手握重兵，一旦取得平叛胜利，必定会回京师高就，到时自己相位定然不保。遂不顾国家大义，跑到玄宗面前，百般搬弄是非。言伪军不堪一击，哥舒翰按兵不动，旨在保存实力，必然另有所图。

"哥帅志大，尤胜禄山！"

玄宗老迈昏庸，精力大不如前，已非"神武天子"了。想起十数年前，太师曾言胡儿必反，今日果真反了。心里难免愧疚，深信他识人精准，便接二连三颁下圣旨，频频遣使赴潼关，催逼哥舒翰出关退敌。

郭子仪闻讯，大惊失色。遣哨火速飞报京师，欲阻止唐军出关。

李光弼孤军勤王，深虑丢失潼关，不仅京师难保，尤恐手下四万精兵，招致全军覆灭。也冒着抗旨的死罪，飞报哥舒翰，阻其出关迎敌。

哥舒翰久经战阵，哪会不知凶险？千般虚与委蛇后，迫于圣旨难违，中军帐里大哭一场，亲率大军出关退敌。

关外，伪军中军帐内。

崔乾祐拥二胡姬，一边饮着美酒，一边听副将王惊雷汇报。得知唐军出关时，兴奋得将酒杯一摔，"啪"地砸得粉碎，哈哈大笑道："人谓哥舒翰为战神，在某眼里不过尔尔，今必擒之！"

急令王惊雷，领精兵五万，去灵宝西面山谷埋伏。

千叮万嘱道："不可暴露行踪，待唐军追至，与某合力围剿之！"

王惊雷领了军令，帐前高唱一声喏，雄赳赳大步而去。

崔乾祐披挂上马，在众参将陪同下，亲领七万燕军精锐，前去潼关迎敌。

两军甫一交战，崔乾祐即诈溃。燕军丢盔卸甲，往灵宝而逃。

哥舒翰大喜，挥兵掩杀过去。

燕军丢盔卸甲，逃愈甚。

唐军不知是计，追愈急。刚进入山谷中，燕军忽不见了踪影。

哥舒翰猛然警觉，崔乾祐诈败！忙喝令大军后撤，哪里还来得及？

谷中，突闻一声炮响，两边崖壁上，滚木礌石俱下，先阻断唐军退路。继而号角长鸣，两万弓弩齐放，箭疾如暴雨，满天蝗虫般射向唐军。

赓即，崔乾祐回兵掩杀，王惊雷伏兵四起，灵宝山谷血流成河。可怜二十万唐军，刹那间被歼灭殆尽。

哥舒翰逃进潼关，欲组织八千残兵殊死抵抗。怎奈人心惶惶，谁也不听他指挥了。

燕军随之破关，唐军残兵招致全歼，哥舒翰被崔乾祐生擒。

是夜，大雨倾盆。

两百六十里外，百万京师民众，始终不见平安烽火。情知大事不妙，纷纷弃家外逃。

兴庆宫内，乱成一团。

玄宗深感势危，急召百官议于廷，让杨国忠、高力士二贼子，尽快拿定主意。

杨、高二贼，知大势已去，留在京城断无生路。怂恿文武百官谏言，纷纷劝天子狩于西蜀。

玄宗一代英主，四夷皆呼天可汗，没想到老不中用了，竟落得这般下场。猎狩西蜀？说得天花乱坠，实际上就是逃跑啊！

然事已至此，除了逃之夭夭，哪有更好的办法？

皇帝要逃跑，不能让市人知道。市人知道了，势必人心惶惶。人心惶惶不安，必引起国家动荡。

翌日，早朝。

百官上朝者，不及平时十之一二。

玄宗故作镇静，特登临勤政楼，下制书诏告天下，言必亲统帝国大军，征讨逆贼安禄山。

"京人闻之，犹窃笑不已。"

天子就是了不起，哪在乎市井议论？依旧装模作样，行使着皇权。

任命：京兆尹魏方进，为御史大夫兼置顿使。

任命：京兆少尹灵昌人崔光远，为京兆尹兼西京留守。

任命：宦官边令诚，为监门将军至陕州监军，掌管宫殿钥匙。

玄宗为掩人耳目，假称颖王李璬为剑南节度大使，将要赴镇成都，令沿途各州县作好"东门之迎"。

当日午后，天子从杨国忠议，移居大明宫中。

戌时，三刻。

玄宗再颁诏令：让左龙武大将军陈玄礼集合禁军六军，重赏以金钱布帛，又择骏马九百匹，以备随时之需。

准备工作细致，做得人不知鬼不觉。

深夜，子时。

玄宗轻装简服，与杨氏姊妹、皇子、皇妃、公主、皇孙、杨国忠、高力士、魏方进、韦见素及亲信宦官、宫人从延秋门出发，在左龙武大将军陈玄礼及禁军护卫下，匆匆逃出长安城。

"……凡宫外皇妃、公主及皇孙，皆弃之。"

子时，二刻。

玄宗过左藏库。

杨国忠趋附上前，奏请焚之。言："左藏库钱丰，岂可留与贼子？"

玄宗不允，心情恻然。谓之曰："叛军破京师，若无银钱资军饷，当重课于民。弗如留之，以轻民难。"

是日，寅时。

天未明，燕军兵临城下。

朝中文武百官，尚不知实情，依例前往早朝。

寅时，三刻。

百官三三两两，来到宫门口前，尚能听见漏壶的滴水声。禁中仪仗卫队，依然队列整齐，甲胄鲜明地站在那里。

待到宫门打开，宫人乱哄哄奔出，纷纷逃出城外。

刹那间，宫里宫外，人仰马翻。城里城外，豕突狗奔。

山野刁民闻讯，成群结队混入京城，出入各豪宅大第，肆意盗抢金银财宝。更有凶悍不法者，骑驴跑到皇宫大殿，放火焚烧了左藏库。

西京留崔光远得报，和监门将军边令诚一道，领着禁军前往弹压，斩杀十余名暴民后，局势才算稳定下来。

崔光远作为留守，深恐有负皇恩，特遣长子到燕军中，拜见伪酋安禄山，恳请勿伤无辜百姓。

边令诚知大势已去，即将所掌管的宫殿各门钥匙，亲献于安禄山……

巳时，一刻。

唐玄宗一行，过渭水便桥。

杨国忠断后，害怕伪军尾随追杀，令人放火烧桥。

皇帝不忍，令高力士留下，扑灭大火后再来。凄然曰："吏民欲偷生，为何断他活路？"

高力士不敢有违，留下五十名卫兵，取渭水扑灭大火。

玄宗情似丧家犬，却不失天子派头，一路旌旗凛冽，仪仗纹丝不乱。

高力士灭火后，奔到玄宗面前护驾，奏请天子准允，遣宦官王洛卿打前站，让沿途州县官员接驾，准备皇帝一应生活起居。

谁知兵荒马乱，时局不比往常。天子仪仗才到咸阳，辗转驻跸望贤宫，先遣宦官王洛卿、咸阳令张伯奢，竟然逃之夭夭。沿途百姓闻讯，以为胡儿叛军将至，也逃得十室九空。

玄宗一行人，空腹走了大半天，早已腹响如鼓。好不容易来到望贤宫，本指望热菜热饭侍候，哪知连口水都没得喝。

高力士忠心耿耿，心疼皇帝年迈，亲自到乡间觅食。

行二里，得一老翁，甚年迈。自诩年逾八旬，并不惧叛军前来，独居村里未逃。

老翁姓郭名从谨，邑郊郭家庄人，家里赤贫如洗。惊闻天子驾到，跟斗扑爬前往面圣。惜他一孤寡老者，能够提供的食物，唯有半筲箕黑黍饽饽。

一众皇子皇孙，平日里锦衣玉食，见饽饽粗黑，不是人食之物，初时不肯吃。实在耐不住饥肠辘辘，便顾不得体面不体面，纷纷伸手抓饽，一下子吞食精光。

四围禁军数千，见众皇子、皇孙狼吞虎咽，忍不住清口水长淌，哪得一口可食？

皇帝见了，默默流着泪，始终未吃一口饽。

老翁坐小凳上，见天子花白头发，一大把年纪了，实在可怜兮兮。摇摇头，又像自言自语，又像兄长责怪小弟，轻声曰："安禄山久有悖逆之意，那么多人告发，反而被关押诛杀。圣上身边的文武百官，只会溜须拍马，民间呼声你可听得到？唉，老汉一乡间农人，都知道早晚有这么一天。"

玄宗闻言，怄得不发一言，只顾伤心流泪。

三

始平县，马嵬驿。

天子车辇至此，玄宗驻跸驿内。

护驾禁军众将士，又饥又渴又乏，纷纷怪罪杨国忠，若无奸贼谗言，潼关怎会失守？

陈玄礼尤恨此贼，往日没少受这鸟人的气。一个不学无术的家伙，仗着妇人之势得宠，祸乱朝政十余年，谁敢惹他？帝国今日蒙难，皆受此贼所赐。

将士多有怨言，陈玄礼心生恨意，仗着大将军的身份，又领着数千禁军卫兵，便欲为国除此蠹贼。遂暗中命令近身卫士，团团把住辕门，不让外人靠近中军帐。另派心腹小校石昌凯，秘密相招宦官李辅国，前来中军帐一叙。

李辅国事奉东宫，与太子李亨交厚。得到陈玄宗密召后，二人相商于帐。

陈玄礼居首，李辅国坐横头。

陈将军煮一壶茶，双手奉于李辅国。直言心中所想，有除去杨国忠之意。

李辅国听得明白，毫无一丝诧色。其素慕陈大将军，为人坦荡，刚毅、果敢有担当。

杨贼把持禁中，骄横不可一世。不仅随意践踏百官，连太子也不放在眼里，唯恐李亨继承皇位，断了自己手里权势。便想尽千方百计，陷害阻挠太子李亨。

李辅国事奉东宫，长期跟随太子，没少受杨贼窝囊气！听陈玄礼一说，大将军有意除贼，哪能不喜出望外？连连称赞不绝，答应转告太子知晓。

李辅国走后，陈玄礼招心腹入帐，嘱咐可见机行事。

马嵬驿，"东宫"内。

李亨坐榻上。

李辅国立于侧，轻言中军帐密会事。

太子闻言，忌惮杨国忠威势，心里犹豫不决。

李辅国一见，知李亨太过懦弱，优柔寡断少果敢，恐误了国家大事，急忙出了"东宫"，迅速告知陈玄礼。

陈将军得讯，沉默良久不语。低头思想一会，嘱其万万不可走漏消息，暂回"东宫"等候消息。

李辅国点点头，迅速回到"东宫"。

陈玄礼心急如焚，太子李亨不表态，唯恐消息败露，决定先下手为强。等到李辅国一走，急令心腹寻机闹事。

众人得令，唯大将军马首是瞻，跑到营中四处鼓噪。数千禁军卫士，正在气头上，又无食物果腹，顿时跟着大声鼓噪。

适，杨国忠觅食归。

有吐蕃使者二十人，上前拦住坐骑，向他索要食物。

杨国忠不明真相，被众番使缠住，心情烦躁不堪，正待张嘴呵斥。

馆前一队禁军，突然高声大喊："杨国忠乃燕军奸细，要反叛！"

一面大声嚷嚷，一面放起箭来。

杨国忠情知不妙，一下子着了慌，拍马直奔驿馆。

众禁军哪肯饶他？纷纷提刀拎枪，大踏步赶上前去，将奸贼乱刀斩于马下。

陈玄礼得报，索性一不做二不休，指挥众禁军卫士，肢解了杨贼的尸体，将一颗肥头挂在矛上，悬于军中辕门示众。又令手下四下里搜索，寻找杨贼之子——户部侍郎杨暄，很快也捕获斩杀。再将一颗头颅，依旧用长矛挑了，一并悬于辕门。

杀了杨贼父子，陈将军犹不解恨，乘机率领心腹卫士，大呼小叫杀入"后宫"，接连杀死韩国夫人、秦国夫人。

御史大夫魏方进，听得驿馆外喧哗，情知禁军有变，急忙走出驿馆查看。陡见血淋淋两颗人头，惊骇得目瞪口呆。大声叱曰："尔等胆大妄为，何敢斩杀了首相？"

魏御史性狷直，对皇帝忠心耿耿，朝野上下有直声。

陈玄礼素慕仰，本不愿为难魏方进，却听得他口气不善，又对杨贼甚恭谦，心想留他不得，示意心腹杀了。

众卫士得令，齐齐上前乱砍，将魏方进剁成肉泥。

兵部尚书、同平章事韦见素，听到馆外大乱，忙跑出驿门察看。

众卒久居底层，深恨"肉食者"，见他头戴一品乌纱，必为朝中重臣。当下不由分说，举鞭抽得头破血流。

时人谓韦见素，"有周、孔之才"。史载："禄山狂悖已显，玄宗宠任无疑，见素知国危，陈庙算，直言极谏，而君不从，独正犯难，而人不咎，出生入死，善始令终者鲜矣。"

陈玄礼为禁军长，与韦相公交好，众卒不分青红皂白，见到着朝服者就打，成何体统？急忙止之曰："不可伤了韦相公。"

众卒听将军一喝，忙住了手。韦见素大难不死，抱头鼠窜入馆内。

众兵士犹不解气，蜂拥围了驿站。

玄宗正午寝，听得馆外人声鼎沸，询左右侍从曰："馆外何事喧哗？"

左右不敢答。

高力士上前，言禁军哗变，说杨国忠谋反，已被乱兵斩杀。

玄宗闻奏，暗吃一惊。却不动声色，径出驿门劳军，自责曰："朕罪孽深重，待平叛复国后，必下罪己诏，以谢天下。"

口谕毕，退回馆内，坐榻上歇息。

众兵卒汹汹，仍不肯离去。

玄宗不知缘由，急令太尉高力士，前去问个明白。

陈玄礼直言道："杨国忠谋逆被戕，杨妃祸乱朝纲，亦当诛！"

众兵士闻言，以戟杵地助威，齐声大呼道："杨玉环当诛！杨玉环当诛！杨玉环当诛！"

高力士面如土色，眼见群情激愤不可犯，哪敢滞留片刻？转身入内禀报："军士汹汹，不诛杨贵妃，恐裹兵不前。愿圣天子割爱！"

玄宗听得泪流，悲戚而恻然曰："国忠谋逆，罪在寡人。杨妃无辜，朕何忍诛之？"

拄杖而立，面朝窗外，龙钟而泣。

陈玄礼在驿外，久不见圣谕至，目示众心腹手下，再次鼓噪呐喊。

众手下得到暗示，大声拥至驿门前，欲破门而入。

有韦谔者，时为京兆司录参军，眼见情势紧急，一边指挥近侍把住驿门，一边跑步入内。跪地奏曰："禀皇帝，众怒难犯，安危须臾间，恳请圣天子立断！"

奏毕，伏地叩首不止，以至血流满面。

玄宗闻奏，惑曰："杨妃久居内宫，常随寡人左右，怎知外戚国忠谋反？"

高力士听罢，大惊失色。深感情势危急万端，已到了火烧眉毛的时候。唯恐皇帝心慈手软，念及杨妃旧情，而误了千百人的性命。遂急忙上前，躬身奏曰："诚如圣天子所言，贵妃实无罪矣。然怀璧致祸，若再留她侍于寝宫，众将士如何心安？"

玄宗闻言，摇摇欲坠，泣而不语。

高力士大急，复奏曰："圣天子英明神武，自当明鉴天下，将士宁则陛下安！"

玄宗心里明白，到了这步田地，不赐死杨妃，必不平众怒。便抬起头来，面示高太尉，泣泪相召于前。

高力士俯身，近榻听谕。

玄宗怕他人耳尖，无意中听了去，附耳轻声言之。

高太尉领谕，将杨妃引至佛堂，狠心白绫缢死。

可怜一代艳妃，专宠于帝国皇帝，却落得野外抛尸，命丧马嵬坡。

杨妃既死，近侍用白绫裹了，抬入驿站庭中。

玄宗不忍视，口谕陈玄礼入觐。

陈玄礼卸去甲胄，近前叩头谢罪。

数千禁军见了，齐齐单膝跪于地，高呼："万岁！万岁！万万岁！"

兵谏风波遂平。

杨玉环缢死马嵬，玄宗甚为伤感，亲撰二诗悼之。

诗云："及死方知离别苦，挂念心牵当何如？真心祷告求再见，嫣然一笑心意足。"

又诗云："半卧孤床帝运颓，悲哀无助宫人催。艰辛乱世不曾愁，血染白绫哭无泪。"

翌日，晨。

陈玄礼领禁军，护驾玄宗南行，往西蜀成都进发。

刚出驿门，数千民众阻于道，泣血请留天子。

玄宗失杨妃，心情大坏，不从。

时，李亨为太子。

高力士恐再生变故，谏议太子留下，领兵抗击叛军。

玄宗从其议，任命李亨为天下兵马大元帅，领朔方、河东、平卢三镇节度使，领导帝国平叛大业。

李亨身负重托，得建宁王李倓、广平王李豫支持，竭力抗击叛军，艰难支撑帝国危局。

天宝十五年，正月。

李亨率征讨大军，向朔方挺进，一路收编溃逃唐军，很快聚集十万人马。

帝国名将郭子仪，奉大元帅李亨令，转战河北，骚扰叛军大本营。

大将军李光弼，领令征讨河西，牵制伪军右翼。

天宝十五年，七月。

李亨领兵北进，抵达灵武。

随从文武百官，同朔方军政长官，合力上表劝进，拥戴李亨登上皇位，是为唐肃宗，尊玄宗为太上皇。

新帝一即位，各地勤王之师，皆望有所归，战有所为，一下子找到了旗帜，纷纷向肃宗靠拢。

四

邝山山道，四骑如飞。

马背上皆白衣人，年十七八，个个神情俊朗。

午夜时分，突起怪风，山间竹木哗哗作响，乱影幢幢如魑魅。

四骑正奔驰间，突闻山巅一声大响，又听得有人"啊也"尖叫，随即骨碌碌滚下一个人来。

为首一骑，头扎兰巾，甚劲疾。马背上腾空掠起，轻展猿臂，将下滚之人接住。

黑夜里，兰巾骑者一声欢呼："大学士李白！"

呵呵，踏破铁鞋无觅处，得来全不费功夫。滚落山崖者，原来是李白。

四少年不明就里，团团将李白围住，轻声呼唤良久，不见李白醒来。

为首者稍长，略一沉思，伸食指往李白鼻前一探，鼻中气息尚存，知道并无大碍。便放下心来，小声说道："圣人已得长安，早晚坐了天下。方今正是用人之际，切不可坏了李翰林性命。"

三小郎闻言，齐声赞曰："哥哥所言极是，只待护送回去领赏。"

说话间，山风猛紧，天光愈加昏暗，隐隐有雷声。

正北方不远处，一丛荆棘甚密。乱棘杂木中，又伏有五位黑衣人，彼此相语若蚊蝇。

"听少年言语，必曳落河也！"

"正是白羽郎！"

"江湖盛传，安禄山已破京师，皇帝西狩成都了。"

"永王志在平叛，广罗天下英才。大学士被掠了去，奈何？"

为首一汉，甚雄健，独不语。两睛熠熠如星，死死盯着白衣人。

突电光裂空，闪耀大地如白昼。一时看得分明，众黑衣人的襟前，皆佩有一枚六角金花，原来是永王的武士。

为首那条壮汉，不是魏万是谁？

魏万比谁都急，阿爷被白羽郎掠去，不仅难复命永王李璘，就是家里娘子那里，又该如何交代?!

众武士伏草间，不知头儿心思，犹窃窃私语不止。

魏万有了对策，右手按住佩刀，伸左手摆一摆，止住了众武士私语，示意耐心蜷伏不要动，待机收拾四个白羽郎。

又一声霹雳，声震天地。刹那间，豪雨如注，势如疾箭乱空。

为首的白衣少年，举头望了望天，又摇了摇头。

天空电闪雷鸣，风狂雨骤。满头满脸的雨水，浇得人睁不开眼睛。

白羽郎蹲在道中，早淋成了落汤鸡。然无一人慌乱，也没有避雨之意。为首者尤沉稳，轻轻提起李白，横放在马鞍前，然后纵身跨上马背，向乱棘丛疾驶而来。

黑衣人伏地上，任乱雨鞭背，磐石般不稍动。山间风雨交集，浓浓的血腥杀气，已弥漫谷渊。

四骑马蹄嘚嘚，刚奔至乱棘丛，魏万一声长啸，身子早腾空而起，左手向空一扬，撒一把"七步断魂散"，右手紧握短柄砍刀，直取首骑上的白羽郎。其余四黑衣武士，随之弓弹腾空，一时刀剑环进，径取众少年。

　　如此夜深人静，山间又风雨交加，白羽郎哪有防备？猝不及防之下，连佩刀都没有拔出来，瞬间便成了刀下鬼。

　　魏万一击得逞，哪能不欢欣鼓舞？借着朦胧雨光，见阿爷昏迷不醒，心里又焦急万分。伸手一探气息，尚有气若游丝，知其气郁结于胸，又山间滚落震昏所致。急忙纵身上马，扬鞭策马飞驰，径奔江陵而去。

　　大雨滂沱，经夜不息。

　　亥时，有土民夜起小解，掌灯行于厕。

　　电闪雷鸣中，陡见邝山脚下，一骏冒雨飞驰，瞬息没了踪影。

　　黑骏如风，形如鬼影。

　　土民不识武技，惊以为怪。或曰天外飞仙，或曰剑仙侠客，或曰大盗巨贼。

　　消息胫走，哄传京、洛间。

第二十五章
永王误国误己　诗仙捉月升天

一

天宝十五年,八月,中秋节。

江陵,大都督府,高朋满座。

永王璘特设专宴,为李白接风洗尘,又为他做"生"。

李璘居首席主位,李白坐首席客位,宾主把酒言欢。一席陪同者,皆江南名士,多为李白好友,萧颖士、孔巢文、刘晏、魏平和魏万父子,一一在列。

席间,李璘特设一局,为李白授金质胸花,引百十人轰然叫好,掌声、喝彩声此起彼伏。

江淮道上,谁人不知哪个不晓,永王胸花金贵无比,象征着某种权力和地位,若非李璘心腹死士,平常人哪能得佩?

李白一介文士,且为幕宾身份,能得到永王的垂青,实在厚爱无以复加。

李璘满面春风,亲执一杯美酒,先敬参宴嘉宾,再满满斟一大觞,专门来敬大学士李白。

李白忙起身,接过永王敬酒,毕恭毕敬饮了,脸上甚有得色。

永王素慕李白，见他肯来投靠，暗道天助我也。李翰林学究天人，连父皇都礼待有加，何况我李璘乎？当即出六角金花，亲手别在李白左襟上。

白袍似雪，金花灿烂，李白神采奕奕。

魏平毗邻李白而坐，两亲家翁都胸佩金花，众来宾谁不眼红？一时贺声满厅，恭祝永王早成伟业，仙诗太白青春永寿。

邻桌有李偒者，时为襄城王，是永王李璘的长子。李偒孔武有勇力，喜好行兵布阵打仗，曾于辕门射戟，二百步开外，一箭射落戟缨。时人称赞其勇，谓之"小李广"。

马嵬坡兵变后，唐玄宗左思右想，为李唐江山计，将诸王子委以重任，以期尽快收复京、洛二都，光复大唐江山社稷。特委十六子李璘，领山南东路、岭南、黔中、江南西路（四道）节度使，兼江陵大都督，坐镇江陵以控江、淮。

江陵郡历为江、淮重镇，帝国受"安史之乱"祸害，中原早已赤地千里，唯有南方所征赋税累以亿兆计，大多囤积在江陵一郡。

李璘赴任后，仗着永王的名头，很快招募数万兵马，在江陵竖起平叛大旗，稳定住了江南半壁，与唐肃宗李亨并雄天下。

李偒有了心思，见江南形势大好，欲乘乱建立伟业。在他眼里，当今天下大乱，唯江南各道富庶，父王手握四道重兵，疆土数千里，理应占据金陵，保有江东各郡，以效东晋的司马氏。遂处心积虑，私下招募奇能异士，豢养在府上待用。

听说李白来投，父王又是设专宴，又是赐金花，李偒当然大喜，已知父王心迹，早晚兴兵"东巡"。与之同桌者，为襄城王所募谋士，计有薛镠、李台卿、韦子春、刘巨鳞、蔡骃，皆国中一时之才。

酒过三巡，李偒领手下诸士，前来首席敬酒。先敬父王李璘，再敬大学士李白，又与诸公共饮。

李白初到江陵，与众人都不熟悉，倒听过襄城王的名头。便依照江湖规矩，先敬了李偒一杯，又与他的谋士共吃一杯。

李白奇了怪了，襄城王过来敬酒，好友萧颖士、孔巢文、刘晏三人，不仅不起身回敬，反而显得闷闷不乐，轻易不发一言。

是夜，戌时。

永王府，一灯如豆。

李璘坐榻上，榻前一木凳上，坐着襄城王。

二人低首，窃窃私语。

李偒曰："禀父王，刘晏、萧颖士、孔巢文果不识时务，乘夜逃跑了。"

李璘不语，沉吟良久，乃曰："随他三人去吧，只不知李白肯否？"

李偒应曰："李学士得了金花，自觉高人一等，哪舍得离去？"

语多轻慢，颇多不屑。

李璘正色曰："李白国家栋梁才，为父识得他的手段，尔须小心待他。"

听父王责怪，李偒忙低头认错，诺诺而言："孩儿省得，自当谨守教诲，奉他为上宾。"

李璘听了，展颜一笑。复曰："即日东巡，必委他以重任，使之妙笔生花，颂扬江陵平叛伟绩丰功，不让西京李亨专美。"

二人私语，细若蚊蝇，若有若无。

适，李白内急。小解过窗下，闻听得明白，心下感激，永王真心待我，自当鼎力相助。国家多事之秋，若能"齐心戴朝恩，不惜微躯捐"，果真助得李璘，"南风一扫胡尘静，西入长安到日边"，也不负了一腔热血和久有的报国雄心。

李白下了决心，一心辅佐永王，实不知幼稚可笑，哪懂国家大政方略！

李璘起兵江陵，名为平叛实属投机，欲战后"分羹"。李亨既为天子，天下便是自己的了，岂容他人染指？哪怕是亲兄弟！

翌日，巳时。

肃宗圣旨到，宣李璘前往蜀地，朝见太上皇李隆基，欲借机罢其军政大权。

永王大骇，急召李白，商讨对策。

李白立功心切，当场献上一计，以李亨不仁不义，罔顾君臣义、父子情，擅自僭越皇位为由，将其圣旨斥之为伪诏。

李璘点头称善，遂抗旨不从。同时布告郡中军民，称西京为"伪政府"，公开与朝廷决裂。

江陵长史李岘，闻讯后大愕。恐祸及于己，以身疾为由，辞别永王李璘，投奔李亨而去。

唐肃宗端坐殿上，听了李岘的呈报，恨李白入骨。又恐永王李璘坐大，威胁到自己的金銮宝座，急召高适、杜甫相商。

时，高适、杜甫皆入朝，均官左拾遗。

高适有雄才，陈说江南形势，言李璘必败。

杜甫有韬略，谏议置淮南节度使，以牵制李璘。

唐肃宗大喜，视二人为肱股。

特别诏告天下，置淮南节度使，管辖广陵等十二郡，任命高适为节度使。又置淮南西道节度使，管辖汝南等五郡，任命来瑱为节度使。二节镇成掎角之势，与江东节度使韦陟形成合钳，共同对付江陵的李璘。

永王不为所动，加紧东巡准备，欲据金陵以窥天下。

至德元年，十二月二十五日。

李璘擅自东巡，以李白为江淮兵马都督从事，负责起草军中檄文。以浑惟明、季广琛、高仙琦为先锋，派带甲士兵五千，直奔江南东道广陵郡。永王亲自统率水军，由江陵起锚东进，大江上战舰云集，旌旗荫羿蔽日。

李白入幕永王府，又为江淮兵马都督从事，且是金质胸花获得者，哪能不有所作为？特献《永王东巡歌》十一首，以壮军威。

李白秉一腔热血，写得神采飞扬，荡气回肠！哪承想事与愿违，十一首《永王东巡歌》，让他背上了叛国罪名，差一点要了老命。

在李白心里，天子只有一个，就是玄宗大皇帝。李亨僭越称帝，就一伪主耳，与大燕皇帝何异？今永王李璘东巡，旨在光复唐帝国，以迎回玄宗大皇帝，这是天大的好事啊！

李白就一诗人，毫无政治头脑，想法太过简单、纯粹，只要有利于帝国，有利于讨伐叛军的事，就可以放心大胆去做，想也没有想过，这种事还要谁来批准。

"国家兴亡，匹夫有责"，这话一点没错。错在众"匹夫"们，认不清形势，看不准方向，"头儿"想要投机，没按中央指示办事，这就是"谋逆"，就是十恶不赦。

既然是谋逆，以大唐律令论，首恶、协从皆办！

李白年迈，已五十有六，却天真得像个孩子。他永远都不会明白，"肉食者"之间的权谋纷争，有多么恐怖、残酷和血腥！

永王军水陆并进，高唱着《永王东巡歌》，浩浩荡荡一路向东，直扑吴中重镇金陵。

歌曰："试问君王玉马鞭，指挥戎虏坐琼筵。南风一扫胡尘静，西入长安到日边。"

又歌曰："三川北虏乱如麻，四海南奔似永嘉。但用东山谢安石，为君谈笑静胡沙。"

……

二

至德二年，春正月。

永王统领水师，兵临淮南道庐州，江淮各州郡震动。

肃宗李亨称帝，国中仍分置十五道，唯将各道采访处置使，改称为观察处置使，所行职责不变，仍履行检查刑狱和监察州县官吏之职。

时，李希言为吴郡太守、江南东路观察使，听说永王李璘率大军东巡，感到不可思议。作为一方大员，李观察心犯疑惑，既不见朝廷任何诏示，也未得肃宗口谕，李璘竟无端兴兵，莫非要造反吗？

李璘是永王不假，仅仅象征皇族的身份，职衔却是江陵大都督，仍属各路观察使监察对象。李希言职责使然，依典律致书李璘，责问发兵东进的意图。

永王璘大怒，小小一个观察使，竟不把自己放在眼里！急召众将谋于帐，李白、魏平、魏万在列。

襄城王李偒曰："永王兴兵东巡，乃李唐家事，外人无端干预，当击之！"

永王兵多将广，麾下先锋官浑惟明、季广琛、高仙琦皆言："襄城王所言甚是，某等愿身先士卒，领兵击讨之，以固江南半壁！"

李白闻言，大急，以为不可。言于李璘曰："永王兴义兵，志在为国平叛，岂可自相残杀，祸起萧墙？"

魏万忙附和："阿爷言之有理，望永王三思！"

李璘听罢，哈哈大笑，嗤之以鼻曰："汝翁婿实在愚昧，李亨擅立灵武，岂可威服天下？本王此次东巡，既靖国难，又清君侧！"

李白闻言，大愕。始知李璘心肠，心里已有悔意。

魏万尤惊，自己雄心壮志，死心依附永王，不惜以亿万家资相助，旨在找棵"参天大树"，以期搏个身前身后名。然听李璘之言，竟要另立"朝廷"，背叛大唐帝国乎？

魏平久经事故，老辣而圆滑。见他翁婿二人不悦，恐生意外事故，急忙言道："永王东巡吴中，确为李唐的家事，一切皆由永王作主！"嘴里说得圆滑，眼睛却看着亲家翁，让他息气罢怒，不可再胡乱妄言。

魏万听得明白，深知阿爷考虑周全，忙扯了扯李白衣襟，诺诺退回原位。

李璘看在眼里，直觉得好笑，他既不会在乎，更不会理睬。李白一介文士，募他入永王府，是想借他的影响力，号召天下士子归附自己，哪会真听他"高见"？遑论参议国家大事了！

李白无语，默默而退。

永王不为所动，当即颁下军令，遣先锋浑惟明领精兵五千，千里奔袭吴郡治所苏州，攻打江南东路观察使李希言。又令季广琛领精兵四千，奔广陵袭击广陵长史、淮南观察使李成式。自己则统领中军，与大将高仙琦一道，进攻淮南道的丹徒。

江陵军进至当涂，永王得侦骑报告：李希言已屯兵丹徒，并遣部将元景曜、丹徒太守阎敬之率兵相拒，欲阻击永王大军东进。

侦骑又报：李成式遣部将李承庆，赶赴丹徒增援李希言，再遣大将裴戎，领广陵兵三千，戍守瓜步州伊娄埭，正面迎拒季广琛部。

侦骑再报：河北招讨判官、司虞郎中李铣，领所部四千屯兵扬子津，以断浑惟明部退路。

李璘十分气愤，众贼安敢小视于己？急遣长子李偒督军，四面攻打丹徒城，期望攻破丹徒以壮军威。

李偒急不可待，得令后亲临前线，督师日夜猛攻。

丹徒守军虽众，然而各自为战，又不互通有无。

三日城破，李希言部将元景曜、李成式部将李承庆，悉数率部归降永王。

李璘闻报，大喜过望。命令李偒亲自动手，将丹徒太守阎敬之斩了，悬首城门上示众。

李白偕魏平、魏万，百般阻之，未果。

唐肃宗李亨得报，深虑不安。急诏告天下，责李璘挟兵自重，谋逆叛国。令淮南节度使高适、淮南西道节度使来瑱、江东节度使韦陟，三镇齐会安州，以平永王军乱。

韦陟言于高、来二节镇，诚恳曰："今中原未平，江淮骚离，若不斋盟质信，以示四方，知吾等协心勠力，则无以成功。"

高适有雄略，听了韦陟的建议，深以为是。来瑱为地主，遂推为长。

三节镇登坛，盟约于天下，誓师讨伐永王军。

盟曰："淮西节度使瑱、江东节度使陟、淮南节度使适，衔国威命，纠合三垂，剪除凶慝，好恶同之，毋有异志。有渝此盟，坠命亡族，罔克生育。皇天后土，祖宗明神，实鉴斯言。"

史载：辞旨慷慨，士皆陨泣。

至德二年，二月。

李成式手下大将裴戎，领兵两千抵达瓜步洲，即得到三节镇已盟约，当下遵从高适的旨意，广树旗帜于军营，大阅士兵以张声势。

永王兵抵广陵，偕李偒登城远眺。见瓜步洲旌旗炫耀，一时面呈惧色。

季广琛久随李璘，是永王心腹爪牙，见主公心志不坚，知道大事难成。当天傍晚时分，借机巡视军营，见左右无他人，悄悄对手下诸将说道："与诸公随从永王，难道想反叛吗？太上皇流离转徙，道路不通，而诸子弗如永王更贤能者。若总领江、淮精锐之师，直驱雍、洛，大功可成。今之不行，让我等名列叛逆，必背千古骂名矣！"

众爪牙闻言，初时沉默不语，继而纷纷称善。便割臂为盟，欲发兵西进，共赴国难。

魏万久居永王府，素知季广琛为人，探得准信后，言于二位阿爷。

李白闻言，心中大喜。当即表态，誓死追随季将军，西进为国平叛（指安史乱）。

未时，三刻。

吴郡城西郊，季广琛传令，让诸将各自行动。

浑惟明领部，奔江宁；冯季康领部，奔广陵；康谦领部，奔安州……各自脱离永王军，复高举帝国大旗，北伐胡儿燕军。

季广琛领步兵六千，带着李白及魏氏父子，直奔晋陵而去。

李璘得报，急得直跺脚，令李傷领骑兵急追，欲劝季广琛回心转意。

季广琛碍于旧情，不忍反击追兵。高声曰："某感永王情谊，故不忍决战，唯逃命归国而已。若再相逼，将决一死战！"

李傷闻言，下令不追，怏怏不乐回到营中。

是夜，李铣遵高适意，列阵于江北。又遵韦陟意，军中遍燃火把，士兵人手各持两炬，隔岸彻夜乱舞。

侦者不假有他，双倍告于永王。

来瑱尤善诈，遣谍潜入永王军。谍见对岸炬火起，也持炬遥相呼应。

李璘不知是计，怀疑唐军已经渡江，急忙领兵弃城而逃，所有辎重尽失。

翌日，天明。

发现唐军使诈，永王重返城中，收集轻装辎重，准备好舟楫，这才让李傷、高仙琦压阵，从水路向晋陵逃遁。

潜谍急报来瑱："永王璘已遁！"

来瑱得报，心里多了一层顾虑，若李璘爷儿俩死于自己之手，保不准哪天肃宗帝念旧，岂不触了霉头？忙召高、韦相商，三节镇密谋于辕中，皆言永王已不足虑，提防北方胡军才是要紧事。遂三军不发，只令广陵郡守李成式，统领地方州兵追剿。

李成式领命，招募敢死勇士赵侃、库狄岫、赵连城等二十人，一直追杀到新丰。

李璘负隅顽抗，让李傷、高仙琦统兵迎击。

河北招讨判官、司虞郎中李铣领兵赶到新丰，与李成式合兵一处。两支地方州兵会师后，士气高涨。乱军冲杀中，李傷肩部中箭，永王军大败。

李璘领着残兵，乘乱奔逃到鄱阳。

鄱阳司马李昌岠，是李白的从弟。闻听永王璘逃来，害怕惹火烧身。急令城防兵丁关了城门，拒绝永王叛军入城。

李璘大怒，令高仙琦火烧城门。永王军破城而入，将府库兵器掠扫一空，挟持百姓万余众，往南欲逃岭外。

　　江西观察使皇甫侁，接到淮西节度使来瑱的命令，领州兵三千一路追赶。两军战于大庾岭，李璘中箭被擒。

　　来瑱与高适、韦陟再议，三人竟不谋而合，遂遣使传话皇甫侁，让他就地秘密处死李璘、李偒父子。

　　皇甫侁不敢有违，唆使心腹爪牙，私密加害永王父子。军报写得明白：李璘、李偒为乱兵所杀，高仙琦不知所踪。

　　唐肃宗看到军报，一时间悲喜交加。悲者，胞弟李璘被杀，多少有些怜悯；喜者，永王既已伏诛，皇位再无人窥视，可高枕无忧矣！

　　遂诏告天下，凡从永王叛者，不分主谋胁从，一律以叛国罪论处，不可放走一个。

　　季广琛兵至庐州，尚未拜见来、韦、高三节镇，即遭三军合围剿杀。

　　李白、魏平二人，得魏万拼死相助，乘乱逃出重围。

　　至德二年，三月十八日。

　　夜里，亥时。

　　李白、魏平两亲家翁，各乘一匹雄健黑骏马，奔逃来到马鞍山黄葛垭。一时口干舌燥，刚落马歇树下，突闻林间风起，三十余众白羽郎，似天外飞仙掠至。

　　二人惊慌失措，急忙持械相拒。魏平年迈，被曳落河擒住。

　　李白展岷山剑法，拼死杀出重围。刚转过山垭口，又见大批唐军掩至……太白被捕下狱。

　　可怜诗仙太白，空负一片爱国热忱，竟落得叛逆罪名！

　　至德二年，四月。

　　唐肃宗诏告天下，以郭子仪、李光弼为讨安史，准备收复京师长安。又听从高适的建议，以"克复两都，土地、士庶归唐，金帛、子女归回纥"为筹码，得到回纥英武可汗相助，形势才大有好转。

　　六月，收复京师长安。

　　十月，再复东都洛阳。

宗大娘居匡山，闻李白被捕下狱，朝廷不辨轻重，欲治夫婿叛国之罪。一时心急如焚，亲自跑到汾阳郡，拜会故人郭子仪，欲为李白脱罪。

安禄山兴兵范阳时，郭子仪即为朔方节度使，在河北各郡征战中，打败了燕军副统帅史思明。后任帝国兵马大元帅，待收复长安、洛阳两京后，功居平叛之首，晋升为中书令，封汾阳郡王。

宗大娘几经周折，终得见郭子仪。

听了宗氏的哭诉，郭子仪大吃一惊。恩公李白有难，他怎能不全力以赴？遂邀御史中丞宋若思，火速联名上书朝廷，奏请肃宗法外开恩，为诗仙鸣冤叫屈。

时，虽已收服两京，帝国危局依旧。京洛大部分地区、北方各郡县，仍被安史伪军占据着。

肃宗初入长安，深感时局危艰，视每一个爱国之士为国家的宝贝疙瘩。郭子仪既为兵马大元帅，又是新晋的汾阳郡王，说话分量自然不轻。

肃宗权衡再三，既不愿得罪郭子仪，又不甘心放了李白。谁叫他不识时务，跟着李璘瞎胡闹呢？

"三川北虏乱如麻，四海南奔似永嘉。但用东山谢安石，为君谈笑静胡沙。"

看看，居然以谢东山自居，居然将安禄山乱唐，喻之为"永嘉之乱"！这不明摆着要助永王璘，建立东晋那样的小朝廷吗？

哼，这不是叛国，还会是什么？

李白死罪可免，活罪难逃！

唐肃宗虑于时局，碍于郭大元帅的情面，答应不杀李白，但须流放夜郎，以儆效尤！

杜甫居京师，官拜左拾遗。听闻肃宗降旨，将李白流放夜郎地，深感李白冤枉。他深知大兄为人，豪侠仗义有胆识，一心只想报效朝廷，哪会真要背叛帝国？顶多报国心切，投错了"庙门"，拜错了"菩萨"嘛。

遂不顾头顶乌纱，上书直言李白有冤情，恳请肃宗降诏录用，以遂大兄鸿鹄之志。

杜二也是个文人，与李白一个傻样。在他们眼里，只要动机纯洁、目的高尚——报国，就算投错庙门拜错菩萨，也是微不足道的小事。

杜拾遗遂言："报国心切，情有可谅。"

肃宗听到"报国心切，情有可谅"，顿时勃然大怒！他李白自比管仲、乐毅，在国难当头之际，报的哪门子国？效的哪门子忠？

在皇帝眼里，这不是小事情，这是大是大非！跟错人，站错队，进错门……天下臣工必须明白，这是什么性质？是不可饶恕的路线错误！

肃宗龙颜大怒，非但不准其奏，反而掷还本章，将杜甫贬为华州司功，逐出京师长安城，免得留在身边聒噪，让人耳根不得清静。

至德二年，十月十三日。

杜甫步李白后尘，结束京师生活，灰溜溜滚出长安城。

同日，淮南道庐州。

州牢大门开处，两位面恶的差人，办完交结文书后，将李白枷上木枷，解押着向西而行。

诗仙太白手扶黎杖，一袭白衣污渍斑斑，容貌憔悴如枯槁，步履踉踉跄跄，先前的雄姿英发，早不见了踪影，唯余一双空洞的眼，让人心生垂怜。

秋风萧瑟，江水呜咽。

一轮朦胧秋阳，在深秋的寒雾里，苍白如纸。苍白如纸的秋阳，有气无力照着江岸石道。

李白年已垂暮，闻讯流放夜郎，乃重罪之"长流"，将一去不复返，不由得悲从中来，忧伤地吟道："……夜郎万里道，西上令人老。扫荡六合清，仍为负霜草。日月无偏照，何由诉苍昊……"

悲凉的歌声中，李白扶杖垂泪，数度哽咽不行。

石道弯弯，望不到尽头……

三

乾元元年，三月初九日。

巴东，巫峡。

黑风口。

两位皂衣差人,一胖一瘦。胖的是个矮冬瓜,瘦的像根薅秧棍。

两人嚼着饴饼,嘴里骂骂咧咧。

胖的骂:"好你个贼配军,似这等磨磨叽叽,几时能到夜郎?"

瘦的说:"爷们解押你,不如押送一头猪。误了交割时间,猪拿来宰了,还得一顿肉吃!"

李白不敢吱声,任由押差呵斥,生怕惹恼了二位爷,又吃一顿夹棍。

行至黑风口,李白实在走不动了。一屁股坐在地上,任由二差百般打骂,就是不肯起来。

胖差心稍软,自己也走得乏了,向瘦差努努嘴,示意歇一会再行。瘦差不肯,拿起手中差棍,直往李白两脚戳去。

李白两脚溃烂,戳得钻心透骨地痛。一把老泪没忍住,簌簌流了下来。

胖差见他可怜,实在于心不忍,再劝瘦差收了手,好歹结个善缘。瘦差鼻里冷哼一声,不再理会他俩,去到道旁小解。

李白本傲性之人,怎会自失高贵,在差狗面前落泪?

看官实有不知,李白心里苦哟!

巫峡黑风口,界分两地。东与楚分,西连于蜀。过了山垭口,就入了蜀境。

故乡啊,故乡,三十载魂牵梦绕,三十载日夜挂念!

衣锦还乡,荣归故里,光宗耀祖!李白有什么?他什么也没有,唯两把辛酸泪,一颗破碎心!

当年风华正茂,仗剑离蜀报国,大有澄清宇宙之志。今日情怯"家"门,落得囚服裹身,何颜见蜀中父老?!

李白心里的苦,两个猪一般的差人,如何能够懂得?

诚如土著所歌,"巴东三峡巫峡长,猿鸣三声泪沾裳"。

李白流着泪,让双眼模糊,不忍相看故土。

因为这个缘由,李白故意跌坐地上,赖着不肯动身,实在不愿白日入"家"门,怕看见"故"人。黑夜能吞噬一切,什么都看不见,夜里入"家"门吧,给自个儿留点颜面。

两个差人没法,只得找个避风处,将包裹枕头下,躺在地上歇息。

夜里，亥时。

二差解押着李白，来到夔州大昌县，宿于县牢中。

时，关中陇右大旱，民不聊生。京、洛间，饿殍遍野，百姓流离失所。燕军乘机反攻，再陷东京洛阳，复起席卷之势。

宰相崔圆上书，奏请天子顺天意，安民心，以固帝国江山社稷。

唐肃宗从其议，依前古之帝王例，颁下罪己诏，以敬畏天地，谢罪于民。同时告示天下，宣布大赦：死囚从流；流囚赦免。

乾元元年，四月。

天子所颁诏书，快马驿传天下，国中军民山呼万岁。

二十一日。

诏书传至夔州，敲锣打鼓喧嚣于市。

李白正待入黔，被赦免无罪后，心情何等欢畅？年余的郁结苦闷，顿时一扫而空。当即辞别二位解差，独自乘舟东下，再出川东门户夔关。

李白年近六旬，心景却好到爆，豪情丝毫不减当年。手舞足蹈间，船过白帝城，李白谈笑风生，与舟子饮酒唱和，写下了著名的《早发白帝城》。

诗云："朝辞白帝彩云间，千里江陵一日还。两年猿声啼不住，轻舟已过万重山。"

喜悦欢快之情，跃然纸上，似浪尖一叶轻舟，放逐千里大江。

四

乾元三年，九月初九。

日在壬午，重阳节。

盘龙湾，盘龙山。

李白拄着杖，身子佝偻如虾弓，颤巍巍立山巅。

山脚下，一片残垣断壁。壮阔无比的魏庄，竟被夷为了平地！

李白的心，滴着殷红的血。痛，针尖刺进心尖的痛，几欲晕厥。

昨日去访汪伦，本想赊些银子，顺便讨碗酒吃。许久没吃酒了，馋得浑身乏力，走路脚杆都打闪闪。

唉，哪知到了桃花潭，不仅未见着汪伦夫妇，连桃花居也没了。尤可怕者，往昔泉水喷涌的桃花潭，都干涸得没了一滴水！

人说江山风月，皆通人之性情。得我者便是朋友，亲我者即为知己。

乱象兆乱世啊，枯竭的桃花潭，预示着什么呢？

昨晚夜宿清溪，无酒无饭无伴，李白蜷卧潭畔，冥思苦想了很久。

今日一大早，饿着干瘪瘪的肚子，艰难跋涉十几里山路，来投平阳三姊弟。心里想得倒美，到了魏家庄就不再走了，有儿女们养老送终，也算得人生圆满。

眼前的景象，却让李白绝望至极。魏家庄没了，亲人们没了，李白唯一的希望，也彻底没了！

可恼的胡儿，可恨的安禄山，可恶的乱世！繁花似锦的帝国，千疮百孔。殷实富足的百姓，饥寒号啼。

如果没有这场战争，哪会有"永王叛国"事？可叹魏平、魏万爷儿俩，不惜一家老小生家性命，全搭进去玩完了。更可叹者，自己一心报国，偏偏投错了"庙门"，拜错了"菩萨"，竟落得囚名满天下！

李白越想越急，一口气憋在心里，半晌缓不过来。直憋得眼冒金花，两耳里嗡嗡直鸣。

午时，天阴欲雨。

山风狂乱地刮，卷起遍地枯黄落叶，东一片飘，西一片飞。一片一片，弥漫山谷。

李白拄杖山巅，周身的残衣破衫，胸前那部长须，飘飞起无限苍凉。

李白的眼里，没有了生气，一颗干枯的心，也几近死去。忍不住老泪纵横，簌簌地流下来。

嘴里喃喃自语，几似梦呓："……菊花何太苦？遭此两重阳！"

李白吟毕，肚子饿得不行。抬头四处望了望，去到道旁的地里，刨得一个白嫩的莱菔，顾不得擦去泥土，狼吞虎咽地啃起来……

歙州，广通驿。

驿馆地处南北要津，曾经车水马龙，繁盛如大县巨邑。而今清冷萧条，寂寥不见了商旅。

李白来的时候，偌大一座驿站里，只有三五个驿递兵卒。驿内的食店里，没有酒也没有肉，供应的全是麦面馒头，不仅粗糙无馅儿，价昂十倍于承平时。

李白腰无分文，要吃要喝要住店，只好脱下皮裓儿，可怜巴巴当与店主，想拿它作吃住开销。

店主不愿意相抵，直言兵荒马乱，只收真金白银。

李白百般告饶，但求一榻一瓢，声音悲怆近似哭泣。

三五驿递见了，可怜他一孤寡老人，好言相劝于店家，才得一柴屋栖身，又得五个馒头果腹。

驿递来自京洛，围着吃些馒头，彼此间窃窃私语。

李白虽然老迈，两耳仍十分聪敏。与驿递相距两桌远，却听得清清楚楚：天下兵马副元帅李光弼，已到了东镇濠州临淮。

李白听得真切，心里好一阵激动。

李光弼身世成谜，江湖传言不一，多言出身"柳城李氏"。天宝十五年一月，经天下兵马大元帅郭子仪推荐，被肃宗任命为河东节度使。

二月初三，奉命率番、汉步骑万众、太原弩手三千，东出井陉进攻常山郡。

二月初五，李光弼兵抵常山，城内三千团练兵倒戈，绑敌守将安思义出降，李光弼领大军入城。

二月初七，敌酋史思明得报，闻常山失守，亲率两万骑兵相救。

二月初九，叛军抵常山城。李光弼即遣步卒五千，自东门出城迎战，叛军堵门拼死不退。

二月初十，李光弼令五百弩手，踞城上万箭齐发，叛军被迫稍退。

二月初十一，李光弼再派弩手千众，分四队轮流放箭。史思明叛军大败，只得收军北退。

李光弼初战告捷，收复重镇常山，唐军士气大振。再得郭子仪举荐，被任为天下兵马副元帅。

李白之于郭子仪，有再生之德，尊呼为"恩公"。郭子仪之于李光弼，更是人生大恩人，时人谓之"亚父"。

三人素有交情，李光弼兵临濠州，李白正走投无路，听到这般准信，哪能不喜出望外？

是夜，雨下如注。

李白从军心切，不顾六十一岁高龄，偷偷溜出广通驿馆，冒雨径直奔往濠州，欲投奔副元帅李光弼，加入帝国的平叛大军，希望在垂暮之年，完成报效国家的夙愿。

谁料天不遂人愿，李白年迈体弱，身如少油残灯，冒雨夜行百二十里，竟然感染风寒，病卧濠州道上。可叹李白命运多舛，最后一次政治活动，也因疾而终。

翌年，岁在壬寅。

春三月，李白至当涂，投奔李冰阳。

李冰阳乃族叔，时为当涂令。得知李白来投，难得一个有名望的本家，自然好生待他，便留府上供养着。

李白走投无路，暂时有了落脚处，遂悉心调养身体。旬日，康复如初。然而寄人篱下，终归心里不安，便时常作短途游历，四出打探故人消息。

五月，李白游宣城，以期会刘十娘，不遇。

七月，北游至汴梁。邝山观宇尽毁，宗氏不知去向。

十一月，李白穷困潦倒，狼狈归当涂。

李冰阳闻讯，虑李白要面子，亲自去东郊外，相迎于迎晖门。又邀十余好友，宴于邑南"一江楼"。

"一江楼"高十丈，巍峨耸于江畔。

是夜，明月高悬，一江澄碧似练。

李白自下狱始，久未与朋友欢聚，也不曾畅饮过酒食，似喉咙里伸出手来。三五碗"淮水春"下肚，又忘了自家流囚身份，大呼小叫喝酒吃肉，忘乎所以大声吟哦。

歌曰："大鹏飞兮振八裔，中天摧兮力不济。余风激兮万世，游扶桑兮挂石袂。后人得之传此，仲尼亡兮谁为出涕。"

座中诸子皆狂士，虽家国支离破碎，仍然不失真性情。醉生梦死何足惜，哪管他天塌地陷？听李白唱得风起云涌，百般婉转，千般豪情，齐刷刷鼓起掌来！

众子哪曾想到，这一阕《临路歌》，竟成了太白绝唱！

诗仙博得头彩，便再也忍不住性子，直吃了十六七碗酒，才杀住了腹中的酒虫。

醉眼蒙眬中，去到楼台旁小解。突见江涛翻涌，一条金灿灿巨龙，乘风破浪而来。

金龙张牙舞爪，口含一粒银色宝珠，银光闪闪不可逼视。

细看那珠，却又不是珠子，正是天上那轮满月，明晃晃沉入江中。

风起龙腾，碧浪排空。那金龙昂首吞吐间，将口中一轮满月，时而抛于空中，银光闪耀，映彻天地；时而潜入深渊，泛起一江银波，如梦似幻。

李白看得痴了，忆起儿时所歌："小时不识月，呼作白玉盘……"

那情，那景，那人，那物，仿佛就在眼前，亲切得不能自已。

李白发了癫，猛可里跃出石栏，直往江心那月扑去……

夜空，高邈朗洁，万里无云。

星月深处，传来一阵仙乐，缈缈弥漫河汉间。

"风兮风兮，几万里飞度天山；月兮月兮，三千载照我魂还；梦兮梦兮，卅六年难归故园……"

仙乐声中，江面突起狂风，掀起波涌浪卷。江心，激湍飞旋，现一巨涡，涡大如亩塘。

一道白影，自涡心出。似真似幻，直上九霄，奔月而去。

天宇深处，有歌声传来："……青冥浩荡不见底，日月照耀金银台。霓为衣兮风为马，云之君兮纷纷而来下。虎鼓瑟兮鸾回车，仙之人兮列如麻……"

众人闻歌，齐跪于地，向天而拜。

茫茫天宇，浩渺不知高远。

星月明朗，天门訇然中开。虎鼓瑟，鸾回车，群仙列队。

李白昂首，长须拂胸，袂带飘飘，手执金樽，大笑入天门……

戊戌夏
于蓉城蛙鸣斋